시인의 집

시인의 집

POET'S HOUSE

전영애 지음

문학동네

작가의 말

시간이 흘러도 지워지지 않는 '그림'들이 있다.

한두 장의 그림으로 응축되어 남아 있게 되는 것들.

나는 그것들에 대해 조금 적어두고자 한다.

*

아주 여러 해를 두고 쓰였고, 묶여서도 다시 여러 해를 들고 있던 원고이다. 무슨 탐방기나 르포 쓰듯이 일삼아 시인의 집들을 찾아간 것이 아니고, 큰 물음의 무게가 혼자서는 감당해내기 어려워질 때마다 문득문득 달려갔던 먼길들을 기록한 낱글이었다. 우연히 기회가 있어 잠깐 연재되기도 했으나, 그러고 나서도 오래 두고 보았다.

많은 길들을 다시, 또다시 되짚어가보기도 했다. 원고도 다시 보고 사진도 새로 찍었다. 사진은 찍었지만 원고를 별로 고치지는 못했다. 사진조차도, 예컨대 고트프리트 벤의 두 세계를 보여주는 것 같은 윗동네와 아랫동네가 선연한 이층 도시 마부르크는 우정 두

번이나 더 갔으나 그 가열한 시세계, 현실의 대립기획인 '정신의 제국'을 암시할 그 한 장 사진은 끝내 찍지 못했다.

그럼에도, 물음은 도저했어도, 서성였던 곳은 언제나 시의 부근이었다. 내게는 삶의 부근이기도 했다. 어쩌면 거기쯤에서 서성이고 있는 이들이 나의 보이지 않는 동행이었을지도 모른다. 그런 이들에게 드리고 싶어 뒤늦게 우정 묶어 펴낸다.

홀로 캄캄하게, 막막하게 어디론가 달려갔던 예전과 달리 근년에 내가 다시 되밟아간 천지사방의 먼먼 길들은, 사진 한두 장을 찍어주기 위해, 때로는 못 찍기도 하며, 큰 무리를 하며 동생이 함께 가주었다. 동생에게, 귀한 사진들을 더해준 주네브 대학의 한스-위르겐 슈라더 교수, 베를린의 니나 노이마이어 작가에게 감사한다. 원고를 꼼꼼히 읽어준 세인이에게 사랑과 감사를 전한다. 정성껏 책을 만들어주신 이경록씨께 감사드린다.

차례

프롤로그

prologue

북유럽 바닷가에 동화처럼 '중세'가 고스란히 간직되어 남아 있는 옛 한자동맹 도시 탈린.
'키다리 헤르만' 탑과 '부엌을 들여다보라' 탑이 보인다.

프롤로그:

발트 해 연안의 부동산

에스토니아 문인의 집

공항 벤치. 곁에 시집 한 면이 펼쳐져 있다. 어제저녁에 알게 된, 아일랜드 시인 존 F. 딘의 시 「헌정In Dedication」이다. 아침 일찍 출발해야 된다는 부담감이 있었지만, 지난밤 굳이 시낭독회에 갔다가 늦게 돌아왔다. 아마도 시 한 편을 만나게 되리란 예감이 있었던 것 같다. 뮌헨의 방을 나서며 어제저녁에 산 시집을 들고 왔다.

나무 아래 하루살이들이
차르르 쏟아져나온다, 은하수처럼.
우리의 최상의 시는, 먼 변방으로부터 여기로 와 닿으며
그건 사랑의 시들, 고요함을 이루며.

어제저녁 이 구절을 들으면서, 나도 모르게 눈물이 핑 돌았다. "우리의 최상의 시는, 먼 변방으로부터 여기로 와 닿으며Our best poems, reaching in from the periphery/ 그건 사랑의 시들are love poems"이라는 단순한 구절이 그렇게 마음에 와 닿은 이유를 알 수 없었다. 멀리서 왔다 한들 사랑의 노래가 무엇이겠는가. 다음 두 단어 "고요함을 이루며achieving calm"를 되새기면서야 알아차렸다. 무엇이 칼끝이었는지. 그토록 오랫동안 찾아 헤맨 것이, 온 세상을 헤매고 돌아다녔어도 아직 찾지 못한 것이 무엇이었는지를 그제야 깨달은 것이다. 고요함에, 평정에 도달하지 못했다. 어쩌면 결코 도달하지 못할 것만 같다.

이어지는 시구는 탈것에 치여 "으스러진 토끼"의 아무도 듣지 못한 비명 이야기였다. 내 갈비뼈 위로 다시 수레바퀴들이 구르는 것 같았다. 불안했던 저 1980년대 내내 나는 자주, 수레바퀴가 내 가슴 위를 천천히 굴러가고 있는 듯한 통증을 거의 신체적으로 느꼈다. 정말 신체적으로. 떨친 지 오래된 그 고통이 다시 생생해진다. 그러나 어느덧 수레가 되어, 나는 또 무슨 짐승의 위를 굴러가고 있는지.

길에는 으스러진 토끼의 비명들이
더 높아지고
우리의 탈것들은 생명을 으스러뜨린다.
어린아이의 눈물이 우리 모두를 위한 것이 될 때까지.

진실로 사랑하는 이, 나이 먹으며 고통 속으로 들어가며,

그녀를 위하여, 그녀가 발견한 것을 위하여
일찍이, 세상의 아름다움 너머에서. 언제나
격앙된 한순간 뒤에는, 고요함의 추구가 있었다.

도요새들 겨울 벌판으로 떨어져내리고, 그들의 울음은
생존의 작은 할렐루야. 나 그대에게 드리네
시를. 여기 괴로움과 기쁨이 있는 곳에서
저녁이, 그리고 아침이, 첫날이 있는 곳에서.

숨이 막힌다. 평정을 찾는, 늘 실패하는 나의 찾음에 대한 생각. 나에게서도 간간이 터져나오는 "생존의 작은 할렐루야"에 대한 온갖 생각. 그러나 나는 아직 "그대에게" 헌정하는 시를 쓰지 못했다. "그대"라도 있었던가. 그럼에도 그 초라한 나의 세계 역시 견뎌야 하는 괴로움으로 가득차 있고, 간간이 짧은 기쁨이 얼핏 스쳐지나간다. 정말 기쁨인지조차 불확실한 그것들. 그렇다, 저녁이 있고 아침이 있다. 그리고 또다시, 나 역시, 다시 살아남는다. 이렇게 살아남는다는 것이 이따금씩은 부당하게 느껴지고, 이따금씩은 기적처럼 느껴지기도 한다.

지상의 어느 한 구간, 또 공중에 뜬 한 구간, 그러나 나는 내 마음속에 깃든 시 한 편을 되풀이해서 읽는다. 이것이 누릴 수 있는 기쁨 가운데 하나라는 생각이 든다.

에스토니아에서 이메일로 초청장을 받았을 때, 처음엔 스팸 메일인 줄 알고 지울 뻔했다. 에스토니아라는 나라가 세상에 있었던가

가물가물했다. 어디 있는지는 더더욱. 그랬던 에스토니아에 내가 와 있다. 수도 탈린에서 하룻밤을 묵고 학회가 열리는 대학 도시 타르투로 가려는 참이다.

버스가 출발하려는데 맞은편 자리에 앉은 마담 몽튀페가 불쑥 "나의 탈린!"이라고 말한다. 내가 얼른 대꾸한다. "저의 탈린이기도 한데요." 이런 말들이 저절로 나올 수 있었던 것은, 공항에 마중을 나와주고 한나절 시내 구경을 시켜준 플롬 교수 덕분이다. 공항에서 짐이 나오기를 기다리며 손님이 나뿐 아닌 줄은 바로 알았다. 낯익은 가방을 멘 사람이 있었던 것이다(지난번 남아프리카에서 열린 학회에서 배부된 가방이다). 마중나온 플롬 교수 역시 곧바로 손님을 알아보았다. 나 말고는 동양인이 없었던 것이다. 제각기 먼 곳에서 온, 참으로 낯선 사람들이 아슬아슬하게 한 지점에서 만나 한나절 만에 동아리가 되었다.

물 건너 지척에 핀란드 헬싱키가 있는 발트 해 연안. 세상 한구석에 이런 도시가 숨겨져 있으리라고는 생각도 못했다. 놀랍게도 유럽의 중세가 고스란히 살아 있는 도시. 더러 관광객이 있기는 했으나 요란스럽지는 않았다. 안내받은 호텔은 구도시 중심에 있었다. 호텔을 나서서 몇 미터 걷지 않아 모퉁이를 도니 곧 동화 같은 통로가 나왔고, 그 통로를 지나자 바로 시청 앞 광장에 이르렀다. 가는 길에는 한자동맹 박물관이 있었다(에스토니아의 수도 탈린은 발트 해 연안에서 옛 한자동맹의 중심을 이뤘던 도시다). 플롬 교수가 시청 앞 광장 변에 있는 카페에서 커피를 사주었다. 그러고 나서 금방 보수한 시청 건물을 가리키며 공연히 보수를 한다고 탄식했다. 보수하기 전이 훨씬 아름다웠다며 도무지 그런 일들을 벌이는 이유를 모르겠다는 것이었다. 나는, 보수한 것도 아름답다고 대답했다. 또다시 시간이 쌓이며 보다 더 아름다워지는 것 아니겠느냐고. 시청 건물뿐만 아니라 작은 광장을 둘러싸고 있는 모든 건물이 다 아름다웠다. 차를 마시며 바라본 조그만 광장은, 중세 시대와 북유럽의 고풍스러움이 한껏 어우러져 마치 다른 시간 속으로 옮겨진 듯한 느낌이었다.

다시 광장으로 나와서 약간 가파른 작은 골목길을 올랐다. 옛날에 높은 신분의 사람들이 살았다는 윗동네로 이어진 길이었다. 길가에는 젊은 사람이 작은 바구니를 앞에 놓고 앉아 기타를 치고 있었다. 솜씨가 대단했다. 나는 조금 전에 바꾼 지폐를 서슴없이 바구니 속으로 집어넣는다. 귀족들이 살았던 '높은' 동네로 이어지는 성문은 거친 목재에 굵은 쇠못대가리 징이 가득 박혀 있다. 힘있고, 고풍스런 북유럽의 아름다움이 서려 있다. 높디높은 윗동네에 오르니, 옛 도시와 항구의 아름다운 파노라마가 내 앞에 펼쳐졌다. 발트해 연안 항구에 자리잡은 중세 도시의 전모가 보였다. 동화 같기도 하고 꿈같기도 한 모습이었다.

솟아 있는 많은 탑 중에서 플롬 교수가 '키다리 헤르만'이라는 이름의 탑과 '부엌을 들여다보라'라는 유별난 이름의 탑을 가리켰다. 헤르만은 전형적인 독일 이름이라 중세 독일 기사령이었던 이곳의 전통을 드러내는 것이었고, 두번째의 이상한 이름은 탈린이 부유한 한자동맹 도시로 그만큼 공격의 위험에 노출된 전략상의 도시였음을 나타냈다. '부엌을 들여다보라'는 화덕에 불씨를 남겨 적에게 도

1920
1977
VOLDEMAR PANSO
LAVASTAJA LAVAKOOLI
ASUTAJA 1957-JA JUHT
EESTI
MUUSIKAAKADEEMIA
KÕRGEM LAVAKUNSTIKOOL

펜조의 집.

시를 노출시키는 집이 없는지 살펴보는 감시탑 이름이었다. 그런 식으로 플롬 교수는 짧은 시간 동안 에스토니아와 탈린의 역사를 많이 전해주었다. 화제는 독립 이야기로 이어졌다. 탈린은 중세 도시이기도 했지만, 다른 한편으론 이제 겨우 십 년 조금 넘는 역사의 아직 스무 살도 채 안 된 조그만 신생 독립국 수도이기도 했다(비행기에서 본 여행 안내서에는 '용감하게' 독자적 화폐도 도입해서 성공했다고 쓰여 있었다. 바로 전날 새 대통령이 선출되었다고 하는데 두번째 대통령일까, 세번째 대통령일까? 에스토니아 신문에 사진이 실렸지만 글을 몰라 읽을 수 없었다). 어려웠던 독립 과정. 그러나 다른 나라들에 비하면 순탄한 편이었다고 한다. 러시아의 개혁·개방 정책에 힘입어 에스토니아는 동유럽의 민주화 바람 속에 발트 해 3국 국민들이 손에 손을 잡고 세 나라를 관통하여 늘어선 '인간 사슬'을 통해 독립을 쟁취했다던 이야기가 떠올랐다. 그러나 그 아름다운 혁명이 '노래하는 혁명singing revolution'으로 불린다는 사실은 처음 들었는데, 상징적인 표현이 아니라 실제로 노래를 불렀다고도 한다. 음악인이 많은 것도 이 나라의 특징이었다. 힘겨운 역사를 노래에 실어 견딘 한 작은 민족이 매우 가깝게 다가왔다.

그토록 오래된 도시, 그러나 그렇게 어린 국가(열 몇 살밖에 안 된 국가엔 가본 적이 없다!)를 거닐고 있다는 것이 이상한 느낌을 자아냈다. 윗동네에서는 교회 둘을 더 보았다. 하나는 중세 독일 교회, 또 하나는 작지만 아주 정교한, 전형적인 러시아정교 교회여서 이 나라의 역사적 상황이 선명하게 대비되었다. 오랫동안 중세 독일 기사령이었다가 제1차 세계대전 이후 처음으로 1918년에서 1940년까지 잠깐 독립을 했으나, 바로 러시아의 속국이 되었다. 그러다 동서의 장벽이 무너지면서 정식으로 독립을 하게 된 것이다.

윗동네에서 내려오다가, 어느 집 현관의 곁 벽에 독특한 흉상 부조가 하나 붙어 있는 걸 보았다. 1970년에 죽은 '펜조Penso'라는 극작가의 집이라고 했다. 작고한 지 그리 오래되지 않은 예술가가 그렇게 기려진다는 것이 인상적이었다. 플롬 교수는 펜조라는 이름이 프랑스어 '팡세penser'와 비슷해서 프랑스 시인 자크 프레베르의 시에도 등장한다고 덧붙였다. 바로 그 시를 읽었는지는 기억나지 않지만, 우리나라에 번역된 프레베르의 시집 『절망이 벤치 위에 앉아 있다』를 읽어보았다고 내가 말했다. 프랑스에서 온 몽튀페 교수는 잘 모르겠다고 했다. 다시 작은 단어 하나로 인해 아슬아슬하게 사람들이 모이고 있었다. 그런 작은 인식표를 보는 기쁨들……

날씨가 참으로 좋았다. 플롬 교수는 이제 조금 지나면 나뭇잎이 어떤 빛깔로 물드는지에 대해 상세히 설명했다. 그리고 그다음에 오는 북유럽의 긴 겨울이 이듬해 5월이 되기까지 얼마나 황량하고 어두운지에 대해서도. 나무들은 10월에 이미 잎이 진다고 했다. 그러면 일할 때라는 것이다. 10월부터 5월 말까지 미친듯이 일을 하면, 여름 몇 달은 일하고 싶은 마음이 전혀 없어진다고 했다. 차츰 대화는 일에 대한 이야기로 옮겨갔다. 플롬 교수는 로만어권 문학 전공자로 영어, 프랑스어, 독일어에 두루 능통했다. 주 전공은 이탈리아어라고 했다. 마담 몽튀페는 프랑스 사람답게, 그리고 나처럼 영어를 그리 잘하지 못했지만 이탈리아어와 일본어를 하고 주 전공은 그리스어와 라틴어였다.

무슨 일을 하느냐고 내게 물었다. 전공 이야기를 간단히 한 다음 가볍게 "글도 써요"라고 덧붙였다. 듣던 두 사람이 똑같이 "나도 그래요"라고 말했다. 내가 그런 이야기를 덧붙인 것은 사실, 두 사람에게서 벌써 시인의 기미를 눈치챘기 때문이다. 물든 나뭇잎의 빛깔과 그 잎이 진 후의 슬픔을 그토록 열정적으로 묘사할 수 있는 사람이, 또 그토록 열심히 귀기울이는 사람이 달리 무엇일 수 있겠는가. 조금 더 걸어서 한 모퉁이를 돌았을 때 플롬 교수가 갑자기 건너편의 작은 녹지를 가리키며 말했다. "부동산에 관심 있으신 분, 저 토지에 투자하시죠." 나와 마담 몽튀페는 폭소를 터뜨렸다. 플롬 교수는 시인의 집을 짓기엔 최상의 장소라고 진지하게 덧붙였다.

그 자리를 눈여겨보았다. 집 한 채를 짓자면, 허공이어도, 위치쯤은 제대로 알아야 할 테니까. 그 녹지에도 시인의 기념비 하나가 서 있었다. 그 기회에 나는 전날 저녁의 낭독회 이야기를 했다. 시인 존 F. 딘과 나눈 대화(그는 미당 서정주 시인을 알고 있었다. 내가 미당의 죽음을 전하자 애석해하며 자기 고향 아일랜드에 있는 시인의 집에 한번 오라고 청했다)도 들려주고 마침 들고 있던 시집을 펴서 「헌정」을 읽어주었다. 읽다가 문득 내 발음이 시원치 않을까 걱정이 되어 멈추었더니 두 사람이 계속 읽으라고 채근했다. 내친김에 조금 더 읽었다. 그래서 걸어가다 말고 길 한가운데서, 선 채로 작은 낭독회가 시작되었다. 몇 편을 연이어 읽었다. 그냥 그렇게 되었다. 다들 행복했다(오늘 아침 탈린을 떠나기 전, 다시 한번 광장을 거닐면서 마담 몽튀페는 그 시들을 한번 더 듣고 싶어했다. 나는 다시 읽어주었다). 그렇게, 나는 힘 안 들이고 '사들인' 토지에다 묵직한 초석 하나를 놓았다.

저녁에 혼자서, 낮에 함께 걸었던 길들을 천천히 되짚어 걸었다. 거리 모퉁이 하나하나가 기억에 새겨졌다. 작가 펜조의 집 앞에서 한참을 서 있었다. '내 부동산' 앞에선 물론 훨씬 더 오래 서 있었다. 오늘 아침 플롬 교수가 우리를 가까운 버스 터미널까지 태워다주었다. 버스가 떠날 때, 마담 몽튀페의 입에서는 "나의 탈린!"이, 내 입에서는 "저의 탈린이기도 한데요"가 저절로 나왔다. 버스 출발 직전 플롬 교수가 연락처를 주었다. 명함을 보니 그의 성은 플롬이지만 이름은 '마레'였다. 바다와 동화가 동시에 떠올랐다. 에스토니아어는 모르지만, 그가 마침 이탈리아어 교수라 그의 이름은 '바다'일 것 같았다(이탈리아어로 마레mare는 바다란 뜻). 그리고 시간이 멎은 듯한 독일 중세 도시에 살고 있으니 그는 '동화'일 것도 같았다(중세 독일어로 메레märe는 이야기란 뜻). 나의 기억 속에서 그는, 북유럽 중세 도시의 바다와 바닷가의 옛 동화 사이를 오가고 있을 것이다. 아주 오래도록.

탈린에서 두 시간 반. 타르투 대학은 유서 깊은 대학이었다. 오래 지켜져온 인문학의 전통이 느껴졌다. 멀고먼 나라의 한구석에 이런 대학이 있다는 것이 깊은 인상을 주었다.

시내를 돌아보던 중 '아이리시 펍 와일드Irish pub Wilde'라는 카페가 있었다. 이름 그대로 아이리시 펍이었는데, 건물 앞에 벤치가 있고 실물 같은 등신대의 인물상 둘이 앉은 브론즈 작품이 놓여 있었다. 곁에는 고전적인 형태의 가로등이 두 사람과 일찍 어두워지는 북유럽의 한쪽 구석을 밝혀주고 있었다. 인물상 중 하나는 에스토니아 민족시인인 빌데(Vilde 혹은 Wilde로 표기)라고 했고, 또하나는 오스카 와일드였다. 사연인즉, 오스카 와일드가 이곳과 무슨 연관이 있는 것은 전혀 아니고 다만 에스토니아의 시인 빌데와 스펠링이 같기 때문에 그렇게 만들었다는 것이다. 오스카 와일드는 유럽의 북쪽 끝에 자신이 그렇게 앉아 있으리라곤 아마 꿈조차 꾸지 못했을 것이다. 또한 그의 작품 『도리언 그레이의 초상』이 나의 이십대를 각인하며 그렇게 읽혔던 것에 대해서도…… 세상의 문인들은 갖가지 연유로 한자리에 앉아 있기도 한다. 가는 길에 큰 은행이 보였는데 이름이 '삼포Sampo'여서 깜짝 놀랐다. 그곳에서 삼포로 가는 길은, 내게도 현실과 비현실의 중간 어디쯤에 놓여 있었다.

대학 캠퍼스를 안내받는데, 어느 시인의 동상이 교정의 가장 중요한 위치에 자리하고 있어서 무척 의외였다. 에스토니아어로 시를 쓴 최초의 시인 크리스티안 야크 페터젠(1801~1822)이었다. 스물

타르투의 한 아이리시 펍 앞에 앉아 있는 에스토니아 시인 빌데와 오스카 와일드의 조각상.

한 살에 요절한 젊은 시인은 현재의 인접국인 리투아니아 수도 리가까지 지팡이 하나를 들고 걸어간 일이 있다고 한다. 동상은 지팡이 하나에 괴나리봇짐 하나 든 방랑자의 모습이었고, 그의 시구가 발치에 적혀 있었다. "이 땅의 언어여/ 하늘로 솟으라/ 솟아 바람의 노래 속에서/ 영원을 찾으라"라는 구절이었다. 학생들은 이 젊은 민족시인의 동상 발치에다 술을 붓는 것으로 대학생활을 시작한다고 했다. 동상에서 조금 떨어진 곳에는 작은 바위가 솟아 있었는데, 이 부근을 중심으로 노천극도 하고, 또한 바위는 땅이 아니므로 이 바위 위에선 금해진 것도 할 수 있다고 했다. 술 마시기, 또는 공공연한 키스 등. 시인은 큰 자부심이고, 그의 자리가 젊은이들의 작

타르투 대학 도서관. 제1차 세계대전으로 파괴된 폐허를 그냥 둔 채 정교하게 현대시설로 복원했다.

은 해방구였다. 신생국답게 고조된 민족의식과 오랜 전통이 매우 두드러져 아름답게 보였다.

제2차 세계대전 당시의 폭격으로 폐허가 된 절반은 그대로 남겨 둔 채, 고풍스런 옛 교회의 나머지 절반만을 아름답게 보수하여 도서관과 회의장으로 사용하고 있었다. 젊은 시인의 동상이 있는, 학교의 가운데 자리였다. 그곳에서 열린 학회 또한, 놀랍도록 탄탄한 그들의 문화적 유산과 후학을 힘써 키워 새 나라를 가꾸어가려는 아름다운 민족적 열성이 돋보이는 자리였다.

학회가 끝나고 에스토니아에서 하루를 더 묵었다. 탈린을 다시 한번 보고 싶어서였다. 밤중에 도착하여 주변이 잘 분간되지 않는 가운데, 처음과는 다른 숙소로 안내를 받았다. 아침에 떠나기 전 눈여겨보았던 골목골목을 되짚어 걸었다. 작은 도시에서 누가 이 많은 꽃을 다 살까 싶을 만큼 즐비하게 늘어선 꽃가게 앞에서도 한참을 서 있었고, 시청 건물 한쪽에 위치한 '트리스탄과 이졸데'에서 중세 북유럽의 전설 속으로 들어간 듯한 착각에 사로잡힌 채 커피도 한잔 마셨다. 그러고는 숙소로 돌아갔다가 다시 서점으로 달려가 에스토니아의 유명한 문인 얀 크로스Jaan Kross의 책 두 권을 급히 사왔다. 몇 차례나 노벨상 후보에 올랐다는 이야기를 들은 터라 독일어나 영어 번역본이 있겠다는 생각이 떠오른 것이다. 사무실에 연락하여 서둘러 방값을 계산하고 나오는데, 나를 배웅하며 사무원이 안내한 출구는 전날 밤부터 내가 드나들었던 문이 아니었다. 다른 거리 쪽으로 난 문을 나서며 나는 깜짝 놀라고야 말았다. 바로 나의 '부동산'이 있는 거리가 아닌가! 내가 하룻밤을 묵은 집은 바로

'에스토니아 문인의 집'이었던 것이다. 놀라서 다시 뛰어들어간 나는 사무원에게 얀 크로스의 책을 사들고 온 이야기를 했다. 그러자 "얀 크로스도 이 집에 살고 있는데요"라고 그가 대답했다! "꼭 다시 와야 할 이유가 있네요"라고 말하며 사무원과 작별했다. 거리 이름을 눈여겨본다. 하리주 길 1번지.

*

다시 뮌헨의 내 작은 방으로 돌아와 앉은 늦은 밤, 탈린에서 출발 직전 뛰어나가 사온 얀 크로스의 책을 뒤적인다. 방대한 대하소설은 엄두가 나지 않아 뒤적거리기만 했으나, 한눈에 발트 해변의 고난과 모험에 찬 삶에 대한 대서사임을 알아볼 수 있다. 단편집 쪽을 집어든다. 그중 한 편의 무대는 블라디보스토크다. 그곳까지, 그야말로 커다란 땅덩이의 끝에서 끝으로 흘러간 에스토니아인의 이야기이다. 뜻밖에 한국인도 잠깐 나온다. 또 한 편에는 탈린에서의 이별이 다루어져 있다. 블라디보스토크의 한인들이 스탈린 독재 치하에서 머나먼 카자흐스탄과 우즈베키스탄으로 실려 갔듯, 에스토니아 사람들 역시 먼 극동까지 강제로 끌려갔다. 그런데 그 이별 장소는 바로 내가 그 앞에 한참을 서 있었던 작가 펜조의 집 앞이었다. 묵묵히 삶의 질곡을 견디는 사람들의 이야기로 가득했다. '비인간적인 극한 상황들 속에서도 얀 크로스의 인물들은 언제까지나 사람이다'라는 평문이 그의 작품을 적절히 요약하고 있다. 어디에나 역사와 고통이 있고 고통받는 사람이 있다. 그러나 인간의 위엄이 있으며 또한 고통 속에서도 사람들은 만난다……

그 모든 것을 확인하려고, 나는 또다시 멀고먼 세상 끝까지 달려갔다 왔나보다. 알 수 없는 부름에, 목마름에 이끌려. 항상 들고 다니는 작은 보온병을 열어본다. 조금 남은 물에 아직도 온기가 남아 있다. 탈린 시 하리주 길 1번지, '에스토니아 문인의 집' 부엌에서 끓여온 물이다.

게오르크 트라클

Georg Trakl(1887~1914)

독일 표현주의의 대표적인 시인. 오스트리아 잘츠부르크의 부유한 사업가 가정에서 출생하였으나 학교와 사회에서 부적응의 어려움을 많이 겪고 파행적인 삶을 살았다. 제1차 세계대전 당시 폴란드 크라카우에서 위생병으로 복무중에 부상자들의 참상을 보는 것을 못 견뎌, 아마도 스스로 목숨을 끊어 요절했다. 암울한 시대에 세계의 붕괴를 날카롭게 그야말로 온몸으로 감지하고, 그 절망을 우수 어린 영롱한 시구에 담았다. 시집 한 권이 남아 있다.

"교회에서 왕관들이 빛을 뿜고……"
아름다운 도시 잘츠부르크에서 태어나고 자란 트라클은,
세기말을 온몸으로 앓으며 고해의 수정알과도 같은 영롱한 시편들을 남겼다.

만남의 돌 문턱

트라클의 잘츠부르크 / 인스브루크

잠시라도 독일에 머무르게 될 때면 쉬지 않고 읽고 쓴다. 일터를 떠나 나만의 일에 전념할 수 있는 시간이 소중하기 때문이다. 그러나 이번에는 독일을 떠나기 전날 하루를 비워본다. 한 시인의 묘지에 다녀오기 위해서다. 오랜 시간 사랑해온 시인인 만큼 그가 살았던 곳을 다시 들러보고 싶은 마음이 늘 앞섰다. 하나 이 짧은 여정을 바로 결정하게 된 것은, 어느 시인이 그 묘지를 찾아갔다는 글을 읽고서다. 제2차 세계대전이 끝난 몇 년 뒤, 홀로코스트의 와중 나이 스물셋에 이미 세상의 모든 것을 잃고 참혹한 맨손으로 머물 곳을 찾아 헤매던 유대인 시인 파울 첼란이, 오스트리아의 한 조그만 마을에 있는 옛 독일 시인의 무덤을 찾아 꽃을 놓고 갔다는 것이다. 첼란은 고통 어린 생애를 살다가 센 강에 투신하기까지, 한 번도 살아 본 적 없는 나라의 언어이며 살인자의 언어였던 독일어로 시를 남겼다. 그 언어가 모국어였고 '문학어'였던 것이다. 그 험악한 일들이 벌어지기 전까지는 어머니와 함께 독일 문인들의 글을 읽으며 꽃과 나무를 사랑하며 자랐다. 이제 막 홀로코스트를 헤쳐나온, 아직 시인이 될지 무엇이 될지 물론 알 수 없었던, 스스로 세상의 한 점 티끌 같았을 스물일곱 청년이, 자신과 같은 나이에 불행했던 삶을 마감한 옛 시인의 외진 무덤을 찾아 그 위에 버드나무로 엮은 꽃다발을 놓던 순간을 떠올린다. 더없이 불행했던 두 생애가 겹쳐진다.

육신의 한줌 잔재 위에 한순간이나마 그런 뜻 깊은 꽃다발이 놓였던 시인 게오르크 트라클은, 세상에 '시인'이 누구냐고 누가 묻기라도 한다면 아마도 가장 먼저 떠오를 만한 사람 가운데 하나다.

트라클의 집으로 들어가는 건물의 입구.

주옥같은 시를 남긴 그의 짧은 생애는 온갖 파국과 불행으로 점철되어 있다. 유복한 사업가 가정의 아들로 태어났지만 시민적인 삶에는 일찍부터 적응하지 못했다. 좋은 학교에 보내졌으나 유급 끝에 퇴학당했고, 약제사 일을 배워 생계를 삼으라고 약국에 보냈더니 약물중독자가 됐다. 자원해서 간 군대에서는 전혀 견디지 못했고, 관청에 취직을 시켜놓아도 역시 며칠 견디지 못했다. 약물과 과도한 음주, 누이동생과의 근친상간…… 그러다 제1차 세계대전이 터지면서 징집당해, 약제사 경력 덕분에 폴란드 크라카우의 야전병원에 위생병으로 배치되었다가 죽었다. 전사가 아니라 자살이었다. 부상병들의 고통을 보는 것이 견딜 수 없어서였다. 외적으로 보면 파행 그 자체인 그의 생애는, 결국 세계대전이란 파국으로 이어진 세기말, 그 한 시대의 문제들을 온몸으로 앓은 듯 보인다. 짧은 생애 동안 그는 두 편의 희곡 습작을 제외하곤 얇은 시집 한 권을 남겼다. 그게 전부였다. 그런데 그가 남긴 이백 편 남짓의 시편들은 하나같이 모두 절창이다. 부패와 사멸의 그림자가 드리워진 가운데 온통 가을이고 겨울인 그의 시들. 부패 직전의 과일 같은 향기와 만추 같은 아름다운 색깔로 가득한 가운데 더없이 투명한 영혼이 내비쳐온다. 그의 시는 영롱한 구슬 같다. 고해의 수정알인 양.

「어느 겨울 저녁」은 내가 각별히 좋아하는 시이다. 시인 첼란이 좋아했고, 철학자 하이데거가 좋아했으며(하이데거는 트라클에 관해서 두 편의 논문을 썼는데, 그중 한 편인 「언어」는 바로 이 시의 해설 형식을 취하고 있다), 또 아주 많은 사람들이 좋아하는 시이기도 하다.

창 유리에 눈송이 뚝뚝 떨어지고
저녁 종 길게 울리는 시간
많은 사람들에게는 저녁상이 차려져 있고
살림은 넉넉하다.
떠도는 어떤 사람, 문으로 다가온다,
어두운 오솔길들을 지나서.
황금빛으로 찬연히 꽃피고 있다, 은총의 나무
대지의 써늘한 수액에서 솟아.

나그네는 가만히 들어선다.
고통이 문턱을 돌로 굳혀놓았었다.
거기 빛을 뿜는다, 맑은 밝음 속에서
식탁 위에, 빵과 포도주가.

눈이 내리는 겨울 저녁 풍경은 밖에서는 만종이 울리고, 집안에는 식탁이 차려진 평화의 모습으로 그려진다. 그리고 집밖에 나그네가 나타난다. 그의 헤맴이 길었던 것은 "어두운 오솔길들"이라는 복수에서 짐작해볼 수 있다. 그러고는 아마도 실내에서 비쳐나온 빛을 받고 서 있는 한 그루 나무가 그려져 있다. 눈을 맞고 선 추운 겨울나무가 따뜻한 집안에서 비쳐나오는 불빛을 받기에 "은총의 나무"로 보인다는 건, 나그네의 헤맴이 어떠한 심신의 방황이었는지, 또 나그네는 은총으로부터 얼마나 먼 곳에 있었는지를 짐작하게 한다. 그런데 그 나무가 그저 축복받은 나무로, 선망의 대상으로 그려지는 것은 아니다. 묘사에는 은총의 나무 역시 차가운 대지에서 뿌리박고 자라났음을 들여다보는 통찰이 담겨 있다. 서늘하다.

나그네는 마침내 "가만히 들어선다". 들어서는 것은 쉽지 않다. "고통이 문턱을 돌로 굳혀놓았었다." 이 마지막 연 둘째 행만이 과거 시제다. 나그네가 문턱을 넘어서기가 얼마나 어려운지에 대해서 말하지 않는다. 언젠가 그것에 사로잡혀 어쩌면 이 문턱을 넘어나갔을 큰 고통에 대한 언급조차 없다. 다만 문턱을 돌로 굳힌 것이 고통이었노라 말한다. 아마도 애초에 돌이었을 문턱에 실린 이 큰 고통의 집약, 압도적이다. 그 넘지 못하는 문턱 '너머' 무언가가 반짝이기 시작한다, 빛을 뿜는다, 티 없이 "맑은 밝음 속에서". 무엇일까 하는 긴장감을 준다. 행을 넘어가서도 다시 "식탁 위에"가 먼저 나온다. 맨 마지막, 문장의 끝, 시의 맨 끝에서야 나오는 주어 "빵". 거기에 모든 무게가 실려 있다. 빵이 반짝이기 시작한다erglänzen는 묘사는 바라보는 사람의 배고픔을 더할 나위 없이 간절히 표현해낸다. 그런데 그토록 간절한 것이 빵에 그치지 않고 "빵과 포도주"라 한다. 나그네의 허기가 육신의 것만이 아닌 것이다. 빵과 포도주란 분명한 기독교적 구원의 이미지이므로.

바로 이런 문턱, 이런 절체절명의 문턱이 아니라 하더라도, 누군들 문턱에 서보지 않았겠는가. 누군들 고통 어린 문턱 앞에 서보지 않았겠는가. 헤맴이 클수록 그 너머 빛나는 것이 내뿜는 빛 또한 눈부시다. 한 그루 나무에서 지상의 고통과 하늘의 은총이 만나고 있고, 나와 삶을, 혹은 나의 삶과 그 너머를 가르는 이 고통의 문턱이, 또는 문턱에서의 고통이 다시금 만남의 집약이 되고 있다. 문턱은 가르기도 하지만, 또한 넘어야 하는 것이기도 하므로, 그리고 그 고통의 지점에서 세상의 아픈 이들이 만나므로. 짧은 생애를 살다간 시인 게오르크 트라클 자신 또한 그런 나그네였다.

'소금성'이라는 이름의 잘츠부르크. 모차르트의 도시이고, 또 영화 〈사운드 오브 뮤직〉으로 그 아름다움이 많이 알려진 덕분에 관광객들이 많다. 배낭여행 하는 학생들의 루트이기도 하다. 내게는 시인 트라클의 도시인 이곳은 그의 시처럼 아름다운 색채로 채워져 있다. 석회가 섞여 흰빛이 도는 연초록 강물이 먼저 손님들을 맞는다. 흰빛이 가득한 도시. 분홍, 노랑, 파랑의 건물들도 석횟가루를, 혹은 이름 그대로 소금가루를 조금씩 뿌려놓은 듯, 한 톤씩 낮추어진 색깔이 칠해져 있다. 그 가운데 위로 솟은 녹슨 청동의, 오래된 양파 모양의 교회 탑들은 흐르는 강물 같은 선명한 연초록이다. 그 탑을 머리에 인 하얀 대리석으로 된 바로크 교회의 눈부신 흰빛 전면에는, 천사들이 받쳐들고 있는 왕관 하나만이 황금색으로 빛나고 있다. 하얀 대리석 건물에서 이 유일한 색조, 눈부신 황금의 한 점이 뿜어내는 힘은 압도적이다. 오랫동안 나는 "맑은 밝음 속에서" 빛나는 왕관과 첨탑을 쳐다보았다. 처음 갔을 때도, 그리고 다시 가서도. 트라클의 시 「아름다운 도시」의 한 구절 "교회에서 왕관들이 빛을 뿜고"는 이렇게 교회 바깥에서까지 빛을 내며 걸려 있는 관이 없었더라면 나올 수 없었을 것이다. 구원이 구체적 형상으로 거기 있었다. 낮은 곳에서 쳐다보는 이들을 내려다보면서.

조금 걸어가면 화단처럼 장식된 아름다운 작은 묘원이 있다. 후문 입구 벽의 대리석 석판 위에 트라클의 시가 새겨져 있는데, 그

시 「성 베드로 묘원」은 소박한 교회 하나가 "기도처럼 서 있는" 묘원의 모습을 단어 하나도 더하거나 뺄 수 없을 만큼 정확하게, 깊고도 아름다운 언어로 그려내고 있다. 시어의 운율도 유난히 아름다워 몇 번이고 나직이 소리내어 읊조리게 되고, 그러다보면 저절로 독일어 '시학'이 되는 그런 글이다. 언젠가 아득한 시절 저 석판 앞에 서서 어린 딸에게 독일 시의 운율을 가르쳐주며 그 얼굴에 떠오르는 경이를 바라보던 행복의 한순간이 눈앞을 스쳐간다. "사방에는 바위의 외로움/ 죽음의 창백한 꽃들이 몸을 떨고 있다/ 어둠 속에서 슬퍼하고 있는 무덤들 위에서—/ 하지만 이 슬픔에는 아픔은 없다……"

트라클의 생가가 있는 곳으로 향한다. 소금가루를 살짝 뿌린 듯한 그 아름다운 색조의 건물들이 이어진 좁은 골목길들은 동화 속처럼 아름답다. 골목길 안에 사각형의 안뜰을 에워싼 한 회랑형의 사오층 건물이 있다. 왼쪽 이층 끝집이 트라클의 생가이다. 마당에는 아주 오래된 우물도 하나 있다. 왼쪽 편에 있는 계단을 올라 얼른 이층으로 향했다. 아치식 기둥이 늘어선 난간들이 아름답다. 생가는 닫혀 있다. 오랫동안 그 집 앞 낡은 돌계단에 앉아서 아름다운 안뜰과 그의 집을 바라보았다. 그 오랜 돌계단이 '고통으로 굳어진 문턱' 같기도 했으리라, 더이상 그 안에 속하지 않는 자에게는.

길에는 인파가 넘치는데 여기는 아무도 없다. 내가 유일한 관람객이다. 그래도 혼자 기다렸던 나를 위해, 안내인은 트라클의 생애를 담은 영화도 틀어주고 안내도 해준다. 자녀들보다 골동품 수집의 취미 쪽이 훨씬 더 중요했다는 트라클의 어머니가 모았을 아름다운 가구와 집기 들이 잠시 눈을 끌지만, 주로 유리장에 진열된 트라클의 편지와 엽서 들을 본다. 편지 글귀들은 직설적이어서 삶의 고통이 절실하게 배어 있다. 트라클 관련 책들이 꽂힌 책장도 본다. 한국어 번역본 『귀향자의 노래』(손재준 옮김)도 있어 매우 반갑다. 그러나 무엇보다 창밖을 보니, 바로 강 너머에 산이 보인다. 카푸치너베르크. 이 집에서 트라클은 태어났고 또한 여러 차례 이사했다.

1912년에 나온 시집 영인본과 엽서 한 장을 사들고 생가를 나섰다. 시내에서 다리를 건너면 오른쪽에 트라클이 견습 약제사로 일하던 약국이 있다. 그 약국을 지나 도착한 역에서 인스브루크행 기차를 탄다.

트라클의 집으로 오르는 오래된 돌계단.

인스브루크에 가까워지면서 험준하게 솟은 장엄한 산들이 아름답게 펼쳐진다. 처음 보는 티롤 지방의 아름다움에 압도당한다. 인스브루크에 내리니 여섯시 반, 마음이 급해 택시를 탄다. 돌아가는 마지막 기차시간까지 얼마 남지 않았기 때문이다. 트라클이 잠시 머물렀던 뮐라우는 도시의 외곽이었다. 택시 기사에게 뮐라우를 아느냐 물으니 물론이라며 차를 몰기에, 혹시 '옛 묘지'도 아느냐고 했더니 그건 모른단다. 어디든 묘지에는 가본 적이 없다고 한다. 사람이 죽으면 현실로 받아들이고 그걸로 끝내야지, 어쩌겠느냐고도 덧붙인다. 당신 말이 맞는 것 같다고 맞장구를 쳐주다가 내 처지를 돌아본다. 저녁 어스름녘, 어느 구석에 박힌 이상한 묘지를 찾아가면서 문이 닫히지 않았을까 걱정하는 낯선 이방인의 모습이 운전사의 눈에 어떻게 비쳤을까 생각해본다. 뮐라우는 가까웠고 묘지도 쉽게 찾았지만, 차에서 내려보니 묘지 문은 잠겼다. 폐문시간인 일곱시가 이미 넘어 있었다.

멀리 개를 데리고 산책하는 부부가 보이기에 허겁지겁 뛰어가서 물어보았다. 혹시 묘지기가 여기서 가까이 살지 않느냐고. 잘 모른다면서 친구가 오면 그 사람에게 물어보겠단다. 운전사도 급히 뛰어가는 나의 모습이 딱해 보였던지, 그사이 올라오고 있던 친구라는 아주머니를 붙들고 나의 상황을 알려주고 있었다. 왜 묘지에 들어가려느냐 묻기에 시인 트라클의 묘지를 찾는다고 했더니, 그 아주머니는 아주 반가워하며 자기가 묘지기를 잘 알며, 닫힌 묘지에 어떻게 들어갈 수 있는지도 아니까 따라오라는 것이었다. 담을 빙 둘러 가니 나지막한 후문이 있었고, 그 친절한 아주머니는 먼저 문을 기어올라가 넘은 후 내가 따라 넘을 수 있게 해주었다. 산책하던 부부도 뒤에서 도와주었다. 아주머니는 놀랍게도 트라클이 죽은 곳, 크라카우에서 온 사람이었다. 여기 트라클의 묘는 원래 트라클이 매장된 크라카우에서 남은 것을 조금 추려와 묻은 것이라고 친절하게 설명했다. 아는 사실이었지만 고마웠다. 그러면서도 트라클이 묻힌 곳은 크라카우 근처의 격전지 그로덱이 아니라, 어쩌면 그의 마지막 시 「그로덱」 속일 것 같다는 생각을 했다.

트라클의 묘 앞에서 잠시 놀랐다. 트라클은, 세상에서 단 하나였던 그의 후원자 폰 피커와 나란히 누워 있었다. 루트비히 폰 피커 덕에 그가 세상에 남았다고 해도 과언이 아니다. 무엇보다 트라클은 그의 집에서 살아생전 유일했던 평화의 기간을 누렸다. 이런 종류의 문화적 후원 사업이 트라클로 그치지 않아 원래 부유했던 폰 피커는 결국 부를 유지하지 못하고 말년을 가난하게 보냈다. 이 피커 덕분에(부유했던 철학자 비트겐슈타인의 쾌척으로 한때 릴케가 그랬듯), 트라클은 경제적 위기에서 헤어나올 수 있었다. 살아서 잠깐 한집에 살았던 두 '친구'는 죽어서 오래도록 나란히 누워 있었다. 두 사람의 무덤 한중간쯤에 아래로 가지가 처진 백양나무가, 직역하면 '울고 있는 백양'이 심어져 있었다. 아름다운 슬픔. 그렇게 그가 남아 있었다. 트라클의 무덤에는 끊어진 칠현금과 월계수잎이 새겨져 있어 짧은 생애가 남긴 노래의 불멸을 생각게 한다. 부모도 수습해오지 않았던 트라클의 시신의 잔재가 여기 이렇게 누워 있다는 것, 그렇게 해놓은 사람들이 있다는 것이 왜 이렇게 안도가 되는 것일까. 휴식과 평화라고는 없었던 삶에 대한 형언할 수 없는 연민 때문일 것이다.

내가 혼자 서 있을 수 있도록 뒤에서 나를 기다려주었던 아주머니가 다시 대문을 넘어 폰 피커의 집으로 안내했다. 오솔길을 얼마 걷지 않아 노란 빛깔의 집이 보였다. 집 앞에는 독일에서 찾아보기 어려운 어마어마하게 큰 세쿼이아 나무가 한 그루 서 있었다. 아무리 세쿼이아라 해도 그 정도 크기면, 트라클이 저 집에 살 때도 분명 거기 있었을 것 같다. 캐나다 여행에서 세쿼이아 나무의 씨앗을 가지고 와 뒤뜰에 심은 후, 해마다 겨울이면 더 큰 온실집을 그 위에 지어주던 한 시인이 떠오른다. 이제 사람 키만한 나무 아래서, 그 시인 라이너 쿤체와 이야기를 나눈 적이 있다. 혹 이 나무도 예술가들을 아끼고 키웠던 폰 피커가 그 정성으로 씨앗을 틔웠던 것은 아닐까.

집 뒤편 오솔길을 걷자 아주머니가 트라클이 살던 베란다라며 위쪽을 가리켰다. 오솔길에서 바로 머리 위로, 삼층 건물 한 귀퉁이 중간쯤에 베란다가 있었다. 베란다에 달린 방문이 열려 있고 열린 문 앞에 소박한 의자 하나가 놓여 있다. 고개를 뒤로 젖혀본다. 두 눈 가득히 알프스의 높고 가파른 산등성이가 들어온다. 홀로 저 베란다에 앉으면 이 장엄한 산맥과 그대로 마주하게 되곤 했을 것이다. 여기서 트라클은 생애 처음이자 마지막으로 짧은 '평화'를 누렸고 가장 풍성하게 시를 썼다. 1912년부터 전선으로 불려갔던 1914년 전까지 이 년 남짓. 세상 한끝에, 잠시나마 한 시인이 깃들 곳이 있었다는 게 무척이나 고맙다. 깃들게 해준 이가 있어 고맙다. 건물 일층 왼편 베란다와는 사선 방향의 벽에 커다란 투명 플라스틱판이 설치되어 있다. 시 한 편이 쓰여 있었다.

인스브루크 근교의 뮐라우에 있는 트라클의 무덤. 후원자 루트비히 폰 피커와 나란히 묻혔다.

트라클 묘석의 청동판. 줄이 끊어진 칠현금이 조각되어 있다.

사로잡힌 지빠귀의 노래

— 루트비히 폰 피커를 위하여

녹색 가지 속 어두운 숨결
푸른 작은 꽃들이 외로운 이의
얼굴을, 황금빛 발걸음을 감돈다
감람나무 아래 시들어가며.
후드득, 취한 날개로 어둠이 날아오른다.
그리 나직이 겸허는 피 흘리고
이슬, 꽃피는 가시에서 천천히 방울져 떨어지고.
빛을 뿜는 두 팔의 연민이
부서지는 가슴 하나를 감싸안는다.

외로운 이의 가시관은 "푸른 작은 꽃들"이 되었고, 애써 내디디는 고난의 발걸음은 '황금' 걸음이다. 이제, 시인 트라클은 꽃피는 가시를 이야기한다. "빛을 뿜는 두 팔의 연민이/ 부서지는 가슴 하나를 감싸안는다"고 노래할 수 있었기에('연민'을 '긍휼'로 번역할까 하다가 그만둔다. 그러면 기독교적 색채가 너무 강해질 것 같다). 루트비히 폰 피커에게 헌정한 시이다. 그 시 앞에 한참 서 있는다. 지빠귀, 예언의 새. 고통, 예수…… 얽힌 상념 속에서 조용한 고통과 생명이 기이하게 어우러진다. 골고다를 오르는 한 분이, 한 외로운 사람으로 다가와 있다. 외로운 사람은 모두 골고다를 오르는 이일 것도 같다.

기차시간을 생각하며 아쉽게 자리를 뜬다. 바로 세쿼이아 앞으로 내리막길 하나가 나 있고 그 오솔길에 지빠귀 한 마리가 서성거리고 있다. 유심히 본다. 오솔길을 내려가니 아주 작은 교회가 있고 그 대문 양쪽에 각각 제1차 세계대전과 제2차 세계대전 전몰자를 위한 비명이 박혀 있다. 트라클도 그 안에 포함될까 생각한다. 교회 문 앞쯤 약국이 있고, 그 약국 앞에 긴 사각의 돌우물이 있고, 버스정류장 옆으로는 개울물이 콸콸 흐른다. 물보라가 하얗게 날리고, 서늘한 기운이 다리 위에 선 사람의 얼굴까지 뿜어져나온다. 가만히 온 길을 바라본다. 비탈에 선, 작은 첨탑을 이고 있는 작은 교회, 그 왼편으로는 지빠귀가 서성이던 짧은 오르막 오솔길, 그 길을 조금 더 가면 큰 세쿼이아 나무가 있고, 그 뒤는 온통 깎아지른 듯한 알프스 능선. 이 길이 상처투성이 시인의 짧은 평화의 궤적이었을 것이다.

오래지 않아 버스가 온다. 가까스로 기차에 닿는다. 기차가 인스브루크 중앙역을 벗어나 조금 달리니 멀리 그 작은 뮐라우 마을이 다시 보인다. 자리에도 앉지 못한 채, 내내 창가에 서서 마을과 이어지는 알프스 준봉들을 바라보았다. 그림자처럼 스쳐본 곳, 그러나 그려보는 것만으로도 치유의 향유가 마음에 부어지는, 그런 곳을 다녀왔다는 생각을 하면서.

파울 첼란

Paul Celan(1920~1970)

독일 현대 시단을 대표하는 시인. 1920년 부코비나의 주도 체르노비츠의 유대인 가정에서 태어났다. 독일에 산 적은 없지만, 그곳이 그때까지 합스부르크가 왕령이었기 때문에 모국어가 독일어였다. 세계사의 혹심한 격변을 두루 겪으며 나치 시대의 수용소에서 가까스로 살아남았다. 제2차 세계대전이 끝난 후 부쿠레슈티, 빈을 거쳐 파리로 가서 번역가로 정착했다. 후에 파리 고등사범학교 독일어 교수로 재직하다가 1970년 센 강에 투신했다. 『양귀비와 기억』 『문턱에서 문턱으로』 『언어창살』 『그 누구의 것도 아닌 장미』 『숨결돌림』 등 역사와 언어에 대한 깊은 회의를 지극히 정선된 시어에 담은 여덟 권의 시집을 남겼다.

주도 체르노비츠에서 멀지 않은 야시 성당의 전경. 휴일의 산보객들 가운데 집시들도 자리잡고 있다. 유서 깊은 하시딤의 전통이 깃든 부코비나 지방. 현재 루마니아와 우크라이나에 걸쳐 있다. 오래도록 여러 민족이 평화롭게 어울려 살아온 곳인데 최근 세계사의 갖가지 격변에 휘말렸다.

유리병 편지의 부름

첼란의 부코비나

별 유감도 없이, 문단으로부터는 조금 떨어진 곳에 머물며 글을 읽고 쓰겠다는 생각을 한 지도 꽤 되었다. 아니, 거의 처음부터 그랬다. 좋은 시를 써서 남들에게 보이고 남기기까지 할 수 있다면야 물론 좋겠지만, 시를 삶으로 '살' 수 있다면 더 좋겠다는 생각이었다. 표현예술에 대한, 스스로도 기이한 이런 거리 두기는 아마도 파울 첼란을 읽는 일로 나의 시 공부가 시작되었기 때문일 것이다.

첼란은 루마니아와 소련 접경의 부코비나 지방 태생의 유대인 시인으로 독일에서는 한 번도 살아본 적 없고, 1948년부터 파리에 살다가 1970년에 센 강에 투신했다. 제2차 세계대전 동안 본인은 가까스로 학살을 모면했으나 부모를 모두 잃었다. 놀랍도록 많은 언어를 구사했음에도, 그는 자신의 모국어이자 '살인자들의 언어'인 독일어로 시를 썼다. 변방에 자리했던 그의 시는 1945년 이후 독일 현대시의 정점으로 평가된다. 혹심한 현실의 고통에서 비롯되었으나, 그것은 더할 나위 없이 높은 문학성으로 수렴되었다. 언어에 대한 가열한 추구와 더불어, 출발점에서부터 그의 시에 밴 언어에 대한 회의는, 극도로 정제된 시어에서 결국 실어失語로, 그리고 자살이라는 삶의 마감으로 귀결되었다. 여러 가지 이유로 난해할 수밖에 없는 그의 시를, 나는 험하던 1980년대에 한 편 한 편 옮기며 읽었다. 단순한 번역은 수용이 어려울 것 같아 출판할 엄두는 못 내고, 먼저 그의 시에 대한 책을 한 권 썼다(『어두운 시대와 고통의 언어—파울 첼란의 시』, 문학과지성사, 1986). 그러고 나서는 근 년까지 다시 첼란을 읽지 못했다. 괴로운 한 생애를 함께하고 나서, 센 강까지 함께 들어가버린 느낌이었던 것이다.

그런데 그의 시를 읽었다는 이유만으로, 나는 아주 많은 사람들을 만났다. 그의 시는 쉽게 읽히지는 않지만, 읽은 사람들은 거의 예외 없이 소중히 읽을 수밖에 없어서, 그의 글을 읽은 사람들끼리는 '파울 첼란'이란 이름이 무슨 암호인 양 기이한 동료애 같은 것을 불러일으킨다. 한번은 독일 바이마르에서 열린 괴테학회의 휴식시간에, 옆 사람들이 나누던 이야기가 우연히 귀에 들어왔다. 그중 한 사람이 첼란의 고향에서 온 사람이었다. 반가운 마음에 낯선 사람에게 먼저 말을 걸었다. 파울 첼란을 읽었다는 말에, 그 사람 역시 몹시 놀라고 반가워하며, 자신도 첼란에 관한 논문으로 학위를 받았다고 말했다. 첼란의 고향에 한번 오라는 당부로 우리의 대화는 끝났다. 학회가 끝나고 바이마르를 떠나며 기차역에서 우연히 그를 다시 만나게 되었는데, 차창까지 다가와 꼭 한번 오라고 당부를 했다. 그가 조그만 한국 여자에 대해 아는 것이라곤 파울 첼란을 읽었다는 것뿐이었다. 나중에 보니, 그 사람은 루마니아 독문학계를 대표하는 큰 학자였다. 독일에서 조금 더 머물다가 돌아왔는데, 초청장이 나보다 먼저 도착해 있었다. 그때부터 스무 해 전에 번역해두었던 첼란의 시들을 다시 손질했다. 작은 번역시집을 만들어 선물로 가져갈 생각이었다. 사정이 여의치 않아 뜻대로 되지는 않았는데 그후 여러 해가 지나서 책이 나오기는 했다(『죽음의 푸가—파울 첼란 시선』, 민음사, 2011).

막연하게나마 파울 첼란의 고향에 한번 가보고 싶다는 생각은 줄곧 해왔다. 가혹한 운명으로 첼란이 일찍 등진 곳이기에 흔적이 남아 있을 리 없지만, 그가 스물두 해나 살았던 파리보다 오히려 그곳에서 그의 뿌리가 조금은 더 보일 듯했던 것이다. 그곳 부코비나는 '책과 사람이 함께 살았다'는 유서 깊은 동유럽 지역이다('너도밤나무숲'이란 뜻인데, 공교롭게도 독일 바이마르 근처의 유명한 유대인 수용소 부헨발트 역시 이와 같은 뜻이다). 이곳을 휩쓴 혹독한 근세사의 회오리는 기이한 연민을 불러일으킨다. 오스트리아, 루마니아, 소련, 나치 독일, 그리고 다시 루마니아로 소속국이 바뀌는 와중에 주민들은 매번 고통을 받았고, 유대인들은 거의 절멸상태에 이르렀다. 옛 합스부르크 왕가령이었으므로 일부 계층에서는 여전히 독일어가 사용되고 있다.

그해 5월 말 루마니아에 다녀왔다. 학회는 루마니아 남부에 있는

야시의 극장. 체르노비츠 극장을 지은 건축가가 지었다.

수도 부쿠레슈티에서 멀리 떨어진 중부의 독일어권 도시 헤르만슈타트(현재 루마니아 이름은 시비우)에서 열렸다. 학기중의 빠듯한 일정이었지만 학회 끝나고 하루 반쯤은 첼란의 고향이 있는 지방 부코비나를 위해, 그리고 학회가 시작되기 전의 하루 반쯤은 첼란이 프랑스로 가기 전 잠시 학교에도 다니고 일도 했던 부쿠레슈티를 위해 비워두었다. 먼저 도착한 부쿠레슈티에서는 첼란의 시에 가득한 나무들을 보았다. 아주 고목인 뽕나무, 키 큰 포플러들, 육중한 법원 건물 앞에 마치 「양귀비와 기억」 그 자체인 양 피어 있는 진홍의 양귀비꽃…… 그러고는 그야말로 산 넘고 물 건너 깊은 산골에 자리한 학회 장소 헤르만슈타트로 터덜거리는 소형 버스를 타고 열 시간을 족히 갔다.

부코비나 지방에는 갔으나 그 주도州都인 체르노비츠 시까지는 끝내 가지 못했다. 부코비나 지방이 대부분 루마니아에 속하지만 체르노비츠 부근은 우크라이나에 속하고, 루마니아와 우크라이나 사이에 적대적 감정이 있다는 것을 미처 알지 못했기 때문이다. 스스로도 분단국 출신이면서, 그리고 첼란을 그토록이나 아낀다고 하면서, 그런 문제는 1945년 이후 웬만큼 해결된 과거지사라고 근거 없는 생각을 했던 것이다. 유럽 내에서는 비자가 필요 없고, 드물게 필요한 경우라도 대개는 국경에서 간단한 수속절차만으로 끝이 난다. 그런데 그곳의 사정은 전혀 달랐다. 루마니아, 우크라이나 국경 부근까지 갔다가 결국은 돌아설 수밖에 없었다. 비자가 없으면 갈 길이 없었다. 체르노비츠와 많은 면에서 유사하다는 인근의 야시란 도시에서 밤을 지낸 후, 다시 부쿠레슈티로 돌아왔다.

부쿠레슈티 대학의 숙소. 나의 책상 위에는 항상 첼란의 책이 놓여 있었다.

헤르만슈타트에서 국경 부근까지는 여덟 시간 반, 거기서 야시까지 다시 두어 시간이 걸렸다. 헤르만슈타트에서 국경까지는 카르파티아 산맥을 남북으로 꿰뚫으며 달렸다. 산맥 부분은 야트막한 구릉지대였고 나머지는 모두 지평선이 아득한 끝없는 들판이었다. 갈 수 없다는 곳을 향해서, 못 갈 줄 뻔히 알면서, 그 낯선, 그 막막한 벌판을 달려가는 동안 많은 생각이 오갔다. 낯선 풍경은 자연이었건만, 또한 역사와 현실이 가시적으로 담겨 있었다. 내내 시구들이 머리를 떠나지 않았다. 첼란의 시뿐만 아니라, 학회 기간 동안 매일 저녁 열렸던 낭독회에서의 갖가지 시들이 낯선 풍경의 갈피갈피를 조명처럼 비춰내고 있었다. 한 시인의 고향을 찾아온 것만이 아니라, 시와 삶을 만나러 온 것 같다는 생각에 줄곧 사로잡혔다.

루마니아는 오랜 농업국으로, 어쩌다 보이는 마을들에선 아직까지도 마차가 오고갔다. 길가에 누운 소들과 마당에 드리워진 포도 넝쿨이 눈에 띄었다. 루마니아인, 헝가리인, 몰도바인, 독일인, 유대인, 집시 등 갖가지 말을 쓰는 여러 민족들이 오랫동안 같은 땅에 뿌리박고 옹기종기 살아온 평화로운 역사를 짐작할 수 있었다. 그러나 그런 평온한 마을은 아주 드물었다. 드넓은 농경지. 그 농경지를 더 넓히겠다고 흰 페인트로 표시를 해둔 가로수를 제외하곤 나무를 다 뽑고, 밭둑까지 모두 없애버렸다. 드라큘라의 전설이 서린 카르파티아 산맥조차 전설이 무색할 정도로 극히 짧은 한 구간을 제외하곤, 모든 나무를 면도질하듯 다 뽑아내 그저 민둥구릉에 지나지 않았다. 그리하여 지평선까지 뻗은 아득한 목초지와 옥수수밭. 저 넓은 땅을 가지고 '못살' 이유를 도통 찾아볼 수 없었다. 차를 태워준 사람에게 물어보았다. 무엇이 문제인가. 독재의 후유증이 이다지 긴가. 독재자 차우셰스쿠가 저지른 가장 큰 잘못은 무엇이었는가. 그 사람은 아무 말 없이, 마침 모습이 보인 들판의 농부를 가리켰다. 그 막막한 벌판에 어쩌다 보이는, 곡괭이 한 자루 달랑 든 농부 한두 명. 차우셰스쿠가 몰락한 이후 많은 농부들이 도시로 떠났고, 그 빈자리를 농사일이라곤 전혀 모르는 서툰 도시 빈민들이 채우고 있다고 했다.

차우셰스쿠는 마을을 만이천 개나 없앴다고 했다. 전통적인 마을을 없애고 이따금씩 그 벌판에 난데없는 고층 아파트를 세워 농부들을 몰아넣었다. 그들에게 강제로 '발전'을 선사했던 것이다. 그때 아파트로 따라들어가지 못한 개들이 들개떼가 되어 아직도 돌아다니고 있다. 생산성 향상을 위해 제아무리 나무를 뽑고 밭둑을 없애가며 농지를 넓혔다 한들, 제집에서 내몰려 집단농장 소속이 돼버린 농부가 제 밭도 아닌 땅을 갈며 무슨 흥이 나겠는가. 그 벌판에, 같은 사회주의 체제 속에서 나온 구동독의 시인 라이너 쿤체의 시 한 편이 절절하게 울린다.

민감한 길

민감하다
수맥 위의 대지는. 어떤 나무도
베어지면 안 된다, 뿌리 하나도
뽑히면 안 된다

수맥이 말라버릴 수도 있으니까

얼마나 많은 나무가 잘렸는가
얼마나 많은 뿌리가 뽑혔는가

우리들 마음속에서.

왜 이념은, 권력은, 자본은, 제 땅을 일구는 농부를 놔두지 않는가. 나무가 제자리에 서 있게 두지 않는가. 공장 폐허가 보였다. 불탄 자리인 듯 새까만 건물의 잔해만 남아 있었다. 차우셰스쿠가 무리하게 추진한 공업화의 실패를 보여주는 곳이었다. 공해가 심해서 철거했다고 한다. 구동독 정도를 예상하고 얼마나 심했느냐고 물었다(구동독의 경우 농업을 포함한 거의 모든 부문의 생산성이 서독의 삼분의 일 정도였고, 단지 공해만 세 배였다). 기준치의 이백 배에 달하는 유해가스가 배출되어 그 부근의 산야까지 모두 새까맸다고 한다.

국경 부근에서 덜컹거리는 시골 버스를 타고 두어 시간을 더 들어간 도시 야시의 면면은, 정말로 사진으로 본 체르노비츠와 비슷했다. 건축가 에펠이 설계했다는 호텔 건물은 사진으로 본 체르노비츠의 유대인 집과 매우 유사했고, 아름다운 극장 역시 체르노비츠 극장을 설계한 건축가가 지은 것이라고 했다. 비슷한 역사의 상흔, 오래된 유대교회당, 유서 깊은 아름다운 대학 등 모든 것이 비슷했다. 근년의 누추가 가릴 수 없는 전통은, 가히 압도적이었다. 비록 아이들이 구걸을 하고 있었지만. 대우가 오래전에 현지 공장을 세운 탓인지, 놀랍게도 그곳의 택시는 낡은 것이 티코, 새것이 마티즈였다. 그러나 무엇보다 놀라웠던 것은, 거의 반세기 동안 공산주의를 겪고도 면면히 이어져온 종교적 경건함이었다. 그것은 유럽에서는 찾아보기 힘든 '살아 있는' 종교였기 때문이다. 아름다운 교회 안은 북적거렸다. 평일인데도 사람들은 저마다 좋아하는 성인의 성화 앞에 줄을 서서 기도를 하고 입맞춤을 했다. 초를 꽂아 촛불을 켜고 또한 기도 드리며…… 유럽 대성당들에 거의 관광객용으로 설치된 자그만 촛불들과는 달리, 보통의 긴 밀랍 초들이 꽂힌 대에는 얼마나 많은 촛불들이 켜져 있는지, 대 위에 구비된 열기를 뽑아내는 대형 가스레인지 후드 같은 시설에도 불구하고 교회 안이 온통 후끈후끈했다. 수도 부쿠레슈티에서 우연히 들어선 작은 교회에서도 기도하는 사람들이 어찌나 간절해 보였는지, 문지방에서 그만 엉거주춤하니 오래 서 있고 말았다. 삶 속에 저렇게 깊이 뿌리박은 종교는 고단한 삶의 반증이기도 할 것이다.

전날 저녁 낭독회에서 들은 루마니아 시인의 시가 떠오른다. 아나 블란디아나Ana Blandiana. 루마니아 최고의 시인이라 소개되었고, 다른 사람들도 이의 없이 동의하던 아나 블란디아나의 낭독회는 학회 마지막날 저녁에 열렸다. 작가를 소개하는 평론가나 동료 작가, 청중 들의 존경과 자랑에 번서 놀랐다. 누군가를 그토록 사심 없이, 애정으로 높여주는 분위기가 어찌나 좋게 보이던지. 여러 작품을 루마니아어로 낭독하고, 이어 독일어 번역을 낭독했는데, '최고의' 시인의 작품이 의외로 소박하다는 데 다시 놀랐다. 그러나 여러 편을 듣는 동안 어느덧 동요와 현실과 시가 어우러진 독특한 세계 속으로 차츰 빨려들어갔고, 그 단순해 보이는 시들에 담긴 여운이 오래도록 가시지 않았다. 낭독이 끝난 다음에 나온 청중의 질문과 대답도 인상적이었다. 질문은 "당신은 아직도 루마니아가 '식물적인 민족'이라고 생각하느냐"는 것이었다. 다음 시가 질문의 계기가 된 시인데, 루마니아에서는 우리나라의 〈아침 이슬〉이나 〈타는 목마름으로〉 같은 노래만큼이나 널리 알려진 시였다. 검열이 무섭던 차우셰스쿠 독재 시절에 쓰였다.

내 생각으로

내 생각으로, 우리는 식물 민족.
그렇지 않다면 이 평정이 어디서 오겠나
우리가 지는 잎을 바라보고 있는 이 평정.
이 용기가 어디서 오겠나
다시 태어날 수 있을 것만 같은
확신에 잠겨
죽음에 이르기까지
잠의 미끄럼틀로 우리를 미끄러뜨리는 이 용기
내 생각으로, 우리는 식물 민족—
누구 언제
나무가 반역 일으키는 것을 본 적 있나?

아나 블란디아나는 잠시 당황한 듯했으나, 곧 성실하게 대답하기 시작했다. 대부분의 학회 참석자들이 외국인인 상황을 고려하여 이 질문이 나오게 된 사연을 먼저 설명했다. 민중 혁명으로 마침내 독재 정권이 무너지게 된 직후, 감격의 소용돌이 속에서, 보통 두세 사람 들어가는 라디오 방송국의 녹음실에 오십여 명이 거의 수평으로 포개져 들어갔다고 했다. 그때 아나 블란디아나에게 던져진 질문이 "당신은 아직도 우리를 식물 민족이라고 생각하느냐"였다고 한다. 커다란 목소리로 "아니요"라고, 이젠 아니라고 대답했다고 한다. 거기까지 이야기를 하고, 아나 블란디아나는 한참을 망설였다. 독재 붕괴 후 십여 년이 지난 지금, 똑같은 질문에 다시 대답해야 했던 것이다. 한참 말이 없더니 아나 블란디아나는 "이제는 잘 모르겠다"고 했다. 이번에는 좌중에서 침묵이 흘렀고, 내 눈앞에도 지난 며칠간 보아온 루마니아의 모습이, 특히 부쿠레슈티의 모습이 눈앞을 스쳐갔다.

한때 동유럽의 메트로폴리탄이었던 도시였으나, 독재 시대의 후유증인 빈곤으로 식료품가게 하나 찾기조차 그리 쉽지 않았다. 그러나 다른 한편, 눈에 띄는 자리를 차지하고 있는 맥도널드에는 사치스럽게 차려입은 사람들이 북적거렸다. 고전적 건물들이 늘어선 대로에는 샤넬, 불가리의 부티크가 늘어서 있고, 그 앞에는 구걸하는 소년이 있었다. 중후한 흰색의 행정부 건물, 박물관 등이 있는 중심가 건물 전면에 대문짝만하게 'Johnnie Walker'라는 글씨와 그 심벌인 걸어가는 인물이 빨강색으로 걸려 있었다. 구동독이 무너진 직후, 동독 시인 폴커 브라운은 "사회주의는 가고, 조니 워커가 온다"고, 한 시대를 요약한 바 있다. 조니 워커는 목하 루마니아로 진군해오고 있었다.

사회주의 독재와는 또다른, 어쩌면 훨씬 더 악성일 거대한 힘, 시장경제와의 정면 대결 앞에서 어찌해야 할지를, 청중은 간접적으로 시인에게 물은 것이었고, 시인은 자신의 당혹감을 조용히 드러냄으로써 다시 당혹한 독자의 마음 곁에 서고 있었다. 한동안 큰 홀을 누르고 있던 침묵은 그렇게 해석되었다.

낭독회가 끝나고 나는 번역자에게 다가가 이 시인의 시를 번역하고 싶은데 텍스트를 어떻게 구해야 할지를 물었다. 번역자가 마침 책을 가지고 있지 않아 줄 수 없다며 미안해하는데, 시인이 다가와 여러 언어로 나란히 번역된 자신의 시집을 건네주었다. 옆에 섰던, 독일 작가 뷔트슈톡Uwe Wittstock도 자신의 책을 내게 주었다. 다음날, 학회가 끝나는 날의 아침식사시간, 나는 한 보따리의 선물을 받

"사회주의는 가고, 조니 워커가 온다."
들이닥친 자본주의의 첫걸음이 어디서나 보인다. 부쿠레슈티의 가장 큰 중심대로.

았다. 아주 먼 곳에서 누군가가 와서 파울 첼란의 시에 대해 이야기하고, 아나 블란디아나를 번역하고 싶다고 한 것에 대한 반가움과 고마움을 표시하고 있었다. 평론가 모찬Peter Motzan 씨는 다른 부코비나 문인의 작품집을 들고 왔고, 파울 첼란 연구의 권위자 레만Jürgen Lehmann 교수는 새로 나온 첼란 연구서를, 야시 대학 코르베아 호이시에Andrei Corbea-Hoisie 교수는 자신이 펴낸 독문학 잡지들을 꺼냈고, 다른 이런저런 문인들이 저서들을 건네왔다. 특히 독일에서 활동중인 시인 슐레작Dieter Schlesak과는 이야기가 길어져서 학회의 오전 프로그램을 놓치고 말았는데, 그 사람이 자리를 뜰 수밖에 없을 때가 돼서야 겨우 대화가 끊어졌다. 슐레작 시인이 그 도시에 있는 집시 왕의 초대를 받아서 가봐야 했던 것이다(루마니아에는 아직도 이백여만의 집시들이 살고 있다. 전통적으로 떠돌기도 하고, 모여 살기도 하는데 자칭 집시의 왕이 그곳에 살고 있었다). 집시들에게 자신의 시를 읽어주기 위해 총총히 일어서는 그의 뒷모습에서 부쿠레슈티 시내의 서점 쇼윈도를 채우고 있던 책들이 스쳐지나갔다. 종교학자 엘리아데, 철학자 시오랑으로 가득차 있었고 이오네스코의 책도 많았다. 박물관에서는 브란쿠시가 단연 앞자리였다. 학회 프로그램에는 독문학 전반뿐만 아니라 부코비나 출신 시인들에 대한 발표가 많았다. 학문, 문화, 문학, 시를 가꾸어온 뛰어난 자국의 인물들에 대한 당당한 자부와 헌신적인 존경이 담겨 있었다. 어느새 익숙해진 자본주의적 잣대를 들이대어, 먹을 것 하나 변변히 살 데 없다고 잠시나마 불편해했던 자신을 되돌아볼 수밖에 없었다. 부쿠레슈티로 돌아오니, 아무리 말려도, 결국 가지도 못

체르노비츠 가는 길에서 보이는 마을과 끝없는 평원의 풍경.

할 체르노비츠를 향해 굳이 먼길을 떠난 고집쟁이 손님을 위해 나를 초청한 구투George Gutu 교수의 제자들이 대신 들어다준 내 짐이 호텔에서 나를 기다리고 있었다. 부쿠레슈티 대학에서 펴낸 독문학 잡지들도 짐 곁에 놓여 있었다. 첼란의 시집 『숨결돌림』을 여는 첫 시에서, 시인이 "어깨동무를 하고" 걸었다고 했던 씩씩한 뽕나무였을 것만 같은 고목 뽕나무를 다시 돌아보며 대학을, 그곳 부쿠레슈티를 떠나왔다.

*

야시로부터 부쿠레슈티까지 끝없이 펼쳐진 몰다비아 평원을 달리는 동안 줄곧 생각했다. 나는 또다시 어느 땅 끝까지 왔구나. 아마도 '유리병 편지'의 부름에 이끌려…… 시인 파울 첼란의 손에 이끌려 또다시 사람들을 만나고, 삶을 감내해가는 시를, 시에 깃든 삶을 만났다고 생각한다. 언제쯤 스스로 시를 살게 될지.

지하철역 모베르 뮈튀알리테에서 팡테옹으로 오르는 언덕길.
첼란이 파리에서 처음 정착한 곳이며, 그가 오갔던 파리 고등사범학교로도 닿는 길이다.

시인의 마지막 발자국

첼란의 파리1

한 생애의 발자국들 위에 내 발자국을 얹어본다.

이 몇 안 되는 길 위에는 그의 발자국이 이십이 년에 걸쳐 빼곡하니 찍혔을 것이다. 골목 하나하나를 되짚으며 발이 붓도록 헤매고 다닌 내 발자국 몇몇이 그 위에 포개지기도 했으리라. 아는 사람은 있었다. 지난 5월 루마니아에서 열린 학회에서 만난 파리 고등사범학교École Normale Supérieure의 독문과 교수에게 한번 찾아가마고 했었다. 그런데 연락하지 않았다. 갑자기 짧은 일정으로 파리에 오게 되어 시간이 촉박하기도 했지만, 첼란의 거처들을 둘러보는 데 누군가의 도움을 받아서는 안 될 것 같았다. 스물일곱에 이미 세상의 모든 것을 잃고 국적조차 없이 파리로 왔던 그 막막했던 청년의 발자국은 내가 헤매어 찾아야 할 것 같았다.

불쑥 떠났다. 아침 여덟시, 독일 뮌헨 역에서 주소 일곱 개와 시집 몇 권만 든 채 출발했다. 가장 빠른 직행인데 파리 동부역에 도착하니 오후 다섯시가 넘어 있었다. 벌써 해가 기울고 있어서 초조했다. 그의 마지막 집 근처, 미라보 다리 위쯤에서 지는 해를 보겠다는 생각을 했기 때문이다. 늦어도 내일밤 마지막 기차를 타고 돌아가야 하는 일정이다.

손 안에는 주소 일곱 개. 역의 상점에서 시내 지도를 산다. 복잡한 낯선 지도와 주소 일곱을 일일이 대조할 여유는 없다. 오늘 저녁의 어둠 속에서는 마지막 집만, 형편이 되면 마지막에서 두번째 집까지만 찾기로 한다. 죽음의 집들인 까닭이다. 마지막 거처—에밀 졸라 길. 미라보 다리와 가까운 곳. 지도를 들여다보고 지하철 입구에서 열 장짜리 표를 산다. 이리저리 오가자면 낱장보다 나을 것 같다. 열 장짜리 저렴한 표가 있다는 것이 대도시 파리의 현실에 대한 나의 거의 '유일한' 정보이다.

한 생애의 발자국들 위에
내 발자국을 얹어본다.
(휘청인다, 파임이 깊다.)

에밀 졸라 길은 꽤 길어서 지하철 정거장이 셋이나 있다. 첼란의 마지막 집이 미라보 다리에서 가깝다 하나 얼마큼 가까운지는 모르므로 중간 역에서 내리기로 한다. 길의 시작인 첫 역에서 내려 길을 다 걸어보아야 할 것 같지만, 얼마나 긴지 모르므로 체력을 아끼기로 하고 중간 역 샤를 미셸에서 내려 천천히 다리 쪽을 향한다. 문득 목이 말라 귤 두 개를 사서 먹는다.

건물의 번지를 보지 않고 저 건물쯤이 아닐까 짐작하며 걷는다. 오륙층쯤 되는 낡거나 새것인 연이어진 건물들. 그중 어느 집의 어느 방이냐는 별 의미가 없을 듯하다. 마지막 거처에서 첼란은 그래도 정착해보려 했던 것 같다. 병이 가족에게 위해가 될 만큼 깊어져, 함께 살던 집을 나와서 학교 근처의 단칸방에서 이 년간 지내다가 방이 셋인 이곳으로 옮긴 데는 답답함을 덜려는 생각도 있었겠고, 그래도 뭔가를, 혼자의 삶을 다시 꾸려보려는 생각도 있었을 것 같다. 그러나 몇 달 지나지 않아 그는 빈 서가를 채우지도 않은 채로—그에게는 오천여 권의 책이 있었다—1970년, 정황으로 미루어 추측해보건대 아마도 4월 19일 밤쯤, 센 강에 투신했다. 5월 13일에야 십삼 킬로미터쯤 떨어진 강어귀에서 시신이 발견됐다. 그의 방 책상 위에는 읽다 둔 카프카의 책이 펼쳐져 있었다고 한다.

아직은 불 켜진 방이 별로 없는 건물을 한참 쳐다본다. 다리 쪽으로 내처 걷는다. 다리로 가자면 우선 에밀 졸라 길을 건너고 다시 강 쪽으로 난 작은 길을 두 번 지나야 한다. 에밀 졸라 길을 건너 강 쪽 신호등 앞에 서며 놀란다. 오른편으로 멀지 않은 곳에 화려한 조명으로 장식된 에펠탑이 서 있다. 조명 불빛 탓에 잡힐 듯 가깝게 느껴진다. 파리의 에펠탑이 신기해서 놀랄 리야 없고, 지난 5월에 다녀온 루마니아의 도시 야시가 떠올랐기 때문이다. 첼란의 고향 체르노비츠와 가깝고, 아주 비슷하다고 해서 거기로나마 달려갔던 야시에는 에펠이 설계한 호텔이 있었다. 한참 보았다. 체르노비츠에도 에펠이 설계한 무언가가 있지 않을까. 쓸쓸한 거처를 나서면 바로 솟아 있는 저 탑을 보며 가끔 고향을 생각했을 것이다.

길을 마저 건너면 작은 메트로 정류장이 있고, 그러고는 바로 다리다. 오래전 내가 파리에 처음 왔을 때 퐁 네프나 알렉산더 교처럼 아름답진 않다고 하는, 좀 외떨어져 있어 부근도 삭막한 이 다리를 굳이 찾아왔다. 물론 아폴리네르의 시구 때문이었다. 프랑스어를 배우던 대학 시절 열심히 읽었던 시, 들었던 샹송. "미라보 다리 아래로 센 강은 흐르고. 우리의 사랑도 맞잡은 우리의 두 팔 아래로 흘러가네." 아폴리네르는 첼란이 번역한 많은 시인 중 한 명이기도 하다. 세월이 흘러, 그사이 동네가 다소 자리잡힌 듯 삭막함은 예전보다 훨씬 덜하다. 다리도 예전보다 안정감이 느껴진다. 어둠에 덮였기 때문이기도 할 것이다. 무엇보다 센 강이 내가 서울에서 자주 찾는 한강보다 훨씬 좁아서 그럴 것이다. 강변 쪽으로 내려와서 강을 쳐다본다. 교각 근처의 조각을 자세히 보니 기다란 뿔나팔을 불고 있는 여신상이다. 여기쯤 앉아서 생각할 수밖에 없을 것 같다. 결코 승리도, 풍요도 되려 하지 않는 삶을. 시구가 울린다. "기쁨은 언제나 괴로움 뒤에 오고……" 기쁨이야 괴로움 뒤에 왔지만, 괴로움 뒤에 언제나 기쁨이 왔는가. 그렇지 않았다.

나도 강둑에 주저앉는다. 말이 둑이지 난간 없는 이 둑에서 대롱거리는 내 발끝과 물 사이는 두어 뼘. 그냥 몸을 앞으로 조금 숙이기만 하면 단호한 경계를 넘을 것 같다. 여신상의 발치에도 작은 인물상의 것인 듯한 발이 늘어져 대롱거리고 있다.

어둠 속에 한참 앉아 있다가 한기에 몰려 일어선다. 그사이 에펠탑은 조명이 바뀌어 온통 스팽글 장식을 단 듯 번쩍이고 있다. 이 어두움과 저 현란함 사이의 거리. 다시 신호등쯤에서 한참 에펠탑을 바라본다. 구제된, 하루치 유예된 듯한 아슬아슬한 목숨. 신호등을 건너서도 한참 서성이다 다시 에밀 졸라 길로 들어선다. 맞은편으로 천천히 길을 되짚어 걷는다. 그사이에 건물들 여기저기 불이 켜졌다. 일터에서 사람들이 돌아온 것일 게다. 첼란의 마지막 거처쯤일 건물, 낮은 이층에 불이 유난히 환하다. 부엌에서는 누군가가 저녁 준비를 하고 있고, 다른 방에 있는 이는 부산하게 이 방 저 방을 들락거리며 불을 켰다 껐다 하면서 무얼 찾고 있다. 삶이 비쳐나온다.

이렇게 여기쯤에서 첼란 역시 이따금 저 서먹한, 그러나 일말의 그리움을 끊을 수 없는 남들의 '삶'을 관찰했을 것이다. 그리고 어두운 자신의 거처로 무거운 발을 옮겼을 것이다. 꼭대기층쯤이었을 황량한 방. 말년에는 많이 말라서, 시체가 가벼웠으리라고들 말하지만. 발걸음은 무거웠을 것이다. 환한 삶과 대조된 그 어두움과 고독 속으로 다시는 발 돌리지 않은 어느 밤이 그의 마지막 밤이었으리라.

병과 고독 속에 최종적으로 내맡겨졌던 삶. 카프카의 구절 하나가 머리를 스쳐간다. 첼란이 읽다가 밑줄을 그어놓았던 구절이다. "당신이 나를 버렸다고 말할 수는 없겠습니다. 그러나 나는 버림받은 느낌이고 외롭습니다." 절규하고 절규해야 할 광인의 비명도 첼란에게서는 그어놓은 그 한 줄 밑줄 속에 잦아들어 있다.

첼란이 잠시 혼자 거처한 방이 있었던 학교 근처의 투르네포르 길.

콩트르스카프로 이어지는 시장길.

서 있음, 공중의
상흔이 드리운 그늘 속에
그 누구도-그 무엇도-위한 것이-아닌-서 있음.
아무도 모르게,
오직
당신을
위하여

그 안에 공간을 가진 모든 것과 함께
언어도
없이.

한 사람이 섰던 자리가 "공중의 상흔이 드리운 그늘" 속 한 점으로 좁혀졌었다. 하늘에마저 상처를 내놓은 세상, 그 그늘 안에 "언어도 없이" 그렇게 혼신의 힘으로 서 있다가 자취를 거둔 시인의 삶. 그 자취를 그래도 누군가가 찾고 있다. 그도 누군가를 찾았었기에.

언젠가

그의 기척을 들은 적이 있다.
그가 세계를 씻고 있었다
보이지 않게, 밤새도록
정말로.

파괴된
하나와 무한無限이
〈나〉하였다.

빛이 있었다. 구원이 있었다.

에밀 졸라 길을 끝까지 다 걸었다가 다시 천천히 돌아서, 가운데 메트로 정류장으로 들어선다. 그 정류장과 첼란의 거처는 한편이라, 한 정류장을 더 가서 세 차례나 신호를 기다려 길을 건너와야 하는 미라보 다리 쪽 정류장보다는 이 정류장을 이용했을 것 같다. 마지막까지 일을 했으므로 그 마지막 집과 일터를 되짚어 가보기로 한다. 그의 일터 부근에는 마지막 거처로 옮겨가기 전에 이 년여를 기거했던 단칸방도 있을 것이다. 꼭 열 정거장을 지난다. 정류장을 나서니 바로 낮은 언덕 위에서 그 길 끝을 가로막고 있는 팡테옹이 보인다. 지도로 보아 저 팡테옹 반대편으로 연결된 길, 윌름 길 끝에 파리 고등사범학교가 있다.

경사진 길을 걸어 올라가며 줄곧 생각한다. 삶과 죽음 사이, 열 정거장. 길을 가로막은 팡테옹 앞까지 와서 건물 뒤로 돌아갈까 앞으로 돌아갈까 망설이다 뒤로 돌아간다. 팡테옹 같은 위압적인 건물이 전면으로 사람을 끌지는 않았을 것 같다. 윌름 길, 아니 울름 길로 들어서며 이상한 기분이 든다. 이 골목은 어쩌다 독일 도시 이름을 갖게 되었을까. 아마도 그곳에서 태어난 아인슈타인 덕분일 것이다. 뮌헨에서 기차를 타고 오면서 울름을 지나쳐 왔다. 울름을 지나가노라면 늘 드는 생각. 한 큰 과학자가 태어나 이 작은 곳이 그리도 이름 높아졌구나. 또 더 예전에는 이 부근에서 눈 때문에 부대가 진군을 못하던 겨울 그 부대의 군인이던 한 청년 철학자가 작은 책 『방법서설』을 써서 근대적 사유의 틀을 놓았다. 나는 생각한다, 고로(실은 '그럼으로써') 존재한다고.

울름 길을 조금 걸어가자니 퀴리 연구소가 나온다. 아주 낡은 건물도 있고 새 건물도 있다. 교육학과 건물이 한 채 그 사이에 서 있을 뿐, 온통 퀴리 연구소 건물들로 길이 차 있다. 언젠가 막막하게 폴란드를 떠나온 한 소녀의 저러한 현전. 막막하게 루마니아를 떠나온 한 청년에게도 압도적으로 다가왔을 것이다. 이 현란한 도시에서 하나의 존재 가능성으로서 말이다. 문학이 자연과학 같은 성과를 낼 수 없다는 것을 알더라도 청년의 뇌리를 스쳐갈 수 있는 꿈들이 있었을 것이다. 퀴리 연구소들의 끝머리, 화학 연구소 맞은편에, 숨겨지다시피 파리 고등사범학교는 있다.

금요일 밤, 문은 굳게 잠겨 있다. 저 안쪽에 오래된 작은 뜰이 있음을 안다. 그 뜰을 에워싼 낡은 건물에는 뜰을 향한 창들이 오밀조밀 나 있다. 그중 하나 앞에 첼란이 자주 섰을 것이다. 1959년부터의 그의 직장. 1948년 무작정 온 무국적 청년은 온갖 번역 잡일로 생계를 이어오다, 마침내 이 최고 학교에서 독일어를 가르칠 수 있게 되고 생활의 안정을 얻게 된다. 마지막까지 지킨 일터. 이 일터가 얼마나 중요했을까. 집을 떠나 이 부근 단칸방을 얻기 전에 이미, 그는 자주 연구실에서 밤을 새웠다.

그 단칸방이 있었다는 길을 찾는다. 울름 길과 조그만 광장 라 콩트르스카프 사이의 작은 골목길. 이 광장의 이름을 제목으로 하는 시 한 편을 첼란은 남겼다. 이 작은 광장에 역사의 상처가 새겨진 어떤 순간 때문이었다. 자그만 가게들, 그리고 큰 카페 둘이 광장을 에워싸고 있다. 카페 콩트르스카프와 카페 라 쇼프. 라 쇼프 쪽이 첼란의 단골 카페였다. 그 광장에 한참 서 있었다. 찾는 골목길은 잘 찾을 수가 없다. 작은 골목인 탓인지 내가 산 지도에는 나오지도 않는다. 헤매면서 꽤 즐비한 음식점 중에서 중국집도 눈여겨본다. 아주 오래전 처음 파리에 왔을 때 지인의 안내에 이끌려 팡테옹 뒤에 있는 '광명'이라는 중국집에서 우동을 먹었던 기억이 있다. 한국에만 있는 중국집 우동을 유럽에서 먹었으니 기억에 남아 있을 수밖에. 그 중국집이 망하려 해서 한국 학생들이 한국에만 있는 우동, 짜장면을 알려줘 그 메뉴로 회생했다는 이야기를 듣고 많이 웃었었다.

첼란의 단칸방을 다시 찾아보기로 한다. 그러다 학교와 등을 댄, 거의 막다른 외진 골목에서 엉뚱하게 중국집 하나가 보인다. 광명이다! 놀라며 바라보다 들어선다. 조그만 창가에 자리를 잡고 앉는다. 우동이나 짜장면은 메뉴판에서 식별할 수 없어 잡채밥과 재스민차를 시킨다. 벌써 다리가 몹시 아프다. 예전에는 남편과 함께 왔었다. 물같이 흘러간 세월의 파노라마가 스쳐간다. 이십오 년 전, 많은 대가를 치렀던 그 짧은 유학 시절, 주중에는 미친듯이 일을 하고 주말에는 마지막인 듯 여행을 했다. 그때는 다시 유럽에 올 수 있으리라고 생각하지 못했기 때문이다. 그사이 세월이 바뀌었고 혼자서 헤아릴 수도 없이 유럽에 왔다. 그러나 파리에 다시 온 건 처음이다. 밥을 먹고 나서 주인에게 투르네포르 길이 어디 있느냐고 묻는다. 친절한 종업원이 잘 아는 걸 물어 반갑다는 듯 바로 옆 골목이라고 한다. 또 이 가게가 언제부터 있었느냐고 물으니 사십 년 전부터라고 한다. 사십 년 전이면 첼란의 생시다. 그에게도 이 음식점은 낯설지 않았을 것이다. 스무 해 넘게 이 동네를 오갔을 뿐만 아니라 1967~1969년에는 옆 골목에서 살았으니. 투르네포르 길에 한참을 서 있는다. 투르네 포르—'계속 돌아다니라'라니. 별난 이름이다. 떠 있는 이름 같다. 떠 있는 사람들이 헤매는 곳 같다.

인적 없는 길거리에 한참 서 있다 문득 시계를 보니 열한시 반이 다 되었다. 나도 어디선가 잠을 조금 자야 할 텐데. 민박집 전화번호는 한두 군데 알아왔으나 전화할 엄두가 안 난다. 상식적인 여행자라면 도착하자마자 내 숙소부터 찾는 것이 순서인데 이제야 잠잘 곳 생각이 났다. 전화도 없고, 무엇보다 손 안에 든 일곱 개의 주소 외에 주소를 하나 더 알아내어 찾아가야 한다는 것이 지친 상태로는 엄두가 나지 않는 일이었다. 막막히 걷는데 한국 식당이 보인다. 들어가서 물으니 광고가 실린 신문을 준다. 근처 호텔들은 칠십 유로쯤, 민박은 이십 유로쯤이라고 한다. 식당에서 얻은 신문을 들고 나와 어렵사리 찾아서 건 전화번호는 자꾸 통화중이다. 통화가 될 때를 기다리다 눈을 드니 맞은편에 아주 허름한 '학생 호텔' 하나가 보인다. 달려가본다. 유리문에 나붙은 가격은 보통 호텔의 절반 조금 더 된다. 망설이다 들어선다. 교외의 민박집을 찾아다닐 힘도 없거니와 이 동네에서 조금 더 머물러 있어야 할 것 같다. 졸던 흑인이 방값을 선불로 받고 열쇠를 내준다. 프런트는 그런대로 그럴싸했으나 오층으로 올라가 문을 여니 방이 참 초라하다. 침대는 두 개나 있지만 세면대 하나, 뚜껑도 없는 변기가 방 한가운데 덜렁 있을 뿐 허름하기 그지없다. 생제르맹 대로변에 이런 곳이 있다니. 하지만 첼란이 처음에 살았던 방도 별로 낫지 않았을 것이다. 대학 공부를 다 하고, 결혼을 하고 또 한참을, 아이가 태어나 비좁아서 더이상 견딜 수 없을 때까지 이런 방에서 살았을 것이다. 바람같이 온 내게도 이런 곳이 있다는 것만으로도 고맙다. 조금 누워 쉰다. 낮에 찾아들어 무거운 가방이라도 놓고 돌아다녔더라면 좋았을 것을. 조금 있다가 일어난다. 아마도 이 근처일 첼란의 첫 거처를 밤중에라도 찾아놓아야 할 것 같다. 내일 오전에 좀더 찬찬히 둘러본 다음, 오후에 그가 가족들과 살던 동네들까지 둘러보고 나서 돌아가자면 말이다. 아니면 이 근처가 아니라는 확인만이라도 해야 내일 계획을 짤 것 같다.

콩트르스카프 광장에서 오는 길에 에콜 길이 있어 반가워서 둘러보았으나 그 길에는 31번지가 없었다. 28번지에서 끝나는 에콜 폴리테크니크 길이었다. 지도를 다시 보니 에콜 길은 파리에 네 군데나 있다. '학교 길'이니 왜 흔하지 않겠는가. 정적에 감싸인 겨울 한밤중 나 혼자 빈 거리를 기웃거리며 걷는다. 지도에 나와 있는, 에콜 폴리테크니크를 제외한 나머지 세 에콜 길 중 하나, 호텔 근처에 있는 에콜 길을 찾아가 본다. 31번지가 있다! 첼란의 첫 거처 31번지, 그 집은 옆집인 29번지의 호텔과 합쳐서 대폭 개수를 하여 '쉘리 생제르맹'이라는 이름의 큰 호텔이 되어 있다. 그러나 수리중이다. 내가 든 호텔과 아주 지척이다. 붙어 있는 옆 건물 사이에는 조그만 계단이 있어 다시 뒷골목과 이어진다. 저 모퉁이를, 이 길 '학교 길'을 닳도록 다녔겠구나. 당시에는 몹시 허름했을 건물, 분명 맨 꼭대기 층쯤에 방 하나를 구했을 것이다. 소르본 본관(파리 3·4대학)에서 콜레주 드 프랑스를 거쳐, 소르본(파리 6·7대학)을 잇는 그 길가. 여기에, 대학이, 책이 있는 곳에 어떻게든 자리잡아 살아보기로 하였구나.

스물세 살에 이미 세상 모든 것을 다 잃어버린 첼란. 그가 친구 집에 피신한 사이 부모는 끌려가서 학살당했다. 첼란 자신도 살인적인—거의 죽을 때까지 일을 시키는—노동수용소에 갇혀서 일하다 '우연히' 살아남았다. 노동 능력이 없는 사람들을 추려내 살인수용소로 보내는 줄에 섰던 첼란은 감시가 소홀한 틈을 타서 잔류자 줄로 옮겨 섰다. 나중에 머릿수가 맞지 않자 아무나 한 명을 뽑아내 머릿수를 채웠다고 한다. 지옥을 벗어나 빈손으로 이곳에 온 그 혈혈단신의 청년은 어느 편지에 썼다. "몹시 외로워요, 이 놀라운 도시 한가운데서 어찌할 바를 모르고요, 이 도시에서 내가 가진 것이라곤 플라타너스 잎밖에 없습니다." 그런데 '학교 길'에는 가로수조차 없다. 다시, 또다시 살아야 했던 한 삶의 현장일 뿐.

바로 지척인 호텔로 돌아온다. 호텔 문이 잠겼다. 자리옷 차림의 흑인이 문을 열어준다. 살금살금 오층으로 올라오니 옆방들에선 코 고는 소리가 요란하게 들린다. 언젠가 번역해서 출판했던 『말테의 수기』를 떠올린다. 첼란이 좋아했고 그 흔적을 좇았던 릴케가 산 방 역시 이러했을 것이다. '파리의 오층 방', 맨 꼭대기 층의 허름한 방에서 릴케의 말테는 옆방의 숨소리, 냄비 뚜껑 굴러가는 소리를 고스란히 들으며 이 초라한 삶에다 우리가 다시 부여해야 할 가치를 생각했다. 작은 것을 소중히 하고 기억들을 묻힘으로써, 또 보이지 않는 것을 보는 힘으로 초라한 존재 자체에도 다시 의미를 부여하고 싶어했다. 나는 릴케처럼 존재론적 성찰은커녕, 피로에 지쳐 침대에 몸을 던지자 바로 잠들고 만다.

눈을 뜨니 비가 오고 있다. 아침을 먹으러 내려간다. 아침식사는 커피에 크루아상 하나, 반 뼘쯤 되는 작은 바게트 한 쪽뿐이다. 돌아다닐 생각에 열심히 집어넣고 나와서 어제저녁 이 동네로 들어서면서부터 어둠 속에서 걸은 길을 빗속에서 되밟는다. 카르므 길로 들어서며 에콜 길을 왼편으로 건너다보니 호텔 쉴리의 옆 계단에 초라한 중년 남자가 쭈그리고 앉아 있다. 길 건너편에서 나는 수리중인 호텔의 사진을 찍는다. 그 작은 네거리의 꽃집도 찍는다. 첼란이 꽃집을 눈여겨보지 않았을 리 없으므로.

아름다운 생테티엔 뒤몽 성당. 릴케도, 첼란도 들르던 곳이다.

팡테옹까지 가서 팡테옹을 둘러보는 대신 그 뒤편의 자그마한 생테티엔 뒤몽 성당에 들어가본다. 건축물의 식물적 아름다움에 놀란다. 한 송이 꽃 같다. 릴케도 자주 섰던 곳이다. 달빛 어린 이곳의 모습을 써놓기도 했다. 첼란도 이따금 들렀으리라. 쉬고 싶을 때였을 것이다. 이 정적 속에 앉았으리라. 생테티엔 뒤몽을 나와서 그래도 팡테옹앞으로 한번 가본다. 위압적 건물. 안을 들여다보다가 잘린 목을 들고 있는 대형 그림이 입구를 장식하고 있어 들어가지 않는다. 생드니. 제아무리 성인에 관한 그림이어도 인간의 이런 잔혹함을 보고 싶지 않다. 이 위압적, 국수적 건물이 지닌 그 공격적, 배타적 추모의 성격으로 인해 로마의 팡테옹에 대한 인상마저 버릴 것 같아 얼른 떠난다. 여기에 불후의 명성을 누리도록 '선별된' 작가들 또한 잠든 줄 알면서도. 그냥 파리 고등사범학교를 향한다. 여전히 잠겨 있는 담벼락 높은 건물. 그 앞의 유서 깊어 보이는 화학연구소만 보고 이번에는 건물 오른편 골목으로 접어들어본다. 높은 중세적 담벼락을 따라, 정말 중세 같은 골목이 이어진다. 따라간다. 바로 투르네포르 길과 만난다. 투르네포르 길과 교차해서 이어지는 골목을 들여다보니 테이블 몇 개가 아기자기 놓인 음식점들이 즐비하다. 음식점 앞에서 노인이 골목을 쓸고 있다. 빈 투르네포르 길을 건너보다가, 그 정적과 외로움에서 눈길을 거두고, 그 아기자기한 골목으로 들어선다.

골목이 끝나는 곳은 뮈타르파 길. 약간 오르막인 왼쪽은 콩트르스카프 광장이고 내리막인 오른쪽은 아기자기한 시장 골목이 연잇는다. 치즈가게도 있고 통닭을 굽는 가게도 있고, 생선가게도 있다.

그 북적이는 골목 한중간에 도서관도 하나 있다. 자그맣지만 오래된 생테티엔 도서관. 탐색되어야 할 삶을 생각하게 하는 곳. 이제 찾아져야 할 삶을 기억시키는 소음, 발자국, 냄새 들. 골목 안 과일가게에서 귤 두 개와 리치 세 개를 산다. 광장에 한참 서 있다가, 얕은 오르막을 올라 숙소, 호텔로 되돌아온다.

첼란의 학교 근처에 위치한 콩트르스카프 광장. 오른쪽 일층에 첼란이 들리던 카페 '라 쇼프'가 있다.
첼란은 이 광장에서 있었던 시위를 보고 「콩트르스카프」라는 시를 썼다.

첼란이 병에 걸리기 전까지 가족과 함께 살았던 집. 롱샹 길 78번지 맨 위층이다.

삶의 집, 죽음의 집

첼란의 파리2

시인 릴케에게 깊은 인상을 남겼던 양탄자 그림들이 어디 있을까 생각했다. 조금 쉬고 호텔을 나서 클뤼니 역으로 간다. 중세, 로마의 폐허가 보인다. 작은 박물관인 것 같아 시간 생각을 하지 않고 그냥 들어가보니, 그곳이 옳았다! 놀라운 양탄자, 〈일각수와 함께 있는 숙녀〉가 바로 거기에 있었다. 입구 첫 방에 걸린 '세속적 삶'을 그린 고블랭직 양탄자들의 정교함에도 놀랐지만, 이층 끝 방에 걸려 있는 〈일각수와 함께 있는 숙녀〉 앞에 오래 머물렀다. 나와 보니 양탄자 다섯 장 앞에만 두어 시간쯤 서 있었던 듯하다. 더없이 정교하고 커다란 중세의 양탄자는 그것만으로도 놀랍고, 한편 압도적이거나 정교함이 극한 유물들이 흔히 그렇듯, 누가 저걸 만들었나 하는 생각이 먼저 들어 감탄에는 착잡함도 섞인다. 〈일각수와 함께 있는 숙녀〉 연작은 특히 알레고리의 흡인력이 대단하였다. 감각의 알레고리들이 한 여성과 여러 동물들, 꽃들로 표현되어 있었다. 그중에서도 여인이 든 거울에 제 모습을 비춰보는 일각수가 그려진 '시각'의 알레고리는 신비하게 아름다웠고, 특히 마지막 그림 '나의 유일한 소망'은 그것이 무엇인가를 보는 사람이 스스로 묻지 않을 수 없게 하는 수수께끼 같은 그림이었다. 이 그림 때문에, 신비로운 일각수의 묘한 미소 때문에, 또 꿈의 정수리마저 잡아쥔 불안한 인간의 안타까움 때문에 그토록 오래 한 그림 앞에 서 있었던 것일까.

그 중세 박물관 안마당에는 깊은 우물이 하나 있었다. 좁은 중세

중세박물관 안마당의 우물.

적 뜰 안, 벤치에 앉아 그 오래된 우물을 바라본다. 그사이 날이 개어 눈부시다. 우물—생명을, 근원을, 고향을 생각하게 하는 것. 그러나 첼란의 참혹한 기억들 속에서는 고향의 우물물조차 이지러진다. 생명의 언어를 꿈꾸게 하는 그런 샘물을 노래하면서도 첼란의 언어는 날카롭고 온통 토막나 있다.

……콸콸 샘물이 흐른다

너희, 기도로—, 너희, 독신瀆神으로—, 너희
기도로 날 선
나의
침묵의 칼.

너희 나의 나와 더불어 불不
구具된 말들, 너희
나의 똑바른 말.

부르고 싶은 노래도 음절이 토막나 있다. 세상은 온통 토막나 있는 것뿐.

우리 동요를 부르리,
들리지, 그 동요
인人들과 간間들이 있는, 인간들이 함께 있는, 그래, 그

뒤엉킨 덤불과
눈 한 쌍이
거기 그리 마련되어
눈물—또—
눈물로 함께 있는 그 동요.

그러나 이 토막난, 버릴 수 없는 것들이 그에게는 시어가 된다. 그 시어로, 그 "몽당손"으로 다시 삶을 이야기한다.

그 누구의 빰을 비비랴,
네 빰이 아니면, 삶이여.
몽당손으로 찾은 네 빰이
아니면.

박물관을 나서면 바로 소르본 대학 본관 정문이다. 대학 건물 정면만 한참 쳐다본다. 여기서 에콜 길이 시작된다. 프랑스 대학과 첼란의 첫 거처를 지나 파리 6·7대학에 닿을 때까지 긴 에콜 길을 따라 걷는다. 길가에서 놀랍게도 루마니아의 민족시인 에미네스쿠의 동상과 마주친다. 꽃다발이 놓여 있다. 첼란도 자주 쳐다보았을 것이다, 만약 그때도 저 동상이 서 있었다면.

에콜 길이 파리 6·7대학과 만나는 곳에서 오른쪽으로 꺾어 조금 더 가면 식물원이 있다. 릴케의 유명한 시 「표범」이 쓰인 곳이다. 그 때문이 아니더라도 식물을 몹시도 아낀 첼란이 얼마나 많이 이 길을 걸었겠는가. 학생 시절부터 식물에 대한 첼란의 애정과 지식은 각별했다. 언어와 생물에서 유난히 두각을 나타냈다. 체르노비츠의 학생 시절 그가 사랑했던 소녀에게 선물한 조그만 식물 그림책이 떠오른다. 소년 첼란이 식물 이름을 일일이 정성스럽게 사 개 국어로 적어놓은 것이었다.

오래된 청동 쇠창살문을 지나 식물원으로 들어서면서 놀란다. 사자 두 마리의 조각상이 있는 분수대 곁으로 커다란 플라타너스가 서 있다. 아, 저 나무이겠구나. "내가 가진 것이라고는 플라타너스 잎"뿐이라고 했던 시인의 나무이겠구나. 어젯밤과 오늘 오전에 헤맨 길에서 나무를 찾기가 쉽지 않았고, 어쩌다 나무들이 있어도 플

파리 식물원의 플라타너스.

잠시 살았던 몬테비데오 길의 집.

라타너스는 없었다. 삭막한 숙소를 나와서 시인의 발길이 달리 어디로 향했겠는가. 일각수 양탄자 역시 시인을 매혹했겠지만, 보자면 입장료가 필요했으니 자주 가지는 않았을 것이다.

거기 우뚝 선 플라타너스는 주위의 레바논삼나무들을 압도하며 눈부시게 서 있었다. 시인의 꿈이 걸렸던 곳일 것 같다. 오솔길을 조금 걸어 선인장 온실을 지나가다가 다시 놀란다. 왼편으로는 플라타너스로 가득찬 가로가 멀리까지 이어져 있다. 플라타너스가 이렇게 많았구나. 고목인 플라타너스들은 잘 다듬어져, 건너편 나무와 가지가 맞닿아 있다. 잎이 돋으면 녹색 터널을 이룰 것이다. 플라타너스 가로의 벤치에 주저앉는다. 날씨 좋은 주말이라 겨울인데도 산보객들이 제법 있다. 연인들의 입맞춤, 아이들의 재잘거림이 공중에 밴다.

한 시인의 스물두 해 파리 생활을 이미 엿본 듯하다. 이 플라타너스 길의 초입에서. 끝과 시작은 이미 보았으니 이제 남은 것은 집들. 가족들과 생활한 먼 곳의 세 집은 '점점의 행복'일 것이다. 한 청년이 모든 절망의 끝에서 맨손으로 파리에 온다. 대학 앞에 주저앉는다. 일 년도 채 지나지 않아 기본 과정을 마쳤다. 그러나 삼 년을 더 다녔다. 아마도 학생증 때문이었을 것이다. 달리 신분증은 없었다. 그 헐벗은 생존에 유일한 위로, 플라타너스. 어느 다른, 아득히 먼 곳에서 이런 플라타너스 길에 대학 시절의 발자국과 물음을 찍었던 스스로의 기억을 돌이켜본다. 즐겨 되뇌곤 했던 김현승의 시구를 생각한다. "꿈을 아느냐, 네게 물으면/ 플라타너스/ 너의 머리는 어느덧 파아란 하늘에 젖어든다."

동서로 소르본에서 소르본으로 이어지는 긴 길. 한끝에는 양탄자의 씨실과 날실로 짜인 '예술'이 있고, 조금 더 가면 서점들과 헌책 노점이 있고, 다른 한끝에는 그의 유일한 자산, '숨쉴 곳'인 플라타너스 길이 있는, 이 삶의 길. 여기서 터 닦아보려 하였을 것이다. 다시 삶 속에서, 이 길에서 끝까지 버텨내며.

'학교 길'과 식물원 사이의 길 이름은 '뤼 드 쥐시외Rue De Jussieu'이다. 이유 없이 발음이 한참 틀린 '유대인'이 떠오른다. 국적 없는 유대인이라는 철저한 이방인이었던 청년 첼란은 이 낯선 파리에서 글을 씀으로써 삶의 터를 잡으려 했다. 쓰기로 했고, 또 쓰지 않을 수 없는 그 글을 그는 이 파리 한가운데서 독일어로 썼다. 독일어는 그가 한 번도 살아본 적이 없는 나라의 언어이고, 자신의 부모를 죽이고 자신을 말살하려 한 '살인자들의 언어'였지만, 그에게는 모국어이고 또 어려서부터 어머니와 함께 즐겨 읽었던 '문학 언어'였다. 그는 그 언어로 글을 쓴 릴케, 트라클, 하이네, 카프카를 사랑했다. 몇십 년 열중해서 남의 나라 문학을 들여다보다가 이제는 내 글마저 남의 말로 써대곤 하는 나를, 겪은 박해도 없이 남의 언어 속으로 도망치는 나를, 돌아보며 변명을 해본다. 첼란이 사랑했던 바로 그 글들을 나도 사랑했다. 물론 그도 그 글들을 사랑했던 줄 몰랐던 때부터도. 어찌하여 그 먼 곳, 루마니아 끝자락에서 나서 자란 그와 유라시아 대륙 반대 끝의 내가 같은 시인들을 그리 아꼈을까. 얼마나 강한가, 시어의 힘은.

그리고 에콜 길과 교차하는 이 길. 그의 최후의 일터와 지하철역 모베르 뮈튀알리테 사이를 잇는 이 삶과 죽음의 길. 열 정거장 너머에 마지막 거처가 있고, 그 곁에는 막다른 골목, 그리고 넘실거리는 센 강이 있다. 지도 위에 선연하게 그려져 있는 십자로, 이 위를 발바닥이 닳도록 걸었을 것이다. 글 속에 자리잡기로 한 채로. 겨우 건진 목숨으로 그는 문학의 길을 걸었다. 그후 그의 손이 모은 것도, 남긴 것도 모두 책뿐이다. 오천여 권의 책을 소장하고 있었지만 자신의 글은 시집 여덟 권에 두 편의 연설문과 한 편의 짤막한 산문뿐. 그 밖의 번잡한 글은 전혀 남기지 않았다. 사람들이 나중에 유작 시집 두 권을 더 내었을 뿐이다.

우연히 살아남았다. 첼란의 고향 체르노비츠는 부코비나의 주도다. 루마니아어로도, 러시아어로도 너도밤나무가 많은 곳이라는 뜻인 유서 깊은 동유럽 지방으로, 여러 언어를 쓰는 여러 민족이 오랫동안 평화롭게 어울려 살아온 고장이다. 합스부르크가의 변방이었기 때문에 첼란의 모국어는 독일어다. 카프카와 비슷한 언어적 상황이다. 그러나 첼란의 경우는 이 유서 깊은 평화로운 지방이 세사에 혹독하게 휘말림으로써 청년기부터 고난의 생애가 시작된다. 제1차 세계대전이 끝나면서 루마니아로 편입되었던 이 지방에 소련군이 들어오고, 히틀러가 침공하고, 그런 와중에 이 지방에 자리잡았던 유대인의 팔분의 칠이 소멸되었다. 전후 부코비나 지방은 분할되어 체르노비츠가 있는 북 부코비나는 소련 영토가 되고, 나머지는 루마니아 영토가 되어 접근이 불가능해져버렸다.

첼란 자신은 김나지움을 마치고 의대를 가려 했으나, 루마니아 전역에서 유대인에 대해서는 엄격한 정원제를 실시한 까닭에 대학에 다닐 길이 없어 1938년 프랑스 투르 의대에 진학했다. 투르로 가는 길에 처음 독일을 지나갔는데, 그것이 하필 나치가 모든 유대인 건물을 일제히 급습하여 무차별 파괴한 소위 '수정의 밤'(1938. 11. 9) 다음날 아침이었다. 예과 일 년을 마치고 집에 돌아갔을 때 제2차 세계대전이 발발해 더이상은 공부를 계속할 수가 없었다. 히틀러가 침공하면서 유대인 소탕이 시작되었다. 첼란은 피신하였으나 부모는 끌려가 죽었고, 첼란 자신도 노동수용소에서 간신히 죽음을 모면했다. 이후 부쿠레슈티, 빈을 거쳐 파리로 오게 되었다. 1948년 7월 스물일곱 살 때부터 이후 1970년 죽음에 이르기까지 이십이 년을 이곳 파리에서 살았다. 즐겨 읽던 릴케, 트라클, 하이네의 흔적을 찾으며 찾으며 와 닿은 곳. 이 길 위에서 생애의 대부분을 보냈을 것이다.

한 생애의 발자국들 위에
내 발자국을 얹어본다.
(휘청인다, 간간이 금강석 알갱이.
내 슬픔의 무게로 휘청인다)

행복이야 어딘들 없겠는가. 판화가 지젤 드 레스트랑주와의 만남. 귀족의 성을 가진, 조용하고 열정적이며 따뜻한 이 여성은 뿌리 없는 청년 첼란과 1953년에 결혼하였다. 마지막에는, 그의 병이 가족을 위험하게 하기에 그가 집을 떠나게 되었지만, 평생 좋은 반려였다. 그녀와 가정을 이루면서, 첼란은 시집 『문턱에서 문턱으로』를 그녀에게 헌정하였다. 후기 시집 『숨결돌림』 중에서 「숨결수정」은 아내 지젤의 판화와 나란히 영감을 주고받는 가운데 이루어졌다. 이 공동작업은 아름다운 부부애의 예로 꼽힌다.

결혼을 하고, 첫아이가 태어나고, 죽고, 다시 둘째 아이가 태어나 크면서 비좁아진 집을 떠나 이들은 파리 16구 전철 종점쯤에 집 하나를 얻는다. 집주인이 바뀌는 바람에 근처 몬테비데오 길 모퉁이 집으로 이사를 했다가 1958년 드디어 얻은 안정된 집은 전차 종점에서 한 정류장쯤 시내 쪽, 롱샹 길 78번지. 같은 구역이다. 병으로 집을 떠날 때까지 첼란은 이곳에서 살았다. 긴 롱샹 길에서 78번지가 어디쯤일지 감이 안 잡혀 전차를 복잡하게 두 번이나 갈아타서 빅토르 위고 광장에서 내린다. 개선문이 멀지 않을 것 같다. 이 주변은 작은 광장들조차 모조리 개선문 광장식으로 여덟 방향으로 길이 나 있어 어느 것이 계속되는 길인지 헷갈린다. 개선문 반대편쪽으로 걷다가 골목으로 접어들어 모네 광장까지 간다. 동네 골목에는 작은 가게들이 늘어서 있다. 모네 광장에서 다시 조그만 멕시코 광장까지 간다. 멕시코 광장에 닿자 다시 놀란다. 거기서 뻗어나가는 길 한끝을 에펠탑이 정면으로 막아서고 있다. 강 건너 미라보 다리쯤에서는 오른편으로 보였는데 여기서는 정면이다. 강물 건너 비스듬히 마주보고 있었다, 삶의 동네와 죽음의 동네는.

멕시코 광장을 한가운데 두고 롱샹 길이 이어지고 있었다. 왼편 끝쯤에는 처음에 산 두 집이, 오른편 끝쯤에는 오래 산 집이 있었다. 먼저 오래 산 집으로 향한다. 평범한 건물. 아래층에 식료품상과 침구가게가 있다. 어느 층쯤에는 건강요법 의사도 있나보다. 조그만 문패와 초인종이 있다. 집을 쳐다본다. 꼭대기 육층에는 발코니가 있고 식물을 들여놓을 수 있는 작은 울타리가 마련되어 있는 집이 있다. 아마도 저 집일 것이다. 저곳에서 잠깐씩 빛난 행복의 광채들. 아들 에릭이 처음으로 "꽃"이라는 말을 했던 날, 첼란은 시 「꽃」을 썼다.

꽃

돌.
내가 따라갔던 공중의 돌.
돌처럼 먼 너의 눈.

우리는
손이었다,
어둠을 남김없이 퍼내어, 찾았다
여름을 올라온 말〔語〕
꽃.

꽃—맹인의 말.
너의 눈과 나의 눈이
물을
마련한다.

성장.

마음의 벽이 한 꺼풀 한 꺼풀
떨어져내리는 것.

이 같은 말 하나 더, 그러면 종추鍾錘들이
막힘없이 흔들리리.

대표적인 서정시의 대상, 혹은 시 자체의 은유로서 꽃의 이미지는 시 자체의 역사만큼이나 많은 굴곡을 겪어왔지만 이처럼 굳어진 이미지는 찾아보기 어려울 것이다. 경직된 의식에는 알 수 없는 고통이 서려 있고("돌처럼 먼 너의 눈"), 세상을 가득 채운 어둠은 이미 전제되어 있다. 그 가운데 '우리'의 모든 존재가 어둠을 퍼내는 '손'으로 환원되어 꽃의 의미를 점자처럼 더듬어낸다. 비록 몹시 어렵게 전해지지만, 눈물조차 흘리지 못했을 만큼 고통으로 굳어진 눈, 이제 나란히 놓인 눈이 흘리는 눈물로 키우는 꽃, 어렵게 찾은 소중한 언어, 허물어지는 마음의 벽, 마침내 막힘없이 울려퍼지는 종소리, 그처럼 청정하고 힘 있는 시어에의 꿈이 아주 천천히 다가와 각인된다.

몹시 어렵게 찾아낸 말. 이를테면 한 꺼풀 한 꺼풀 "떨어져내리는 것", 독일어 단어 하나(hinzublättern)에 담긴 의미를 읽어본다. 벽에 칠한 석회가 부스러지듯 무언가가 부스러져 떨어지고, 낙엽이 떨어져 쌓이듯 쌓이고, 책장을 넘겨가고 넘긴 종잇장들이 쌓이는 모습이 떠올려진다. '마음의 벽'이 부스러지는 모습이다. 부스러져 떨어진 것이 낙엽처럼, 넘긴 책장처럼 쌓여 이 굳어진 마음, 이 경직된 언어로부터 마침내 피어나는 한 송이 '언어의 꽃'의 모습—인류사적

재앙으로 얼룩졌던 20세기 전반의 기억을 떨치지 못한, 1945년 이후 독일사회 전반에 걸쳐 언어회의라는 형태로 표출되었던 역사적 페시미즘, 시인 첼란에게는 더없이 극심했던 그 언어회의 한가운데서, 그럼에도 가능한 미학은 여기까지 갔다.

그러나 이 '꽃·돌', 끈질기게 밴 아픔에 가려 잘 보이지 않는 '행복'의 아슬아슬함이 읽는 이의 마음을 잡아끈다. 깊은 눈매의, 말수 적어 보이는, 그러나 열정적인 그의 아내 지젤도 1993년에 죽었다. 그녀를 만났던 첼란 연구자들이 한결같이 전하는, 그녀의 첼란에 대한 지극한 사랑이 고맙고 부럽다. 그러나 그러한 사랑도 불식시키지 못한 존재의 불안은, 그 단정하니 정선된 언어의 이면이었다. 군더더기라고는 없는 정선되고 정선된 언어가 마침내 실어에 이르렀을 때, 언어만이 아니라 그의 삶도 끝났다.

첼란은 아우슈비츠를 소재로 한 시 「죽음의 푸가」로 독일 문단에 충격을 던졌다. "우리"가 마시는 "아침의 검은 우유", 죽음. 특유의 미학으로 직조된 이 시는 통곡의 합창 같은 언어 속에 담겨 있는 현실의 파편들이 섬뜩하다. 현실성은 후기 시들에서 더없이 정제된 언어에 수렴되어 높은 문학성으로 승화되면서, 그의 시는 독일 현대시의 정점을 이루었다. 그러나 시인 자신의 설자리는 더할 나위 없이 좁아졌다. 1960년대 후반 냉전 체제 속에서, 보수화되는 사회적 분위기 속에서, 특히 1965년 독일에서 이루어진 제1당과 제2당 연합 정권의 등장은 또다른 전체주의의 대두가 아닌가 하는 불안감을 고조시켰다. 이 불안감은 결국 범유럽적인 학생운동으로 폭발하지만, 시인의 마음은 깊은 불안감으로 팬다.

그를 착란으로 몰아간 가장 큰 원인으로, 아우슈비츠 생존자들에게 광범위하게 나타나는 우울증만이 아니라, 근거 없는 표절 시비가 꼽힌다. 번역을 생업으로 삼던 시절 첼란은 표현주의 언론인이자 시인인 이반 골의 시 번역을 위탁받은 바 있었는데, 그의 사후 아내 클레르 골이 첼란의 번역이 나쁘다며 이를 출판하지 않았을뿐더러 첼란의 시집 『양귀비와 기억』의 시들이 조금 먼저 나온 남편의 시를 표절했다고 공개적으로 시비를 걸었다. 문제가 된 『양귀비와 기억』 속 출판연도는 1953년이지만 문제가 된 부분들은 1948년에 적은 부수로 출판된 바 있는 시를 재수록한 것이었다. 1948년 출판 당시 첼란은 그다지 유명하지도 않은 골의 시를 알지도 못했다. 클레르 골은 첼란의 번역을 바탕으로 하고는 그 사실을 밝히지 않은 채 자신이 '다시' 번역해서 남편의 시들을 출판했는가 하면 첼란의 번역을 참조하여 남편의 유작들에까지 가필 수정을 하여, 니체의 여동생—그녀의 가필 수정을 벗기느라 니체 전집 간행위원회에는 지난한 작업이 더해졌다—에 비견할 '개악'을 해냈다. 그것도 모자라 십여 년에 걸쳐 일부 무책임한 언론의 힘을 빌리고 문단을 가동하여 조직적으로, 참으로 끈질기게 표절 시비를 제기함으로써 자신의 이름을 남기려 했다. '더러운 마케팅', 수단 방법을 가리지 않는 더럽고 더러운 인간의 명예욕……

이후 첼란은 모든 시에다 그것을 쓴 날짜를 기입한다. 보통의 경우라면 워낙 어처구니없는 일이어서 내버려두거나 적절한 대응이 가능했겠으나, 첼란이 느낀 피해의식은 강박에서 질환으로 이어졌다. 첼란에게는 그것이 이해할 수 없는 한 개인의 성격 파탄의 문제

가 아니라, 자신을 신체적으로 말살하려 했던 독일이, 세상이, 살아난 자신을 이제는 문학적으로 매장, 말살하려는 시도로 느껴졌다. 자신이 독일에서 얼마나 불편한 시인인지 왜 몰랐겠는가. 지나친 과민이나 피해망상이라고 치부할 수 없다. 아우슈비츠 같은, 있을 수 없는 일을 겪고 살아남은 사람에게 닥친 일이었다.

첼란의 '세상 소풍'을 생각한다. 즐거웠다고는 끝내 말할 수 없었다. 돌아보며라도 즐거웠다 하기에는, 얹혀진 삶과 죽음의 무게가 너무 컸다. 그의 짧은 삶이 담겼던 골목 끝에는 녹지가 있고 강물이 있고, 그 강물 너머에 엇비슷이 그의 죽음의 집이 있다.

더듬더듬 따라 말할 세상,
나, 그 손님
이었으리, 이름 하나였으리,
상처가 높이 핥아올라간
장벽에서 식은땀으로 흘러내린 이름.

남겨진 시구에서 고요한 빛을 뿜는 시인의 삶.

한 생애의 발자국들 위에
내 발자국을 얹어본다.
(휘청인다, 파임이 깊다)

어느새 내린 어둠. 무거운 다리를 끌고, 2번 종점에서 지하철에 오른다. 파리 동역에서 열한시가 넘어서 출발하는 마지막 밤기차를 타자면 아직 시간이 있다. 열 장짜리 지하철 표가 여섯 장이나 남아 있다. 내내 걸어다녔기 때문이다. 한 생애가 찍힌 길이 너무 짧았다. 일터에서 죽음의 집, 일터에서 삶의 집. 나의 파리 지도 위에 선명한 그 두 개의 교차로뿐. 다시 나를 독일로 실어갈 밤기차가 올 때까지 바람 부는 추운 역사에 앉아 있는다. 어두운 건물 한 켠의 을씨년스러운 벤치에 웅크리고 앉아 한 생애를 다시 생각한다. 두 개의 선명한 선 속에 잦아든 한 삶이, 남겨진 시구들 속에서 고요한 빛을 뿜는다.

잉에보르크 바하만

Ingeborg Bachmann(1926~1973)

오스트리아 클라겐푸르트 태생. 인스브루크, 그라츠, 빈 대학에서 공부하였고 비트겐슈타인에 관한 논문으로 철학박사 학위를 받았다. 1953년 '47 그룹'을 통해 등단한 후 문단과 대중의 주목을 한몸에 받은 지적인 면모의 여성시인이었다. 시대에 대한 깊은 통찰이 담긴 은유가 강한 시작품들을 썼으나 두 권의 시집 『유예된 시간』 『대웅좌의 부름』을 낸 후 절필하였으며, 『삼십 세』 『동시에』 『말리나』 등의 장단편소설과 『맨하탄의 선신』 등 방송극을 썼다. 담뱃불로 인한 화재로 로마에서 생을 마감했다.

장편소설 『말리나』를 쓴 집이 있는 '말리나 하우스'.
바하만이 살았던 집들은 한결같이 숨막히는 철통구조물들이다.

물, 불, 시의, 언어의 끝

바하만의 로마

미라보 다리 어귀쯤 센 강가에 앉았을 때, 사라져간 한 생애의 여울물 소리가 거세게 들린 것은 물론 첼란의 생애 때문이었지만 또 하나의 생애가 겹쳐져서였기도 했다. 첼란과 더불어 뚜렷하게 독일 현대시 정상부분을 이루는 잉에보르크 바하만의 생애가 그것이다.

제2차 세계대전이 끝나기는 했지만 아직 참화의 상처가 역력한 빈/비엔나에서 1948년, 참으로 우연한 운명적인 만남이 있었다. 또 하나의 '아우슈비츠', 흑해변의 루마니아 유대인 수용소를 우연히 살아서 나오긴 했지만 모든 것을 잃고 홀로 살아남은, 빈손의 무명 청년 첼란이 머나먼 부코비나로부터 부쿠레슈티를 거쳐 참으로 막막하게 빈까지 떠왔을 때, 그곳에서 철학을 공부하고 있던 바하만을 만났다. 공동의 삶에의 꿈이 아주 없진 않았으나 스쳐갈 수밖에 없었다. 그래도 시로 하여 끝내 묶여 있었던 두 생애는 둘 다 제각기 돌연하게 끊겼으나, 그 끊김으로 다시 얽히는 기이한 교차가 있었다. 무엇보다 함께하는 미래를 계획하기에는 두 사람의 생애를 누르는 여러 겹의 역사적 부담이며 삶의 질곡이 너무나도 컸다. 스물일곱 살의 청년 첼란은 —바하만의 방을 잠깐 "양귀비 꽃"으로 "채웠지만"—스치듯 빈을 떠나 다시 막막하게 파리로 간다. 그럼에도 함께하는 삶에의 꿈이 아주 없을 수는 없었다. 빈에서 스물두 살의 바하만은 쓴다.

"8월 중순에 파리로 가려고요, 며칠만. 왜, 뭘 하러, 라고 묻진 말고요, 하지만 하룻저녁은 나를 위해 있어주어요, 혹은 두, 세 저녁…… 센 강을 보여주세요. 우리 함께 물을 바라봐요, 우리가 작은 물고기가 되어 서로를 다시 알아볼 때까지."

바하만의 작품에는 나중까지, 물의 모티프가 넘친다. 「운디네 가다」의 물의 요정 운디네는 사랑을 따라 인간세상에 왔으나, 그 사랑이 무상하여, 더이상 세상에 살지 못하는 물의 요정이다. 『말리나』에서는—첼란이 그 모델인—주인공 이반이 "수송" 도중에 익사한다. 파리에서, 첼란 곁에 머물 길을 찾지 못한 바하만은—둘 다 민감한 사람들이기도 했지만, 무엇보다 가난했다—다시 빈으로 돌아간다. 그러나 그 사랑에 대하여 작품 『말리나』에서 쓴다. 그를 "내 삶보다도 더 사랑했노라"고.

두 사람의 시는 이루 말할 수 없는 섬세함으로 한데 얽혀 있다. 시구들 뒤에 섬세한 자취를 남기며 생애가 스며 있다. 제각각 독일 현대시의 정점이라 불러도 좋은 두 사람의 시에서, 모티프들이, 또 시어들이 넘나든다. 이들은 예컨대 독일 최고의, 영예로운 등용문인 '47그룹'에 1953년 나란히 초청받음으로써 문단에 데뷔했다. 첼란은 그의 대표시라 할 「죽음의 푸가」를 읽었고, 바하만은 첼란의 어휘가 역력한 시어들이 담긴 시 「어두운 것을 말하기」 등을 읽었다. 나중에 각각 다른 파트너와 함께 살았지만, 시인으로서의 협업과 인간적 도움은 생애 끝까지 이어졌다.

한번쯤은 사랑이 다시 불타오르기도 했다. 파리에서 헤어진 팔 년쯤 뒤. 그 불타오름은 서로를 존중하고, 제각기 혼자가 아님을 한껏 존중하는 정중한 것이건만, 애써 지키는 적절한 거리로 하여 오히려 더욱 강렬하고 아름답게, 남은 글들에서 읽힌다. 사랑을 이야기하는 대신 예컨대 물건 하나가 느닷없이—파리와 뮌헨을 오간—편지 속에서 불쑥 튀어나오고 대화는 오래 그 주위를 맴돈다.

> 내일 당신, 새집으로 이사를 하지. 얼른 가서 함께 전등 하나를 구해보러 가도 되겠지.
>
> 파울(1957. 11. 9)

> 가끔씩 파리를 향해, 당신에게로 혼잣말을 해요. 마치 당신이 혼자 거기 있기라도 하듯이. 자주 말을 잃죠, 당신이 거기 모든 것과 함께 있는 것을, 내가 여기 모든 것과 함께 있는 것을 인지하면. 그

럴 때면 분명하고 혼동은 이제 더 없는데—함께전등을 구하러 가자니!
잉에보르크(11. 4)

다른 건 뮌헨에서 이야기하고. 내가 가요, 튀빙엔 낭독회에 가기로 결정했거든, 12월 7, 8일에. 그런데 나도 월요일에 이사를 해요. 편지를 쓰려면 아래 새 주소로.
등을 찾으며 파울(11. 6)

이제 곧 가요, 오래는 아니고 하루쯤, 어쩌면 하루쯤 더 있을 수도 있고—당신이 원하고 허락하면. 그때 등을 구하러 가야지, 잉에보르크, 당신과 나, 우리가.
파울(11. 23)

둘이 함께 사지는 못했을 이 등 하나는 마침내 무엇보다 시작품 속으로 녹아들어간다. "아침 하나/ 솟아올라 성좌가 되고/ 우린 등불을 가져왔다, 나는 울었다/ 네 손에 얼굴을 묻고".(「하루 그리고 또 하루」) 혹은,

손 하나

시간 목재로 짠 식탁,
위엔 밥과 포도주가 있고

앉아,
말없이, 마신다

내가 입맞춘 한 손,
두 입가에서 환히 빛난다

이 두 현대 독일어권 시인의 개인적 만남은, 그간 추측이 없지는 않았지만, 두 사람이 세상을 떠난 지(첼란은 1970년 파리 센 강물 속에서, 바하만은 1973년 로마의 집안 화염 속에서)도 몇십 년이 흐른 후인 2008년에야, 두 사람이 주고받은 편지 묶음 『마음 시간Herzzeit』이 출간됨으로써 세상에 알려졌다. 제목은 바하만에게 준, 첼란이 쓴 스물세 편의 시들 중의 하나에서 따온 것이다. 두 사람이 재회했던 쾰른에서 쓰였다.

쾰른, 암 호프

마음 시간, 멈추어 서 있다
꿈꾸었던 두 사람이, 자정의 시곗바늘 대신

어떤 이들은 정적에다 말했고, 어떤 이들은 침묵했고
어떤 이들은 자기 길을 갔다
고향에서
추방당하고 유실되어

너희 성당들

너희 눈에 보이지 않는 사원들
너희 귀기울여 듣는 이 없는 강물들
너희 우리 마음속 깊은 곳 시계들

너무도 이질적인 두 사람—하나는 머나먼 루마니아 변경 부코비나의 체르노비츠에서 태어나 죽을 때까지 파리에서 산, 한 번도 독일에서 산 적이 없는, 그러나 '살인자의 언어'여도 모국어였던 까닭에, 그가 할 수 있었던 수많은 언어를 두고도 독일어로 글을 쓸 수밖에 없었던 유대인 시인이다. 그리고 또하나는 오스트리아에서 태어나, 골수 나치 당원의 딸로 자라, 스위스에서 많이 살았지만 독일 문단과 문화계의 스포트라이트를 온몸으로 받았고, 그러다 로마에서 죽은 시인이다. 그들은 시인으로서의 생애의 출발점에서 만났고, 사랑했다. 바하만은 『마음 시간』에 담긴 편지에서 "당신을 사랑하는 일보다 더 나은 일을 알지 못하노라"라고 했건만, 두 사람이 간 길은 처음부터 많이도 달랐다. 시에 대한, 언어에 대한 절체절명의 소명감만이 공통되었던 것 같다.

평생을 두고 시적 영향을 주고받았으며, 도왔다. '47그룹'에서의 데뷔부터 시작해서, 인생의 고비고비에서, 특히 강박증에 시달리던 말년의 첼란을 바하만이 많이 도왔다(이 위기의 시절, 넉넉한 첼란의 아내 지젤과 바하만의 문통은 참으로 인상적인 인간적 자료다).

비슷한 예를 찾아보기 어려울 만큼 한없이 민감한 감성과 동시에 이를 데 없이 엄정한 지성의 소유자였던 두 사람에게서는, 시 작품은 엄청난 지적 긴장으로 지탱된 듯 보이며 삶 역시 그와 같은 긴장으로 지탱된 듯 보인다. 둘은 시인의 도구인 언어의 한계를, 자신을 표현해야 할 언어의 한계를 그 누구보다 통렬하게 알고 있는 사람들이기도 했다. 평생 엄격하게 거의 시만 쓴 첼란에게서 시는 "실어의 경계"까지 가고 그로써 그의 삶 자체도 마감되었다. 삶과 더불어 그 경계를 넘었던 것. 비트겐슈타인에 대해 박사학위 논문을 썼던 재기 넘치는 바하만은, 언어에 대한 회의로 시집 두 권을 내고는 다시 시는 쓰지 않았다. 그 언어회의적인 철학으로 비트겐슈타인은 "말할 수 없는 것은 말하지 않아야 한다"고 썼지만, 바하만은 시를 아주 그만 썼다. 산문에서도 언어에 대한 회의로 아이에게 말을 가르치지 않는 사람마저 등장시킨 바 있다. 그러나 다행히 산문, 희곡은 썼던 까닭에 『말리나』가 있고, 『맨해튼의 선신』이 있고 『30세』가 있다.

생각하는 사람의 눈에는 세계가 어두웠다. 전쟁은 지났고 "평화"가 왔다지만 바하만의 눈에는 세상이, 매일매일이 눈에 보이지 않는 전쟁의 연속이었다.

매일매일

전쟁은 더이상 선포되지 않는다
계속될 뿐. 전대미문의 일이
일상적이 되어버렸다. 영웅은

전장으로부터 먼 곳에 있다. 약자가
집중포화지대로 밀쳐넣어져 있다.
나날의 군복은 인내,
훈장은 초라한 별,
가슴 위에 뜬 희망.

이 별은 수여된다,
아무 일도 일어나지 않는 이제
집중포화가 그친 이제
적은 보이지 않게 되어버리고
영원한 무장의 그늘이
하늘을 뒤덮은 이제.

이 별은 수여된다
깃발로부터의 도주에 대해,
친구 앞에서의 용기에 대해,
품위 없는 기밀의 누설에 대해
세상 모든 명령의
불복종에 대해.

전쟁은 이제 선전포고도 없다, 계속될 뿐. 듣도 보도 못한 일들이 일상이 되고, 전장에는 약자들만 있다. 적이 보이지 않게 되어버려 무엇과 싸워야 할지도 모르겠는 세상, 그럼에도 영원한 무장의

바하만이 그 안 어딘가에 살았던 로마의 보카 디 레오네 길의 집.

아마도 바하만이 다니던 약국이 있었을 듯한 모퉁이의 가게. 현재는 식료품점이 들어서 있다.

그늘이 온천지일 만큼 불안해진 이 보이지 않는 전투의 시대에, 이런 세상을 사는 데 나날이 입고 살아야 할 군복 같은 것이 "인내"라고 한다. 그에 대한 훈장이 "초라한 별"이라 한다. 훈장의 별모양이 "가슴 위에 뜬 별"로 되살아나 있다. 그런데 그것이 모든 전통적이고 "영웅적"인, 군사적인 행동의 대척점에서 수여되어야 함이 마지막 연에 일컬어진다. 군인의 절대적인 악, 탈영(Fahnenflucht : '깃발 도주')이란 단어를 풀어서, 세상에 휘날리는 온갖 "깃발로부터의 도주Flucht vor Fahnen"에 대하여 주어진다고 한다. 적 앞에서의 용기보다 더욱 커야 하는 "친구 앞에서의 용기", 기밀 유지보다 그것이 "품위 없는" 것일 경우, 더욱 커야 하는 누설하는 용기, 세상 모든 폭력적인 것에 맞설 수 있는 용기—그것이 이 시가 쓰인 냉전시대에만 유효한 것이겠는가. 폭력이 더욱 미세하게 자본의 세계로 스며든 지금 더더욱 유효할 수도 있을 것 같다.

지금의 이 "평화"는 대전의 참화라는 지나간 파국 그리고—우리가 진정한 준엄한 의식으로 그에 맞서지 않으면 닥쳐올—또하나의 파국 사이의 휴지기에 불과하다고 바하만은 말한다.

시인의 감각은 한없이 예민하다. 지진계 같다. "평화로워 보이는" 시대 속에서 "전쟁"을 느끼듯, 장미꽃에서도 "뇌우"를, 천둥번개 소리를 듣는다.

장미의 뇌우 속에서

어디로 몸 돌리든, 장미의 뇌우 속에서

밤은 가시로 밝혀져 있고
이파리의 천둥이,
덤불 속에서는 그렇듯 나직했던 것이,
지금 우리의 발꿈치를 따라오고 있다.

물질이 넘쳐나는 세계의 요란한 광고홍수 한가운데서도, 시인의 귀는 정적을, 죽음을 듣는다. 물질만능이 결코 해결해줄 수 없는 것을 말한다.

광고

어디로 우리 가나
걱정 마세요, 걱정 마시라니까요
어두워지고 추워지면
걱정 마세요
하지만
음악과 함께
무얼 해야지
명랑하게 음악과 함께
생각해야지
명랑하게
종말에 직면해서
음악과 함께

하며 어디로 날아가야지

제일 좋은 건

우리의 물음들과 온 세월의 전율을

꿈세탁소로, 걱정을 마시라니까요

무슨 일이 일어날까

제일 좋은 건

죽음의 정적이

들어서면

무슨 질문이든 미처 끝나기도 전에 잽싸게, 입바르게 곧바로 방정맞은 광고문구의 대답이 나온다. 그러다가 마지막의 정말 엄숙한 질문에만은 칼로 그은 듯 빈 행 하나만 남겨져 있다. 모든 욕구가 물질적으로 이해되고, 어떤 욕망이든 충족될 수 있을 듯한 자본주의 사회—시는 더구나 미국에서 쓰였다—한가운데서, 그 모든 것이 그럼에도 결코 존재론적인 답을 줄 수는 없음을 말없이, 정적의 소리로 높게, 시는 이야기하고 있다.

이런 사회 속의 삶, 더구나 여성으로서의 삶은, 『말리나』 같은 작품의 겹겹의 서술구조와 치열한 성찰로 수렴되고, 그 속에서 진정한 자아의 삶이 불가능함을, 결국 분열된 자아의 하나를 죽이는 것으로써—애초에 그 자아는 없었다는 것이다—더할 나위 없이 강하게 표현한다.

셴 강에 투신하여 시신이 오래 뒤에 발견된 첼란의 죽음 못지않게, 그 얼마 뒤 바하만 자신의 죽음 역시 충격적인 것이었다. 세계에 대한 철학적 통찰력이 번져나는 재기와 지성이 넘치는 작품들로 당대의 큰 이목을 사로잡은, 더할 나위 없이 '성공한' 문인—문인으로서는 처음으로 슈피겔지의 표지로, 그것도 두 번이나 등장하기도 했다—바하만은, 너무나도 섬세하고 민감한 시인이었다. 그 많은 낭독회를 할 때마다 무대 뒤에서는 주최자들이, 시내를 가로세로로 뛰어 신경안정제를 구해 와야 했고, 바하만은 한 움큼씩 약을 삼키고야 청중 앞에 나설 수 있었다고 한다. 독자들 앞에 서는 것이, 그 앞에서 자신의 책을, 시를 읽는 일이, 말을 한다는 것이 그토록 버거울 만큼 언어에 엄정했다. 이런—무엇보다 자신에 대한—엄정함으로 쓰인 까닭에 응축될 수밖에 없었던 시들은 결과적으로 첼란의 시와 마찬가지로 드물지 않게 그 난해함을 비난받는다. 그러나, 한 편 한 편의 시들이 이렇듯 도저한 실존적 무게를 담아 쓰인 시대를, 그런 시인을, 어떻게 보아야 할까. 그런 절체절명의 물음들을 잃어버린, 그러므로 대답 또한 애초부터 있을 수 없는 우리 시대를 또 우리는 어떻게 보아야 할까.

첼란이 셴 강에 투신하고 몇 년 뒤 바하만은 로마의 집에서 화재로 죽었다. 담뱃불이 번져 일어난 화재였다. 담배를 든 손의 떨림이, 담뱃불 하나를 끄지 못할 만큼 거센 떨림이, 바하만이 살았던 이곳 저곳의 저 빈틈없는 사각형 건물들의 영상처럼, 사방을 채운 창살처럼, 마음을 가득 채워온다. 우리 시대는 얼마나 "평화"인가. 이 "평화"를 우리는 어떻게 감내해야 할 것인가.

로마의 집 앞에서도, 또다시 여기 센 강물 앞에서도 나는 아직 묻고만 서 있다. 그러나 이 격랑 속에서 온 존재로 "마음 시간"을 붙들어두는 이는, 시인인 것 같다.

*

그녀가 불길에 휩싸였던 마지막 집을 내 눈으로 보아야 할 것 같았다. 자정에 뮌헨에서 출발하여 점심때쯤 로마에 닿은 심야기차에서 내려, 비좁은 골목들을 헤매어 비아 줄리아에 닿았을 때, 그게 무엇인지는 정확히 모르겠지만, 무언가를 다 보아버린 느낌이었다.

비아 줄리아는, 자동차는 곡예하듯 비집고 가야 하는 전형적인 로마의 좁은 골목길이었다. 바하만의 마지막 집은 '팔라초 사케티'라는 이름이 붙어 있는 위용 있는 오래된 석조건물 안 어딘가에 있었다. 건물 안으로 들어갈 수는 없었다. 수위가 사층이었다고만 말해주었다. 수없이 오르내려야 했을 계단 입구에 단테의 『신곡』의 한 구절이 새겨져 있는 것만 보았다.

어둑한 사각형 건물 가운데는 안뜰이 있고 그 사각형 바깥에 환한 뜰 하나가 아치를 통해 보였다. 건물 모퉁이를 돌아가본다. 놀랍게도 강물이 시야를 가득 메워온다. 그 집이 티베르 강 근처에 있다는 건 알았다. 그러나 그 가득한 강물이 이리 가까이 있을 줄은 몰랐다. 작은 뜰과 강과 건물 사이에 좁은 찻길이 하나 있기는 했지만, 건물의 앞뜰이 바로 강을 면하고 있었다. 강물 위로는 물새들이 어지러이 날고, 무엇보다 그 강물을 가리며 가지 휘늘어진 우람한 플라타너스들이 도열하고 있다. 웅장했다.

▲바하만이 죽기 전까지 살았던 집.

▼티베르 강 위로 휘늘어진 우람한 플라타너스의 가지들.

그녀가 그 물가에 섰을 때도, 혹은 집에서 그저 창밖을 내려다볼 때도, 강물 위로 휘늘어져 강물에 닿도록 가지를 드리우고 있었을 저 우람한 나무들은 압도적이었을 것이다. "가진 건 플라타너스 잎뿐"이라고 갓 파리에 닿은 첼란이 썼던 파리의 플라타너스들도 저렇듯 우람하진 않았다. 첼란의 그 절실한 말을, 바하만이 어찌 떠올리지 않았으랴. 저 우람한 플라타너스 밑, 저런 콸콸 흐르는 강물 속에 그녀는 "사랑"을 익사시켰다(『말리나』). 저런 물이 그녀의 사랑의 마지막 자리였다.

그 물가 집에는, 강물을 향한 정원 문기둥 위에 기이한 두상 세 개가 얹혀 있었다. 가운데 것은 기이할 만큼 온전한 고전적인 여성의 두상이고, 좌우는 마모되어 기이하게 일그러진 희화적인 두상이었다. 그 세 개의 두상은, 한편으로는 문단의 스타였는가 하면, 다른 편에서 결코 현실을 견뎌내지 못한 섬세한 민감함과 강인한 정신이 기이하게 공존했던 그녀의 분열된 자아들인 것만 같았다.

저 물가였구나. 바하만의 마지막 집은 첼란의 마지막 집보다 물에 훨씬 더 가깝고 유혹 또한 그만큼 더 거셌을 것 같다. 그녀가 이 집에서 불탄 것은 첼란이 센 강에 몸을 던진 지 삼 년 후였다. 침대에서 불탄 것이라고 알려져 있지만 새로 나온 전기에서는 목욕탕이 인화자리였다고 쓴다, 목욕가운이 다 탔다고. 그런 상태로 어떻게 침대까지 갔을까 하는 수수께끼를 남기며. 바하만은 예전 집에 오던 가사 도우미에게 전화까지는 했다 한다. 그러나 달려온 그녀에게 문을 열어줄 힘은 남아 있지 않았다. 그렇게, 그녀를 구출할 수도 있었던 여러 시간이 헛되이 가버렸다.

그 마지막 집에서, 정확히는 그 물가에서, 한 삶의 시종을 다 본 것만 같았다.

비아 줄리아로 이사 오기 전 집, 비아 보카 디 레오네에 있는 집 모퉁이 약국에서는 더이상 신경안정제를 주지 않아, 남들을 보내기까지 했다지. 가본다. 관광객이 북적이는 스페인계단에서 가까운 작은 골목 안. 지금은 온갖 명품가게가 그득한 그 길이 한 굽이 꺾인 곳에 있는 작은 건물에는, 바하만의 집이 있었다는 팻말이 붙어 있다. 집을 한참 쳐다본다. 약국 자리로 어림짐작되는 모퉁이 가게는 지금 식료품점이다. 들어가서 조금 두리번거리다가 비스킷 한 봉지를 산다. 제법 오래 양식이 될 것이다.

피로가 몰려온다. 벌써 사십 시간 넘게 길 위에 있다. 그러나 다시 밤기차를 타고 클라겐푸르트에 가보기로 한다. 심야기차를 타면 오스트리아 변경인 그곳에 새벽쯤 내렸다가 그날 중으로 뮌헨으로 가서 보관함에 넣어둔 짐을 꺼내들고 파사우까지 갈 수 있겠고, 그러면 일흔두 시간 만에 다리는 한번 뻗어보겠구나. 그럴 수 있으려나……

여러 우여곡절 끝에 로마와 볼로냐를 거쳐 자정쯤 클라겐푸르트행 야간열차에 몸을 싣는다. 차에 오르자 너무도 지쳐 곧장 잠이 들어버렸다. 눈을 뜨니, 창밖이 환하다. 내다본다. 온통 험준한 하얀 산봉우리들과 호수다. 별빛과 어우러진 먼 마을 불빛들이 호수에 어려 깜박인다. 아, 이 물들이구나, 그녀의 유년의 물들이구나. 그 연이어지는 호수들을 지나며, 굳이 집에 가볼 필요가 있을까 하는 생각마저 든다.

▲바하만이 태어나 부모님과 함께 살았던 오스트리아의 클라겐푸르트 생가.

▼바하만이 잠들어 있는 묘지.

새벽 네시 반에 클라겐푸르트에 내렸다. 역 대합실에 앉아 날이 밝기를 기다리며 자판기 커피를 마신다. 캄캄하니 사진 찍으러 어딜 갈 순 없다. 커피를 아주 천천히 다 마시는데도 날이 밝으려들질 않는다. 조금 뿌옇게 밝아올 때쯤은 그냥 천천히 어둠 속으로 나선다. 차 타고 가는 동안 날이 밝겠지…… 체력과 시간을 아끼겠다 생각하고 택시를 탄다. 가는 동안 날이 조금 밝아온다. 1933년부터 바하만 일가가 살았던 헨젤 길 26번지. 바하만이 온 세계를 떠돌며 살면서도—빈, 로마, 취리히, 파리, 베를린—나이들수록 거듭거듭 찾아오던 그 부모님 댁이다. 대문 기둥에 눈이 소복이 쌓여 있다. 그것만 보며 한참 섰다가 내친김에 두르히라스 슈트라세로 가본다. 유년을 보낸 집이다. 아직도 황량한 곳에 덩그러니 홀로 서 있는 다세대 임대주택. 그러나 그 황량함 너머에 어디서나 잇닿아 있는 험준한 알프스 설봉이 보인다.

내친김에 무덤에도 가본다. 어렵사리 찾은 드넓은 묘원을 헤맨다. 바하만이 불탔을 때 로마로 달려온 바하만의 형제들은, 괴테가 묻히고 싶어했고 그 담벽을 바하만도 좋아했다던 로마의 프로테스탄트 묘원에 그녀를 묻을 예정이었으나, 기이한 죽음이 불러온 살해설로 이수신해서 이리로 운구했다 한다. 잘한 것 같다. 저 장엄한 연봉들과 지척의 호수들, 여기가 그녀가 잠들어 있을 곳인 것 같다.

그 지역을 겹겹으로 감싼, 눈 쌓인 험준한 봉우리들과 호수. 그것들은 한 사람의 삶과 죽음, 그것이 걸린 시업의 고투 같은 건 한낱 티끌일 분인, 어떤 장엄함 '그 너머'였다.

프란츠 카프카

Franz Kafka(1883~1924)

체코 프라하의 유대인 가정에서 태어나, 평생 프라하 구시가 시청 주변을 거의 벗어나지 않으며 살았다. 법학 박사 학위를 받았으며, 국립 노동자 산재보험국에서 근무하면서 밤에 글을 썼다. 그에게는 거의 "삶"의 대안이었던 문학에 대한 유례없는 치열함과 엄정함, 그리고 현대적 실존에 대한 날카로운 통찰로 빚어진 특유의 작품들로 인해 카프카라는 이름은 현대문학의 암호처럼 되었다. 작품들을 불태워달라는 유언을 친구인 막스 브로트가 지키지 않았던 덕분에 상당수의 작품이 세상에 남았고, 제2차 세계대전 이후 프랑스 실존주의자들의 발견으로 널리 알려지게 되었다. 모두 미완성인 세 편의 장편소설 『성』 『소송』 『아메리카(실종자)』와 「변신」 「시골의사」 「사냥꾼 그라쿠스」 「단식광대」 같은 독보적인 중단편소설들이 남아 있다.

시청에 붙은 집, 미누테 하우스. 카프카가 어린 시절을 보낸 집이 이 안에 있다.

떠도는 사람들의 거리

카프카의 프라하1

무어라 부를까. 시인은 아니다. 소설을 썼지만 작가나 소설가라는 명칭을 앞에 붙이기도 어쩐지 마뜩잖다. 굳이 보통명사가 와야 된다면 '문학'이어야 할 것 같다. 문학이어도 그 결정結晶, 시 같다. 시이다.

바로 삶이 그렇게 문학으로 응집되었다. 그의 글은 이 막막한 삶에서 비롯되었지만 치열함 속에서 그 삶마저 배제되고 결정처럼 문학만이 남아 있다. 모두 미완성으로 끝난 세 편의 장편뿐만 아니라 한두 문단의 짤막한 이야기들 편편에도 불가해한 힘이 실려 있다. 눈 아프도록 응시하고 꿰뚫어본 삶과 세계의 진면목이 보인다.

"아!" 쥐가 말했다. "세상이 날마다 좁아지는구나. 처음에는 하도 넓어서 겁이 났는데, 자꾸 달리다보니 드디어 좌우로 멀리서 벽이 보여 행복했다. 그러나 이 긴 벽들이 어찌나 빨리 양쪽에서 좁혀드는지 나는 어느새 마지막 방에 와 있고, 저기 저 구석에는 덫이 있어, 내가 그리로 달려 들어가고 있다." "너는 달리는 방향만 바꾸면 돼" 하고 고양이가 말했다. 그리고 쥐를 잡아먹었다.

—「작은 우화」 중에서

부분적으로는 리얼리티가 매우 선명한데 현실의 묘사로 읽히지는 않는다. 시간은 기이하게 축약 또는 확장되어 있다. '평생'의 내 달림과 한순간이 맞닿아 있다. 우화의 형식이지만 교훈은커녕 기이한 서술과 결말의 반전으로 섬뜩함이 느껴질 뿐이다. '출구 없는' 삶의 모습이 한 장의 그림처럼 압축되어 있다.

돌아보면, 카프카 읽기로 나의 문학 '수업'이 시작되었다. 카프카의 작품을 옮기는 일로 내 독문학 공부가 시작되었고, 그러면서 문학이라는 큰 세계가 압도적으로 열려왔다. 돌아보니 그렇지만, 그 당시에는 기실 막막하기만 한 삶을 감내해내는 한 방편이었다. 세상이 온통 어둠뿐인 듯했던 이십대 후반, 인생에 대한 아무런 전망도 설계도 할 수 없던 그 적막한 시절, 좁은 방에 엎드려 한 글자 한 글자 또박또박 카프카를 옮겼다. 그냥 알고 싶었다. 카프카가 누구인지. 문학에 명命을 건다는 것이 무엇인지.

한 십 년 그렇게 방안에 있으면서, 또 나중에는 아이들을 키우면서도 그의 글들이 머리를 떠나지 않았다. 저녁 무렵 아이를 업고 현관문을 나서 좁은 아파트 복도를 오락가락하노라면, 그래도 아직 기다릴 게 있는 듯했다. 그것은 카프카의 「황제의 전갈」처럼 올 듯도 했고, 또 결코 오지 않을 듯도 했다. 아니, 결코 오지 않는 줄 알지만 그래도 누군가가 무슨 소식을 들고 나에게로 오려고 애쓰고 있으리라는 그 쓸쓸한 상상은 절망적 기다림을 견뎌내는 데 얼마나 큰 힘이 되었는지.

황제가—그랬다는 것이다—그대에게, 일개인에게, 비천한 신하, 황제의 태양 앞에서 가장 머나먼 곳으로 피한 보잘것없는 그림자에게, 바로 그런 그대에게 황제가 임종의 자리에서 한 가지 전갈을 보냈다. 황제는 사신을 침대 곁에 꿇어앉히고 그 귀에다 대고 전갈을 나직이 말해주었는데 그 일이 황제로서는 워낙 중요해서 사신에게 들은 말을 자기 귀에다 다시 되풀이하게끔 했다. 황제는 머리를 끄덕여 했던 말의 착오 없음을 확인했다. 그리고 그의 임종을 지키는 모든 사람들 앞에서(장애가 되는 벽들을 허물고 넓고도 높은 만곡형 노천 계단 위에 제국의 강자들이 서열별로 서 있다), 이 모든 사람들 앞에서 황제는 사신을 떠나보냈다.

사신은 즉시 길을 떠났다. 그는 지칠 줄 모르는 강인한 남자로 이편저편 팔을 번갈아 앞으로 뻗쳐가며 사람의 무리를 헤쳐 길을 트는데, 제지를 받으면 태양 표지가 붙은 가슴을 내보인다. 그는 역시 다른 누구보다 수월하게 앞으로 나아간다. 그러나 사람의 무리는 아주 방대하고 그들의 거주지는 끝나지 않는다. 벌판이 열린다면야 그는 날듯이 달려올 것을, 곧 그대의 문에 그의 양

주먹의 멋진 두드림 소리가 들릴 것을. 그러나 그러는 대신 그는 속절없이 애만 쓰고 있다. 아직도 그는 가장 깊은 내궁의 방들을 힘겹게 지나고 있는데, 결코 그는 그 방들을 벗어나지 못할 것이고, 설령 그 방들을 벗어난다 해도 아무런 득이 없을 것이니, 계단을 내려가기 위해 그는 또 싸워야 할 것이고, 설령 싸움에 이긴다 해도 아무런 득이 없을 것이니, 뜰을 지나야 할 것이고, 뜰을 지나면 그것을 빙 둘러싸고 있는 제2의 궁전이 있고, 다시금 계단들, 궁전들이 있고, 또다시 궁전이 있고, 등등 계속 수천 년을 지나 드디어는 가장 바깥쪽 문을 뛰쳐나온다면—그러나 결코, 결코 그런 일은 일어날 수가 없다—비로소 세계의 중심, 그 침전물이 높다랗게 퇴적된 왕도王都가 그의 눈앞에 펼쳐질 것이다. 그 어떤 자도 이곳을 통과하지는 못한다. 비록 고인의 전갈을 가지고 있다손 치더라도 말이다. 그런데도 그대는 그대의 창가에 앉아 저녁이 오면 그 전갈을 꿈꾼다.

—「황제의 전갈」 중에서

막막한 한 시절을 그렇게 살아내었다. 그렇게 한 편 한 편 옮겨놓은 글들을 나중에 우연히 출판까지 할 수 있게 되었고, 그 책들은 아주 조금씩, 그러나 꾸준히 읽히기도 했다. 그로부터 이십여 년이 지나서 한번은 세계독문학회 때문에 북경에 갔다가 자금성에 들른 일이 있었다. 중국이 철의 장막을 막 걷고 온 세계인에게 입국을 허용하던 무렵이었다. 자금성 계단에서 독일 뮌스터 대학에 있는 카프카 전문가 크라프트 교수와 마주쳤다. 학회에서 만나 나는 그 사람이 카프카 연구가라는 것을, 그 사람은 내가 카프카 번역자라는 것을 아는 정도의 면식만 있는 사이였다. 우리는 말없이 마주보며 그냥 웃었다. 같은 글을 떠올리고 있는 것을 서로 알았기 때문이다.

여기 이 첩첩의 궁전, 이 많은 계단은 바로, 황제의 전갈을 '나'에게로 가져올 사신이 달려오려 애쓰던 곳이지. 카프카를 통해서 우리는 이 계단을 이미 너무도 잘 알고 있지, 이제야 비로소 눈으로 보지만. 카프카 자신은 이 계단을 눈으로 본 적이 없는데, 그러고도 그런 작품을 썼지. 그런데 지금 우리가 그 계단에 서 있구나. 이 많은 관광객 그 누구도 보지 못할 그 '내달림의 애씀'을 우리는 지금 눈으로 보고 있구나. 카프카의 그 짧은 글 한 편이, 그 글을 아끼는 우리를 여기서 마주치게 하였구나.

그 웃음의 뜻이 그런 줄을 우리는 피차에 알고 있었다. 말수 적은 또 한 사람이 가만히 다가와 함께 선 듯, 말없는 우리는 셋이 되기까지 한 것 같았다. 카프카와 함께 선, 그를 자신의 삶인 듯 아끼는 사람들. 잠시 삶이 환히 빛나던 한순간이었다.

역시 철의 장막이 걷힌 지 그리 오래되지 않은 시절, 카프카의 도시 프라하에 갔었다. 오랫동안 철의 장막 뒤에 있었던, 그러나 세계대전의 전화를 입지 않아 카프카의 발자취가 고스란히 보이는 도시의 인상은 압도적이었다. 지금처럼 관광객이 많지도 않았다. 카프카가 살았던 집들도, 이 작품 저 작품을 썼던 방들도, 다녔던 학교들도, 회사들도, 드나들었던 찻집들도, 걸었던 산책길들도, 그 아버지의 가게들도, 고스란히 남아 있었다. 그의 눈길로 '돌들도 모서리가 닳은' 시청 앞 광장 주변에는.

그 압도적인 모습들을 담아 남겨두고 싶었다. 그러나 많이도 세상을 쏘다녔건만, 관광객으로는 어딜 다녀보지 않은 평소의 습관대로 카메라가 없었다. 발이 부르트도록 걸어다니며 잠깐잠깐씩 주저앉아 글을 썼다. 그러나 몹시 짧은 일정이었다. 하루 반. 그 하루 반 동안 적힌 것을, 무얼 덧붙이지는 못하고, 그냥 일 년쯤 두고 다듬고, 여기저기 팸플릿에서 오린 사진들을 보태어 『카프카 나의 카프카』라는 작은 시집을 냈다. 아주 작은 책이지만, 카프카와 프라하와 내가 '문학'이라는 공통분모 위에 함께 담겨 있었다. 문학과 삶의 치열했던 대결로 이루어진 한 생애의 자취를 직면하며 개인적으로는, 허겁지겁 살아온 스스로의 번잡한 삶을 돌아보는 기회이기도 했다.

그로부터 십이 년이 지난 가을, 다시 잠시 프라하에 들렀다. 독일 서쪽 국경의 한 도시에서 열린 '카프카와 세계문학'이라는 학회에 참석했다가, 무리를 해서, 독일을 가로지르고, 독일 동쪽 국경을 넘어서도 또 한참을 가야 하는 프라하까지 다녀왔다. 또다시 하루 반쯤의 일정이었다. 그 이상의 시간이 내게 주어진 적은 없는 것 같다. 밤새 달려간 기차에서 내려 하룻밤 숙소를 구해 무거운 가방을 내려놓고 걸었다. 프라하는 그사이 관광지로 변해 있었다.

그러나 카프카의 자취가 빼곡한 시청 앞 광장에 머뭇거리는 발걸음으로 들어섰을 때, 무지개가 떠 있었다. 많은 관광객들 머리 너머에 뜬 무지개를 눈을 들어 오래 바라보았다. 무지개의 한끝이 바로, 광장 주변의 카프카가 살았던 몇 개의 집 중, 하나에 꽂혀 있었던 것이다. 건물은 그사이 고운 분홍색 칠이 되어 있어 무지개 빛깔이 물든 듯했다. 첼레트나 거리 2번지와 3번지. 2번지는 어린 시절에, 3번지는 청년 시절에 살았던 집이다. 2번지 식스트 하우스는 시인 페트라르카도, 마법사 파우스트 박사도 다녀간 적이 있다는 집이고, 3번지 '성3왕의 집'은 졸업시험을 앞두고 법학 공부에 지친 카프카가 자주 창밖을 내다보며, 건너편 가게 점원과 눈길을 맞추기도 했던 집이다. 그 옆집 약국 건물에서는 판타가에서 여는 저녁 모임이 있었고, 청년 카프카가 종종 참석했다. 이곳에서 수학 교사를 하고 있던 아인슈타인의 이야기에 귀기울이기도 했다. 나누었던 이야기들에 나도 귀기울여본다. 무엇보다 저 창 앞에 섰던 마음을 떠올린다.

> 쓸쓸하게 살고 있으면서도 여기저기 그 어디든 끼어보고 싶어하는 사람, 하루의 시간이나 날씨, 직장 사정의 변화 따위를 생각하다보면 그만 그 어느 것이든, 매달릴 수 있을 팔이 보고 싶기만 한 이—그는 골목으로 난 창 없이는 오랫동안 그렇게 지내지 못할 것이다. 그리고 그의 상황이 그가 전혀 아무것도 찾고 있지 않으며 다만 눈이 세상과 하늘 사이를 오르내리는 피곤한 사람으로 창벽에 다가서는 것이라면 그가 별 뜻 없이 고개를 약간 뒤로 젖혀도 저 아래 있는 말馬들이 그의 마음을 사로잡는다. 말에 달린 마차와 소음 그리고 그로써 드디어 인간적인 융화에로 잡아끄는 것이다.
>
> —「골목으로 난 창」 중에서

창가 벽에 기대어 아마도 눈을 감고 고개를 뒤로 젖히는 사람의

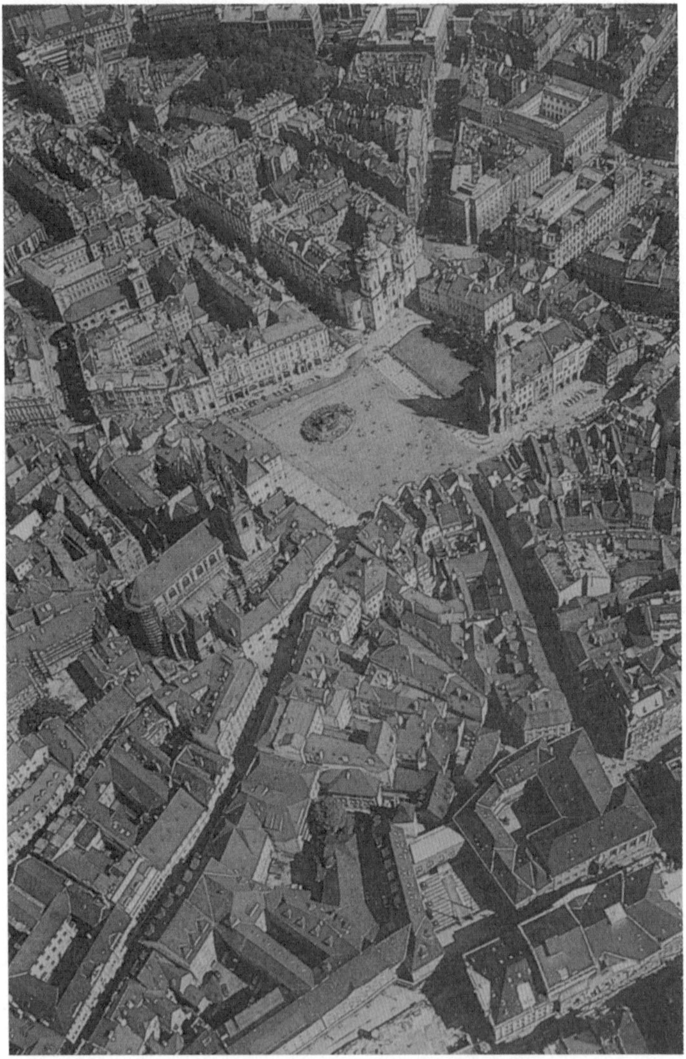

"모퉁이 돌들은 나의 눈길로 닳았다……" 프라하 구시가의 전경. 중앙의 탑이 있는 건물이 시청이고, 그 옆에 붙은 집이 카프카가 어린 시절에 살던 집이다. 맞은편 건물은 카프카가 다닌 학교이고, 그 왼편엔 청년 시절의 집이 있다. 아래쪽 사선으로 내려오는 길의 첫 집이 『성』을 쓴 오펠트하우스. 시청의 탑과 왼쪽으로 마주보이는, 또다른 탑이 있는 건물은 성 니클라우스 성당. 그 뒤편에는 생가가 자리하고 있다.

마음을 사로잡는 '말' 소리는(만약 이 글이 요즘 쓰였다면 말 대신 아마 자동차 소리일지 모르겠지만), 이런 피로와 외로움, 그리움은 언제 어디서나 그대로일 것 같다. 카프카에게서 유난히 강렬했던, 삶에서 등을 돌리려는 사람의 외로움, 그러면서도 절절했던 공동체에의 그리움을 떠올려본다. 카프카의 집에 박힌 무지개의 또 한끝이 내 마음에 와 걸리는 것 같다.

프라하는 동구권 개방 이후 비교적 저렴한 관광지가 되어 관광객으로 넘치지만 그 덕분에 말끔히 치장을 하였다. 카프카가 어린 시절에 살았던, 시청 건물에 붙은 미누테 하우스도 새 단장을 하여 그리스 신화의 인물들이 가득 그려져 있다. 시청 건너편 카프카가 다닌 학교 건물, 한때 그의 아버지 가게가 한편에 있었던 킨스키 궁도 새 단장으로 품위가 있고, 『성』을 썼던 모퉁이 건물 오펠트 하우스나, 생가 옆의 성 니클라우스 성당도 좀더 깨끗하고 단정하게 색칠이 되었다. 그 교회에 붙어 있는 카프카의 생가만 조금 낡은, 그대로이다. 십이 년 전에는 한 코너에 조금 전시가 되었을 뿐 기념품점이던 내부가 이제는 작지만 좀더 기념관다운 모습을 띠고 있다. 전시물을 차근히 둘러보고, 전에 보지 못한, 교외에 있는 카프카의 묘지로 가는 길을 물어본다.

정문만 당시의 것이고, 한 차례 불이 나 새로 지은 건물이지만, 카프카가 태어난 이 집의 위치는 매우 상징적이다. 시청 앞 광장에 면한 성 니클라우스 성당 뒤편으로 붙은 집. 카프카가 태어났을 때쯤만 해도 이 집은 경계에 위치하고 있었다. 광장을 에워싸고 살던, 프라하 인구의 십분의 일이 될까 말까 하던 독일어를 쓰는 상류층의 구역이 여기서 끝나고, 이 뒤편으로는 수백 년 된 허름한 유대인 구역이 시작되었기 때문이다.

빈한한 시골 유대인 푸주한이었던 카프카의 아버지가 프라하로 왔을 때 이 차이는 그의 일생을 걸고 뛰어넘어야 할 벽이었다. 카프카의 아버지는 그 넘을 수 없어 보이던 벽을 넘어 상류사회로의 진입에 성공한다. 그의 세심하고 섬약한 아들은 자수성가한 강인하고 무신경한 아버지에게 맞지 않았고, 유대인이었지만 유대교 신앙이 없었고, 체코에 살았지만 체코인이 아니었다. 그의 모국어가 된 상류층의 언어, 독일어 또한 독일에서는 지리적으로 떨어져 있고 프라하에서는 십분의 일 남짓한 적은 수의 사람들만 쓰는, 섬에서 그렇듯 고립된 언어였다. 겹겹의 고립 속에서 그가 파들어가고 만들어간 문학의 세계는, 한 점 군더더기도 용납하지 않는 어떤 엄정함이 있다.

> 우리가 눈 속에 선 나뭇등걸들과도 같으니까. 겉보기에 그것들은 그냥 살짝 놓여서 있어 조금만 밀치면 밀어내버릴 수도 있을 것 같다. 아니, 그럴 수는 없다. 나무들은 땅바닥과 단단하게 결합되어 있으니까. 그러나, 보아라, 땅바닥과 단단하게 결합되어 있다는 것도 다만 겉보기에 그럴 뿐이다.
>
> —「나무들」 중에서

짧은 글에 '진실'을 담겠다는 의지가 집요하다. 우리의 인생이 어떠하다는 말 대신, 섣부른 단언 대신, 뒤집고 또 뒤집어가며 나뭇등

걸의 모습을 그려내고 있다. 단단해도 한없이 허약해 보일 수 있고, 허약해 보이면서도 끈질기고, 또 그래 봤자 역시 허약한 나뭇등걸. 그와 같은 우리. 우리가 그렇기 때문에 어떠해야 한다는 본 문장은 없다. 빠져 있는 주문을 써넣는 것은 읽는 사람의 몫이다. 그 무엇도 단언하지 않는다. 그러나 그것은 우유부단이 아니라 엄정함이다.

이 엄정함은 어디에서 온 것인가.

카프카의 생가에서 시작되는 옛 유대인 거리를 걷는다. 유대회당에도 몇 곳 들어가본다. 이전에도 유대회당에 한번 들어가 보려고 낯선 곳에서 서성인 적이 있다. 베를린 쿠담 대로에서도, 루마니아 야시에서도. 예배시간과 맞지 않거나 테러를 의식한 과잉 경비로 번번이 뜻대로 되지 않았는데, 프라하에서는 각기 매우 다른 다섯 개의 유대교 회당을 다 볼 수 있었다. 각각의 인상은 압도적이었다. 13세기에 건립된 유럽에서 가장 오래된 유대교 회당인 '신·구 회당'이나, 그보다 약간씩은 늦지만 모두 연륜이 만만치 않은 화려하고 정교한 '스페인 회당'이나, 신고딕의 치장을 담백하게 덧붙인 '마이셀 회당'. 모두 '말씀'이 그 중심에 있었다. 한가운데 펴놓이든, 곱게 수놓인 천으로 덮여 있든, 정교한 목재 문 안에 있든 간에 토라 두루마리가 태초의 '말씀'처럼 놓여 있었다. 고통 어린 예수의 십자가상이나 경배하는 제단이 중심인 기독교 예배당의 인상과는 사뭇 달랐다. 똑같은 모세 오경, 그러나 어디든 한 쪽쯤 펼쳐져 그 내용이 보이게 놓인 양피지 두루마리는 귀한, 태초의 '말씀'의 현전이었다. 구원의 약속으로의 언어. 진리와 닿아 있는 언어. 하나하나에 무게가 실린 언어를 생각해보게 하는 장소였다. 16세기에 건립되었

핀카스 회당과 유대인 묘지. 진흙인간 골렘을 만들었다는 랍비 뢰브의 묘석도 있다.

으나 제2차 세계대전 후 유대인 희생자 추모 회당으로 바뀐 핀카스 회당의 인상이 특히 압도적이었다. 나치 시절 희생된 칠만 칠천이 백구십칠 명의 이름 하나하나가 알파벳순으로 적혀 커다란 건물 내부 전면을 채우고 있었다. 사면을 밝히는 촛대 하나가 가운데 놓여 있었을 뿐이다. 남자 관람객은 모두 조그만 예배 모자를 쓰고 들어가야 했다. 그런 절차가 없더라도 경건한 분위기로 가득차 있었다. 유대인 희생자 기념 시설을 꽤 보아왔지만, 이처럼 독특한 인상을 받은 곳은 없었다. 그 정결하고 맑은 시설 속, 촛불 속에서, 이리 존중되어 새겨진 이름 하나하나가 모두 깨어날 것만 같았다. 저 이름들 앞에서, 결코 되풀이되어서는 안 될 일의 무게가 느껴졌다.

오래된 유대인 묘원에는 중세 묘석들이 부서질 듯 삭은 채로 아스라이 뒤섞여 서 있었다. 그 가운데는, 사람을 만들었다는 랍비 뢰브의 묘석도 있다. 14세기 적 사람으로 프라하에서 유명한 골렘 신화의 주인공이다. 그 랍비가 진흙으로 만든 인물 골렘은, 랍비가 '말'이 적힌 종이를 입에 넣어주면 생명을 얻는다. 그가 방자해져 횡포를 부리자 랍비가 그의 입에서 종이쪽지를 빼내버렸고, 골렘은 다시 진흙으로 돌아갔다고 한다. 종이쪽지에 적혀 있었다는 단어는 '진리'였다. 골렘은 오래전에 진흙으로 돌아갔다지만, 랍비 또한 진흙으로 돌아가 거기 누워 있다. 여러 세기를 서 있었던 그의 묘석만 아직 그 자리에 있다. 하지만 그것 역시 머지않아 진흙으로 돌아갈 것이다. 아득한 시간의 발원과 흐름이, 또 삶의 시종始終이 가시적으로 보이는 듯했다.

가정에서 카프카에게 전수된 유대교 전통은 매우 미약했으나, 나중에, 특히 이차크 뢰비라는 유대인 유랑극단의 배우를 만나고부터는 많은 관심을 갖게 되고 스스로 공부를 시작했다. 그때 유대적 전통에 대한 그의 기초 지식은, 예루살렘에 있는 통곡의 벽도 생소해서 책에 주를 달아놓았을 정도로 빈약했다지만, 그렇다 하더라도 그가 평생 오간 거리들, 그곳에 배고 서린 선조들의 이야기들은 분명 그의 안 어디엔가에 자리잡고 있었을 것이다.

한 걸음 떨어져, 유대인 거리들이 끝나고 광장으로 접어드는 모퉁이 건물 오펠트 하우스를 바라본다. 카프카의 생가가 붙어 있는 성 니클라우스 교회의 종탑과 길 하나를 사이에 두고 마주선 건물이다. 카프카는 그 건물의 위층 방에서 자신의 『성』을 썼다. 그 막막한 이야기. 결코 성에 받아들여지지 않는 측량사 K, 결코 정주할 곳을 찾지 못하는 존재의 이야기다. 그 건물의 베란다를 떠받치고 있

'프란츠 카프카'의 이름을 가진 카페.

는 인물상이 삶의 무게를 혼자서 다 진 사람 같다. 한참 쳐다보다 다시 유대인 거리로 돌아간다.

유대인 거리들 한 모퉁이의 '프란츠 카프카'라는 이름을 단 카페 맞은편, '무지개'라는 등 가게가 있어 들어가본다. 색색깔 고운 등불, 촛대들을 터키에서 온 명랑한 청년이 팔고 있다. 조그만 유리 촛대 두 개를 사서 등에 지고, 물소리와 더불어 스메타나의 교향곡이 울려퍼지고 있는 것 같은 몰다우 강 위의 오래된 다리 카렐 교를 천천히 건너간다. 성자상들이 늘어선 이 해묵은 다리. 스무 살 카프카가 친구 브로트에게 적어 보낸 시 한 편이 떠오른다.

어두운 다리들을 건너는 사람들,
희미한 등불을 든
성자들을 지나.
잿빛 하늘을 흘러가는 구름,
어둠에 잠기는 탑들이 있는
교회들을 지나.

높은 다리 난간에 기댄 한 사람,
두 손을 오래된 돌 위에 놓은 채
저녁 물을 들여다보고.

왜 이 청년은 시인이 되지 않았을까. 이 다리 위의 서정에 머물기에는 삶은 너무도 산문적이었으리라. 북부 보헤미아의 거대한 선진

멀리서 바라본 카렐 교. 그 너머로 보이는 '성'.

산업단지가 관할 구역이었던 근로자 상해보험국 관리 카프카. 손가락이 잘린 채, 혹은 다른 그 어딘가 골수에 병이 든, 대책 없는 장애인이 되어 찾아오는 근로자들을 대하던 그의 눈에는 막 시작된 산업화 사회 속에서 나사 같은 부품으로 전락한 인간의 모습이 당대의 그 어떤 작가들에게보다 선명한 일상의 현실로 다가왔을 것이다. 멀리 강 건너, 언제나 보이는 언덕 위의 성 또한 꿈이 아니고 냉엄한, 지나치게 냉엄해서 오히려 리얼리티가 떨어지는 '현실'처럼 보였을지도 모른다. 그럼에도 지금 내 눈에 성은 꿈처럼 보이는 '불야성'이다.

성으로 가는 조금 가파른 골목길, 네루도바 거리를 오른다. 분수 모르고 사는 책으로, 또 아직은 놓지 못하는 갖가지 짐들로 늘 무거운 어깨며, 곱사등이처럼 굽어든 듯 느껴지는 나의 등이 오늘은 고운 등불을 지고 있다. 저 비탈을 다 오르고 나면 오늘은 이 등에, 아까 본 무지개의 한편이 깃들 듯한 따뜻한 환상에 빠져든다. 가던 길가에서 카프카가 주옥같은 단편들을 썼던 어느 방으로 향하는 문이 보인다. '궁문에의 거센 두드림'(카프카의 단편 제목) 소리가 들려올 듯하다.

해 지는 카렐 교.

겹겹의 문, 겹겹의 뜰

카프카의 프라하2

성으로 가는 조금 가파른 골목길, 네루도바 거리를 올라 오른쪽으로 꺾어지면 성이다.

관광객들이 북적이는 시간이니 성으로 가는 건 뒤로 미루기로 한다. 오른쪽으로 꺾지 않고 내처 걷는다. 스트라호브 수도원으로 가는 이 길은 제 발밑만 보고 걷게 될 만큼 몹시 가파르다. 발밑만 보다가 문득 눈을 드니 왼편의 야트막한 라우렌치 산 위로 달이 뜨고 있다. 누군가 그야말로 '서툴게 뜨게 한 듯' 묘하게 보이는 월출, 몹시 가파른 길의 경사와 걷는 이의 헐떡임이 빚어내는 착시이리라. 당연한 듯한 사물들의 관계를 뒤집어서 모두 새롭게 보던 카프카의 시선은 그가 자주 산책을 했던 이 길의 경사도와도 관계가 있을 것만 같다. 저 산비탈이 내리굽어 강 어름과 만나는 능선 위에는 예전에 '기아 성벽'이라고 불리는 기이한 성벽마저 있었다. 아무런 목적 없이, 오로지 죄수들에게 사역을 시키기 위해 쌓게 했다는 그 이상한 성벽—단편 「만리장성」의 소재가 되었으리라—까지 남아 있었더라면, 저 산은 더욱 기이하게 비쳐왔을 것이다. 그러나 그 가파른 길의 끝, 언덕 위의 테라스에 서면 갑자기 도시 전체가 한눈에 들어온다. 이 어둡고 불가해하기만 한 세상에서 '전체'를 '조망'하고 싶어하던 청년의 열망을 기억하게 된다.

이 언덕 위에는 테라스만이 아니라 수도원이 있고, 그 수도원 안에는 참으로 아름다운 로코코 스타일의 꿈같은 도서관이 있다. 내가 본 세상에서 가장 아름다운 도서관 중 하나다. 수도원 안에 있는 '철학' 도서관이 이렇게 아름답다니. 그 아름다운 도서관 문 앞에 오래 서 있는다. 카프카가 갈구했던 '전망', 닿고 싶어했던 '진실의 한 구체화된 모습'을 이 가파른 언덕길 끝 수도원에서 엿본 듯한 느낌이다.

도서관을 나오니 어느새 캄캄하게 어두워져 있다. 대충 방향을 어림잡아 스트라호브 수도원에서 통로를 거쳐 조금 걸어내려온다. 예상대로 성 앞 광장에 닿는다. 밀려와 있는 캄캄한 어둠. 낮 동안 북적였을 관광객들도 썰물처럼 광장을 빠져나간 시간이다.

아무도 없는 어둠 속에, 홀로 성문 앞에 선다. 프라하 성은, 성벽이 아니라 창문이 촘촘한 건물로 에워싸여 있고, 그 안에 뜰이 있고, 또다시 건물에 에워싸이고, 또다시 뜰이 있고, 또다시 건물이 있고 나서, 맨 한가운데 마당 복판에 거대한 고딕 사원이 서 있는 겹겹 구조이다. 가장 바깥문은 안이 들여다보이는 쇠창살문이고, 열려 있지만 문 양쪽 기둥에 몽둥이로 거인을 제압하는 헤라클레스 상이 세워져 있다. 그 창살문을 지나도, 바로 뒤에 있는 위엄 있는 장중한 문을 또다시 통과해야 다음 뜰로 들어선다. 입구에서부터 위압감을 주는 성은, 어둠과 조명으로 인해 더 그렇게 보인다. 강 건너 구도시에서 밤에 바라보는 이 성의 위엄은 더욱이 그러하다. 지금도 이토록 압도적인 건물이 세상에 마천루가 없던 시절에는 어떻게 보였을지 머릿속에 그려본다.

「법 앞에서」의 시골 사람처럼 주눅이 들어 기웃거리며 열린 창살문과 장중한 문을 지난다. 들어선 두번째 뜰, 건물에 에워싸인 직사각형의 매끄럽게 돌이 깔린 바닥에서 내 발소리가 크게 울린다. 직사각형의 돌바닥을 빈틈없이 에워싼 건물의 촘촘한 창문들에서 비쳐나오는 불빛은 사각의 공간 안으로 쏟아지는 시선처럼 느껴진다. 어딘가 문이 있겠건만, 그 어디도 출구는 없는 것만 같다.

울타리에 갇혀버린 채 갑자기 쏟아지는 플래시 불빛 세례를 받은 사람처럼 당황한다. 빠져나갈 길 없는 기이한 '법정'에 빠져든 것도 같다. 장편소설 『소송』의 카프카밖에 할 수 없었을 것만 같은 기묘한 구상이 떠오르면서 그런 구상은 카프카라도 이런 석재와 어둠으로 이루어진 기이한 공간에 빠져들어보지 않았더라면 하기 어려웠으리라는 생각도 든다.

서른 살 생일날 이유 없이 체포되어 결국 '개처럼' 처형당하는 K. "죽고 나서도 수치는 남아 있을 듯하다"는 『소송』의 마지막 문장은 타격처럼 다가온다. 이유 없이 시달리다 결국 치욕적인 죽음에

성으로 오르는 길.

내맡겨지는 것으로 해석되는 삶, 혹독한 소송으로 보인 삶의 과정. 카프카의 눈에 비친 삶은 충격적으로 냉혹하지만, 그것에 담긴 우의에는 픽션으로만 보아 넘길 수 없는 혹독한 진실이 있다('소송'은 '심판'으로 번역되기도 한다. 소송 쪽이 현대 법제에 맞고, 또 작품에 삶의 과정이 담긴다는 점에서 적절한 번역이지만, 작품에 담긴 그 과정의 가혹함과 전 생애에 대한 의미를 생각해볼 때 '심판'도 낡기만 한 번역은 아닌 것 같다).

이 두번째 뜰을 겨우 벗어나 다음 뜰로 들어서면 어마어마한 규모의 파이트 사원이 눈앞을 막아선다. 겹겹 성 속의 핵심. 장편소설 『소송』의 사원 장면에는 유명한 이야기 「법 앞에서」가 삽입되어 있다. 이 겹겹의 문을 위축되어 들어서는 발자욱마다 그 기묘한 삶의 우화가 떠오른다. 한 번만 읽어도 뚜렷한 판화처럼 뇌리에 와 박히는 이야기, 아무리 되풀이해서 읽어도 전율을 금할 수 없는 단편 「법 앞에서」처럼 카프카를 잘 보여주는 글을 찾기는 어려울 듯하다. 그 막막한 이야기처럼 많은 사람들의 마음에 남는 글도 찾기도 어려울 듯하다.

한 쪽도 채 안 되는 그 글을 두고 참으로 많은 해설들이 있다. 여러 해 전 어느 학기인가 비평 수업을 맡게 되었을 때, 그 짧은 글을 잣대로 삼았었다. 처음에 그냥 읽어주고 학생들에게 인상을 적어내게 하였다. 그 글에 관한 갖가지 해석을 읽고 나서 다시 한번 그 글에 대한 글을 쓰게 했고, 또 여러 방법론을 두루 거치고 나서 학기말에 마지막으로 한번 더 그 글에 대한 글을 쓰게 했다. 학생들이 어떤 글을 대할 때 자신의 정독에서 출발하기를, 또 방법론이 추상적 이론에 그치지 않기를 희망해서였다.

그때 음대 작곡과 학생 하나가 청강생으로 강의실에 앉아 있었다. 그가 어떤 음악을 하는지 모르겠지만, 눈빛이 빛나는 학생이었다. 그 학생은 글을 내지 않았다. 학기가 끝나고도 한참 뒤, 악보집 하나를 들고 왔다. 「법 앞에서」의 전체 텍스트가 바탕에 깔려 있었고, 바로 이 성문 앞에서 썼던 나의 시 한 편이 멜로디로 들어 있었다(이 곡은 국제 현대음악제에 출품하여 입상하고, 1999년 스위스 베른에서 초연되었다). 한 젊은이의 그런 발전을 지켜볼 수 있었다는 것이 얼마나 기뻤는지. 얼마나 두고두고 내 일보다 더 즐거운 자랑이 되었던지. 카프카로 인해 소중한 사람들을 얼마나 많이 만났는지(십 년쯤 지나 이제 나는 이 악보를 독일에서 나온 나의 책에다 넣었다. 그렇게 보관하고 싶었다).

꼭 이르러야 할 것 같은, 그러나 결코 이르지 못할 것 같은, '법'처럼 보이는, 그 까마득히 치솟은 사원. 지금은 밤이어서 닫혀 있는 그 사원의 뒤를 돌아 또 몇 번 '뜰'을 지나 성 뒷벽에 이른다. 지금은 관광객용인 듯 '황금 골목'이라는 이름이 붙은 연금술사들의 골목이다.

아래쪽으로 깊은 해자가 파인 높은 성의 뒷벽에는 화살을 쏘기 위한 구멍들이 나 있다. 그 구멍 하나씩을 창문으로 삼아 파수꾼의 거처를 만들었단다. 처음 지은 집은 벽을 세 면 세웠을 것이고, 다음 집은 두 면만 세웠을 것이고, 그러다 빈틈에 지은 집은 한 면만 세웠을 것이다. 그러다 그곳에 중세에는 연금술사들이 살기 시작했고, 그래서 이 골목의 이름이 그리되었다. 처음에는 파수병들의, 그다음에는 기이한 꿈을 좇는 사람들의 거처였던 단칸방 집들. 출입문은 물론 현관문이자 단칸방 방문이다.

시내의 소음에 괴로워하던 카프카는 어느 겨울, 1916~1917년에 걸친 겨울, 여동생 오틀라가 구해준 이 골목 22번지 방에서 글을 썼다. 밤에만 와서 새벽까지. 그리고 새벽이면 다시 시내로 내려갔다. 방문을 열면 바로, 그는 갓 내린 눈 속에 첫 발자국을 찍었다. 이 '알' 같은 집에서 「시골 의사」 같은 많은 단편이 쓰였다. '알' 집에서 쓰인 '알' 같은 글들. 참으로 압도적인 인상의 작은 집. 예전에 왔을 때는 그 집 앞에 오래 앉아 있었다. 주저앉아 시도 쓰고 그림도 그렸다. 다시 그 집 앞에 선다. 어둠 속에 오래 서 있다. 온 세상이 혼곤히 잠든 밤, 그가 지켰을 어둠을 생각한다.

밤에 흠뻑 잠겨. 이따금 골똘히 생각하기 위하여 고개를 떨어뜨리듯 그렇게 흠뻑 밤에 잠겨 있음. 사방에는 사람들이 잠자고 있다. 그들이 집안에서, 탄탄한 침대 속에서, 탄탄한 지붕 아래서, 요 위에서 몸을 쭉 뻗거나 오그린 채, 홑청 속에서, 이불 밑에서 잠자고 있다는 조그만 연극 놀음, 순진무구한 자기기만. 사실 그들은 언젠가 그때처럼 그리고 후일 황야에서처럼 함께 있는 것이다. 벌판의 막사, 헤아릴 수 없는 수효의 사람들, 하나의 큰 무리, 한 민족이 차가운 하늘 밑 차가운 땅 위에 내던져져 있는 것이다. 이전에 서 있었던 곳에서 이마는 팔에 박고 얼굴은 땅바닥을 향한 채 조용히 숨쉬며. 그런데 내가 깨어 있구나, 파수꾼이구나, 바로 옆에 있는 사람을 찾자고 곁의 섶 나뭇더미에서 꺼낸 불타는

1916년 겨울, 카프카가 글을 쓰던 황금 골목의 작은 집.

장작을 휘두르는구나. 왜 너는 깨어 있는가? 한 사람은 깨어 있어야 한다고 한다. 한 사람은 있어야 한다.

—「밤에」 전문

그 작은 집 앞에 오래 서서, 밤새 글을 쓰고 약간 휘청거리는 걸음으로 그가 나섰을 새벽 어둠을 그려본다. 그의 발자취를 따라 그 좁은 골목을 걷는다. 비밀 통로 같은 좁은 통로를 지나 성을 내려가는 긴 계단 앞에 서면 강 건너 도시가 보인다. 오래된 가스등 같은 가로등이 걸린 계단을 천천히 걸어내려간다. 그 계단을 다 내려가서 천천히 다리 하나를 건넌다.

카렐 교와 평행인 다리. 그 다리를 건너 에우로파Europa 호텔쯤에서 다시 물 건너 성을 쳐다본다. 성의 전모가 선명히 보인다. 조명된 성은 그야말로 중천에 떠 있는 '불야성'으로, 기이한 비현실처럼, 또 냉엄한 현실처럼 전모를 드러낸다. 지금 에우로파 호텔이 있는 자리에 예전에 있었다가 헐린 건물의 한 방에서 『소송』은 쓰였다. 우리가 붙들려 있는 출구 없는 삶. 결코 벗어나지 못하는 구조들. 결코 닿지 못하는 삶의 목표. 『성』의 측량사처럼 헤맴으로 종착되는, 결코 그려지지 않는 측량, 미완의 기획. 다시 또다시 황량한 삶에 대해서 생각은 이어진다.

몹시 지쳐 숙소로 돌아온다. 『소송』의 현장을 헤매기라도 한 듯, 황량한 삶의 궤적을 더듬어보기라도 한 듯. 새벽에 기차에서 내려 잡아놓은 역 근처 숙소를 이제 한밤중이 되어서야 찾아 들어간다.

역 근처에는 '프란츠 카프카'라는 호텔과 '아마데우스'라는 호텔이 마주보고 서 있었다. 카프카 쪽은 하룻밤 숙박은 안 된다고 하고, 모차르트 쪽은 하룻밤도 된다고 해서 거기를 숙소로 정했다. '아마데우스'에서 방이 넓어 아깝다는 생각을 하며 잠깐 눈을 붙인다. '프란츠 카프카' 쪽은 잡힐 듯 가깝지만, 들어가지는 못하고 바깥에서만 오갔을 뿐이다.

역. 얼마나 수없이 오갔던가. 도착의 기쁨에 들떠 가닿았던 역이 있었을까. 없었던 것 같다. 보내는 이와의 작별의 애절함에 잠겨 떠난 역도 없었다. 언제나 오라는 이도 없는 곳에 쓸쓸하게 가닿았고, 보내는 이도 없는 곳을 무거운 짐을 끌고 헐떡이며, 그러나 어김없이 서럽게 떠났다. 그러나 덤덤히 와 닿았던 프라하 중앙역에서 언젠가 있었던, 덤덤하지 못했던 어떤 작별이 떠오른다. 이곳에서 펠리체를 마지막으로 떠나보낸 후 카프카는, 자기 집이나 사무실로 가지 못하고 친구 막스 브로트의 사무실로 가서, 사람들이 북적이는 삭막한 사무실의 한구석에서, 친구가 내준 조그만 걸상에 앉아 울었다.

카프카는 세 번 약혼했고 세 번 다 파혼했다. 펠리체와만 두 번 약혼했고 두 번 파혼했다. 그의 약혼과 파혼은 유명하다. 약혼과 파혼 자체가 무슨 대단한 이야깃거리겠는가. 이혼도 수없는 세상에서 말이다. 다만 그에게서 약혼은 이를테면 '삶'을 선택하려는, 결과적으로는 늘 부질없었던 시도였고, 결렬 이후 처절하게 남은 것은 오직 '문학'이었다. 해사하게 맑은 소박한 시골 처녀 율리에와의 만남도, 불꽃같았던 밀레나와의 사랑도 다 비슷하게 끝났다. 그리하여 카프카에게 남겨진 것은 '문학' 자체였노라고 요약할 수밖에 없을 만큼, 오로지 글쓰기에 바쳐진 삶이었다. 카프카의 길지 않은 삶은, 그런 치열함으로 인하여 압도적이다. 삶의 지리멸렬함에서 허우적이는 자신을 숙연히 되돌아보게 한다.

중앙역 지하에서 지하철을 타고 그의 묘지로 가본다. 약간 떨어진 교외의 새로운 유대인 묘역이다. 중앙역에서는 한 번 갈아타고 네 정거장쯤에 있고, 카프카의 생가에서는 지하철을 타고 여섯 정거장이다. 젤립스케호 역. 지하철역을 나서니 바로 큰 묘지 정문이다. 문이 닫혀 있다. 정문 앞에 꽃가게 노점은 열려 있기에 물어보니 마침 유월절 안식일이란다. 바로 돌아서지 못하고 아쉬움을 달래며 묘지의 긴 담장을 따라 걷는다. 묘지가 워낙 커서 담장을 따라 걷다보니 중간 중간에 쇠창살문이 나온다. 창살 너머로 질서정연하게 구획된 묘역에는 우람한 단풍나무, 전나무들이 줄지어 서 있다. 몇 번째 문에선가 묘역을 들여다보다 깜짝 놀란다. 창살 바깥에서 들여다보이는 곳에 카프카 일가의 묘비가 있다. 묘석 옆에 아주 자그만 소나무 묘목이 심겼고, 작은 국화 화분이 두어 개 놓여 있다.

조금 서 있다가 다시 담장을 따라 되짚어 걸어와 꽃가게에서 작은 국화 화분을 하나 산다. 샛노랗지 않고 분홍빛이 조금 도는 연한 크림색 국화 화분이다. 다시 창살문 쪽으로 가서, 화분을 조심스럽게 비닐봉지에 담아 창살 안쪽으로 늘어지게 창살에다 건다. 'Für Franz Kafka 프란츠 카프카를 위하여'라고 쓴 쪽지 하나를 크림색 국화꽃 사이에 넣어놓는다. 누가 보라는 것이 아니다. 결코 지나쳐갈 수 없는, 한 치열했던 삶에 경의를 표하고 싶었을 따름이다. 또다시 둘러보는 나의 어수선한 삶. 거기 누운, 마흔한 살 생일을 바로 앞두고 죽은 카프카보다 나는 이미 더 살았다. 그렇건만, 언제나 번잡하게 겉돌기만 했을 뿐 무언가 정말 중요한 것은 아직도 시작도 못한 듯 어수선한 나의 삶을 통렬하게 되돌아본다. 남은 것이라도, 이제라도, 쏟아부어야 할 것 같다. 무엇인가에.

그 가을, 유월절 안식일이었던 그날 인적 없는 그 창살문 앞에 서서 돌아보았던 삶, 내 마음을 스쳐갔던 것들을 이정표처럼 작은 메모지에 적었다(이는 곧, 전혀 예기치 않게 작은 시 연작이 되어 'Regenbogen für Franz Kafka 프란츠 카프카를 위한 무지개'라는 제목으로 묶이게 된다. 정말로 내 삶에서 한 획이 될 것 같다). 얼마만큼 남았는지는 모르겠으나 적어도 남은 내 삶의 시간도 '문학'에 바쳐질 것 같다는 그런 무거운 예감으로 오래 거기 서 있으며.

그러나 발길을 돌리고 나서는 이상하리만큼 가벼운 마음으로 묘역을, 또 프라하를 떠났다. 보관함에 넣어둔 작은 트렁크를 찾아들고 비교적 덤덤히 프라하 중앙역을 떠나, 밤새 기차를 달려 뮌헨으로 간다. 새벽에 그곳에 닿아 역 화물보관함에 오는 길에 맡겨둔, 책이 가득찬 무거운 트렁크를 또하나 찾아들고 공항으로 달려가기 위하여. 늘 다시는 안 그런다면서도 또 빙빙 돌아오는 값싼 비행기표를 산다. 집으로 오는 길은 언제나 멀다. 프라하와 뮌헨을 오가는 밤기차의 허름하고 비좁은 찻간에 누워서, 또 늦은 밤 중간 기착지인 이스탄불 공항의 텅 빈 벤치에 지친 몸을 잠시 누인 채 줄곧 생각했다.

평생 난파자의 목마름에 시달리며 글들의 바다를 떠다녔던, 불바닥을 발끝으로 디딘 듯 줄곧 낯선 곳들을 헤매었던 이 떠돌이 삶이 이제 마침내 어디에 둥지 틀 수 있겠는가를, 아니 도무지 어딘가에 둥지나 틀 수 있겠는가를. 보기에 따라 화려해 보일 수도, 번잡해 보일 수도 있는 내 삶의 외연이 한 번도 가져다주지 못한 안정을 생각한다. 프라하에서 지고 다녔던 색색깔 등을 아주 작은 내 방에 걸기로 한다. 일어서면 머리가 닿는 작은 다락, 글을 쓸 수 있는 나만의 공간이 얼마 전에 평생 처음 생겼다. 그것도 아주 우연히.

*

다음해 정월 독일 베를린. 슈테글리츠행 지하철의 종점인 슈테글리츠 시청역에서 내린다. 지하철 입구를 나서면 바로 붉은 벽돌로 된 시청이 있고, 시청과 길 하나를 사이에 두고 작은 녹지가 있다. 그 샛길이 그루네발트 길이다. 그루네발트 길을 건너 녹지 쪽으로 들어선다. 오래된 건물도 하나 있고 새로 만든 놀이시설도 있는 지극히 평범한 작은 공원. 다소 을씨년스러워 보이는 녹지의 큰 고목들은 이 작은 녹지가 오래 이곳에 자리잡고 있었음을 드러낸다. 겨울 늦은 오후, 쓸쓸하게 놓여 있는 몇 개의 벤치들을 눈여겨본다.

어느 벤치일까. 1923년, 죽음을 앞둔 폐결핵 환자 카프카가 울고 있는 소녀를 만나 이야기를 나누었던 곳은. 어린 소녀가 몹시 슬프게 울고 있었다고 한다. 카프카가 왜 그러느냐고 물었다. 소녀는 아끼던 인형을 잃어버렸다고 했다. 카프카가 말했다. "네 인형은 그냥 여행을 떠난 거야." 못 미더워하는 눈초리로 소녀가 그를 쳐다보았다. 카프카가 대답했다. "네 인형이 나한테 편지를 보냈는걸." "정말요? 그 편지 어디 있어요?" "지금은 가지고 오지 않았다. 내일 네가 여기로 오면 가져다주지."

그렇게 그때 카프카와 함께 산책을 했던 도라 디아만트는 전한다. 어떻게 그날부터 카프카가 그 고유한 창작의 열의를 쏟아 인형의 편지를 써갔으며 하루하루, 아직 글을 읽지 못하는 소녀에게 읽어주었는지를. 인형이 이곳저곳 여행을 하고, 사람을 만나고, 사랑에 빠지고, 마침내 결혼을 해서 가정을 꾸리고…… 그리하여 이제 옛 소녀에게로 돌아갈 수 없음을 설득력 있게 전하는 삼십여 통의 편지를 썼다고 한다. 그러고 나서 팔십여 년이 지난 몇 년 전, 한 카프카 연구가가 이제 와서 그 편지를 찾아보겠다고 나서면서 화제가 되었다. 워낙 기이하기도 하려니와 문학이 무엇인지를 선명히 보여주는 이야기라서, 산문집 『인생을 배우다』에서 언급하기도 했다. '카프카의 가장 아름다운 편지'라는 제목으로.

이 인형의 편지가 적히던 무렵 그가 살았던 그루네발트 길 13번지 근처를 둘러본다. 가난하고 병든 가운데서도 카프카가 죽음을 앞두고 잠시 짧은 행복을 누렸던 곳이다. 부품을 주워모아 조립한 램프 하나로 행복에 겨워하던 짧은 시간. 그러나 또한 마지막 연인 도라 디아만트에게 남은 작품들을 불사르게 했던 곳이기도 하다. 나머지도 불태워달라 했던 그의 유언을 어긴 친구 막스 브로트 덕에 카프카의 작품들은 남아 있다.

그리하여 이름 없이 죽은 그가, 이후 반세기 남짓에 세계문학에 남겨놓은 이미지들은 더할 나위 없이 선명하다. 어느 날 아침 깨어보니 한 마리 해충으로 변해버린 그레고르 잠자, 결코 성에 받아들

깊은 밤, 성에서 내려오는 길.

여지지 않는 측량사 K, 서른번째 생일날 아침 알 수 없는 이유로 체포당하여 '개처럼' 죽는 K, 막막한 아메리카 대륙을 헤매는 소년 로스만, 죽은 것도 산 것도 아닌 채 떠도는 사냥꾼 그라쿠스. 기이하고 슬픈 그 이름들은 수없이 인쇄되어 책 속의 활자로 박혀 있다. 다시 녹지를 서성인다. 가난하고 병들어 죽음을 앞두었던 카프카, 그의 마지막 짧던 행복의 시간에, 한 소녀와 나눈 대화의 따뜻한 입김이, 이 한 뼘 녹지 어딘가에 서려 있을 것만 같아서.

라이너 쿤체

Reiner Kunze(1933~)

구동독 욀스니츠에서 광부의 아들로 태어나 병약하게 자랐다. 라이프치히 대학에서 공부하고 강의하였으나 1968년 프라하의 봄 이후 반체제작가로 지목되어 해직되었고, 보조자물쇠공으로 일하며 쓴 시마저 출판 금지를 당하는 등 지속적인 탄압을 받다가 1977년 서독으로 이주했다. 꼿꼿하고 올곧은 저항시인이면서도 섬세함과 따뜻함이 밴 간결한 시편들이 『민감한 길』 『푸른 소인이 찍힌 편지』 『방의 음도』 『시』 등의 시집에 담겨 있다. 사회주의 체제 속의 청소년들의 문제를 그려 동서독에서 두루 큰 반향을 불러일으킨 산문집 『참 아름다운 날들』, 자신에 관한 정보부 기록을 간추린 『파일명 "서정시"』 같은 시대의 증언이 있으며, 시집 『보리수의 밤』에는 한국에 관한 시 열두 편이 담겨 있다.

쿤체 시인 댁 앞, 겨울의 도나우 강.
건너편 오스트리아의 산 기슭에 '피라 왕'이란 이름의 아주 작은 성이 있다.

해 뜨는 언덕 끝 집

쿤체의 도나우 강가

메마른 초봄의 막바지. 그침 없이 내리는 비.

지난겨울에는 눈 오는 곳만 찾아다녔던 듯하다. 눈 속을 많이도 헤매었다. 아니다, 늘 눈 속만이 아니라, 그저 이곳저곳을, 또 이 언어 저 언어 속을, 그 어디에도 정주하지 못한 채 헤매었다. 오래 허공에 떠 있었다. 내릴 곳이 없었다. 어디에 내려야 할지 몰랐다. 여러 해 된 그 절박한 물음을 들고, 나는 어느 눈 내리는 겨울날 한 시인의 집 문 앞에 섰다.

독일이 끝나는 지점, 푸른 도나우 강이 독일과 오스트리아의 국경을 이루며 한참 흐르다가 오스트리아 안으로 휘돌아들어가는 어름이었다. 강 건너 길에는 오스트리아 차들이 다니고 있었다. 파사우에서 도나우 강은 알프스의 석회가 섞여 연록빛인 인 강과 흙 검은 숲을 지나온 어두운 갈색 일츠강과 만나 잠시 세 가지 빛깔로 넘실거리다가 뒤섞여, 한 빛깔 초록이 되어 흘러간다. 그 야트막하게 넘실거리며 흐르는 초록색 강을 따라 국경이 이어진다. 도나우 강이 휘돌아 아주 오스트리아로 들어가기 전 어름에 10호쯤 되는 자그마한 마을이 있다. 작은 마을인데도 여름철 도나우 강을 오가는 유람선 승객들 때문인지, 강변에 여관을 겸한 조그만 식당이 하나 있다. '우체국으로'라는 이름이었다. 여러 해 전, 한 시인의 손님이 되어 여기 온 적이 있다. 꼭 다시 한번 오고 싶었다. 보고 싶은 나무가 있었다. 시인의 집에서 싹튼 나무이다. 낯선 시인의 집에서 놀랍게도 싹이 터서 부쩍부쩍 자라는 그 나무 한 그루를 위하여 시인은 매해 겨울 온실을 갈아 지어주었다. 시인이 정성을 쏟은 그 나무가 크리스마스트리 크기쯤으로 커졌을 때쯤 그 앞에 잠깐 앉아 있었다. 실없이 내달리기만 했던 나의 삶을 얼마나 부끄러워하며 돌아보게 하던지. 그 나무는 이제 얼마나 컸을까.

미리 연락을 하고 약속을 잡을 형편은 아니었다. 하지만 무작정 찾아들어갈 만큼 스스럼없을 리도 없었고, 집주인이 집에 없을 확률은 더욱 컸다. 일 년 중 삼분의 이는 여행중인 사람이었다. 다행히 그 집 앞에 숙소가 있으니, 시인의 집에는 근처에 잠시 있다가 간다는 메모나 남겨두고 이틀쯤 있다가 올 생각이었다. 혹시 메모를 보게 되고, 또 형편이 된다면 연락을 줄 것이고 그렇지 않다면 어차피 그냥 돌아올 것이니까. 이틀의 휴식이라는, 드문 사치를 누려볼 작정이었다.

조금 늦은 오후에 파사우 역에서 내려 달리 차편이 없어 택시를 타고, 그 강변의 숙소에 닿는다. 숙소에 짐을 놓고 망설이다가, 시인의 집 앞으로 가본다. '해 뜨는 언덕에'라는 골목의 끝 집, 뒤로는 숲이 시작되는 막다른 집이다. 혹시 그사이 훌쩍 컸을 세쿼이아가 보이나 기웃거려보지만, 집에 가려 보이지 않는다. 집 앞에 주저앉아 메모를 쓴다. 들고 온 조그만 선물 꾸러미와 함께 우체통 밑에 두고 갈 생각이었다. 눈이 많이 내려서 우체통에 끼워두거나 밑에 두면 눈에 젖을 것 같아서, 혹시나 댁에 사람이 있으면 살펴보게끔, 그러나 그것도 많이 용기를 내어 벨을 누른다. 눌러놓고 돌아선다. 그런데 이층 베란다에서 시인이 내다보며 누구냐고 한다. 내가 얼결에 "우편물요" 한다. 미심쩍어하며 기다리라더니 시인이 집을 나온다.

한참 나를 쳐다보더니—멀리 베란다에서 내다볼 때는 방문판매원이라고 생각했다고 한다—혹시 한국에서 오지 않았느냐고 그런다. 만난 지 여러 해가 지났고, 그사이 전혀 연락도 주고받지 않았기 때문에 기억하리라고 생각할 수 없었다.

우편물만 두고 가려 했는데 눈이 와서 벨을 눌렀다고 변명을 해본다. 들어오라는 강권에, 대문 안으로 잠깐 들어서지만, 그렇게 그야말로 쳐들어갈 수는 없어서, 다음날 저녁으로 약속을 잡고 나온다.

'우편물'이라며 들고 온 조그만 꾸러미 안에는 특별한 재스민차가 들어 있었다. 차에는 한 송이씩 포장된 말린 재스민 꽃송이가 들어 있어서, 더운물을 부으면 찻잔에서 꽃이 피어난다. 얼마 전 어떤 음식점에서 이 놀라운 차를 마셔보고는 바로 몇 통을 샀다. 이런 꽃 피는 차, 더구나 재스민차를 들고 달리 누구를 생각할 수 있었겠는

가. 그의 시 「한잔 재스민차에의 초대」는 다음과 같다.

들어오셔요, 벗어놓으셔요 당신의
슬픔을. 여기서는
침묵하셔도 좋습니다

시의 전문이다. 이 짧은 시가, 얼마나 많은 이들의 공감을 불러일으켰던가. 구동독 시절에 이 따뜻한 시는, 체제에 찬성하지 않는 사람들 사이에서 집 문에 붙여놓는 눈에 띄지 않는 저항의 표지로 쓰였다고 한다. 강성의 이념어가 난무하던 사회주의 국가에서 이런 낮은 목소리가 가졌던 힘을 생각한다.

꾸러미 안의 우편물에는 재스민차 외에도 최근에 쓴 나의 시 한 묶음이 들어 있었다. 시인에게 들고 간 선물이기도 했고, 나의 말없는 큰 물음이 담겨 있는 것이기도 했다. 그런 물음이었다. 몇 년 전부터 한 독일 동료가 예전에 낸 나의 작은 시집 『카프카 나의 카프카』를 독일어로 번역하고 싶다는 제의를 했다. 반갑고 고맙지 않았을 리 없지만, 나는 오래 망설이며 대답하지 못했다.

어느 언어로든, 크든 작든, 시집을 출간한다는 건 장기자랑이거나 취미활동일 수 없다. 국내에서 활발하게 작품활동을 하면서 이루어진 일이라면 자연스러울 수 있겠지만 나의 경우는 다르다. 몇 해를 끌다 지난가을 나름으로 결정을 내렸고, 그러는 와중에 같은 주제로 작품들을 더 쓰면서, 동료의 번역에다 덧붙일 수 있는 신작 독일어 시가 한 묶음 엮였다. 그 원고를 넘겨주기 전에 나는 누구에

겐가 물어보고 싶었다. 대답이 절실했다. 과연 이제, 내가 이런 일을 벌여도 좋은가를. 오래 방황했다. 어디에다 뿌리내려야 할지 알 수 없었다. 공중에 가득 헛뿌리를 튼 기괴한 부유식물처럼 나의 언어는 오래 떠돌았다.

시는 거의 나의 삶이었음에도, 시단에서 활동한 적은 거의 없다. 그런 내가 시인인가 싶지만, 또 그런 것 같다. 나의 복잡한 시력詩歷을 조금만 이야기하자면, 스무 살쯤부터 이십대에 한 일이라고는 시를 쓰지 않겠다는 결심뿐이었노라고 말하곤 했다. 글을 쓴다는 건 표현 욕구인데, 강한 욕구가 있어도 자신을 내보이는 일은 견디기 어렵게 부끄러웠다. 시대도 험해서 저 좋은 일 하는 것도 죄스럽기만 했다. 여러 가지 이유로 결론은, 시를 안 쓰는 것이었다. 거의 스무 해 동안은 자신과의 약속을 잘 지켰다. 그 세월을 독문학 공부만 하고 살았다. 공부의 중심이 시였다 해도. 그러다 서른아홉 살 겨울, 베를린장벽이 무너진 독일을 헤매다가 억눌러두었던 나의 시에도 장벽이 무너진 듯 봇물처럼 시가 터져나왔고, 나는 기행시집 『깨어지는 벽 앞에 서서』를 냈다. 오랜 세월 억눌렀지만 나의 삶을 지탱해준 시를 이제는 조금 돌보아야겠다는 생각으로 그후 등단도 하고 작은 시집도 세 권을 더 냈다. 시가 조금 다듬어지지 않겠나 하는 것이 유일한 욕심이었다.

그러나 그렇게 몇 년 동안 조금 들여다본 문단은 내가 범접할 수 있는 곳이 아니었다. 그곳에 자리잡자면 시간이 있고, 술도 좀 마실 줄 알아야 할 것 같았다. 물론 뛰어난 재능이 있다면야 다 불필요하겠지만, 나는 셋 중 어느 하나에도 능력이 없었다. 하지만 또다시 시를 안 쓰고 살 수도 없었다. 참으로 그침 없이 썼다. 더이상 발표하거나 시집을 내지는 않았지만, 그래도 시를 쓰는 한, 발표하고 인정받고 싶다는 욕심은 무의식 어딘가에 남아 있는 것 같아 두려웠다. 언제부터인가, 그 지침 없이 쓰이는 글들을 저절로 남의 나라 말로 쓰게 되었다. 쓰지 않을 수 없는 글은 쓰되, 시장에 나서지 않아도 되려는 자구책의 무의식적인 발로였는지, 혹은 평생 열중해 읽어온 독문학의 감염이었는지. 독일어로 글을 쓸 만큼 독일에 살지도 못했다. 유학 경력도 세 학기에 불과하다. 독일에는 근년 들어 자주 가지만, 그저 잠깐씩일 뿐이다. 평생 힘겹게 씨름해온 남의 나라 말 속으로 나의 시는 도피했다. 아마도 자신을 지키기 위해서.

그러나 나는 헤매고 있었다. 두 개의 언어 사이에. 시인이라면, 평생을 쏟아 이제 모국어를 다루는 정치함에 있어서 어떤 경지에 올라야 마땅할 나이에, 자주 문법마저 틀리는 서툰 외국어로 시를 쓰고 있는 자신을 합리화할 길은 없었다. 어디론가 내리고 싶었지만, 내릴 곳을 알 수 없었다. 그러나 언젠가 어디에 발이 닿는다면, 아마도 나는 그곳에 뿌리내려야 할 것 같았다. 누가 번역서 하나를 내주겠다는데도, 그저 좋아라 하지 못하고 그토록 망설인 것은 그 때문이었다.

그러나 누가 말해줄 수 있겠는가. 그 어려운 대답을, 던지지도 않은 물음에 대한 대답을. 그러나 아마도 은연중에 어떤 대답 같은 것을 기대하며, 나는 부끄러움을 무릅쓰고 연작 한 편을 꾸러미에 넣었을 것이다. '해 뜨는 언덕에' 골목 끝 집에 사는 시인 라이너 쿤체는 나에게 시에 대한 개안을 하게 한 큰 시인이었고, 언젠가 이 시인의 집 문턱을 나서며 나의 첫 독일어 시가 쓰여졌기 때문이기도 했다.

온통 눈 천지인 마을을 조그만 창문으로 건너다보며, 눈 속에서 흘러가는 초록빛 도나우 강과 그 너머 언덕을 바라보며, 그날 저녁 나는 쉬었다. 다소 착잡한 마음으로 드문 사치를 누렸다. 다음날 아침 시인의 아내가 와서 함께 파사우 시를 지나 강 너머 오스트리아 도시 쉐르딩으로 갔다. 색색깔 집들이 작은 광장과 골목들을 에워싸고 가득 서 있는 동화처럼 아름다운 작은 도시 쉐르딩은, 쏟아지는 눈 속에서 더더욱 동화 속 나라처럼 느껴졌다. 강물 이편저편에 서 있는, 유럽연합으로의 통합 이후 쓸모가 없어져버린 다리 곁의 세관 건물도 장난감 같았다. 한참을 돌아본 후 작은 카페에서 함께 커피와 맛깔스러운 케이크를 먹었다. 찻값을 치르고 싶었지만, 쿤체 부인은 내가 계산하지 못하게 했다. 주차장으로 가려다가, 부인은 미안하지만 옆 슈퍼에서 살 것이 좀 있다고 했다. 저녁을 함께 먹자고 한 터라, 일부러 장을 잔뜩 보지나 않을까 겁이 나 말렸더니, 저녁 장은 이미 봤단다. 조그만 슈퍼에서 갖가지 과일을 조금씩, 그리고 작은 요구르트 한 병을 고른다. 계산을 하고 나오는 것을 보다가 물건이라도 들어주려 하는데, 그냥 들고 있으라며 요구르트 한 병만 자기가 들고 간다. 나에게 주려고 산 것들이었다.

눈이 쌓이고 흩날리던 동화 속 도시를 거닐며 엘리자베트 쿤체와 많이 이야기를 나누었다. 따뜻한 사람이다. 시를, 시인을 사랑하는 사람이었다. 나를 보며 왜 그 사람이 떠올랐을까. 부인은 내가 모르는 크리스티네 라반트라는 낯선 시인 이야기를 했다. 몹시도 병약

하고, 몹시도 불우했던 시인의 이야기를 하는 그녀는 시인보다 더 시인 같았다. 평생 시인을 뒷받침하며 잉꼬부부로 살아왔다. 그들의 사랑은 유명하다. 그녀는 체코 출신 독일인이다. 라디오에서 그녀가 우연히 쿤체 시인의 시를 들은 뒤 그들이 국경을 넘어 주고받은 수많은 편지는 전설에 그치지 않는다. 변함없이 다정한 부부. 남편이 소중한 그만큼 세상 모든 시인이 그녀에게는 귀하고 소중한 것 같았다. 시를 이야기하는 그녀는 열일곱 소녀 같아서, 칠십이 넘은 사람이라고는 상상도 할 수 없었다. 오는 길에 엘리자베트 쿤체는 또 지나가는 말처럼 이삼 일 있다가 떠난다면 모레인데, 자기가 모레 (또!) 장을 볼 일이 있으니 그 김에 역까지 데려다주겠다고 했다. 더이상 폐를 끼칠 수는 없어 내일 갈 예정이라고 잘라 말했다. 그랬더니 "장, 내일 봐도 되는데……"라고 하는 것이었다. 장을 보겠다는 것은 순전히, 내가 사양하지 못하도록 하려는 핑계였던 것이다.

다시 숙소로 돌아와 그침 없이 내리는 눈을 보면서 나는 또 생각한다. 그렇다 하여도, 아무리 다정한 사람들이라 하여도, 온당한 일이었을까. 내색도 않은, 큰 물음이 담긴 원고를 그 집에 두고 온 것은. 그런 서툰 것으로, 저 따뜻한 사람들의 시간을 뺏는다는 것 자체가 온당한 일인가. 얼굴이 뜨거웠다. 돌이킬 수도 없고…… 하릴없이 방안을 서성였다.

저녁에 이번에는 쿤체 시인이 나를 데리러 왔다. 전화만 하면, 집도 알고 충분히 걸어갈 수 있는 지척인데. 다섯시가 조금 못 되어 함께 그 집에 들어섰다.

다감한 쿤체 시인이 매우 엄한 어조로 이야기를 시작했다. "지금부터 당신을 교수에서 격하시키려 합니다, 동료로." 동료로, 라니. 놀라운 이야기였다(그는 큰 시인이다. 나는 아무도 모르는, 말도 서툰 외국인이다). 그는 내가 묶어 들고 간 작은 연작시 전체를 연필로 깨알같이 베껴 쓰고 고친 종이 묶음과, 다시 그것을 깨끗하게 타이핑한 원고 묶음을 탁자 위에 놓았다. 어제 낮 내가 '우편물'을 놓고 간 후 꼬박 거기에 매달려 있었다고 부인이 말했다. 그후 여섯 시간 반쯤 쉬지도 않고 원고에 대해 이야기했다. 여기에는 왜 쉼표 대신 마침표가 나은지, 여기 이 정관사는 왜 부정관사로 고쳤는지, 여기 이 행은 왜 자신이 행갈이를 했는지, 여기 이 두 단어는 왜 어순을 바꾸었는지. 그 작은 변화들을 통해서 시들은 놀랍게 달라져 있었다. 아니 그것을 확인하기 이전에, 나는 이미 놀라움으로 말을 잃고 있었다. 세상에 나에게 언제 이런 사람이 있었던가, 누가 남의 작품을 이렇게 읽을 것인가, 내가 누군가의 작품을 이렇게 읽은 적이 있었던가. 부끄러움과 놀라움과 감사가 뒤섞여 나는 시종일관 말을 잃고 앉아 있었다. 여섯 시간 반 동안, 그 중간에는 십오 분쯤 휴식이 있었을 뿐이다. 밥은 먹여야겠다는 부인의 '방해'로 급히 저녁을 먹었던 것이다. 사태를 파악한 듯, 부인은 정성 들인 따뜻한 쌀밥과 생선요리를 한 접시에 담아 얼른 먹고 일어날 수 있게 배려해주었다. 한참 일하던 중이라 거의 말 한마디 나누지 않은 채 얼른 밥만 먹고는 일어나 탁자로 되돌아왔다.

그렇게 원고 전체를 검토하고는 문제가 한두 군데 있었던 작품을 쿤체 시인이 다시 타이핑하러 서재로 간 사이, 부인은 낮에 이야기했던 크리스티네 라반트의 작품을 하나 읽어주었다. 작품집을 들고 와서 한두 면을 펴서 읽은 게 아니었다. 그녀는 자신의 손으로 일일이 베껴놓은 노트를 펼쳐들었다. 작품과 생애 중에서 중요한 부분들을 나에게 주려고 복사까지 해두었다. 엘리자베트 쿤체는 치과의사다. 그러나 시인보다 더 시인을 아끼는 사람이었다.

쿤체 시인은 마지막 정서를 한 타이핑 원고를 나에게 주었다. 그러고는 꼭 보여줄 것이 있다면서 일어서더니 책 한 권을 가지고 왔다. 피셔 출판사(독일에서 아주 크고 유명한 출판사이다) 사장이 자신의 오십 세 생일 선물로 준 귀중본이라고 했다. 아주 낡고 조그마한 이 동화책은 카프카가 어린 조카에게 선물한 책이라고 한다. 쿤체 시인이 그 책을 나에게 보여준 것은 카프카가 그 책 앞장에 어린 조카에게 쓴 글 때문이었다. "그레텔에게,"라고 쓰고 나서 카프카는 덧붙여놓았다. "내가 이 책을 선물하는 이유는, 첫째는 그레텔이 훌륭한 소녀이기 때문이고, 둘째는 그레텔이 이 책을 아무데나 놓고 가면 책이 나한테로 되돌아올 것이기 때문이야"라고. 카프카 특유의 꼼꼼한 글씨로 쓰인 그 진품의 헌사. 맺힌 잉크 자국에서 어린 조카에 대한 사랑과 유머 섞인 위트가 배어나오고 있었다. 쿤체 시인이 나에게 그 책을 보여준 것은, 나의 연작 마지막 시가 죽음을 앞둔 카프카가 어린 소녀를 위해 썼넌 인형 편지를 언급하고 있기 때문이다. 찾을 길 없는, 전설이 되어버린 그 편지들—인형을 잃고 울고 있는 어린 소녀를 위로하기 위해 카프카가 썼다는 서른 통가량의 편지—이 "어쩌면 그것이 아직 가능한, 쓰일 수 있는, 쓰여야 할 문학의 한 형태"가 아닐까 하고 나는 그 시에서 결론처럼 조심스럽게 말하고 있었다. 이제 카프카가, 다른 한 소녀에게—울고 있지는 않지만, 어린이답게 덜렁거리기도 하는 조카에게—쓴 글, 남아 있는 선명한 필적을 보며, 지금은 사라져버린 글의 따뜻한 다감함을, 선명하게 떠올릴 수 있었다.

이런 글을 쓸 수 있을까. 고마움에 압도되어 일이 끝나고도 말없이 앉아 있다가, 밤이 몹시 늦은 것을 떠올리고야 일어섰다. 도가 넘는 고마움은 표현하기가 어렵다. 나는 다른 사람을 위해 무엇을 할 수 있을까를 생각하다, 다음날 새벽에 떠나기로 한다. 다음날 아침 열시 프랑크푸르트에서 괴테 하우스 소장과 한국총영사의 약속이 있는데, 새벽 네시에 출발하면 닿을 수 있다. 우연히 뮌헨에서 만났던 소장이 배석해주면 좋을 텐데 하고 지나가듯 말했었다. 내가 잠깐 배석해서 혹시 도움될 일이 있다면 가야지 하고 떠났다. 시인의 집과 뮌헨은 두 시간 거리인데, 먼길을 가서 잠깐 앉았다가 또 먼길을 돌아서 밤늦게야 뮌헨 숙소로 돌아왔다. 방으로 들어서는데 전화벨이 울렸다. 쿤체 시인이었다. 이번 가을에 내 원고가 시집으로 나온다는 것이었다. 나는 다시 말을 잃었다. 내가 기차에서 흔들리고 다니는 사이, 출판사까지 교섭을 해서 확정을 봐놓은 것이었다. 외국인이 더듬거리듯 쓴, 문법마저 틀린 곳이 수두룩한 글을…… 시인도 출판인도 다 놀라웠다. 나는 내용도 문제이겠고, 또 그 분량으로 책이 되느냐고 겨우 되물었다. 내용이 농축된 것이라 분량이 많은 것보다 오히려 적은 편이 낫다는 설명이었다.

그리고 시인은 이번 가을에 한국에 오겠다고 덧붙였다. 내 학생들에게 시를 읽어주고 싶다고 했다. 처음 만났을 때, 5월에 있을 세계작가대회에 혹시 참석할 수 있다면 내 학생들이 기뻐할 것이라고 말하니, 바쁘기도 하지만 요란한 대회 쪽은 싫다고 했다. 하지만 내 학생들에게 시를 읽어주고 싶노라고, 자비로 오겠다고 한다. 상당한 예우를 하는 기회는 마다하고…… 그는 그런 '시인'이다. '시인' 외에는 어떤 수식어도 불필요한 사람. '시인'을 꼽으라면, 생존하는 독일인들 가운데서 내가 제일 먼저 꼽는 사람이다.

*

시인의 손에 이끌려 아주 작은 시집 『프란츠 카프카를 위한 무지개』(Edition Toni Pongratz)가 그 가을 독일에서 출판되었다. 기쁘기에 앞서 두려웠다. 시집의 출판이 일회적인 장기자랑일 수 없다는 걸 너무도 잘 알고 있다. 평생 남의 나라 문학에 몰두하였다. 문학에의, 시에의 몰두였다. 그럼에도 이것이 온당한 일인가.

서울로 돌아오니 시인의 편지가 와 있다. 내가 입 밖에 내지 않았던 물음에 대한 답이 명시적으로 또박또박 적혀 있었다. "이곳에 뿌리내리세요."

해 뜨는 언덕, 시인의 집 마당에서 싹터 자라난 세쿼이아를 떠올렸다.

나 자신이 어디에든, 아니 도무지, 뿌리내릴 수 있는지는 아직도 모르겠다. 다만 글을 배워 그런 시인을 알고, 그런 말을 들을 수 있었다는 것에 감사한다. 시인이 뜻한 '이곳'은 아마도 독일이기보다는 그 언어 안이었을 것 같다.

어느 겨울날, 쿤체 시인 댁 서재. 나의 원고와 카프카가 조카에게 주었던 작은 책이 놓인 테이블.

시인, 시인의 집

쿤체의 초대

누구였을까, 그는. 불쑥 문을 두드린 한 사람을 그토록 따뜻하게 맞아 자신의 언어로 이끌어 들일 줄 안 이는? 망설임으로 가득찬 불안한 영혼에게 던지지도 않은 질문의 답을 줄 줄 아는 이는? 답을 찾기 위해 예전에 쓴 편지들을 뒤진다. 여러 해 전 어린 딸에게 쓴 편지 한 통이 다행히 아직 있다. 다시 읽어본다. 시인 라이너 쿤체를 만나고 돌아오는 기차에서, 정신없이 써내려갔던 편지이다.

*

사랑하는 세인이에게.

먼길 떠날 준비를 장하게도 혼자 다 하고, 혼자 짐을 다 꾸리고, 지금쯤 잠을 청하고 있을 세인이에게 또다시 기차에서 쓴다.

시인 라이너 쿤체의 집은 파사우에서 십이 킬로미터쯤 강을 따라 가면 있는 에를라우라는 조그만 마을의 골목 끝 집이야. '해 뜨는 언덕에'라는 따뜻한 이름이 붙은 골목길을 나와, 독일의 남서쪽 끝을 떠나 다시 북쪽 끝으로 가고 있어. 꽃다발을 든 채로. 이틀 전에 택시에서 내리는 나를 향하여 쿤체 시인이 들고 뛰어왔던 환영의 꽃다발이야. 아주 연한 분홍빛, 거의 흰빛에 가까운 이상하게 고운 카네이션들. 꽃다발을 들고 독일 국토를 종단하고 있네!

시인의 집 앞을 굽이돌며 흘러가는 도나우는 바로 오스트리아와의 국경이야. 건너편 산기슭에 12세기에 세워졌다는 아주 작은 성이 한 채 있을 뿐, 이 마을의 몇 집을 제외하고는 온통 야트막한 초록색 천지야. 그 몇 집 안 되는 마을의 끄트머리에 예정보다 조금 일찍 닿았어. 역으로 나오겠다고 했는데 내 편에서 일찍 도착하여 마중 나오지 말라고 전화를 했더니 벌써 집 앞에 나와 서서 기다리고 있었어.

그의 집은 거의 자그마한 그림 전람회장을 방불케 했어. 차고까지, 집 전체가 온 세계 화가들이 그 시인을 위하여 그려준 그림들로 가득차 있었지. 그러나 가장 압권이었던 것은 〈꿈꾸는 말〉이라는 그림이었어. 그 그림은 쿤체 부부가 젊은 시절 프라하에서 보고, 두 주일간 물과 마른 빵만 먹은 끝에 사러 갔는데, 사정을 안 화가의 호의로 놀랍게 싼값에 샀다고 해. 왼편에는 검은 말들이 무리지어 있고, 오른편에 그 말들의 꿈이 그려져 있어. 꿈속에 있는 푸른 말은 지평선을 채운 커다란 달 앞에서 하얀 그림자를 드리우고 서 있어.

그림자에만 하얗게 기사가 앉아 있고. 표현주의 화가 마르크가 그린 푸른 말은 비현실적 색채로 유명하지만, 이 푸른 말의 꿈은, 기교와는 무관하게, 압도적이었어. 그런 꿈을 그린, 무명화가의 그림을 굶다시피 하며 산 이 시인 내외는 그들의 꿈을 이렇게 쏟아 거기 세상 끝에다 '시인의 집' 한 채를 지었던 거야.

시인의 아내 엘리자베트는 체코어·독일어를 함께하며 자란 사람이야. 철통 같은 국경이 있던 시절 방송된 시를 통해 어렵사리 편지만 주고받다가 두 사람은 결국 어렵게 결혼하였고, 몹시 어려운 시절을 동독에서 함께 겪었고, 1978년 마침내 쫓겨나—또 얼마나 어려움을 겪었을까—서독을 전전하다 이 집을 구하게 되었다고 해. 우연히도 오스트리아·체코·동독이 모두 지척인 곳이야. 부인이 치과의사인 덕분에, 천성이 시인인 이 사람이 시에 전념하며 시인으로 살아남은 것 같아. 육 년 전 은퇴한 부인은, 지금은 남편이 자기 '병원'이라며 웃었어. 평생 의사였고, 손자가 스무 살이라는 부인이 얼마나 여리고 고운지. 꼭 소녀 같아.

라이너 쿤체는 천생의 시인이라고 했는데, 내가 그의 시를 눈여겨보고 소개하려 노력한 것은, 그가 다름아닌 '시인'이기 때문이야. 동독 독재의 혹독한 시련 속에서도 그는 오로지 시의 본령을 지켰어. 그런데 그로 인하여 가장 체제 비판적인 시인으로 지목되어 핍박받았지. 서정시란 '개인'이 중심이 될 수밖에 없는 장르인데, 한 사람 한 사람, 풀 한 포기 나무 한 그루를 눈여겨보는 사람이 쓰고, 그런 것들의 소중함이 드러날 수밖에 없는 장르인데, 동독이란 체제는 '집단'의 윤리를 극도로 강조한 곳이었기 때문에 그런 개인의

젊은 날의 라이너 쿤체와 그의 아내 엘리자베트 쿤체.

옹호는 반국가적 범죄가 되었지. 구동독 정보부는 그에 관하여 두툼한 파일 스물네 권을 만들었어. 일거수일투족이 다 기록되었지. 누가 그의 무슨 책을 읽고 무슨 이야기를 했는지 상세히 적혀 있고, 심지어 시인이 휴가 때 시골에 가서 물을 몇 시에 몇 양동이 길었는지까지 적혀 있어. 결국 추방당한 그가 탄 자동차가 동독 국경을 떠나는 순간이 포착된 사진이 있는가 하면, 다시는 재입국을 못하도록 (국경수비견이 냄새를 가려내도록) 붕대에 체취를 묻혀 보관해둔 밀봉 유리병도 있었다고 해. 그 모든 것의 일부가 베를린장벽이 무너진 후 『파일명 "서정시"Deckname „Lyrik"』(1990)라는 제목으로 출간되기도 했어. 아무려나 동독 정보부는 그 철저성에 있어서 세계 역사에 유례없을 것 같은 '작가론'들을 남긴 거지. 그런데 말이야, 그의 가장 유명한 시는 이래.

민감한 길

수맥 위의 땅은 민감하니
나무 한 그루도 베어져서는 안 된다
뿌리 하나도 뽑혀서는 안 된다

수맥이 말라버릴 수 있으므로.

얼마나 많은 나무들이 베어졌던가
얼마나 많은 뿌리들이 뽑혔던가

우리들 마음속에서.

이렇게 무해無害해. 유용성이 강조되는 곳에서는 늘 땅을 한 치라도 더 이용해보겠다고 함부로 나무를 뽑지. 그 가운데 이 시는 한 그루 나무를 뽑아내는 작은 일을 경계하며, 그것이 나무만 죽이고 수맥만 마르게 하는 것이 아니라 사람의 마음까지 황폐화시킬 것임을 낮고, 낮은 목소리로 간곡하게 일깨우고 있지(그런 점에서 예컨대 브레히트의 목소리와는 아주 많이 달라). 나무를 함부로 뽑아내는 곳이 구동독뿐이겠어. 우리가 함부로 뽑아내는 것이 어디 나무뿐이겠어.

획일성과 유용성의 지나친 강조가 인간의 심성을 어떻게 황폐화시키는지는 다시 나무의 비유로 등장해. 나무도 사람도 다 똑같이 쓸모 있게 키워내려는 국가에 맞서, 그럴 수 없다고 작지만 단호한 목소리로 말하는 것.

베어 넘겨진 다음에도
나무 속의 나무는
서서히 죽을 뿐이다

사람 속의 사람처럼

그에게서
심을 빼고

속을 파내기
그것이 쓸모 있게 만드는 일이다.

—「조각 습작 세 개」 부분

이렇게도 서정시를 쓰는 시인 쿤체에게 있어 그나마 좀더 직접적인, 그중 가장 극심하게 사회 비판을 드러낸 시를 고르라면 이런 우화 같은 시를 고를 수 있을 거야.

예술의 끝

넌 그럼 안 돼, 라고 부엉이가 뇌조한테 말했다
넌 태양을 노래하면 안 돼.
태양은 중요하지 않아

뇌조는
태양을 자신의 시에서 빼어버렸다

넌 이제야 예술가로구나
라고 부엉이는 뇌조에게 말했다

그러자 아름답게 캄캄해졌다

세상의 어둠을 이야기하면서도 여전히 낮고 낮은 목소리야. 『민감한 길』『푸른 소인이 찍힌 편지』『방의 음도』『자신의 희망에 걸고』『누구나의 하나뿐인 삶』『지상의 하루』—이런 것이 그의 시집의 제목들이야. 이런 시인을 극도의 위험인물로 본걸 보면, 구동독 정보부가 어쩌면 안목이 있었던 것도 같아. 그들도 알고 있었을 거야, 목소리 낮은 언어가 사람들의 마음속에 불러일으키는 조용하면서도 큰 반향의 무게를.

시인 라이너 쿤체를 처음 만난 것은 1994년 여름 캐나다 밴쿠버에서였어, 아주 우연히. 이야기했던가? 그의 시에 대해 발표를 했는데 발표가 끝나자 어떤 사람이 쿤체 시인이 바로 건넛방에 와 있는 걸 아느냐고 해서 곧바로 달려갔던 이야기. 그러고는 다섯 시간쯤 이야기를 했다는 것. 아무 허락 없이, 전혀 모르게—구동독 작품 전체가 터부시되던 1980년대 이야기이지—그의 책을 두 권이나 번역한 나는 가까스로 고백을 하고 미안해했는데, 그는 자신의 시를 번역해준 사람을 만난 '기쁨'만 여러 가지로 표현했어. 쉽게 할 수 없는 이야기들도 들었지.

허락을 못 받고 번역한 데 대해 못내 미안해하는 나에게, 빈말이 아니고, 독일 오거든 꼭 자기 집에 오라, '따뜻한 난로 뒤의 짚 잠자리'를 마련해주마고 했었어.

그후 몇 차례나 더 독일에 갔지만, 늘 그저 며칠씩 허겁지겁 뛰어다니다 그냥 돌아갔지. 그가 횔덜린상을 수상했을 때에야 축하카드를 한 장 보냈어. 곧바로 답장과 함께 횔덜린상 수상 연설문과 다른 책 한 권을 보내왔어. 그 책 역시 연설문집이었는데, 첫 글은, 바로 지난해 그 소식을 듣고 나까지 덩달아 몹시 기뻐했던 특별한 상의 수상 연설문이었어(이야기했던가? 청소년 일곱 명이 만들었다는 상). 그게 압권이었어. 독일 시인으로서는 최고의 명예인 횔덜린상 수상 연설문보다, 독일 문인의 최고 명예인 뷔히너상 수상 연설문보다 더 인상적이었어. 시를 아끼는 어린 사람들에 대한 자상함과 사랑이 배어나왔거든. 아름다움에, 즉 세상 모든 생명에, '손을 대어서는 안 된다'는 당부도 간곡했고.

아무튼 그 글로 인해서, 또 쿤체 시인이 아프리카의 나미비아라는 낯선 곳에서 보내온 엽서로 해서, 이번에야말로 그 '난로 뒤의 짚 잠자리'를 이용해야겠다는 생각을 하게 되었지. 많이 지쳐 있어서 뭔가 푸근한 곳을 찾기도 했고…… 한번 들러도 되겠느냐고 편지를 보냈어. 내가 쿤체 시인 댁에 간다고 하니 어떤 독일 교수가 아주 점잖게 걱정을 해주었어. 작가들이 얼마나 사람들에게 시달리는지 이야기 하면서, 그 대표적인 예가 쿤체 시인이라는 것이었어. 내가 물색없이 그 바쁜 독일 작가들에게 혹시 번거로움을 끼치지 않을까, 불쾌한 경험을 하지 않을까 염려했겠지. 그 이야기를 듣고 나는 망설였는데 세상에, 쿤체 시인에게서 이런 편지가 온 거야.

이 무슨 기쁨인지요—환영하고말고요!

7월 15, 16, 19, 20, 21, 22일을 비워두겠습니다. 아마 기차 타고 오시겠지요. 파사우 역으로 마중 가겠습니다. 에를라우까지는 십이 킬로미터입니다. 당신을 위해 무얼 준비할까요? 무엇으로 당신을 기쁘게 할 수 있을까요? 무얼 보여드릴까요? 어떤 음식을 낯설어 하거나 싫어하시나요?

시인의 집은 마을의 끝 집이라 전나무숲이 시작되는 곳인데 마당 한가운데 커다란 보리수가 자라고 있었어. 십이 년 전에 심었다고 하더라. 그 보리수 아래 앉아 있었는데, 그뒤 얼마 전에 공들여 만든 축대 위에는 세쿼이아 한 그루가 제법 큰 크리스마스트리만한 크기로 보기 좋게 자라고 있었어. 내가 그를 처음 만났던 여름에 심었는데, 처음 몇 해는 겨울마다 특별 온실을, 해마다 크기를 키워가며 만들어주었대. 오륙 미터는 될 것 같은 걸 보니, 온실 만들어주기가 얼마나 '일'이었는지 알 수도 있거니와, 언젠가 또 와본다면 얼마나 커 있을지 궁금하기도 했어. 나는 같은 곳에서 뚜껑 달린 일 달러짜리 플라스틱 커피컵을 사와서 아침마다 커피잔을 들고 자동차로 뛰어가며, 커피를 쏟으며 마시며 다녔지. 그렇게 정신 차려가며, 그러나 실은 실없이 정신없이 시끄럽게 돌아다니기만 했는데, 그사이에 쿤체 시인은 거목의 씨앗 하나를 가져와서 조용히 키웠더라.

독재 치하를 살아낸 사람들이라 내외가 다 역사에 대한 궁금함이 무엇보다 많았어. 한국에 대해 너무 아는 게 없다고 미안해하며 몇 시간에 걸쳐 질문들을 하는 것이었어. 역사 이야기를 많이 하는 동안, 어쩌다 이야기가 화가 이중섭에게로 번졌는데 유난한 관심을 보이더라. 다른 손님들에게도 그 화가 이야기를 꼭 들려주겠다면서. 이중섭의 그림에 담긴 가족에 대한 그리움, 특히 담뱃갑 은박지에 그린 그림 이야기가 몹시 인상적이었나봐. 다시 생각해보니, 라이너 쿤체의 시는 그림으로 바꾼다면 이중섭의 은박지 그림에 가까울 것 같아.

점심에는 사모님이 만든 생선 요리가 나왔는데 보통 솜씨가 아니었어. 얼마나 정갈한지 그야말로 '시'였어(독일어에는 그런 비유적 표현이 있어). 주인의 시처럼 담백하기도 하고…… 오후에는 또 사모님이 구워낸 기막힌 사과파이를 차와 함께 먹고 나서 사모님의 안내로 잠깐 파사우 시내를 구경하고 왔어.

파사우가 워낙 작은 곳이기도 하지만 내가 관심을 가질 만한 것을 핵심적으로 보여주어서 한 시간 남짓에 도시를 환히 알게 된 느낌이었어. 비옥한 보헤미아 숲을 거쳐 흘러오는 까닭에 거의 검은 빛인 일츠 강물과 멀리 알프스의 석회석들을 스쳐오다보니 흰빛이 도는 연록빛 인 강물이 여기서 합쳐져 '아름답고 푸른 도나우'가 되어 흘러가고 있었어. 물론 누가 봐도 아름답고 푸르기야 하지만, 요한 슈트라우스가 없었더라면, 그러한 예술의 각인이 없었더라면, 이 강물을 보지 않은 사람들의 마음속에서마저 저 도나우가 저렇듯 아름답고 푸를까. 예술의 힘을 새롭게 생각해보게 돼.

파사우 시내에서는 제일 먼저 도서관을 봤어. 희귀한 중세의 필사본 보관소로 유명한 곳인데, 열린 이층 구조로, 분위기가 조금 큰, 가정집같이 편안한 열람실이 더욱 인상적이었지. 그곳에서 쿤체 시인이 낭독회를 열었는데 한번은 계단까지 청중 몇백 명이 가득 앉아 경찰이 걱정을 다 했다더라(나중에 본인한테 그 이야길 들었다고 했더니 축구에선 그런 걸 '홈그라운드의 이점'이라고 그러죠, 하고 웃어 넘겼어). 무엇보다 인상적이었던 건, 입구에 1980년대부터 지금까지 쿤체 시인이 여기서 한 낭독회 포스터를 마치 오늘 저녁 행사 안내인 양 다 붙여둔 것. 맞은편에는 이곳이 무대의 일부이기도 한 독일 민족서사시 〈니벨룽엔의 노래〉와 관련된 전시회 포스터 몇 장이 나란히 붙어 있었어. 입구 복도 좌우의 그 포스터들을 보면서 자기 것을 아끼고 가꾸어가는 손길과 자부심이 저절로 전달되었어. 그러고는 옛 시청의 엄청난 로마네스크 양식의 홀을 보고, 시청 바깥벽에다 아득한 옛날부터 최근까지 홍수가 나서 어디까지 잠겼었는지를 새겨둔 눈금들도 보고, 무엇보다 중세의 좁은 골목들을 보았어. 압권은 유명한 파사우 성당. 안뜰은 영화 〈사운드 오브 뮤직〉의 첫 장면의 성당 안뜰과 같았어. 성당 안에는 세계에서 가장 큰 오르간 파이프이 있는데 그 웅장함은 정말 대단했어. 거대한 파이프오르간이 성당 뒷면을 다 채우고 앞쪽 제단 좌우에까지 설치되어 있어 한 사람이 연주하는 악기라고는 도저히 믿어지지 않았어. 운이 좋아 연주까지 들을 수 있었지! 로맹 롤랑의 『장 크리스토프』의 한 장면이 그대로 떠오르는 순간이었어. 내가 장 크리스토프의 모델인 어린 베토벤이었더라면, 아니 젊기만 했다면, 저런 음악을 듣고는, 음악을 하기로 결심할 수밖에 없을 것 같았어. 맞은편 산성으로 올라가 방금 본 도시를 다시 한번 내려다보며 조감하고는 도나우 강을 따라 집으로 돌아왔어. 또 정갈한 식사를 하고, 밤이 늦어서야 새 책을 한 보따리나 받아들고 집을 나섰어. 모두 다 번호가 매겨지고 정성스럽게 서명이 된 책들이었지. 책을 주고는 또 짐이 될까봐 부쳐줄까 해서, 뺏다시피 얼른 받아왔어.

내가 닿은 날, 시인도 어딘가에서 집으로 돌아왔어. 두 여행 사이, 집에서의 하루 반을 거의 모조리 나에게 내준 것이었어. 어딘가에서 그는 썼지. 열두 명의 대사보다 한 명의 번역가가 더 소중하다고. 그런 '소중한 사람'을 그 내외는 있는 정성을 다해 극진히 대접한 거야.

다시 북부 독일의 숙소. 텅 빈 방으로 돌아와 어수선한 글을 마무리하고 있어. 조금만 쉬고 오빠에게 전화해보러 공중전화를 찾아 나가야겠다. 오빠가 너를 어떻게 공항까지 데려다줄지…… 다 잘 알아서 할 줄이야 알지만 그래도 새벽에 잠이 들면 어쩌니, 비행기 출발시간이 이른데.

그간 호강을 심하게 했는데 이제는 『시와 진실』 번역을 마무리하고, 8월 말 일본학회 발표용 글도 마무리해야 하는 '사투'가 남아 있어. 세인이 고생시키는 값은 해야지…… 장한 세인이, 열세 시간이나 비행기를 타고 가서, 낯선 곳에 내려, 낯선 차를 타고, 낯선 사람들 집 문을 두드리겠구나. 따뜻한 문이 열렸으면 좋겠다. 온 세상 문들이 차례차례 열려줬으면 좋겠다. 분명 그럴 거야. 자그마한 주먹으로 힘차게 문을 두드리는 네게. 네 모든 길에 마음뿐인 엄마가 함께 있다.

1999년 7월 21일

엄마가

잠시 서울에 켜진 독일 서정시인의 등불

라이너 쿤체 방한 기록

한국으로부터의 성대한 행사 초대를 두 차례나 거절했던 라이너 쿤체 시인이, 학생들이 시를 듣고 싶어한다는 말에, 그럼 가야지요, 하더니 10월 초에 자비를 들여 조용히 한국을 방문해서 그의 시를 아끼는 사람들에게 시를 읽어주고 갔다. 맨 먼저 서울대학교에서 작은 낭독회가 열렸다. 시인의 성의에 놀란 학생들은 이 행사를 위해 갖가지 정성스러운 준비를 하였다. 포스터와 책갈피를 제작하고, 행사장 앞에 라이너 쿤체의 작품을 전시했다. 낭독회의 답례 행사로, 시인의 시에 학생들이 곡을 붙인 작은 연주회가 있었으며, 그날 때맞춰 한국에서 쿤체의 시선집 『시Gedichte』(열음사)도 출간되어 그 의미를 더했다. 낭독이 끝난 뒤 이어진 시인과의 대화도 청중의 각별한 관심 속에서 이루어졌다.

시인이 한국에 머문 한 주일 동안 두 차례 더 낭독회가 열렸다. 첫 낭독회가 학생들을 위한 주 행사였다면, 두번째 낭독회는 독일과 한국 독문학자들을 위한 짧은 낭독회였으며, 세번째는 작은 시골마을에서 시를 아끼는 사람들과 오붓이 둘러앉아 이루어진 소규모의 낭독회였다.

내내 더없이 진솔한 태도로 시와 삶에 대한 이야기를 풀어내던 시인과의 대화를 들은 이들은 모두, 그 감동과 감사를 표현하는 데 주저치 않았다. 오갔던 주옥같은 대화를 조금 옮겨놓는 것을 통해, 그 소중하던 순간들을 기록에 남겨보고자 한다.

학생들을 위한 낭독회(2005년 10월 4일, 서울대 음악대학)

전영애 쿤체 시인을 여러분께 소개해드리게 되어 기쁩니다. 시인 라이너 쿤체는 구동독 시절 체제 비판시인이었고, 결국 동독을 떠날 수밖에 없었던 시인입니다. 그러나 그의 사회 비판은 간결하고 섬세한 문체로 시의 서정성을 고스란히 담는 시 형식으로 전개되면서, 읽는 이의 마음에 잊을 수 없는 울림을 남겨놓습니다. 그의 시 전편에는 깊은 인식과 예리한 시각, 그리고 삶과 세상에 대한 따스한 애정이 흐릅니다. 누가 세상에 아직 시인이 있는가라고 묻기라도 하면 제일 먼저 떠오르는 분이시지요. 그의 시 전집의 제목조차 그저 '시'입니다. 시를 아끼고 세상과 사람에 대해 많은 생각하는 사람들에게, 시를 들려주시려고 이번에 먼길을 자청하여 오셨습니다.

쿤 체　안녕하세요. 초대해주셔서 감사합니다. 얼마나 많은 학생들이 이 행사를 준비했는지 오늘 들었습니다. 여러모로 놀랐고, 감동을 받았습니다. 또 한 가지의 놀라움은 낭독회 시작 이 분 전에 받은, 한국에서 발간된 제 시선집입니다. 한국의 출판사와 전영애 선생님이 번역을 준비하는 줄은 알았지만, 낭독용의 소책자이리라 생각했는데, 이렇게 호화로운 책이 나온 것에 놀랐습니다.

밴쿠버에서 세계 독문학 대회가 열렸을 때의 일입니다. 저는 독문학자까지는 못 되고요, 그저 시인에 불과한데요. 그때 어떤 여성 한 분이 저에게로 왔습니다. 조그맣고 아주 겸손했지요. 저는 이런 사람을 어떻게 대해야 할지 몰랐습니다. 이분이 아주 끔찍하게 사과를 했거든요. 아마 사람을 혼동했나보다 싶었지요. 저는 아는 한국 사람이 없었으니까요. 그런데 그 여성은 제 책 두 권을 한국에서 이미 번역하여 출간했다며, 그에 대해 깊이 사과하고 있는 것이었어요. 상상하실 수 있겠습니까? 제 책을 번역했다며 그렇게 미안해 했던 이는, 나중에 알고 보니 한국에서 알려진 독문학 교수 전영애 선생님이셨습니다. 특별한 감사를 전합니다.

전영애　저야말로 감사드립니다. 한마디만 덧붙이자면, 동독문학 전체가 금기이던 시대의 일입니다. 브레히트조차도 번역할 수 없던 시절 이야기이지요. 그래서 작가에게 허락을 받고 번역할 수가 없었습니다.

이후 이어진 낭독회 1부에서 시인은 삼십여 편의 시를 낭독했다. 2부에서는 학생들이 쿤체 시인의 시에서 영감을 얻어 작곡한 〈부다페스트의 다리들〉(양성모 작곡), 〈우편이라는 주제에 대한 21편의 변주〉(김한나 작곡), 〈모라비아의 마을〉(김연선 작곡)을 바리톤 김감찬군, 첼로 김현아양, 피아노 김은찬군이 협연하였다.

쿤 체 이렇게 놀라게 하시다니, 당황스럽습니다. 미리 알았더라면 선물 가득을 담은 트렁크를 하나 더 들고 왔을 텐데요. 작곡하신 분들, 노래하신 분들에게 마음으로 감사하는 길밖에 없을 것 같습니다. 지금 작곡된 시들 중 어느 것도 아직 작곡된 적 없습니다. 이 노래 들으려고 한국에 온 것 같네요. 정말 고맙습니다.

전영애 질문을 받겠습니다. 학술 강연이 아닌 만큼 어떤 질문이든지 편안하게 해주세요.

질문자 밴쿠버의 한 여성처럼 저도 먼저 사과부터 드려야겠습니다. 예전에 선생님의 시 「한잔 재스민차에의 초대」를 허락도 없이 연애편지에 사용했습니다.

쿤 체 그렇다면 제대로 쓰셨는데요. (웃음)

질문자 그렇게 이 시를 접하면서, 시인의 로맨틱한 연애담을 한번 들어보고 싶었습니다.

쿤 체 저는 박사학위를 받기 직전에 대학을 떠나야 했습니다. 정치적인 이유로요. 중장비 제작소에서 자물쇠 제작 보조공으로 일했습니다. 그런데 어떤 친절한 라디오 프로그램 제작자가, 금지된 제 시 몇 편을 '라디오 베를린'에서 방송했습니다. 방송이 나간 지

여러 달이 지난 어느 날, 체코슬로바키아로부터 먼길을 돌아온 우편엽서 한 장을 받았습니다. 탁월한 독일어인데다 워낙 잘 쓴 편지였기에, 연세 지긋한 학교 선생님이 쓰셨을 것이라고 생각했습니다. 그분께 제 시를 보내드렸더니 네 장짜리 장문의 답장이 도착했지요. 알고 보니 그 여성은 저 정도의 나이였습니다. 의사였는데, 감자를 깎다가 라디오를 듣게 되었답니다. 1959년 당시에 동독 시민은 체코로 갈 수 없었고, 어떤 체코 시민도 동독으로 올 수 없었습니다. 국경이 완전히 막혀 있던 시절이지요. 그래서 편지 교환이 시작되었습니다. 오간 편지 수는 사백 통이 넘었고, 편지 한 통의 장수가 스물다섯 장이 넘기도 했습니다. 이런 여성에게는 관심이 갈 수밖에 없었지요. 그녀가 체코 시를 번역해서 써 보냈고, 저는 그를 통해 처음으로 체코 시를 알게 되었습니다. 저도 긴 편지를 보냈는데, 예를 들면 베토벤의 심포니에 관해서 스무 장이 넘는 편지를 보냈습니다. 그다음에는 생각했지요, 사진이라도 한 장 받아보았으면 좋겠다고요. 당시 체코에서는 여간 자부심이 있지 않고서는 의사로 일할 수 없었습니다. 의사는 너무 박봉이어서, 금속의 녹을 벗겨내는 단순 노동자조차 의사보다 봉급이 삼분의 일 정도 많았습니다. 지식인들이 심하게 핍박을 받던 시절이었습니다. 그녀는 사진을 찍을 돈이 없었어요. 보내온 사진은 열여섯 살 때 오빠가 찍어준 사진이었는데 다른 사진은 없었답니다. 굉장한 사진이었어요. 어렵게 찍은 사진이라 오빠가 어린 동생더러 영화배우처럼 폼을 잡도록 시킨 거지요. 나중에 제 아내가 된 그녀의 모든 사진 중에서 장점이 가장 적은 사진이었습니다. 그래도 저는, 생김새야 자기 마음대로일 수도 있겠지만, 어쨌든 제 아내가 되면 좋겠다고 생각했습니다. 그때 벌써 이백 통의 편지를 읽었기 때문에 사람의 됨됨이는 너무나 자세히 알고 있었거든요. 그래서 어느 날 근무조 작업이 끝난 뒤 전화가 있는 친구 집에 가서 그 여성에게 전화를 신청했습니다. 당시에는 전화가 있는 집이 아주 드물었고, 교환원이 전화를 연결해주었습니다. 또한 국제통화는 정보국에서 모조리 도청을 하던 시절이었죠. 통화를 시도한 것은 제 작업이 끝난 오후 두시였습니다. 그러다 자정이 넘자 친구와 친구의 아내는 지쳐서 자러 가고, 저는 혼자 남아 계속 기다렸습니다. 새벽 다섯시면 다시 일을 시작해야 했지만요. 밤 한시 반에 드디어 전화가 연결됐습니다. 처음으로 그 여성의 목소리를 들었습니다. 전에 편지에서 뜻은 내비쳤으나, 저는 대답은 기대할 수 없었습니다. 그래서 직접 전화로 그 질문을 다시 했습니다. 한번 상상을 해보세요. 밤 한시 반에 자다가 깨서 얼떨떨한데, 누가 자신에게 아내가 되어주겠느냐고 묻는 겁니다. 그런데도 이 여성은 두 번도 생각하지 않고 바로 그러겠다고 대답했습니다. 드디어 국경이 열려, 처음으로 이틀간 프라하로 갈 수 있게 되었을 때 우리는 처음으로 만났지요. 아름다운 여성이었습니다.

질문자 한국에 와주셔서 감사드립니다. 우스운 질문이지만 지금 여쭤보지 않으면 후회할 것 같아서 질문을 드립니다. 선생님 시에는 자주 죽음에 대한 성찰이 담겨 있습니다. 「자살」이라는 시가 제게 가장 와 닿았습니다. 죽음에 대한 선생님의 생각을 이야기해주실 수 있을까요?

쿤 체 더 어려운 질문은 없을 것 같습니다. 처음에는 사랑에 대하여, 그다음에는 죽음에 대하여 질문하시는군요. 대단한 질문들입니다. 「자살」이라는 시는 전문이 이렇습니다. "모든 문들 중 마지막 문// 그렇지만 아직 한 번도/ 모든 문을 다 두드려본 적 없다." 저는 자식이 있고, 손자도 있습니다. 손자가 벌써 스물일곱 살입니다. 우리도 한때는 젊었지요. 우리 자신이 큰 위기를 넘겼고 아이들도 위기를 넘겼습니다. 딸이 한번 그 지점에 아주 가까이 갔습니다. 저 자신의 삶에서도 이런 지점이 있었습니다. 밤에 정말 진지하게 자살을 생각했던 적이요. 그 시는, 나 자신을 자제하기 위한, 또 자신을 엄격히 지켜보기 위한 시도였습니다. 그렇게 아마 다른 분들께도 격려가 될 수 있지 않을까요. 누구도 이미 모든 문을 다 두드려보지는 않았거든요. 인생은 본질적으로 아주 긴 여정으로 이루어져 있는데, 그 긴 여정은 오로지 고달픔입니다. 그런데 그 길을 자꾸 가노라면 사는 것이 살 만하게, 값지게 느껴지는 순간들이 옵니다. 이 지점들 사이의 구간이 길면 길수록 더 힘들게 느껴지지만, 삶이 살 만하다고 느끼는 지점은 그만큼 소중하고 값지게 다가옵니다. 정말 행복한 순간은 언제나 백분의 일 초입니다. 더불어 산다는 것은, 특히 남녀가 함께 산다는 것은 그 백분의 일 초에 다가가고자 함께 노력하고, 그 백분의 일 초를 향해 살아가고, 그 백분의 일 초를 위해 생각하는 것입니다. 다만 이런 이야기가 해당되지 않는 순간이 있기는 합니다. 몹시 나이가 들었거나 불치의 병이 들었을 때 말이지요. 그 외에는 그런 순간은 언제나 계속 있습니다. 그 순간을 위해서 일하고 살고 생각해야 할 것입니다.

질문자 평생 시인의 한 길을 걸어오신 자세를 존경합니다. 개인적으로 처음이자 마지막이 될지 모르는 소중한 자리입니다. 마치 침대가에서 선생님의 이십칠 세 손자에게 이야기해주시듯, 이 자리의 청년들에게 해주고 싶은 말씀이 있으신지요?

쿤 체 저보단 여자친구가 침대가에 앉아 있어주면 더 좋을 것 같네요. (웃음) 칭찬에 감사드립니다. 젊은 사람들과의 대화에 대해 말해보도록 하지요. 대부분의 젊은 사람들은, 다는 아니어도 다수가, 솔직함을 들어내는 귀를 가지고 있습니다. 어떤 사람들은 전략적으로 생각을 하기도 하지요. 그런데 가끔씩은 필요한 일이기도 하고요. 이런저런 것을 이루기 위해서 이 사람에게 무슨 말을 할까, 하지 말까 생각하는 것 말이지요. 하지만 젊은 사람들과 대화를 나누면, 그리고 진실하게 서로를 열면, 금방 제 쪽에서 집니다. 창문을 닫는데 어린 딸이 왜 닫느냐고 묻기에 대충 대답을 해버립니다. 저 자신을 열지 않는 것이지요. 어린 사람들은 어른들이 적당히 처리해버리는 말을 정확하게 압니다. 그러고는 언젠가 다시 집요하게 그 자리로 되돌아옵니다. 성인인 젊은이와의 대화는, 언제나 저 자신에 대한 시험입니다. 그들은 저에게 정확하게 생각할 것을 강요합니다. 그래서 적어도 정직하려는 시도를 하게 됩니다. 즉석에서 무슨 말을 손자에게 하듯이 모두에게 해당하는 말을 할 수는 없습니다. 그러나 듣는 이의 상황이 어떤지 그려봅니다. 손자가 앞에 있으면 손자가 당면해 있는 문제 속으로 들어가보려고 노력합니다. 제 손자는 열정적으로 양로원의 노인들을 돌보는 일을 하고 있습니다. 연세 드신 분들을 정말 사랑하고, 그분들이 돌아가시게 되면 정말 자기도 같이 죽는 듯해요. 제 손자와는 아마도 그런 것에 대해서 함께 이야기를 할 수 있을 것입니다. 다른 젊은이 한 명 한 명을 그렇게 만나야지요.

질문자 선생님 시의 특징은 우선 짧다는 것인데요, 저는 음악에 관심이 있어서 시와 음악에 대해서 여쭤보고 싶습니다. 짧은 시는 더 음악적으로 느껴지는데, 어떻게 생각하세요?

쿤 체 음악과 텍스트가 함께 가는 것은 이상적이라고 생각합니다. 그런데 시도 음악도 서로 다른 것 없이 존속할 수 있어야 합니다. 음악은 선율적인, 조화로운 착상으로서의 특징이 두드러집니다. 시 역시 그런 곳에서 시작됩니다. 아직 한 번도 있지 않았던, 우리에게 놀라움을 불러일으키는 어떤 생각. 우리 속에서 우리로부터 무언가를 발견해내는 그런 어떤 구성 혹은 심상에서부터요. 비슷한 뜻에서, 음악 또한 독창적이어야 합니다. 특이한 게 아니라 독창적이어야 한다는 것입니다. 시와 작곡이 합쳐지면 텍스트는 더 깊어지고, 음악은 더 철학적인 실체를 지니게 될 것입니다. 그것이 작곡이라고 생각합니다. 텍스트의 경우에 이미지가 풍부하면 풍부할수록 음악에 덮이기를 거부합니다. 조금 전에, 노랗게 꽃피는 성에에 대한 대목이 가사가 되어 노래로 불러졌지요. 그렇게 하여 하나의 표현이 된 겁니다. 그를 통해, 성에가 꽃피기 시작합니다. 정말 성에처럼 반짝임이 남게 되지요. 음악을 통해 무언가가 더해집니다. 언어는 할 수 없는, 언어는 표현해낼 수 없는 것이요. 바로 그런 상황이 제게는 이상적으로 느껴집니다. 마지막으로 한마디만 더 하겠습니다. 여러분의 인생을 위해서 충분한 백분의 일 초들이 있기를 빕니다.

두 시간을 넘긴 낭독회가 끝난 후, 청중들은 사인을 받으려고 또 두 시간 이상 줄을 섰다. 쿤체 시인이 스펠링을 일일이 확인하며 한 사람 한 사람에게 이름을 정확히 적어주고, 또 책 내민 사람이 이런 저런 시구를 적어주기를 원하면 정성스럽게 덧붙여 적어주었기 때문이었다. 학생들이 가장 많이 적어달라고 한 것은 '백분의 일 초'라는 단어였다. 많은 사람들의 얼굴에 그 '백분의 일 초'의 행복이 서려 있었다.

독일학술교류처 독어독문학회 낭독회(2005년 10월 5일, 서울대 호암 교수회관)

쿤체 시인의 서울 체류중, 독일학술교류처DAAD가 주최한 독어독문학회가 서울에서 열렸다. 독일 측에서 많은 독일의 독문학자들을 초청하고, 현지 행사는 한국 독어독문학회가 진행하는 학회였다. 라이너 쿤체라는 큰 시인이 마침 한국에 오셨다니 이 기회에 참석해주었으면 하는 주최 측의 청이 있었다. 일정에 없었던데다 이미 틀이 짜인 행사에 짧게 낭독회를 끼워넣는 식은 결례일 듯해서, 필자는 오래 망설이다가 겨우 이야기를 꺼냈다. 그러나 쿤체 시인은 행사장을 꾸미는 "화분" 역할이라도 기꺼이 하겠다며 흔쾌히 응했다. 청중이 모두 독일어를 하시는 분들이라 번역은 따로 필요 없었다. 낭독회 당일, 나는 연단 가까이 앉아 있다가 낭독회 직전에 외

빈 때문에 잠시 자리를 비웠다. 다시 행사장으로 들어오는 순간, 내가 엉거주춤 서서 어찌하지 못하는 일이 벌어졌다.

"오늘 독일에서 작은 시집이 하나 출간되었는데 그 시집의 시 몇 편을 먼저 읽겠습니다"라는 짧은 멘트로 쿤체 시인의 낭독이 조용히 시작되고 있었다. 오늘 막 나온 신간을 낭독을 하겠다니 이목은 더욱 집중되었다. 그렇게 하여 쿤체 시인이 낭독한 시는, 자신의 시집이 아니라 나의 첫 독일어 시집 『프란츠 카프카를 위한 무지개』에서 고른 다섯 편이었다. 하도 놀라 제자리로 돌아가지도 못하고, 계속 문턱에 엉거주춤 서 있었다. 내 책이 그날 독일에서 출간됐는지는 나도 몰랐다. 그날 출간되었으니 나의 손에 책이 있지도 않았던 만큼, 시인은 내 원고까지 일부러 들고 온 것이었다. 게다가 쿤체 시인이 고른 다섯 편의 시는, 나에게 가장 절실했던 시편들이었다. 다섯 편의 긴 시들을 천천히 읽고 난 다음, 쿤체 시인은 저자가 바로 저기 서 있다며 나를 가리키며 단상으로 올라올 것을 청했고, 독일과 한국의 독문학자들 앞에서 자신의 동료 시인이라며 나를 소개했다. 나는 여전히 정신을 차리지 못한 채 엉거주춤 인사를 하고 단상 한편에 섰다.

쿤체 시인이 다음으로 읽은 작품은 한국과 관련된 본인의 작품인 「메아리 시조」였다. 쿤체 시인이 방한 직전에 보내와 시선집에 급히 번역해넣었던 이 시는, 율곡의 「고산구곡가高山九曲歌」의 제1곡을 인용하고 그에 답하는 내용으로 이루어져 있다.

일곡一曲이 어드메고, 관암冠巖에 해 빗쵠다.

평무平蕪에 내 거드니 원산遠山이 그림이로다.

송간松間에 녹준綠樽을 노코 벗 오는 양 보노라.

(이율곡, 1536~1584, 한국)

술이어서가 아니라
단지 안에 든, 단지여서가 아니라
숲 안에 든, 숲이어서가 아니라
시 안에 든
　　　　무언가에 나 끌리네
이 나라로, 산이
그림에서처럼 펼쳐져 있다는.

기꺼이 시인의 세계 속
저이가 되어보려네
시로 인해
시인의 벗이 된다는.

이어서 쿤체 시인은 분단을 주제로 한 자신의 시 「장벽」을 낭독했다.

우리가 그것을 조금씩 갈던 때,
우리는 예감도 못했다

그것이 얼마나 높은지
우리들 마음속에서
우리는 이미 익숙했다
그것이 만드는 지평선과

바람도 멎은 정적에

그 그늘 속에서는
모두가 그림자를 드리우지 않았다

이제 우리는 맨몸으로 서 있다
모든 변명을 잃고.

이 시는 독일인들이 나중에야 절실히 인식하게 된 통일 이후의 후유증을, 통일 당일에 이미 '우리들 마음속의 장벽'이라는 구절로 요약한바, 이후 자주 입에 오르내리는 구절이 되었다.

마무리로 쿤체 시인은 신작시 두 편을 더 읽었다. 처음 시는 「위로를 모르는 시조」로, 황진이의 시구와 앞서 시인이 낭독했던 필자의 시들 중 한 구를 앞세워 인용한 시였다. 두번째로 그는 「한 분단국을 위한 씁쓸한 시조」를 읽어내려갔다.

정자를 옮기고 싶네. 그리하여
임금님 다니는 길 가까이서 농사지으면
임금님도 백성의 혹심한 고생을 보실 것을
(오순, 14세기, 한국)

정자가 밭가에 서 있다 해도
보려 하지 않는 이에게 혹사는 보이지 않으리.
왕의 측근 신하들은 증명하겠지,
농부들은 허리를 굽히고 있을 뿐이라고.
누가 이를 더 잘 알겠는가
한때 정자가 서 있던 나라보다.

쿤체 시인의 낮고 조용한 목소리는, 독일어에 뿌리내리려는 어느 먼 분단국의 목소리인 나의 시로 시작하여, 독일 분단을 거쳐, 다시 날카로운 심지를 박으며 분단 한국으로 돌아오고 있었다. 수많은 사람들을 괴롭혔던 이데올로기의 비극과 분단의 고통을 그 누구보다 온몸으로 겪었던 시인의 나직한 목소리가, 또다른 분단국과 그 나라 사람들에 대한 사랑으로 확장되어 공명하고 있었다. 그 순간은, 내가 꿈꾸어본 적도 없는 어떤 순간, 삶의 절정이라 할 어떤 것이었다.

여주 낭독회(2005년 10월 8일, 파인아트)

세번째 낭독회는 10월 8일 저녁 여주군에 있는 조그만 마을의 작은 카페에서 열렸다. 시를 아끼는 분들이 먼길을 마다않고 와서 모여 앉아 시를 경청한 소중한 시간이었다. 낭독 후 나눈 시인과의 대화는 진지한 분위기 속에서 오랫동안 진행되었다.

질문자 어떻게 시인이라는 직업을 가지게 되셨습니까?

쿤 체 시인이 되려고 작정한 적은 없습니다. 우리 누구든, 자기만의 강점이 있습니다. 어느 분야에서든 타고난 어떤 재능이 있는 것이지요. 수작업을 하시는 분들, 모든 어머니들처럼—사람에게는 누구나 다른 사람보다 탁월한 무언가가 있습니다. 그것에 대해 감사해야 합니다. 강한 의지로 원칙과 기율을 통해 힘들게 얻어내는 공로나 업적과는 다른 것입니다. 다만 많은 사람들이 여건상 자신에게 주어진 재능을 개발할 기회를 갖지 못하기에, 모든 사람들에게 나름의 특성은 있지만, 자신이 어떤 특성이 있는지를 잘 모르는 거지요.

저는 8개월쯤 된 아기였을 때, 중병을 앓았습니다. 피부가 다 떨어져나가는 특이한 피부병이었지요. 당시에는 오늘날 같은 약이 없었어요. 젖먹이였을 때 반년 동안 병원에서 덥힌 우유 속에 담겨 있었습니다. 그후로도 만 열네 살이 될 때까지 끊임없이 어딘가가 곪았습니다. 긁으면 또 감염이 됐고, 그래서 아주 자주 고립될 수밖에 없었지요. 몇 주, 몇 달을 학교에 못 가고 집에서 누워만 있었습니다. 저는 아주 가난한 노동자 가정 출신인데, 어머니께서 제 피부에

젖은 천을 갈아 대주시곤 했지요. 밖에 나가 좀 놀 수 있게 되었을 때도, 저는 외톨이였습니다. 고약 정도만 있었던 시절이었고, 다른 아이 부모들이 애들한테 "저 애 병은 전염되니 같이 놀지 마라"라고 했기 때문입니다. 엎친 데 덮쳐 심한 천식에도 걸렸습니다. 달리기라도 하면 보장된 꼴찌였지요. 붕대를 감고 있지 않을 때도, 체육은 거의 할 수 없었습니다. 뜀틀을 할 때면 다른 아이들은 휙휙 넘는데, 저는 뜀틀 곁을 돌아서 가야 했지요. 체육시간에 두 팀을 꾸리면 언제나 저는 혼자 달랑 남았습니다. 한번은 제가 또 혼자 남자, 체육 선생님이 쿤체를 데려가면 그 보상으로 자신이 그 팀에서 후반전을 뛰어주겠다고 한 일도 있었습니다. 저는 키가 제일 작았고, 사내아이들이 하는 어떤 일도 할 수 없었지만, 가끔 선생님이 저를 추켜주시는 때가 있었는데요, 제가 작문을 써올 때였습니다. 선생님은 제 작문을 잘 쓴 예로 읽어주시곤 하셨지요. 하지만 그 때문에 다른 아이들의 질시를 받게 됐습니다. 하굣길에 누가 던진 돌에 맞아 머리를 다친 적도 있습니다.

그러니까 글을 쓰는 성향, 그리고 고립된 채로 힘든 어린 시절을 보내던 상황, 그렇게 두 상태가 있었던 것입니다. 그런 상태가 저로 하여금 세상을 생각하게 했습니다. 좀더 나은 세상을요. 어린아이였던 저는, 제가 사는 이 세상이 좀더 나을 순 없을까 생각했습니다. 열 살 때, 시라고는 말할 수 없지만 운을 맞춘 글을 쓰기 시작했고요. 짧은 이야기들도요. 진지하게 받아들일 만한 건 아닌, 정말 별것 아닌 글들이었지만, 당시의 저에게는 혹독하리만치 진지한 그 무엇이었습니다.

이제 좀더 간단히 말씀드리지요. 노동자의 아들로 태어난 저는 고등학교 때 기숙학교에 들어가서 주입식 공산주의 교육을 받게 됩니다. 1945년에 러시아 사람들이 들어오고 나서의 이야기입니다. 애들한테는 무슨 짓이든 할 수 있었지요. 저는 아무런 지식이 없었고, 의심도 없었습니다. 집에 책이라고는 한 권도 없었습니다. 이런 전무한 상태에서 주입된 공산주의 이데올로기는, 제 안에 있던 시적 성향과 재능을 완전히 망가뜨렸습니다. 우리의 모범으로 간주된 것은 세계 명작이 아니라 정치적 선전문학이었습니다. 대학을 다니면서 제가 얼마나 많은 것을 잃어버렸는지 알고 나서는, 제 마음속에 큰 격변이 일어났습니다. 그래서 학문의 길로 들어서게 되었고, 대학에서 사 년 동안 가르쳤습니다. 그렇게 해서 거의 학문적인 사람이 되기 직전에, 다시금 일이 벌어졌습니다. 정치적인 이유로 강단을 떠나야 했어요. 그래서 문인이 되는 길 말고는 달리 할 수 있는 일이 없었습니다. 그때부터 저는 직업적으로 글을 쓰기 시작했고, 그때부터 저는 언제나 문인이었지요.

질문자(어린이) 병은 어떻게 나으셨나요?

쿤 체 물어주셔서 고맙습니다. 지금 이 질문을 하는 어린이처럼, 어릴 때 꼭 그런 사랑스러운 질문을 했을 것 같은 의사 선생님이 한 분 있었던 덕분이죠. (다정히 바라보며) 의사가 되어보지 않을래요? 사춘기가 되면서 병이 호전되기 시작했어요. 그리고 마침내 오늘날의 신약이 나오기 시작했지요. 항생제가 나왔고, 과민성 피부에 대한 항히스타민제가 나왔지요. 그 약들 도움을 많이 받았지요. 화학자가 되어 신약을 만들어보지 않을래요? (웃음)

질문자 시인으로서의 섬세한 감수성이라는 재능이 인생에서 어떻게, 어떤 식으로 축복일 수 있었는지요?

쿤 체 예술을 하는 사람들은, 재능이든 무엇이든, 생존 전략이 있습니다. 제가 무언가에 몰두하고 있을 때, 깊이 상처를 받으면서 동시에 깊이 행복한 그런 때는, 아직 내적으로 감당할 수 없는 상태입니다. 마침내 감당해내는 때가 바로, 어떤 착상이 떠오를 때입니다. 살다가, 자는 중에라도, 어떤 사유나 이미지가 떠오를 때, 그제야 저는 내적으로 감당해내며 일할 수 있음을 알게 됩니다. 이것은 제게 큰 짐이기도 합니다. 생각해보세요. 무언가 무의식적인 것이 하나의 착상을 통해 당신에게 연락을 취해온다면, 그것은 오직 당신을 위해 그리고 이후 당신의 삶을 위해, 사라지지 않고 남아 있는 중요한 것으로서 연락해오고 있는 것입니다. 흐르는 강을 예로 듭시다. 강물은 흐르지요. 우리는 물이 어떤 방향으로 흘러가는지 분명히 알고 있습니다. 그런데 우리는, 물이 거꾸로 흐르는 것을 보는 겁니다. 그 순간 우리의 반응에 장애가 일어납니다. 우리는 잘못 반응할 위험에 처해 있지요. 이는 어떤 착상이 연락해올 때와 비슷합니다. 우리에게 도움이 필요한 때이지요. 무의식은 착상이나 이념과 직면하지 못합니다. 그것은 진실의 인식을 어렵게 하니까요, 진실로 인식할 수 없으니까요. 착상이라는 것은 그렇게 어려움에서 오지만 그것으로 인해 그 어려움에서 벗어납니다. 이 말은, 착상은 언제나 조금은 진실이라는 것, 혹은 진실을 향해 간다는 것을 뜻합니다. 당신이 이러한 착상을 시에서 위조한다면, 그 시는 죽은 시에 불과합니다. 시 안의 발견이 사라지게 되지요. 당신은 그 착상의 진실을 따라가야만 해요. 그 착상의 진실을 담은 시를 써야 하는 것이지요. 시인으로서 당신은 오직 다음과 같은 선택이 있을 뿐입니다. 시를 부정하든지, 시인이 되는 일을 사양하든지, 아닌 바에는 그 착상을 머릿속에서 찾아내어 독자 앞에 바로 세워야 합니다. 이것은 큰 부담입니다. 이 작업은 큰 정치적 갈등을 부르기도 합니다. 그런 의미에서 작가의 일은, 글을 쓴다는 것은, 운명일 수밖에 없습니다.

질문자 혹 어릴 때 고립의 경험이 없었다면 선생님의 시는 좀 더 피상적이었을까요?

쿤 체 제가 어린 시절을 이야기한 것은, 무엇이 어린 저로 하여금 다른 세상을 생각하게 만들었는지를 알려드리고 싶어서였습니다. 물론 그 모든 체험은 다른 사람들이 하지 않은 체험이지요. 조금 간단히 말씀드리자면, 모든 나이에, 모든 나라에, 어떤 사회의 어떤 상황에서든, 모든 곳에서 인간에게는 무언가가 일어납니다. 충격적인 일도 일어나고 행복한 일도 일어나지요. 제가 행복한 어린 시절을 보냈더라도, 적어도 제가 생각하기에는, 그래도 끝까지 생각은 하게 되었을 것입니다. 불행한 어린 시절이 없었다고 해도, 어떤 일이든 무엇이든 끝까지 생각해보는 것 말입니다. 생각으로서 어떤 일이든 무엇이든 그 깊은 바닥까지 들어가보는 건 했을 겁니다.

사흘 내로 동독에서 떠나라는 당국의 통고를 받고 제가 서독으로 오게 되었을 때, 많은 언론인들이 이렇게 썼습니다. "이제 라이너 쿤체는 자신의 테마를 잃었다" "동독의 반체제 작가가 동독을 떠났으니 이제 무슨 생각이 더 나겠느냐, 이제 쿤체는 다른 사람들과 다르지 않게 되었다"라고요. 마치 서쪽에는 아무 갈등도 없다는 듯이

요. 그러나 사람은 살아나가려면 세계와 대결하지 않을 수 없습니다. 우리를 흔드는 문제들이 서독에서도 동독에서보다 결코 적지 않았습니다. 다만 서쪽에서는 문제들이 더욱 복잡했지요. 서쪽의 문제들은 가려져 있어 문제의 바닥까지 가기가 더 어려웠으니까요. 그런데 시인에게 이제 착상이 없어졌다고요? (웃음)

질문자 정치에 관심이 있으실 텐데요, 어떠신지요?

쿤 체 저는 한 번도 정치적 시인이었던 적이 없습니다. 시가 무엇인지 이해한 후부터요. 그러나 인생에 대해서 글을 쓴다면, 진실을 써야겠지요, 정치적으로 올바르게 서야 하겠지요. 바로 그런 순간에 문학적 작업이 정치적인 영향력을 갖게 됩니다.

질문자 어떤 정치 체제가 가장 마음에 들지 않으십니까?

쿤 체 제가 체험한 건 두 가지 정치 체제뿐입니다. 그런데 이 두 정치 체제는 헤아릴 수 없이 많은 차이를 가지고 있습니다. 구소련이 사람들을 고난에 빠뜨렸던 것과 비교하면 동독은 상당히 살 만한 나라였습니다. 동독 안에 사는 우리에게는 거의 목을 죄는 체제였지만, 그럼에도 불구하고요. 서독에 왔을 때, 우리는 구석에 숨어버렸습니다. 정치적인 소용돌이 속에 들어가고 싶지 않았거든요. 하지만 우리가 두고 떠나온 친구들을 위해, 그 동독의 친구들을 위해, TV를 통해 우리가 왜 떠나야 했는지를 이야기하고 싶었습니다. 팔 분 정도의 인터뷰에서 저는, 우리가 떠나온 그 체제에서는 인간성의 진보가 나오지 않는다고 말했습니다. 민주주의의 여러 형태에 대해 말하려는 것이 아닙니다. 민주주의가 우리에게 가장 중요한 문제는 아닙니다. 민주주의가 인간보다 더 중요할 수는 없기 때문입니다. 하지만 서방세계에 살고부터 우리는 마침내 자유로운 인간이라는 느낌을 가집니다. 이런 기본적인 느낌은 우리에게는 귀한 느낌입니다.

질문자 선생님께는 아직 사실 날이 오래 남아 있습니다. 선생님의 연세에, 삶의 의미를 일상 속에서 어떻게 찾고 만들어가고 계시는지요?

쿤 체 오래라고요? 제가 잘못 들은 게 아닌가요? 고맙습니다. 그 말씀 하느님의 귀에다 전해주세요. (웃음) 우리, 저와 제 아내는 평생 카뮈가 한 말을 따라서 살았습니다. "세상은 부조리로 차 있지만 사랑이 그것으로부터 우리를 구원한다"는 구절이지요. 그리고 우리의 또하나의 근원적 체험은, 가능한 것과 불가능한 것을 구분하는 것이었습니다. 그리고 가능하지 않는 것은 욕심내지 않으며, 도저히 어떻게 할 수 없는 것은 청산합니다. 사회적인 이야기가 아니라, 실존적인 이야기입니다. 바꿀 수 없는 것은 받아들이되, 또한 내가 어떤 것을 바꿀 수 없다고 하여서 체념하지 않는 것. 첫번째가 부조리를 구원하는 사랑에 대해, 두번째가 가능한 것과 불가능한 것의 구분이었다면, 세번째는 아주 중요한 것인데요, 이는 단지 우리에게, 거의 오로지 우리에게 달려 있습니다. 무엇이 나의 실존을 위해 중요한가를 생각하는 것입니다. 그래서 우리는 정말 중요한 것에 도달하기 위해 자유의지로 무언가를 포기하는 것입니다. 가능한 한 가장 높이 충족된 삶을 위해서요. 여기에서, 특히 유럽인들이 보통 잘 모르는, 절제라는 개념이 나옵니다. 우리는 무엇을 내가 자유의지로 포기하겠는가를 알아야 합니다. 비록 그것이 좋은 것이라고 해도, 보다 더 중요한 것을 가능하게 하자면 말입니다.

아주 원시적인 예를 들겠습니다. 우리 집에는 TV가 없습니다. 저녁에 어디 호텔방에 있거나 할 때나 아주 가끔 TV를 보는데, 그때 저는 TV가 무척 바보 같다는 생각을 합니다. 그 이상으로 피상적이며 사람을 조종하는 것이 또 있을까요. 물론 좋은 정보를 주는 질 높은 프로그램도 드물게는 있습니다. 바로 그런 프로그램을 우리가 포기하는 것이지요. 제 아내는 치과의사로 일하면서 하루에 약 사십 명의 환자를 맞았습니다. 대부분 어린이들이었고요. 하루가 끝나면 아내는 죽을 만큼 지쳐 있곤 했지요. 아이들은 이를 치료하러만 오는 것이 아니고, 아이들과 함께 부모가 오고, 거기에 가족 문제도 함께 따라옵니다. 병과 관련되다보면, 몸서리쳐지게 나쁜 일들도 있지요. 누군가가 하루종일 나에게서 떠나 있다가, 하루의 그 수많은 긴장을 다 안고 집으로 돌아오지요. 저 또한 낮에는 저 나름의 일이 있습니다. 저는 날마다 수많은 편지를 받는데, 그것만 해도 많은 삶의 문제가 제 삶 안으로 들어오는 것입니다. 또 글을 쓰는 사람으로서 저 자신의 문제도 있습니다. 저녁에 제가 누군가에게, 진심으로 신뢰하는 누군가에게 그런 문제에 대해 상의하고 싶은데, 바로 그 시간에 집으로 돌아와 TV 앞에 앉는다는 것은, 우리에게는 상상할 수도 없는 일입니다. 한 시간의 대화는 우리에게 절대적으로 필요합니다. 그렇기 때문에 다른 것은 포기합니다. 지금까지 그렇게 지내오고 있습니다. 아주 작은 예가 되겠지요.

질문자 선생님은 저희보다 많이 살아오시고 많은 인생의 경험을 해오셨을 텐데요, 시인으로서 또 인생의 선배로서 인생에 있어 소중한 것이 무엇인지에 대해 배워보고 싶습니다.

쿤 체 정말 세상에서 제일 쉬워 보이는, 가장 어려운 질문들만 골라 하시는군요. 어렵습니다. 누가 대답 좀 해주시겠어요? (웃음) 제게 그런 질문을 한 사람은 아직 없었습니다. 만약 글을 쓸 기회가 없었다면, 저는 삶을 감당할 수 없었겠지요. 무엇보다도 글 쓰는 것이 제게는 가장 소중한 일인 것 같습니다. 그러나 글쓰기 못지않게 소중한 것이 있습니다. 글 쓰는 것이 정말 가장 소중해서 제가 그걸 포기했다면, 아마도 저는 책 몇 권을 더 쓸 수도 있었을 겁니다. (아내를 바라보며) 당신 잠깐 나가주면 좋겠는데? 마음속 가치의 위계에서는, 제 아내가 글보다 훨씬 더 높이 있습니다. 저는 제가 쓰지 못한 어떤 책에 대해서도 후회하지 않습니다. 그 시간을 우리의 인생을 위해 투자한 것이니까요. 아내 역시 그보다 결코 적지 않은 시간을 투자했습니다. 아이들이 어렸을 때 아내는 개업의로 일했고, 아이들이 아프면 제가 집에 있었지요. 게다가 딸이 얼마나 귀찮은 아이인지 아까 말했지요. 딸아이는 자주, 오래 아프기도 했고요. 그래서 딸과 저는 협정을 맺었습니다. 딸의 작은 침대 곁에는 커다란 자명종 시계가 있었는데요, 그 시계에 맞춰 사십오 분 동안은 제가 일을 하고 나머지 십오 분은 딸과 함께 보내기로요. 그 십오 분마저 글 쓰는 데 투자할 수도 있었겠고, 그러면 글을 하루에 두시간 더 쓸 수 있었겠지요. 하지만 그 십오 분이 없었다면 제 인생이 무엇이겠어요. 딸이 없는, 제 아내가 없는, 그래서 단지 조용히 내내 일할 수 있는 그러한 인생이, 대체 무엇이겠어요.

다른 면도 있습니다. 만약 동독에서 아내가 일하지 않았더라면 저는 여러 해를 굶었을 것입니다. 하지만 저는 양심의 가책을 느끼지는 않았습니다. 저도 일을 했거든요. 돈은 못 벌었지만요. 출판을 금지당한 작가이니 돈을 벌 수가 없지요. 하지만 제 아내는 단 한 번도, 자기가 일을 해서 가족들을 먹여살리고 있다는 느낌을 갖게 하지 않았습니다. 이런 상황은 꼭 독재 치하가 아니라도 어느 예술가에게나 일어날 수 있는 일이지요. 서독에서 예술가로 완전히 인정을 받아 가족을 부양하려면, 엉터리가 아닌 진짜 예술가인 사람 이야기를 하고 있는 것인데요, 몇십 년이 걸립니다. 이런 동료관계, 즉 이렇게 같이 서 있는 것이 가장 중요한 것이겠지요. 그만하겠습니다. 이런 이야기를 더 하면 아내에게 혼날 것 같네요. (웃음)

전영애 라이너 쿤체 시인이 어떻게 삶의 의미를 찾아내는지를 잘 보여주는 시 한 편을 읽어보려 합니다. 「하나의 의미를 찾아낼 가능성」 입니다.

믿음의 균열을 뚫고 비쳐나오는
무無

하지만 조약돌이 이미
온기를 가져간다,
손안에 고인

쿤 체 오늘과 비슷한 저녁이 며칠 전 서울대학교에서 있었습니다. 우리 사이에는 큰 간격이 있지요. 열 시간 넘게 날아왔고,

팔천 킬로미터가 넘게 떨어져 있는, 정말 머나먼 간격이지요. 한국에 온 지 칠 일째로 오늘 처음 이 마을에 왔지만, 저는 우리가 오랫동안 알고 지낸 사이 같은 인상을 받습니다. 언어의 장벽이 있음에도 그것조차도 장벽으로 느껴지지 않습니다. 인간적인 것은 어디에서든 같다는 느낌이 저를 행복하게 하네요. 다행히도 지금 우리는 그렇지 않습니다만, 인간이란 서로 나쁜 광기를 내뿜으며 살기도 하니까요. 그런데도 우리가 이렇게 연결되어 있다는 생각을 할 때면, 무언가 내적인 확신을 받게 됩니다.

*

이 짧은 한 주일간의 방문을 마치고 돌아간 쿤체 시인이 펴낸 신작 시집 『보리수의 밤lindennacht』에는 한국시 열두 편이 담겨 있다. 다시 별도의 한 묶음의 글이 필요할 만큼 아름답고 정교한 시

편들이다. 그 몇 년 뒤 나는 우연히 독일과 한국에서 큰 상을 받는 일이 있었는데, 그 돈으로 이미 박물관의 개수(?)를 마친 시인 댁과 숲 사이, 아름다운 도나우 강이 내려다보이는 언덕 위에 작은 한옥 '시정詩亭'을 지었다. 천안에서 지어서 다시 헐어서, 일산에 가서 소독과 포장을 하고 부산으로 가서 독일 북쪽 브레머하펜 항구까지 실어 거기서 다시 트럭으로 독일 동남쪽 끝 파사우까지 실어가 지게차로 언덕 위로 올렸다. 작은 정자인데 승용차 열여덟 대 분의 화물이었다. 목공 · 미장공 · 와공 들 일곱 명이 두 차례에 걸쳐 독일에 가서 다시 지었다. 곱게 세워진 정자를 시인이 보석함처럼 가꾸고 돌보고 계신다. 시인의 사후부터 박물관과 함께 일반 공개될 예정이다.

라이너 마리아 릴케

Rainer Maria Rilke(1875~1926)

천생의 시인. 체코 프라하에서 태어나 유년사관학교, 실업학교를 거쳐 뮌헨 대학, 베를린 대학 등에서 독문학 등을 공부했다. 독일 북부의 화가촌 보릅스베데에서의 일 년 남짓한 정착을 제외하면 평생 집이 없었다. 후원자들이 제공한 거처에 잠깐씩 머물며 유럽의 여러 곳을 떠돌다가 스위스 라론에 묻혔다. 감성적이기만 했던 초기 시에 광활한 러시아 여행 체험을 통한 범신론적 깊이와 형상력이 더해져(『시도집』 『형상시집』), 시인으로서의 큰 도약도 이루었다. 화가처럼 사물들을 정확히 바라보고 그려내어 정치함이 더해진 중기의 '사물시'들을 거쳐(『신시집』), 『두이노의 비가』 『오르페우스에게 부치는 소네트』 같은 노년기의 큰 연작에 이르면 시편들에는 깊은 철학적 사유가 담긴다. 파리에서 잠시 조각가 로댕의 비서일을 맡아 『로댕론』 같은 저작도 남겼으며, 현대의 대도시 파리의 인상을 새로운 형식에 담은 소설 『말테의 수기』를 두고 문학사가들은 "산문혁명"을 논한다.

'릴케 오솔길' 입구에 자리잡은 릴케의 이름.
그가 거닐곤 했던, 해안 벼랑 위의 산책길이 여기서 시작된다.

두이노 성과 비가

릴케의 아드리아 해

늘 열린 문 하나를 찾아 헤매었을 뿐인지도 모르겠다. 항상 망설였다. 그러다 불쑥 어디론가 달려가 다시 서성였다. 언제나 완강하게 앞을 가로막는 벽 앞에 서 있는 것 같았다. 그러나 그렇게 닫힌 것은 늘 벽이 아니라 문이었을 것이다. 열릴 가능성이 없는 것이 그토록 사람의 마음을 끌지는 않았을 것이므로. 몇 번은, 문이 열리기도 했다. 오래 닫혀 있었던 만큼 더 찬연하게. 방금 어느 땅 끝자락쯤의 강가에서 내게 열려왔던 문 하나에 대해 이야기하였다. 어느 눈 내리는 저녁 내가 섰던, 외딴 마을의 '해 뜨는 언덕에' 골목 끝 집의 문에 대해. 그 문만이 아니었다. 이제라도 열려올 한 문이, 그렇게 열려질 한 세계가 있는 듯했다.

풍경은 눈에 덮여 있었다. 그 겨울에는 눈이 많이 왔다. 기록적인 폭설이었다. 내가 서 있던 곳에서도, 기차를 타고 달리던 곳에서도, 눈이 내리고 쌓였고, 눈이 그칠 때면 환한 햇빛 아래 희디흰 설원이 펼쳐졌다. 온 유럽 대륙이 눈에 덮여 있는 것 같았다. 흰 눈으로 뒤덮인 세상에는 태초의 신선함이, 축복 같은 벅차오름이 있었다. 무언가 터져나올 것 같았다. 무언지는 모르겠지만, 거기서, 고통 많고 축복 많은 것에서 무언가가 이루어져야 할 것 같았다.

한 문이 닫혀 오래 어둠 속에 있어도 어디에선가 다른 문이 열려왔듯, 거꾸로 한 문이 열린 순간에 다른 문이 닫히기도 하였다. 같은 겨울에 한 닫힌 문 앞에 오래 서 있었다. 이를테면 혼자서 했던 말없는 작별. 손에 든 무거운 짐을 내려놓을 생각도 못하며 한 문 앞에 오래 꼿꼿이 서 있다가 돌아서 왔다. 그러고는 언제든 고단하거나 마음이 아플 때면 서던 커다란 유리창문 앞에 조금 더 서 있었다. 창밖에는 우람한 회화나무가 있었다. 세상을 버티는 우주 나무처럼. 남에게 보일 수 없는 것이 내 얼굴을 뒤덮고 있었다. 숙소로 돌아오는 길 내내, 그치지 않았다. 숙소로 돌아와서는, 집으로 돌아가자면 아직 하루가 더 있건만 그저 아무렇게나 여행가방을 꾸렸다. 가방을 다 꾸리고도 자리에 앉지 못하고 마냥 방을 서성이다가, 가방은 방구석에 세워놓은 채 맨손으로 늦은 밤에 역으로 향했다. 마침 심야기차가 있었다. 가까스로 기차에 몸을 실었다. 느리고 느린 밤기차에 우두커니 앉았다가, 텅 빈 낯선 기차역에서 다른 기차를 기다리다가, 또 을씨년스러운 찻간에 우두커니 앉아 있다가…… 그렇게 온통 눈과 어둠뿐인 곳을 지났다. 창밖도 마음도 어둡고 황량했다.

긴긴 어둠의 터널을 지나며 두 개의 국경을 넘었다.

그렇게 알프스를 다 넘었을 때 열려왔다. 아침이, 아니 눈부신 대양, 아드리아 해가. 아니, 아침과 아드리아 해만이 아니었다. 그보다 훨씬 더 거대하고 장려한 무언가가 열리고 있었다.

압도적인 풍경이었다. 새로운 탄생 앞에 서 있는 듯했다. 해 뜰 무렵 가닿은 그 광활한 바닷가 암벽 위에 내가 가고자 했던 작은 성이 얹혀 있었다. 눈부신 대양을 여는 비밀 문의 손잡이처럼. 시인 라이너 마리아 릴케에게서 오랜 침묵을 뚫고 저 장려한 『두이노의 비가 Duineser Elegien』의 첫 구절이 터져나왔던 두이노Duino 성이다. 이 작은 성을 찾아 그렇게 밤새 달려왔다.

무얼 찾으러 왔을까. 고통스러웠던 이십대 젊음의 시기에, 시를 안 쓰기로 작정하고 나서도 오래 남아 있었던 꿈이 떠올랐다. 천장 높던 대학 도서관에 파묻혀서 가끔씩 눈을 들어 높은 창을 채운 초록 나무들을 보며, 언젠가 『두이노의 비가』를 번역해 조그만 책자로 묶고 싶었다. 어쩌면 내 이름도 자그맣게 그 위에 써서. 그후 많은 책을 냈지만, 그 꿈만은 꿈에 그쳤다. 다른 많은 일들에 밀려나 버렸지만, 마음 한구석에 담았던 그 옛날의 꿈이 가끔씩 떠오르곤 했다. 지금 그걸 찾아 달려온 것일까. 묻어버린 말의 꿈, 시의 꿈을. 쏟아져나오는 것을 막으려 스스로 제 입을 봉했던 어리석은 젊음에서 몇십 년이 지난 지금, 다시금 솟구치는.

성 건너편, 눈부신 대양을 감싸듯 두른 암벽 위, 아슬아슬한 오솔길을 따라 걷는다. '릴케의 오솔길'이다. 성이 바라보이는 바위 위에 앉는다. 발밑 낭떠러지 아래로 대양이 아득하게 펼쳐져 있다. 아찔하게 흰 절벽 능선 위의 성이 손에 잡힐 듯 보인다. 돌출된 발코니가 대양 위에 떠 있다. 오래 말을 잃었던 시인 릴케가 섰던 곳은 아마도 저기쯤일 것이다. 저 발코니에 서면 대양의 열림은 얼마나 더 압도적일까. 하늘과 바다의 경계도 없는, 그저 한 빛깔 푸름. 이런 눈부신 날이 아니라면 저것은 한 빛깔 숨막히는 강철빛으로, 혹은 어둑한 청회색으로 다가오리라. 아마도 분명히 저 장려한 한 빛깔의 넘실거림이 저 발코니로 쏟아져오는 순간이었으리라. 비가의 첫 장려한 외침이 터져나온 것은.

누가, 내가 소리친다 한들, 내 소리를 들을까, 천사들의
위계에서? 설령 어느 천사가
문득 나를 품에 안는다 한들, 그의 보다 강한 현존으로 하여 내가 스러지고 말 것을.
아름다움이란 무서운 것의 시초에 다름아니므로, 그건 우리가 지금 견뎌내야 할 것
우리는 아름다움을 찬탄한다, 그것이 잠잠히
우리를 파괴하기를 거부하기에.

이 장엄한 첫 구절은 압도적인 자연 앞에서 터져나오는 외침이자, 광활한 천지 앞에서 무한히 왜소하게 느껴지는 인간에 대한 뼈저린 자각이다. 릴케는 여기서 감히, 혹은 더이상, 오래전에 죽은 것으로 선언된 신을 찾지 못하고 한 계단쯤 아래, 신과 인간 사이의 중간자로 설정된 '천사'를 불러낸다. 이 기적 같은 자연의 광휘 앞에서

신을 다시 부르기는 면구스럽다 해도, 인간의 왜소함을 돌아보게 되는 어떤 막강한 존재를 아니 부를 수 없었을 것이다. 아니, 천사란 이 찬연하게 밀어닥치는 자연의 거대한 열림에 대한 지칭에 다름아니었을 것이다.

"아름다움이란 무서운 것의 시초에 다름아니니"라는 놀라운 단언이 이루어진다. 아름다움이 무서운schrecklich 것의 시초라고 말하는, 새로운 미학의 단초가 될 이 구절은, 이 막막히 펼쳐진 대양과 하늘의 포효 앞에서 자연스럽게 조응된다. "우리가 지금 견뎌내야" 할 것이자 또한 찬탄해마지않을 것으로. 압도적이지만, "우리를 파괴하"지는 않는 아름다움은 다시 숭고와 맞닿는 미의 정상을 가리킨다.

이런 외침이, 장려한 비가가 터져나온 곳이 어느 정월의 겨울밤, 아마도 아득한 대양 위로 돌출한 저기 저 발코니에서였다면, 절벽 위로 몰아치는 이 세찬 바람은 그때 더욱 맹렬하게 몰아쳤으리라.

오, 밤, 밤, 가득찬 세계 공간으로부터 불어오는 바람이
우리들의 얼굴을 파먹으면—,

얼굴을 파먹는 바람이라 한다. 산 너머나 바다 너머에서 불어오는 것이 아니라 "세계 공간"으로부터 불어오는 것이라고 한다. 사람을 흡인해 휩쓸어가버릴 듯 강렬한 바람이었으리라. 그런 바람 뒤에 무엇이 남을까. 아무것도 없을 것이다. 한때 절실했던 것, 그로 인하여 마음 졸이고 애태웠던 모든 것은 한낱 부질없는 마음의 티

끌로 보이리라. 이런 큰 대기 속에서는 얼마나 거리를 갖게 되는가. 자신의 열망에 대해서조차.

> 기이하여라, 소망들을 계속 소망할 수 없음은. 기이하여라,
> 연관된 모든 것이, 이렇게 느슨하게 공간 속에서
> 펄럭임을 보는 것은.

그렇게 하여 이제 다른 귀를 가진 시인은 '불어오는 것'을 듣는다. '정적으로부터 이루어지고 있는 끝없는 소식'을 듣고, '자신 속의 공허'를 저 큰 대기에다 더할 줄 아는 슬기를 가진다. 그래도 '이 어둠이 사랑하는 이들에게는 더 가벼울까?'를 물어본다. 내가 그들 같아져야 하지나 않을까?

> 이 오래디오랜 고통이 우리에게서 마침내
> 더욱 열매 맺어야 하지 않을까? 때가 되지 않았는가, 사랑하면서 우리가
> 사랑하는 이로부터 자신을 풀어내고, 덜덜 떨며 그것을 감내해야 할 때.
> 화살이, 힘을 모아 뛰쳐나가며 자신 이상이기 위하여
> 그렇게 활시위를 견뎌내듯. 머묾이란 그 어디에도 없으므로.

"머묾이란 그 어디에도 없으므로"라는 구절은 이런 광활한 천지에서 한번 터져나온 비가가 꿰뚫는 인식의 핵이다. 무상의 인식에

다 그것이 가진 폭발력을 더한 인식이다. 또한 불안해진 삶의 핵심을 꿰뚫는 단언이다. 우리는 비록 알아차리지 못하였어도 "영리한 동물은 알아차렸다"고 시인은 덧붙인다.

풀이된 세계 속에서 우리의
깃들임이 그다지 믿을 만하지 않음을.

"풀이된 세계"에서 우리의 깃들임은 믿을 만하지 않다는 말로, 불안정한 세계와 삶의 문제가 요약된다. 이는 신을 버리게 됨으로써 초월적인 거처만 없어진 것이 아니라 존재의 기반 자체가 뒤흔들려버린 현대인의 삶에 대한 릴케의 실존적인 성찰에 기반을 둔다. 이 성찰은, 더욱 불안정해진 현대적 삶의 문제를 선취하는 것이다. 평생 집이 없었던 사람, 릴케에게서는 몸으로 체감된 것이기도 했을 것이다. 이렇듯 불안해진 "우리에게 머물러 있는 것은 어쩌면/ 비탈에 선 어떤 나무 한 그루"라고 덧붙여진다. 그런데 의지하려는 나무 한 그루, 어느 것이든, 뭐든 좋은 "한" 그루 나무조차 비탈에 서 있다. 그 어디에 안정된 머묾이 있겠는가.

위태로운 바닷가 절벽 위에 앉아, 석회석 절벽 위에 지어져 바다 위로 솟아 있는 작지만 압도적인 성을 건너다본다. 높은 절벽을 이루는 만곡의 한 점 위에 내가 앉아 있고, 성은 다른 점 위에 있다. 놀랍게 아름답다. 우리, 성과 나, 앞에는 경계도 없이 무한한 푸른 하늘과 푸른 대양이 펼쳐져 있다. 수평선은 지워져 있다. 끝도 없는 열림이다. 망연히 앉아 있다가, 바위 위에 몸을 눕혀본다. 대기의 힘에 온전히 내맡겨진 채. 그렇다, 나는 완전히 내맡겨져, 저항할 수 없이 내맡겨져 누워 있다. 설핏 잠에 빠져들기도 했다. 가파른 석회석 절벽 위의, 한 바위 위에서.

그곳에서 시작되려 하는 무언가는 압도적이었다. 내게로부터 시작되려 하는 것은. 나는 망상했다. 나에게서도 시작이 가능하리라고. 감히 그런 시작을 생각했다. 가능해 보였다. 내가 눈물로 되돌아가지 않고, 눈부신 태양 속에서 저 맑음 속에서 머물 수도 있을 것 같았다.

나로부터 솟구치려는 것 한 마리 매처럼 풀려나와 대양 위로 나아가려는 것. 그것은, 터져나와야 했다, 터져나와도 좋을 것 같았다. 나의 슬픔으로부터도. 노래들, 노래들은.

오솔길에서 내려다보이는 광막한 바다.

노래들. 나는 망상했다, 할 수 있으리라고. 저 광막함 위에서 나를 해방시키고 그 위에서 떠돌 수 있으리라고. 노래로, 수천의 노래로. 꿈꾸어진 신생. 그곳에서 장려하게 자신을 열던 것, 믿을 수 없는 먼 곳이자 나를 걷잡을 수 없게 자신에게로 이끈 것, 그것은 바다 위의 작은 성이 아니라, 대양이었다. 그곳에서 시작되는 대양은 내게, 하나의 거대한 은유였다.

하지만 삶은 늘 아주 떠나지지는 않는 것이다. 나는 성 주변의 마을로 돌아와, 닫힌 성 주변의 작은 골목길들을 거닌다. 삶이 들끓는다. 작은 창가마다 작은 화분들이 놓이고 발코니에서는 빨랫줄에 널어놓은 빨래가 펄럭인다. 두이노 성의 일부인 건물 벨베데레에는 국제대학이 들어서 있다. 누군가 마침 거기서 바이올린 연주를 하고 있었다. 언젠가 옛 시인도 이 골목을 걸었을 것이다. 멀어진 삶에 대한 서먹함과 일말의 동경을 함께 느끼며. 그때도 저 건물에서 바이올린 소리가 들려왔을까. 같은 악기의 선율로부터 말없는 당부를, 어떤 위임을 들었던 시인을 생각한다.

과거로부터의 물결 하나 솟아올랐다, 혹은
네가 열린 창문 앞을 지나쳐갈 때
바이올린 소리 한 가닥 몸을 내맡겼다. 그 모든 것이 당부였다.

시인에게의 당부였다. 몸을 내맡기는 것이었다. 그저 소멸하지 않겠다는, 그저 스쳐지나가지 않겠다는, 누군가의 마음에 남겠다는. 시인에게 하는 당부라면, 위임이라면, 한 줄 시구 속에, 예술 속에, 예술이 되어 남게 해달라는.

그러나 나는? 하나의 물음은 남아 있다. 릴케에게도 나에게도.

하지만 그대 그것을 감내할 수 있겠는가.

감내하는 것, 시로 써내는 것, 그에 집중하는 것—이를 어렵게 하는 '산만함'은 어디에서 오는가. 눈에 보이는 일상은 끝없이 삶에의 그리움을 일깨우기 때문이다. 삶은, 삶의 흔적들은, 감미롭고 강렬한 삶에의 동경을 불러일으킨다. 그 다채로움으로의 환상은 늘, 증폭된다.

두이노 성으로 가기 위해 내린 작은 도시의 이름은 몬팔코네였다. 모르는 이탈리아어를 짐작해본다. '나의 매'라는 뜻일 것 같다. 그 대담한 새가 아니고야 무엇이 이 대양 곁의 작은 도시에 어울리겠는가. 아드리아 해와 돌 언덕 사이로 두이노 성을 향하는 긴 도로가 나 있다. 풍경은 온통 바다와 돌로 차 있다. 기차에서 몬팔코네에 닿기 직전 보이던 다르지오라는 곳에는 아예 큰 채석장이 있었다. 카라라 생각이 났다. 미켈란젤로로 하여금, 또 무수한 조각가들로 하여금 끌을 들게 한 대리석의 산지. 아직 무형인 돌의 유혹이 적나라했다.

두이노 성으로 오기 위하여 택시를 탔었다. 택시가 해변을 따라 남쪽으로 달리는 동안 창밖 해변에는 커다란 공장이 보였다. 제지공장이라 했다. 방금 지나쳐온 채석장은 있을 만도 했지만 작은 해변도시에서 거대한 제지공장은 놀라웠다. 온통 돌투성이인 이 지역 어디에서 제지를 위한 나무가 나오는지 알 수 없었다. 다만 그 제지된 종이들은, 아마도 여기서 적힌 그 많은 노래들을 위해서가 아니었을까 하는 엉뚱한 생각이 스친다.

다시 택시를 타고 같은 길을 따라 돌아오면서는 다른 풍경을 주목하게 되었다. 택시는 야트막한 야산, 아니 돌언덕을 따라 달렸다. 같은 구간이지만 올 때는 시선이 바다와 바닷가 공장에 쏠려 있어서 미처 주목하지 못했다. 영어가 능숙지 못한 택시 기사는 그래도 오른편의 돌 풍경을 가리키며, 여기가 제2차 세계대전 때의 격전지였다는 이야기를 한다. 이 돌산을 따라 이탈리아와 유고슬라비아의 국경이 흐른단다. 머지않아 그의 말을 뒷받침하듯 전사자 기념비가 나타난다. 이 황량한 돌 언덕에서 옛 전투가 다시 펼쳐지는 듯하다.

떠나기 위해 다시 작은 도시 몬팔코네로 돌아왔다. 기차시간이 조금 남아서 잠시 시내 쪽으로 들어갔다가, 뜻밖에도 카니발 행렬과 마주쳤다. 마침 금식이 시작되는 성회일 전날, 카니발의 절정인 날이다. 책에서만 읽은 이탈리아 카니발이 생생하게 펼쳐졌다. 『파우스트』 2부 1막의 가장행렬 부분을 그대로 재현한 듯 다채로운 거리의 카니발이 눈길을 끌었다. 그 하나하나가 삶의 알레고리인 가장행렬이 끝없이 이어진다.

눈길은 늘 그렇게, 삶에 끌리고 만다. 사랑과 미움으로 이루어진 무언가가 물음들을 불러일으킨다. 낯선 곳에서는, 군중 속에서는 더더욱, 언제나 두리번거리게 된다. 혹시 거기 어느 한 귀퉁이에서 불쑥 누군가가 나타나지 않을까. 이런 환각에서는, 또다시 한 걸음 떨어져서 보아도, 삶의 유혹이 풍겨나온다.

그대 언제나
기대로 하여 산만하지 않았던가, 모든 것이
사랑하는 이를 알리기라도 하는 듯.

우리는 그런 부질없는 기대감으로 얼마나 많이 서성이는가. 그도 그렇게 수많은 거리를 돌아보았으리라. 『말테의 수기』를 끝낸 후 여러 해의 고통스러운 침묵 끝에 마침내 여기에 와 닿았던 시인 릴케도. 설원과 어둠의 터널을 지나왔을 때 그의 눈앞에도 눈부신 햇빛 속에 펼쳐졌을 아드리아 해, 그 눈부신 대양, 그 눈부심.

몬팔코네. 바람 부는 플랫폼에 앉아 『두이노의 비가』를 다시 읽는다. 한 행 한 행이 무겁게, 다시금 새롭게 각인된다. 다만 죽음에 대한 부분만은 아직은 조금 멀게 느껴지는 채로.

이 오래디오랜 고통이 우리에게서 마침내
열매 맺어야 하지 않을까? 때가 되지 않았는가, 사랑하면서 우리가
사랑하는 이로부터 우리를 해방시킬 때가, 그리고 덜덜 떨며 그것을 견뎌내어야 할 때가.
화살이 그렇게, 힘을 모아 뛰쳐나가며 스스로 이상이기 위하여
활시위를 견뎌내듯. 머묾이란 어디에도 없으므로.

열 편의 비가를 관류하는 인간 존재의 허약함에 대한 비탄은 비가의 끝에서 다만 "이곳에 있음은 장려하다"는 찬란한 삶의 긍정으로 상승된다. 여기 첫 비가에 이미 그 단초가 있다.

이 영원한 흐름은
두 영역을 뚫고 모든 세대를
늘 휩쓸어가며 두 영역에서 그들을 압도하며 울린다

서울로 돌아온다. 비행중에도 작은 창만 올리면 눈빛이 내내 눈을 찌른다. 대륙들이 눈으로 뒤덮여 있다. 줄곧 길에 있다가 다음다음날 늦은 오후에야 빈집에 도착한다. 밤에 전화가 울리더니 가까운 분이 돌아가셨다고 한다. 갑작스러운 죽음이었다. 병원 영안실 11호실과 직장을 오락가락하다가, 병원 버스를 타고 장지까지 간다. 장지에 가 있는데 다시 전화벨이 울린다. 친구가 아버지를 잃었다. 방금 떠나온 같은 병원 옆방 영안실에 시신이 있다고 한다. 가족들은 승용차를 나누어 타고 집으로 돌아가고, 나는 빈 병원 버스를 혼자 타고 떠났던 영안실 건물로 돌아와 조문을 한다. 삶과 죽음, 두 영역이 맞닿은 이음새가 만져지는 듯하다. 다시금 새롭게.

"장미, 오 순수한 모순이여……"

유명한 묘비명이 새겨져 있는 릴케의 묘비. 그 앞에 어김없이 장미가 심어져 있다.

바람 속, 장미 곁의 묘비명

릴케의 라론 계곡

시 한 편이 오랜 세월을 두고 마음을 떠나지 않았다. 계속 마음에 머무르면서, 미처 이해하지 못했던 한 구절 한 구절이 새로운 의미로 점점 더 깊게 각인되곤 했다. 수수께끼 같은 시 한 편, 릴케가 말년에 쓴 『오르페우스에게 부치는 소네트』 마지막 편이 그러했다.

아주 먼 곳에 있는 말없는 친구여, 느껴보라
네 숨결이 어떻게 공간을 넓히고 있는지.
어두운 종루의 대들보에서
종소리로 울리거라. 너를 잠식하고 있는 것,

그것이 이 자양분에서 강하게 되리라.
변용變容 가운데서 들고나거라
무엇이 너의 가장 고통스러운 체험이었는가?
마심이 쓰거든, 포도주가 되어라.

이 밤 넘치는 마력에서
네 감각들의 엇갈림길에서
그 기이한 만남의 의미가 되거라.

그리고 지상의 것이 너를 잊었거든
말없는 대지에게 말하라, 나 흐르노라고
빠른 물살에게 말하라, 나 그냥 있노라고.

"마심이 쓰거든" 네 스스로 술이 되어버리라고 말한다. 세상에 피하고 싶은, 그러나 마셔야 하는 쓴잔을 들 일은 그리도 잦고, 그러한 고통에 대한 처방 또한 많고도 많다. 그러나 이런 글은 다시없을 것이다. 마시는 것이 쓰거든 스스로 포도주가 되라니. 쓴잔을 들어야 하는 사람이었다가, 마셔져야 할 쓴 술이 되는, 그렇게 감미로운 포도주가 되는 이 자유로운 넘나듦.

마지막 연에서 화자는 지상의 것에 잊혀졌을 때, 대지와 물살에게 말을 걸라고 한다. 스스로 세상에서 합당하게 인정받고 있다고 생각하는 사람이 몇이나 되겠는가. 세상에 대한 불만과 갈등, 체념이 오죽 많으며 무상과 체념, 달관을 노래하는 시 또한 세상에 좀 많은가. 그러나 나는 머무는 대지에게는 "나 흐르노라"고 말하고, 빠르게 흘러가는 물에게는 "나 그냥 있노라"라고 말하라는 이런 거리, 이런 유연성을 이 시에서 처음 만났다.

또한 그리움이라는, 곁에 있었으면 하는 사람의 부재에서 오는 결핍으로 인하여 우리는 얼마나 시달리는가. 그러나 이 시에서 내 곁에 있지도 않은 이의 "숨결"로 자기 주변의 공간을, 세계를 넓힐 줄 아는 지혜를 읽는다. 어디선가 울려올 종소리를 기다리는 것이 아니라, 스스로 어둠을 가르는 종소리가 되어 울리고, 나를 "잠식"하고 있는 것, 아마도 죽음일 그것이, 내가 울려내는 종소리, 내 노래로 강해지리라는 통찰 또한 경이롭다. 끊임없이 변용해가는 가운데 들고남이 자유로운 경지다. 삶과 죽음의 경계가 저절로 허물어지는 듯한 달관, 삶을 이렇게 아우르는 고아한 지혜가, 학설이나 교리가 아닌, 아름다운 시적 이미지들에 담겨 전달되고 있다.

만년의 릴케가 쓴 시들은 강박 없이 아름다운 심상으로 전해져 사람의 마음에 새겨지는 지혜로 가득하다. 긴 세월의 침묵 끝에 터져나오기 시작한 『두이노의 비가』나 『오르페우스에게 부치는 소네트』—스위스 산록의 작은 성 뮈조트에서 1922년 2월 2일에서 5일까지 첫 스물다섯 편이 쏟아져나왔다—에 담긴 삶과 예술에 대한 시적 성찰들은, 시가 가닿을 수 있는 정점을 보여준다. 그것은 마치 오르페우스처럼, 노래로 삶과 죽음을 관통하고 자유롭게 넘나드는 어떤 높은 곳에 서 있다.

그 "높은 곳"을 보고 싶었다. 시를 쓴 인생의 어떤 경지에서 그런

라론 계곡으로 가는 길.

노래들이 나올 수 있는지 내가 넘보기는 어려울 터이나, 세상 어느 어름에서 그런 노래가 쓰였는지만은 볼 수 있을 것 같았다. 단 며칠에 그 많은 노래가 터져나올 수 있었던 스위스 산록의 아주 작은 성 뮈조트나 릴케가 마지막 안식처로 택한 라론 계곡은 그래서 늘, 높은 산허리에 걸린 구름처럼 내 생각의 반을 공중에 띄웠다. 두이노 성의 그 큰 대양 앞에서 터져나와 펼쳐졌던 장엄한 비가가 솟구쳐 올라, 알프스 산록의 어느 계곡쯤에 모아져 영롱한 빗방울로 맺혀 있을지를 떠올려보곤 했지만 가볼 기회는 없었다. 여유가 없을뿐더러 불쑥 기차를 타고 가닿을 정도로 차편이 많은 도시가 아니었다.

그런 곳으로 나를 데려다주겠다는 사람이 있었다. 서울서 바쁘게 사느라 연락 한번 제대로 못하고 지내던 동생이 독일에 온다는 소식을 들었는데, 우연하게도 프랑크푸르트 공항 지하 기차역의 기차표 자동판매기 앞에서 동생과 마주쳤다. 이 넓은 세상에서 그런 일이 다 있었다. 동생은, 라론에 가보고 싶어하지 않았느냐며 이렇게 만난 김에 무리가 되더라도 한번 가자고 했다. 그도 나도 하루밖에 시간이 없었다. 기회도 놀라울뿐더러 동생과 둘이 어디를 가보는 것도 평생 처음이라, 동생 손에 이끌려 떠나게 되었다. 각자 일을 본 후 밤기차를 타고 새벽 여섯시 반에 뮌헨 역에서 만나 차를 빌려 일곱시에 먼길을 출발하였다.

떠남. 아니, 들어감이었다. 눈앞과 사방이 온통 광활한 평지이고 지평선인 가운데 그 위로 광활하게 펼쳐진 하늘이 모조리, 한 빛깔 잿빛이었다. 처음 왼편에서 어렴풋하게 빛깔 띠 한 자락이 어리더니 점점 선명해졌다. 그러고는 오른편에서도 다른, 빛깔 띠 한 자락

바람 세찬 라론 계곡의 암벽 위, 릴케의 묘원이 있다.

이 떠오르더니 차츰 아치가 완성되었다. 원을 반으로 잘라놓은 아치가 아니라 원을 반지름 높이의 절반쯤 올라가서 자르고 아래는 버린 듯한 원호였다. 한 빛깔 광활한 잿빛 천지에 가득히 드넓게 펼쳐져 걸려 있던 무지개의 아름다움은 압도적이었다. 우리는 무지개 아치 속으로 계속 빨려들어가고 있었다. 한 시인을 찾아가는 먼길의 입구는, 그렇게 찬연하였다.

한참을 그 무지개에 취해 달렸다. 무지개가 사라지고 나서야 갈 길을 생각했다. 방향만 짐작했을 뿐 무턱대고 출발부터 했던 것이다. 이제야 지도를 펼친다. 동생은 뮌헨에서 계속 서쪽으로, 보덴 호반의 린다우와 성 갈렌을 거쳐 취리히와 바젤을 지나 다시 둥글게 방향을 틀어 시옹까지 되돌아와 라론 계곡으로 갈 예정이었다. 그제야 지도를 본 나는 놀랐다. 취리히까지만도 세 시간이 넘는 거리니 가는 데만 적어도 여섯 시간은 걸릴 듯해 금일 중으로 돌아오기도 만만찮아 보였다. 동생은 불과 며칠 여정으로 왔고 독일도 유럽도 온통 낯설면서도, 나를 위해 무언가 하고 싶어서 긴 운전을 하겠다고 나선 것이었다. 나는 많이 돌아다니기는 했어도 자동차를 빌려서 다녀본 적이 없었다. 더욱이 유럽에서 렌트카는 수동이 기본이라는 것을 모르고 빌려와버린 바람에, 자동이 아닌 차를 운전해본 적 없던 나는 운전을 교대로 해줄 수도 없었다. 열심히 지도를 들여다본다. 독일 스위스 국경의 국경도시 린다우에서 남쪽으로 직선으로 달리면 후어라는 스위스의 도시가 있고, 후어에서 라론까지는 서남쪽 방향으로 거의 직선인 길이 있다. 그 방향으로 가면 시옹에 닿기 직전에 라론이 있고, 더구나 길은 라인 강을 면하고 있다. 지름

길인데다 강변을 달리면 길도 좋을 것 같아, 그리로 가자고 한다. 독일을 잘 아는 나의 말이니 동생도 계획을 바꾸고 따른다.

아름답고도 아름다운 길이었다. 특히 후어를 지나서부터는 그야말로 그림 같은 스위스의 경관이 펼쳐졌다. 유명한 휴양지 다보스를 지나고 작은 나라 리히텐슈타인을 지나고, 차는 차츰 알프스 산록으로 접어들어 동화 같은 작은 마을들을 지난다. 지나가는 차도 찾아보기 어렵고 인적 없는 절경만이 이어진다. 디엔티스테라는 작은 마을을 지나자 길은 조금 남쪽으로 휘어졌고, 한쪽이 테라스처럼 뚫린 터널을 지나며 차는 고산지대로 접어들었다. 그 고산지대를 거쳐 내려올 때 가서야 얼마나 높은 고개를 넘었는지 알 수 있었다. 루카마니엔 파스라는 높다란 고개였다. 곤두박질치듯 차는 위태로운 내리막길을 달렸지만, 주변 마을의 경관이 워낙 아름답고 그림 같아 취한 듯 달렸다. 그런데 지나쳐가는 마을 이름들을 지도에서 찾을 수 없었다. 작은 산간 마을이어서 그러려니 했다. 그런데 그것이 아니었다. 아무래도 이상해서 어렵사리 길을 물었더니, 비아스카였다. 세상에, 서쪽이 아닌 남쪽으로 달려 이탈리아 속으로 깊숙이 들어와 버린 것이었다. 낭패였다.

지도를 다시 들여다본다. 후어에서 서쪽으로 갔어야 했는데 남쪽으로 멀리 와버렸으니, 이제는 엄청나게 먼 거리를 커다란 V자를 그리듯 서북쪽으로 달려야 라론으로 가는 길에 닿을 수 있었다. 게다가 그렇게 큰 V자를 그리며 달리려면, 누페넨 파스라는 큰 고개를 또하나 넘어야 했다. 어쩌다 인가를 만나 길을 물어보면 모두 그쪽이 지름길이기는 하지만 길이 높고 험하다고 걱정을 해주었다.

그러나 길을 가릴 처지가 아니었다. 이미 되돌아갈 수도 없을 만큼 엄청나게 돌아와버려, 조금이라도 빠른 길을 택해야 했다.

가는 길에도 차를 거의 만나지 못했다. 누페넨 파스 위는 한여름이건만 눈이 잔뜩 쌓여 있고, 아득히 발아래 계곡 상공을 전투기가 오락가락하며 훈련을 하고 있었다. 날아가는 비행기를 위에서 내려다보다니. 그만큼 높은 곳에서 내려오는 길은 몹시 가파르고 굽이가 심했다. 고개를 내려와 다시 스위스 땅인 울리헨에 닿으니 안도의 한숨이 절로 나왔다. 울리헨·운터발덴·지킹엔 등 『빌헬름 텔』 같은 작품에서나 들어봤던 험준한 스위스 산골 지명들이 스쳐 지나갔다. 관광객을 실은 장난감 같은 열차도 지나갔다. 작고 그림같이 아름다운 마을들을, 이제는 조급한 마음으로 말없이 달린다. 해가 지기 전에 라론에 닿을 수 있을지, 또 닿으면 어떻게 돌아갈지 걱정이 앞설 수밖에 없었다.

조급한 마음 곁으로 아름다운 옥빛의 작은 강물이 흘러갔다. 방금 지나친 알프스 석회질지대에서 발원한 그 강은, 석회의 흰빛깔을 가득 담고 있다. 로느 강이다. 지도에 있었던 라인 강의 발원지를 지난 지는 벌써 한참이다. 라인 강은 알프스 산록에서 발원해서 동쪽으로 흐르다가 바로 북쪽으로 흘러가고, 같은 곳에서 발원한 로느 강은 서쪽으로 흘러간다. 아직 우린 그 강을 따라 조금씩 내리막길을 달린다.

지도상으로는 라인 강을 따라 나 있는 길이라서, 강변 근처의 평탄한 길을 생각했던 나의 단순함에 기가 막힌다. 직선거리의 길고 짧음만 보았을 뿐 고도를 보지 않은 것이다. 지름길인 줄 알았던 길은 험난한 알프스 산악을 골골이 누비는, 8자를 무수히 붙여놓은 것 같은 험로였다. 지나온 고갯길의 고도가 둘 다 이천칠팔백 미터가 넘었다. 이제부터 길을 헤매지 않고 가더라도 넘어야 할 높은 고개가 둘이나 있다. 그런 산악을 가로세로 누비며, 그것도 가장 험한 길만 골라서 다 넘고, 라론에 닿았을 때는 저녁 일곱시가 가까워오고 있었다. 그러니까 출발한 지 거의 열두 시간이 지나서야 목적지에 닿은 것이다.

여름이라 다행히, 라론 계곡에 저녁해가 남아 있었다. 험한 알프스 산록이 끝나자 놀랍게도 탁 트인 골짜기가 펼쳐졌고, 작은 바위산 암벽 위에 조그만 교회 하나가 서 있었다. 왠지 눈에 익은 그 모습에 달려갔다. 바위산을 오르기 전, 나는 오랫동안 그 교회를 올려다봤다. 해가 기울기 시작했는데도, 찬란한 여름 저녁햇살 속에서 광활하고 짙푸른 하늘을 배경으로 솟아 있는 소박한 잿빛 교회의 인상은 압도적이었다. 얼른 오르지 못하고 산발치에서 잠시 서성이다가, 그 오래된 작은 교회가 발 딛고 서 있는 바위 아래쪽에서 또다른 교회를 발견했다. 일단 먼저 그곳으로 들어갔다.

이 교회의 인상 또한 압도적이었다. 거대한 바위인 산을 파내어 만든 매우 큰 암굴이 바로 교회였다. 무엇이 사람들에게 저 바위 위에 교회를 세우게 하고, 저 바위를 파서 또하나의 교회를 만들게 했을까. 암굴 안, 그 신비로운 공간에 발을 내딛자, 험난한 산길을 헤매며 마음 졸이던 고단함이 일시에 사라졌다. 나직이 나누는 이야기도 암벽에 부딪혀 퍼지자 엄청나게 크게 들렸다.

이런 공간에서 음악이 울려퍼지는 순간을 상상해보았다. 소리 없는 기도조차 여기서는 무한히 증폭되어 우람하고 견고한 바위에 새겨질 듯했다. 치솟아 하늘로 오를 듯했다. 암굴 안쪽 한 귀퉁이에 기원의 촛불들이 켜져 있는 작은 공간이 있었다. 잠시 거기 서서 사랑하는 사람들, 닿을 수 없는 사람들을 생각해보았다. 나의 그런 격려마저 필요로 할 먼 곳에 있는 사람들을 떠올려보았다. 어머니를 위해 맨 먼저 촛불 하나를 켰다. 나머지 사람들을 위해서도 촛불 하나씩을 켰다. 나의 작은 사치이다. 합창 같은 불빛의 너울거림 속에서 그 모든 이들과 함께 서 있는 것만 같았다. 여기 이대로 머물고 싶었다. 내가 쓴 보잘것없는 시들이, 내가 사랑하는 많은 사람과 세상의 생명들에게, 이렇듯 작은 촛불이라도 될 수 있을까 하는 가당찮은 생각까지 감히 마음에 담아보았다.

석굴 안 교회를 나와, 천천히 바위산을 올랐다. 다소 비탈진 길은 금세 가파른 오솔길로 바뀌었다. 허물어진 옛집을 지나 천천히 올라갔다. 늦게 도착했지만 서두르고 싶은 마음은 없었다. 이곳에는 소위 '볼거리'가 그리 많지 않다는 것을 알고 있었기 때문이다. 오를수록 바람이 거셌다.

마당으로 들어서니 작은 묘원이 나왔다. 교회 뒤편 길을 올라 뒤뜰에 닿은 것이다. 무덤들에는 예쁜 꽃들이 정성스레 심어져 있었다. 한 중년의 남자가 무덤 앞에서 물을 주고 있다. 고운 꽃 사이에 놓인 액자에는 화사하게 웃는 얼굴이 담긴 사진 둘이 나란히 꽂혀 있었다.

시인 릴케가 누운 곳은, 여기가 아닐 것 같았다. 이렇게 옹기종기, 아기자기하게 모여 있는 묘들과 릴케는 왠지 어울리지 않는 것 같았다. 물을 주는 남자에게 릴케의 묘를 물어보자, 교회 옆 남쪽 구석을 가리켰다. 그쪽으로 걸음을 옮겨 건자, 거센 바람이 몰아쳐 사람이 금방이라도 날려갈 것만 같았다.

서향인 교회의 남쪽 측면, 골짜기가 내다보이는 그 바람 많은 곳에, 시인 릴케의 묘는 있었다. 교회 벽에 그 유명한 비명이 새겨진 묘석이 붙어 있고, 앞에는 릴케의 묘답게 장미가 심어져 있었다. 장미꽃 주위를 벽돌로 둘러 삼면의 바람막이 난간을 세웠는데도, 장미꽃은 화사하지 못했다. 이곳의 바람은, 장미가 견뎌낼 만한 것이 아닌 것이다. 그 세찬 바람을 배겨낼 수 있는 것은 아무것도 없을 것 같았다. 수수께끼 같은 묘비명만 선명했다. 거침없이 몰아치는 바람 속에서, 날려갈 듯 날려갈 듯 한참을 서 있었다.

Rose, oh reiner Widerspruch, Lust
Niemandes Schlaf zu sein unter soviel
Lidern

해석1: 장미, 오 순수한 모순이여,
그 누구의 잠도 아니려 함이여, 그 많은
눈꺼풀 아래서

해석2: 장미, 오 순수한 모순이여,
그 누구도 아닌 이의 잠이려 함이여, 그 많은
눈꺼풀 아래서

해석3: 장미, 오 순수한 모순이여, 기꺼움이여
그 누구도 아닌 이의 잠이려는구나, 그 많은
눈꺼풀 아래서

서구에서 신성과의 신비적 합일unio mystica을 상징해온 장미는 언제나 릴케를 매혹시켰고, 그의 존재의 상징이기도 했다. 이제 그 장미를, 아마도 최종적으로 존재를 규정해보려는 듯한 정의, "순수한 모순"이 쓰여 있다. 그 하나쯤은 그래도 선명하다. 모순이되 맑아진 모순, 화해된 모순일 것이다.

그다음 구절, "Lust/ Niemandes Schlaf zu sein"은 무수한 해석이 가능하다. 'Lust'는 '흥' '흥취' '기꺼움'이기도 하고 또한 그저 평범하게 '무엇을 하고 싶어함' '무엇을 하고 싶은 마음'이기도 하다. 'Niemand'는 영어의 'no one' 'nobody'이다. 있지 않은 존재이므로 그저 부정이다. 그런데 이 단어를 보통의 명사로 하여 다른 독일어 명사들처럼 맨 앞 글자를 대문자로 쓰면 '그 누구도 아닌 이', 어쩌면 아주 시니컬한 의미의 '신神'까지 될 수 있는 폭이 생긴다. 그러나 이 묘비는 시구이고, 시구의 처음 글자는 보통 소문자여도 대문자로 쓰기도 하는 만큼, 목적한 바가 소문자인지 대문자인지조차도 판별이 안 된다.

혼자서 다음 행을 이루어 한 행의 무게가 실린 "눈꺼풀Lider"은, 장미꽃을 이루는 겹겹 이파리의 아름다움과 중첩되면서 또 그 발음Lider:리더은 '노래들Lieder: 리-더'과 거의 같게 울린다. 두 단어의 발음에는 장단의 차이가 있을 뿐이다. 잠과 연결되는 데서는 "그 많

은 눈꺼풀"이 논리적이지만, 눈을 가리는 두터운 살갗보다는 장미의 겹겹 꽃잎이 앞의 장미와 이어질 것이다. 또한 오래도록 '장미'를 노래했던, 수많은 시를 쓴 이 천생의 시인과 연결되면서 '그 많은 노래'라는 단어가 누구에게든 바로 떠올려질 것이다.

무엇이었을까. 이 구절을 자신의 묘비로 지은 시인의 뜻은. 구절의 무엇이, 존재의 최종적 상징이 될 만큼 시인의 마음을 끌었을까. 수많은 눈꺼풀 같은 겹겹의 꽃잎을 가졌으면서도 잠들지 않는, 죽음 반대편에서 끝없는 삶의 만개를 상징하는 장미의 화사함이었을까. 아니면 수많은 눈꺼풀 같은 겹겹의 꽃잎을 가졌기에, 부정된다 하여도 분명 존재하는 신의 잠이고 싶은 화사한 꽃의 고단함이었을까. 자신이 남긴 노래 속에 이제 그만 잠들고 싶었던 것인가. 혹은 영원한 불멸이고 싶었던 것인가. 아직도 모르겠다. 다만 그가 이 바람 거센 돌언덕에 잠들어 있으면서도 사람들의 마음속에서 잠들지 않은 것, 노래 속에서 시인 릴케는 결코 사라지지 않는 것, 그것만은 분명하다.

암벽 위 교회를 에워싼 돌난간 너머를 바라본다. 돌난간을 잡고 서서 휩쓸어갈 듯한 바람을 가까스로 견뎌내며 아득히 펼쳐진 계곡을 바라본다. 로느 계곡이다. 산 어름에서 시작되었던 작은 강물이 어느새 이렇듯 골짜기를 넓혀놓았다. 믿어지지 않는다. 지나쳐온 알프스 계곡의 험로들이 떠오른다. 열두 시간을 마음 졸이며 헤매어온, 끝이 없을 것 같던 산악 협로가 여기서 끝나고 있다. 다른 것이 열리고 있다. 산자락의 마지막, 꼭짓점처럼 솟은 이 바윗덩이를 끝점으로, 로느 계곡의 광활한 골짜기가 펼쳐져 있다. 이 거센 바람은 그저 우연히 불어오는 것이 아니고 저 앞에 아득히 펼쳐져가는 평원의 대기가 한데 모여 깊은 협곡으로 빨려드는 깔때기 흡입구의 현상 같다. 릴케에 관한 책에서 이 골짜기 사진을 봤을 때, 왜 아무런 연고가 될 유적도 없는 골짜기 사진이 난데없이 들어 있을까 생각했었다. 사찰에 가면 절집 건물만 보는 것이 아니라 절집을 등지고 서서 거기서 바라보이는 주위를 살펴야 하듯, 릴케의 무덤은 그 무덤 자체가 아니라 거기서 보이는 것을 봐야 하는 곳이었다. 시인이 스스로 마지막 안식처로 택한 거처이다. 평생 집이 없었던 그에게 처음이자 마지막의 정처이다.

거기서 열리고 있었다. 골짜기만이 아니었다. 두이노 성 앞에서 아드리아 해가 열려왔듯이, 릴케의 이 마지막 거처 역시 무한한 열림 앞에 내놓여 있다. 광활한 벌판이 산을 향해 달려들어오고, 내닫기만 하던 큰 산도 슬며시 몸을 숙여 서로가 만나는, 그 접점에 이 작은 바위산이 있었다. 아랫마을에서는 이 산의 바위를 떠다 지붕의 기와로 얹은 집에서 사람들이 살고 있었다. 삶과 죽음의 경계조차 지워진 듯하다. 맹렬한 바람은 사람의 마음속에 남아 있는 앙금마저 지운다. 나의 존재가 한 올 지푸라기처럼 느껴진다. 이 바람에 그냥 휩쓸려가버려도 괜찮을 것 같다. 남은 노래가 있다면, 이 큰 바람 속에 수렴될 것이다.

지척 어딘가에 뮈조트 성이 있다. 시간이 늦어 길을 물을 곳도 없다. 뮈조트 성은 아무나 가는 길을 가르쳐줄 수 있는 곳이 아니다. 릴케 전문가 몇 사람에게 어렵사리 전화를 해보나 닿지 않는다. 어차피 시간도 많이 늦었다. 교회 마당 한쪽에 선 중세에 지어진 성관이 사진에서 본 뮈조트 성과 닮아 한참 쳐다보다 바위산을 내려온다. 내려와 다시 돌언덕을 쳐다본다. 덮여오는 어둠 속 높은 곳에 솟아 있는 작은 교회의 모습이 마음에 와 박힌다.

갔던 길을 이번에는 길을 잃지 않고 돌아온다. 그러나 가로등은 물론 차량 통행도 거의 없는 캄캄한 어둠 속에서 그런 높은 고개들을 또 넘어야 했다. 자정 가까워 칠흑 같은 어둠 속에서, 차 한 대 만나지 못한 채 넘는 가파른 굽이굽이 푸르카 파스는 굽이마다 추락 지점 같았다. 목숨을 거는 심경으로 밤새 달렸다. 아침 일곱시에 뮌헨에 닿는다. 만 하루 동안, 거의 쉬지 않고 스무 시간 이상, 팔백 킬로미터 이상의 낯선 산길을 굽이굽이 달렸다. 나중에 이야기를 들은 한 독일 교수는 이번에 바로 그 코스로 여름휴가를 갈 예정이라며, 삼 주간에 걸쳐 갈 거라고 했다. 그렇게 간다면야 낙원과 같을 비경코스다. 그와는 많이도 다르게 내내 절박하게 험난했던 이 여행길, 나는 대체 무얼 찾아간 것일까. 그저 한 시인의 무덤만은 아니었던 것 같다. 아마도, 삶과 죽음의 경계가 지워진 한 지점이었다고 생각한다.

묘지에서 내려다보이는 라론 계곡. 알프스 산록이 여기서 광활하게 열린다.

파리 시절의 릴케. 조각가 로댕의 비서로 잠시 일했다. 현재 로댕박물관이다. 여기서 릴케는 『로댕론』을 쓰고 『말테의 수기』를 쓴다. 이 책이 나온 1910년은 독일문학사에서 '산문혁명의 해'로 불리운다. 기존 소설의 형식을 깨고, 파편화된 대도시의 삶을 담는다.

말테의 도시

릴케의 파리

어느 겨울날 시인 파울 첼란의 자취를 찾아 파리의 길들을 더듬어 걸을 때였다. 첼란이 오가던 길에 선명히 찍힌 그의 발자국 아래 거의 언제나 또하나의 희미한 발자국이 겹쳐 찍혀 있었다. 아마도 그래서였을 것이다. 첼란의 자취를 기록하고 나서도 마음이 자주 파리의 거리들을 되짚어 걸었던 것은. 마음은 늘 먼저 거목 플라타너스가 입구에 서 있는, 대학에서 멀지 않은 식물원 자르댕 데 플랑트Jardin des Plantes 안으로, 그 안 가로수길로 들어서곤 했다. 낙엽이질 때쯤은 더더욱. 「가을」, 그리고 「가을날」이라는 평범한 제목을 단, 비교적 널리 애송되는 릴케의 시 두 편은 늘 다시금 "절창"이라는 말이 나오게 한다.

가을

잎이 지고 있다, 지고 있다 멀리에서부터인 듯
겹겹 하늘 속 먼 동산들이 다 시들기라도 한 듯
잎이 지고 있다 거부하는 몸짓으로.

밤이면 무거운 지구가 떨어진다
모든 별을 떠나 고독 속으로.

우리 모두가 떨어지고 있다. 여기 이 손이 떨어지고 있다.
다른 손을 보아라. 모든 것 가운데 떨어짐이 있다.

그렇지만 한 이가 있어, 이 떨어짐을
무한히 부드럽게 그 두 손안에 받는다.

가을날

주여 때가 되었습니다. 여름은 참으로 위대했습니다.
해시계들 위에 당신의 그림자를 드리워주시고,
벌판에는 바람들을 풀어놓아주십시오.

마지막 열매들에게 가득차라 명하시고,

그들에게 이틀만 더, 좀더 남녘의 낮을 주소서
완성되라 그들을 재촉해주시고
무거운 포도송이 속으로 마지막 감미로움을 몰아주소서.

지금 집이 없는 사람은, 다시는 짓지 못할 것이며
지금 혼자인 사람은, 오래도록 혼자일 것입니다,
깨어나, 읽고, 긴 편지를 쓰고
가로수길을 이리저리
불안하게 떠돌 것입니다, 낙엽이 바람에 휩쓸릴 때면.

시 「가을」은 원문이 '떨어지다fallen'라는 단어 하나로 이루어진 양, 온통 "떨어짐"으로 가득차 있다. 떨어지는 낙엽이 얼마나 많았으면, 얼마나 많게 느껴졌으면 몇 그루 나무의 잎이 지는 것이 아니라, "겹겹 하늘 속 먼 동산들"이 다 시든 듯하다고 했을까.

천천히 떨어져내리는 잎에서 "거부하는 몸짓"을 읽어내는 시인의 눈은 또한 더없이 예리하다. 이런 예리함으로 시인은, 낙엽만이 아니라 "무거운 지구"도 밤이면 "고독 속으로" 떨어지고 있다고 한다. 땅덩이마저도 고독 속으로 떨어진다니, 얼마나 큰 외로움인가. 아마도 이런 외로움들로 땅덩이는 이미 떨어질 만치 무거워졌을 것이다.

시인의 시선이 먼 우주로 물러섰다가 거두어져 자신의 손을 바라보는 아찔한 공간의 선회와 시간 축약의 비유가 허를 찌른다. 한 손도 다른 손도 떨어지고 있다. 멀쩡한 손이 "떨어지고 있다"고 하는 이 단언은 어처구니없지만, 긴 시간으로 늘여보면 영락없는 진실이다. 부드러우면서도 날카로운 인식이다. 세상 어느 손이 제자리에서 떨어지랴마는, 한편 세상 어느 손인들 영원히 달려 있겠는가.

그러면서도 이 모든 "떨어짐"을 거두어주는 어떤 이가 있다고 한다. 아마도 신이겠지만 그렇게 말하지 않고 그냥 "한 이"라 일컫는 이 존재의 모아진 두 손이 상정하는 마무리는 또 얼마나 큰 위로인가. 이 짧은 시에 시 한 편이 담아낼 수 있는 모든 삶의 혜안이 담겨 있다는 느낌을 받는다.

「가을날」에서 시인은 나날이 짧아지는 햇살 한 뼘 한 뼘이 귀하고 아쉽게 느껴지는 가을 막바지의 시점에 서서, 역시 시간에 대한 깊은 인식을 풀어낸다. 추수라는 종결을 앞두고, 따뜻한 햇살이 조금만 더 머물러 무거운 포도송이에 단맛이 조금이라도 더 배기를 바라는 마음이, "이틀만 더" 이곳보다 "좀더 남녘의" 햇살을 달라는 기원에 모아진다. 가축을 우리 안에 몰듯 감미로움을 포도송이 안에 몰아넣어달라고 한다. 구체적인 소망의 나열이 스러져가는 계절에 대한 아쉬움을 더욱 간절하게 느껴지게 한다. 마지막 연의 "집이 없는 사람"의 고독도 구체적인 이미지들 속에서 다급하게 피부에 와 닿는다. 앞선 소망의 나열도, 또 마지막 연의 쓸쓸한 풍경도 그렇게 구체적으로 형상화되면서, 시인의 인식은 감미롭고 씁쓸하게, 감각으로 전해져온다. 삶의 절기를 아우르는 이 깊은 시가, 그렇게 금빛 햇살이 기운 청명한 가을날의 풍경으로 떠오른다. 『저무는 20세기에서』라는 책을 다 쓰고 나서 이 시를 맨 앞에 넣고 싶다며 번역을 확인하시던 어느 노역사학자의 음성이 떠오른다.

그 많은 낙엽을 천생의 시인 라이너 마리아 릴케의 시심에 떨어뜨린 큰 가로수들이, 시인이 자주 갔던 식물원에도, 역시 자주 거닐었던 뤽상부르 뜰에도 가득하다. 그러나 파리의 식물원 자체는, 시 「가을」이나 「가을날」보다는 그것을 부제로 하는 시 「표범—파리의 식물원에서」로 하여 문학사에 훨씬 더 선명하게 새겨져 있다.

그의 시선은 창살들이 지나쳐가는 데에
지쳐, 더는 아무것도 포착하지 못한다.
그에게는, 천 개의 창살만 있고
천개의 창살들 뒤에 세계는 없는 것 같다.

너무도 작은 원을 맴도는
유연하니 강한 발자국의 부드러운 걸음은
위대한 뜻 하나가 마비되어 서 있는
중심을 맴도는 힘의 춤과도 같다.

다만 이따금씩 눈꺼풀이 소리 없이—
밀려올라가면, 그럴 때면 물상 하나가 들어가
사지의 긴장된 정적을 뚫고 지나—
심장에서 스러진다.

갇힌 한 생명체의 수동성이 시 전체 어휘에 속속들이 배어 있다. 제목부터 모순적이다. 표범과 식물원은 어울리지 않는다. 파리 식물원 한편에 동물원도 있으니 사실에야 맞지만, 아프리카 초원을 누벼야 할 동물이 그런 곳에 감금되어 있는 것은 모순이다. 뒤집혀진 모순이 시에서 내내 두드러진다. 표범이 창살 안에서 맴돌며 창살을 보는 것이 아니라, 창살이 스쳐지나가고 있다. 어쩌다 보이는 것도 망막에 맺히지 못하고 들어와 스러진다. 하루종일 제자리를 맴도는 맹수에게, 세계는 오직 그 창살뿐. 그 뒤에 세계란 없는 것 같다.

극단적인 수동성의 부각은, 갇힌 맹수뿐만 아니라, 영혼의 자발성을 빼앗긴 모든 생명을 생각하게 한다. 릴케는 이 우리 앞에서 얼마나 서 있었을까. 더할 나위 없이 정밀한 관찰을 토대로 하며, 시인 자신의 감정 표출은 완전히 배제한다. 릴케의 소위 '사물시Dinggedicht' 중 대표작이다. 중기의 릴케는 초기의 넘치는 감정을 마치 화가가 정물을 포착하여 그림을 그리듯, 정밀한 관찰을 토대로 한 객관적인 묘사로 다잡아나갔다. 그러나 그리 정밀하게 묘사된 갑갑함은 결국 시인의 마음 아니었겠는가. 그렇게 시인 릴케는 자신의 한 시기를 넘어섰다.

실제로 릴케는 화가들과의 교류에서 영향을 받았다. 평생 집이 없었던 그는 이십대 중반에, 독일 브레멘 근처의 화가촌 보릅스베데에서 일 년쯤 살았고, 잠시 가정을 꾸려 딸도 하나 낳았다. 그러나 곧 가정을 흩고 파리로 가서, 화가 로댕의 편지와 서류를 정리하는 일을 맡게 된다. 큰 예술가를 곁에서 볼 수 있을 뿐 아니라, 무엇보다 이미 당대 첨단의 현대적 문제를 지니고 있던 대도시 파리는, 자연인 릴케로도 문학인 릴케로도 힘겹게 감내해내야 할 도전적 현실이었다.

릴케는 자기 존재의 근저가 뒤흔들렸던 만큼, 그것을 기록한 문학 역시 전혀 다른 형식으로 쓸 수밖에 없었다. 그렇게 해서, 소설이라고 생각할 수 없는 소설 『말테의 수기』(1910)가 탄생했다. 이런 작품을 두고 문학사는 '산문 혁명'을 논하지만, 릴케는 개인적으로 이 작품을 탈고한 뒤 십여 년간 글을 쓰지 못한다.

여러해 전에 『말테의 수기』를 번역하고 나서 대학신문에 짤막한 해설을 쓴 적이 있다. 가까스로 번역을 했으면서도 당시 그 일에 얼마나 몰두했었는지, 그 작품에 대해서는 다른 글을 쓰기 어렵다. 다시 꺼내 읽어본다.

요즘 얇은 책 한 권을 삼십 년도 훨씬 넘게 걸려 읽는 느낌으로 읽고 있다. 허겁지겁 책을 읽던 시절에도 물론 읽었던 책이다. 흔히 필수 도서목록에 오르는 『말테의 수기』이다. 전공서적이 되고 나서도 꽤 오래 '요오드포름 냄새, 감자튀김 냄새, 불안의 냄새', 울스고르라는 이상한 덴마크 고장에서의 요란한 죽음, 돌아온 탕아의 새로운 해석 등이 그냥 뒤섞인 채로 있었다. 이 기이한 책 『말테의 수기』를 최근에 새로 우리말로 옮기게 되었는데 (……) 나는 지금 거의 꿇어앉다시피 정좌하여 한 줄 한 줄을 뜯어고치고 있다.

한 가문의 마지막 사람이 되어 아무 가진 것도 없이 파리라는 대도시의 오층에 앉아 글을 쓰는 스물여덟 살의 청년 말테가 그려가는 초라한 인간 군상, 불안의 이미지, 유년의 기억 등이 나열되고, 후반부로 가면 맥락 없이 기이한 역사적 인물들까지 떠올라 더욱 갈피를 잡을 수 없는 소설. 이런 형식으로 현대인의 불안의식이 줄거리 없는 형식에 반영된 작품쯤이야. 이 작품이 나온 1910년 당시에는 혁명이었는지 몰라도 이제는 새로울 것도 없다. 그런 작품에 뒤늦게 이토록 사로잡힌 것은, 참으로 새로운 경험이다. 시인이 아주 공들여 하나의 거푸집을 만들어놓았다는 생각이 어느 순간 떠올랐기 때문이다. 종래의 소설이 조각 작품을 깎아낸 듯 뚜렷하게 줄거리와 인물들을 부각시키려 애썼다면, 이 작품은 이를테면 바로 그 조각 자체의 자리는 비워둔 채, 깎여나간 것들을 진한 농도의 성찰과 명상으로 접합시켜놓았다. 상실된 중심을 독자 스스로 주조해내도록, 무수한 죽음으로 된 그릇에다 삶을 담아넣도록 말이다. 그 그릇을 이루는 명상의 농도는 피와 생명의 즙으로 쓴 글이라는 인상을 줄 정도이며, 문학작품을 거의 철학서나 종교서의 위치로 상승시키고 있다. 압도적인 현실 속에서 '보는' 법을 배운다고 시인은 거듭 말한다. 그런데 겉을 보는 것이 아니고 아직 벽지가 붙어 있는 헐린 건물의 내벽을 보듯, 표피적인 삶의 내면을 들여다보고 있다. 또 세상의 모든 고통에 시인은 귀기울이고 있다. 지친 이웃의 눈꺼풀이 내리감기는 소리에 귀기울이는가 하면, 곧 쓰러질 듯한 사람의 뒷모습을 바라보며 자신의 남은 기운을 다 가져가라고 가만히 두 손을 받쳐든다. 이 작품이 모든 인간의 고통에 대하여 가난하고 힘없는 시인이 받쳐들고 있는 두 손과도 같은 것임을 깨닫고서야, 그 두 손을 느끼면서야, 나는 작품 말미에 있는 노래 한 편을 제대로 번역할 수 있었다. 그 텍스트는, 소유하지 않는 사랑이, 사랑받는 것이 아니라 사랑함이, 우리의 유일한 구원이라는 평범한 내용이다. 이 가난한 사랑의 호화로움을 보는 시인의 눈을 통하여, 독자는 오히려 절망이 다다를 수 있는 희열의 높이를 볼 수 있다.

시인은 이제 보이지 않게 되어버린, 그러나 마음속에는 존재하는 것을 거듭거듭 일깨운다. 불타버린 현실의 집조차도 우리 마음속에서 사라져야 비로소 사라진다는 확언은, 그 모든 사라진 것, 부인된 소중한 것을 볼 수 있는 마음의 힘을 일깨워준다. 그리하여 어느 순간 홀연히 신의 모습이, 삶의 의미가 떠오르는 듯하다. 우리를 초라하게 만드는 주변세계와 우리의 관계도 새롭게 정립해볼 수 있을 듯하다. 이런 높이에 이른 문학서를 만나는 일—우리 시대에 점점 희귀한 일이 될 것이므로 더욱 소중하다.

그때 대학신문 기자가 그린 삽화 때문에 놀랐다. 짧은 글을 읽고 마감시간에 쫓기며 어떻게 그토록 집약된 컷을 그려낼 수 있었을까. 그것도 스무 살 남짓의 청년이. 그 삽화는 지금도 액자에 든 채 내 방에 소중하게 걸려 있다.

간간이 마음으로 거닐던 길들을 뜻밖에도 얼마 전에 다시 갈 기회가 생겼다. 오 년마다 열리는 국제독문학회가 마침 파리에서 열렸던 것이다. 마지막날 오후를 비워 릴케가, 아니 말테가 자주 오가던 길들을 다시 천천히 걸었다. 어딘가에서 목소리가 울려온다. "나는 아무도, 아무것도 없이 트렁크 하나에 책 보따리 하나를 들고, 사실 호기심도 없이 세상을 떠돌아다니고 있다. 이 무슨 삶이란 말인가. 집도 없고 물려받은 물건도 없고, 개도 없이."

▲옛 국립도서관. 릴케도 말테도 여기서 책을 읽었다.

▼시테 섬 노트르담 사원 왼편에 위치한 주님의 집. 여전히 시립병원이다. "지금은 556개의 침상에서 죽는다. 물론 공장식으로 죽는다. 그렇게 엄청난 대량생산하에서 죽음 하나하나는 잘 다뤄지지 않는다."

관광객으로 북적이는 한여름의 파리. 백여 년 전에도 파리는 북적이는 대도시였다. "그래, 그러니까 사람들은 살기 위하여 여기로 오는 거야. 내가 보기에는 오히려 여기서 죽겠다는 것 같은데. 바깥을 돌아다니다 왔다. 병원들을 보았다." 말테의 독백들이 계속 뒤섞인다.

맨 먼저 시립병원 '주님의 집Hôtel Dieu'으로 가본다.

"무섭다. 무섭다면 무서움에 맞서기 위하여 무엇인가를 해야 한다. 여기서 병이 나는 것은 몹시 추한 것 같다. 누군가는 나를 시립병원 주님의 집으로 데려갈 생각을 할 것이고, 그러면 거기서 나는 분명 죽게 될 것이다. 그 '집'은 편안한 '호텔'이다. 무섭도록 많은 사람들이 찾는다. 트인 거리를 한껏 빠르게 건너질러 들이닥칠 많은 마차들 중 하나에 치이지 않은 채, 파리 성당의 전면을 바라보고 서 있을 수 없을 지경이다."

백여 년 전 작품인 『말테의 수기』 속에 나왔던 병원이 아직 있고, 아직도 여전히 병원이라는 것이 놀랍다. 그것도 관광객이 북적이는 시테 섬 안, 노트르담 사원을 정면으로 바라보았을 때 그 바로 왼쪽 길을 다 차지하고 있는 건물이다.

생 미셸에서 내려 센 강을 따라 조금 걷다가, 관광객을 뚫고 사원 앞 광장을 가로질러 병원 앞으로 간다. 조금 망설이다 안으로 들어가본다. 입구의 접수대는 응급실 탓인지 토요일 오후인데도 평일의 분주함이 느껴진다. 병원 안쪽 뜰로 들어가본다. 건물의 위용이 큰데다, 안뜰이 잘 가꾸어져 있어 말테가 느끼던 집단 진료소의 참상은 느껴지지 않는다. 그렇다 해도 벽 하나를 사이에 둔 저 바로 밖

길에서 북적이는 관광객과, 병원으로 실려온 사람들 사이의 간극은 남아 있다. 무엇보다 뜰 안의 동상이 건물의 위압을 깨며 외적인 평온을 의심케 한다. 아마도 영웅이거나 성자거나 의신醫神일 동상은 새까맣게 칠이 돼 있고 복면을 한데다, 손에 봉을 쥐고 있어 검은 제왕이나 악귀처럼 보인다. "이 훌륭한 '집'은 매우 오래되었다. 클로비스 왕 시절에 벌써 사람들이 그 안 몇몇 개의 침상에서 죽었다. 지금은 556개의 침상에서 죽는다. 물론 공장식으로 죽는다. 그렇게 엄청난 대량생산하에서 죽음 하나하나는 잘 다루어지지 않는다. 그런 따위가 중요하지도 않지만 말이다. 무더기로 죽는 것이다."

병원을 나와 잠시 센 강변을 걷는다. 노점들 역시 여전히 있다.

> 이따금씩 나는 센 강가에 있는 작은 가게들을 지나쳐간다. 헌 물건들 혹은 헌책들을 늘어놓은 행상들이며 진열장을 빼곡히 채운 동판화 판매인들. 누구도 한번 그네들에게로 다가서거나 들어서지 않는다. 그들은 분명 장사를 하지 않는다. 들여다보면, 그들은 그냥 그렇게 앉아 있다. 앉아서 읽고 있다. 근심 없이. 내일을 걱정하지 않고. 성공하자고 애태우지도 않는다. 그들 앞에는 개 한 마리, 혹은 고양이 한 마리가 기분좋게 앉아 있다. 고양이는 늘어선 책들을 따라 마치 책등에 쓰인 이름들을 지우듯 가만가만 돌아다님으로써 정적을 더욱 크게 만들고 있다.(졸역 『말테의 수기』, 서울대 출판부, 34~35쪽)

이제는 물론 그렇게 고요하지는 않다. 그러나 여전히 그렇게 이어지는 생업이 있고, 누군가가 그 곁을 스쳐지나가고 또 가만히 바라본다.

도서관으로 가본다. 릴케에게도 또 말테에게도 잠시의 피난처였던 곳이다. 가난한 시인이 달리 어디서 피난처를, 남모르는 자랑을 찾을 수 있었겠는가. 이 옛 국립도서관은 지도를 보면 루브르 맞은편 팔레 루아얄Palais Royal의 긴 정원을 지나 뒤쪽에 있다. 그런데 도서관을 찾기가 만만치 않다. 팔레 루아얄은 전철역 이름이기도 하지만, 그 자체가 관청 건물이 되면서 이름이 바뀌었기 때문이다. 루브르 근처를 몇 바퀴 헤맨 끝에 옛 궁전의 뜰 안으로 들어선다.

옛 궁전 뜰은 지금은 시민공원이다. 시민들이 토요일 오후를 즐기고 있다. 한가운데 있는 커다란 원형 분수가에는 의자를 빙 둘러놓아, 이끌린 듯 모여든 사람들이 다들 물을 바라보며, 혹은 넓은 분수가에 다리를 올리고 쉬고 있다. 지나쳐가다가 화단 울타리에 참새들이 옹기종기 모여 있는 모습을 본다. 금방 원인을 알아차린다.

한 걸음쯤 떨어진 곳에 손에 빵 부스러기를 든 할머니가 서 있기 때문이다. 흠칫한다. 초라한 모습의 할머니는 마치 『말테의 수기』의 한 장면을 연출하기 위하여 거기 서 있는 듯하다. 이미 빵 부스러기를 먹고 난 참새들 중 어떤 녀석은 포식 후의 느긋함에 취해 있고, 어떤 녀석은 다소의 미련을 드러내며 미적거리고 있고, 어떤 녀석은 옆의 친구와의 수다에 여념이 없다. 말테는 저런 장면 하나에서도 존재의 징후들을 보았다.

얼마 전 시계를 잃어버린 탓에 부득이 시계를 사러 시장에 갔다가도 똑같이 놀랐다. 돈도 없거니와 관광객처럼 라파예트 백화점에

센 강변의 노점상들. 아직도 여전하다.

무얼 사러 가기는 싫어서 길거리에 서는 토요일 장에 잠깐 들렀었는데, 그 초라한 인파 속에서 지팡이를 짚고, 아직 한여름이건만 외투까지 입은 채 줄곧 내 앞을 걸어가는 사람이 있었다. 한참 그 뒤를 따르며 그 비현실적인 현실의 참상이, 마치 『말테의 수기』의 한 장면을 연출한 것 같다고 생각했다. 그러나 나는 말테처럼, 시인 릴케처럼, 내 기운을 가져가라고 혼자 가만히 두 손을 받쳐드는 대신 덤덤히 바라보았다. 산업화 초기였던 백 년 전에는 저런 군상이 더욱 숨막히게 북적였을 것이다.

그들은 바로 운명이 뱉어놓은 인간쓰레기, 인간 껍데기들인 것이다. 운명의 침으로 축축해져 그들은 담벼락에, 가로등에, 광고물 부착 기둥에 들러붙어 있다. 혹은 천천히 골목길을 흘러내리고 있다. 어둡고 더러운 자국을 뒤에 남기며.(32쪽)

골목은 사방에서 냄새가 나기 시작했다. 냄새가 났다. 그 뒤섞인 냄새 중에서 구분되는 한에서는 요오드포름 냄새, 감자튀김의 기름 냄새, 불안의 냄새가 났다.(1쪽)

공기의 구성 성분 하나하나 속에 들어 있는 끔찍함의 존재. 너는 투명함과 더불어 그 끔찍함을 호흡한다.(59쪽)

공기가 오래전에 이미 다 없어졌으며 나는 다만 오히려 나의 허파에 고였던 숨을 다시 들이쉬고 있는 것 같다.(39쪽)

팔레 루아얄을 벗어나 오래된 도서관 담벼락을 따라 걸으며, 수없이 이 길을 오갔을 릴케의 눈에, 마음에, 새겨진 그림들을 생각한다. "보는 법"을 배우겠노라는 것이 그 무렵의 릴케였다. 그런 모든 것을 보았다. 속까지 보았다. 보이지 않는 것까지 보았다. 무심히 지나칠 수도 있는 삶의 한 장면 한 장면이 다 모아진 작품 『말테의 수기』는, 마치 존재의 모자이크 같다.

옛 국립도서관은 낡았지만 아직도 그대로 있고, 입구 방에는 리슐리외 재상의 동상이 서 있고, 아마도 서식을 채웠을 책상이 있고, 계단을 오르면 릴케가 책을 읽던 방도 있다. 옛 국립도서관이 여전히 도서관이긴 하지만, 새 국립도서관은 센 강변에 웅장한 규모로 새로 지어졌다. 하나의 소도시를 이루는 웅장한 초현대식 건축물 자체뿐만 아니라, 효율적인 전달 시스템 덕에 신청하면 삼십 분 이내에 좌석이 있는 곳으로 배달되는 천이백만 권의 장서는 감탄을 살 만했다. 그러나 릴케의, 말테의, 이 옛 도서관은 낡은 모습 그대로 푸근하게 사람의 마음을 끈다. 그 문을 들어서면, 한없이 들어갈 수 있는 책 속이었을 것이다.

홀에는 지금 책을 읽고 있는 사람들이 삼백 명쯤 있다. 그들이 사람마다 한 명의 시인을 가진다는 것은 불가능하다. (……) 시인이 삼백 명씩이나 있지는 않으니까. 그러나 보아라. 이 무슨 운명인가. 나, 어쩌면 이 읽고 있는 사람들 중 가장 초라한 존재일 나, 일개 외국인인 내가 시인을 한 명 가지고 있다. 가난한데도. 내가 날마다 입고 있는 양복에 자국이 나기 시작하는데도. 내 구두에

대하여 이런저런 이의를 달 수 있을 터인데도.(30쪽)

가난하지 않았을 것이다. 이 많은 아름다운 성찰들이 합해져 『말테의 수기』가 되었다. "몹시 커진 괴로움에 하나의 자를 대어봄으로써, 그 괴로움만큼 충만한 힘으로 이룰 수 있는 희열이 어느 높이까지 솟을 수도 있는가를 암시한다."(서문)

도서관 정문을 나서면 맞은편에 큰 분수가 있는 작은 녹지도 있다. 여신으로 표현된 센 강. 조금 떨어진 길모퉁이에 희극작가 몰리에르의 동상도 위엄 있게 앉아 있다. 그런저런 모퉁이를 다 돌아 말테는 그의 허름한 거처, 오층 꼭대기방으로 되돌아간다. 온갖 소음이 다 들리는 삶의 너절함 속으로 시인은 되돌아왔을 것이다. "우습다. 내가 여기 내 작은 방에 앉아 있다, 나, 스물여덟 살이 되었으며 아무도 알지 못하는 브리게(말테 라우리츠 브리게)가. 나는 여기 앉아 있으며, 아무것도 아니다. 그런데 그럼에도. 이 아무것도 아닌 것이 생각을 하기 시작한다. 생각한다, 오층 높이에서, 어느 잿빛 파리의 오후에 이런 생각을." 그러나 옆방에서 굴러가는 뚜껑 소리에서도 존재를, 삶을 읽어낸다. 묻는다. "온갖 발명과 진보에도 불구하고, 문화, 종교 그리고 세상의 지혜에도 불구하고 삶의 표면에 머물러 겉돌았던 게 아닐까?"

어둠이 덮인 후 뤽상부르쯤으로 돌아와 다듬어진 거목 가로수길을 바라보다 지척인 팡테옹 쪽으로 발을 돌린다. 일부러 좀 돈다. 시인 파울 첼란의 발걸음들이 빼곡히 보이는 듯한 대학가 골목들을 지나서. 이제 오동나무의 초록으로 채워진 작은 콩트르스카프 광장을 지나, 늦은 밤 어둠에 덮인 팡테옹을 오래 바라본다. 저 둥근 돔 위쪽에, 저 웅장한 불멸의 무덤들 위에 파리를 지킨다는 성녀 주느비에브의 고요한 초상이 있다지.

저번 겨울, 팡테옹으로 들어서다가 초입에 있는 성자 생드니의 목을 베는 처형 초상이 너무도 잔인해서 들어가지 않았었다. 이번에도 들어가진 않았지만, 인간사의 잔혹과 무상을 아우르는 고요한 성녀의 모습은 가깝게 다가온다. 그러다가 근처 중세박물관에 있는 태피스트리 작품 〈일각수와 함께 있는 숙녀〉를 보러 갔다.

지난번에 파리를 방문했을 때처럼, 이번에도 그 작품 앞으로 허겁지겁 달려가서 오래도록 서 있었다. 진정으로 파리에 '도착하기' 위하여. 지난겨울에도 이번에도, 정교한 중세의 태피스트리는 나에게 무한한 연상을 자아내고 또 기이한 안정감을 주었다. 정교하게 표현된 감각의 알레고리들.

모든 감각의 끝머리인 '나의 유일한 소망'이라는 태피스트리 앞에선 모든 욕망을 버리는 듯한, 그러면서도 기이하게 욕망을 자아내는 숙녀의 모습에 이끌린다. 버림으로써 얻는 기이한 감정의 논리. 사랑받는 것이 아니라 사랑함에 옮겨진 명징한 성찰의 무게추는, 이 정교한 중세의 융단처럼 아름다워 기이한 감동을 자아낸다.

몇 걸음 안 되는 어둡고 고요한 방, "저도 모르게 발소리를 죽이고 가만히 다음 융단으로 가면" 내가 선 곳은 나보다 훨씬 더 오래전, 더 자주 이곳에 섰던 사람 곁이다. 목소리가 들린다. "저것은 슬픔인가. 슬픔이 저처럼 꼿꼿할 수 있는가. 상복이, 군데군데 털이 누운 이 초록빛 도는 검정 비로드처럼 과묵할 수 있는가?" 말을 나누

"슬픔이 저처럼 꼿꼿할 수 있는가……"라고 그 앞에서 말테가 묻는다. 부삭boussac의 옛 성에서 만들어진 중세의 태피스트리 〈일각수와 함께 있는 숙녀〉 감각의 알레고리 중 여섯번째 작품 '나의 유일한 소망'. 현재 파리 중세박물관 특별 전시실에 있다.

지 않아도 가깝다. 손이라도 내밀어야 할 듯하다. 아니, 그럴 필요조차 없이 가깝다. 그 작고 어두운 방은 릴케와 말테와 그리고 나, 세 사람이 만난 곳이었다.

하인리히 하이네

Heinrich Heine(1797~1856)

많은 작품이 노래로 작곡되어 오늘날에도 널리 애창되고 있는 시인. 하이네의 시는 낭만적 감성을 바탕으로 하지만 독일 참여문학의 뚜렷한 선봉이기도 하다. 『노래의 책』『로만체로』『신시집』처럼 낭만적인 성향에 바탕을 둔 노래다운 시들과 『아타 트롤』『독일. 겨울동화』 같은 시집에서 보이듯 날카로운 사회의식이 공존하는 그의 작품은, 낭만주의에서 리얼리즘으로 넘어가는 독일시사의 한 전환점이다. 한편 하이네의 산문 문체는 현대적인 문화면 문체의 효시로 간주된다. 뒤셀도르프의 유대인 가정에서 태어나 본, 괴팅엔, 베를린에서 법학을 공부하고 학위까지 받았다. 그러나 독일 시민사회에 진입하지 못하고 파리로 가서 살았다. 마르크스 등 진보인사들과 교유했다. 말년에는 척수결핵으로 여러 해 병상생활을 했으며 사후 몽마르트르 묘원에 묻혔다.

몽마르트르 묘원의 하이네 묘지. 관제 작명 '청년독일파'로 몰렸던 유대인 참여시인 하이네는, 독일에서 뿌리내리지 못하고 1831년부터 자의 반 타의 반으로 파리에서 살다가 죽었다. 사후에도 그의 수용은 양극단을 오갔고, 1935년에는 그의 작품에 금지령이 내려졌다. 그러나 「로렐라이」만은 작자 미상으로 남겨두었다. 현대적이지만 매우 낭만적이기도 한 그의 시는 그 누구의 시보다 많이 작곡되어 노래로 불린다. 그의 묘에는 아직도 늘 많은 사랑의 표시들이 놓여 있다.

파리의 미아

하이네의 파리

파울 첼란의 자취를 찾아, 또 라이너 마리아 릴케의 발자국을 더듬어 파리를 걸었을 때, 늘 또하나의 희미한 발자국이 어른거렸다. 첼란의 발자국처럼 선명하지는 않았고, 릴케의 발자국처럼 그 아래 바로 겹쳐 찍히지도 않았지만, 혁명기의 격동이 아직 가라앉지 않은 메트로폴 파리에 선명히 남겨진 독일 시인의 발자국은 한 걸음쯤 떨어져 몽마르트르에, 또 샹젤리제가 바라보이는 곳에 두드러지게 찍혀 있는 시인 하인리히 하이네의 것이다.

릴케를 따라 걸었던 날, 마지막으로 몽마르트르에도 잠깐 들렀다. 파리에서 아마도 유일하게, 가장 선명히 남아 있는 그의 자취가 이제는 그의 묘지 정도일 것이므로. 아주 오래전, 처음 파리에 왔을 때 제일 먼저 찾은 곳이었다. 칠현금이 새겨진 아름다운 시인의 묘석 주위에는 안식에의 갈구가 담긴 시구들이 둘러 새겨져 있다. 이제 보니, 생각에 잠긴 듯 조금 고개를 숙인 하이네의 대리석 흉상에 검은 줄이 생겨나 있었다. 세월의 풍상이겠지만, 어쩐지 눈물을 흘리고 있는 듯 보인다. 그런 시인의 모습과 시구들 탓인지, 시인이 여기 이 흙 속에 영면하고 있다기보다는 오히려 아직도 안식하지 못하고 공중을—아마도 노래로—떠돌고 있는 듯한 느낌을 받는다. 그렇건만, 그의 아름다운 묘비 주위에는, 여전히 그침 없이 찾아오는 사람들이 놓고 간 갖가지 꽃과 마로니에 열매 등 온갖 사랑의 징표들이 쌓여 있다. 끝없이 사람의 마음을 끄는 그의 노래들—「그대는 한 송이 꽃과도 같이Du bist wie eine Blume」 같은 시에는 한 편에만 백사십사 개의 곡이 붙여져 있다고 한다. 그것도 옛날 통계이다—도 함께 감돌고 있을 것이다.

1856년 시인이 숨을 거둔 지 한 세기 반이 넘게 지났다. 지금까지 하이네의 팬으로 남아 있는 사람들의 사랑에는 오로지 그의 노래를 향하는 진정성이 담겨 있을 것이다. 사후 한 세기 하이네에 대한 평가는 당대 독일의 시대 상황에 따라 열광의 대상에서 말살의 시도까지 양극단을 오갔다. 반유대주의에 의해 반反하이네 정서가 고조되었을 때에는 그의 작품 전체가 금지당하기도 했다(그러나 그때조차도 독일 민족의 노래라 할 「로렐라이」만은 작자 미상으로 남겨두었다). 아마도 좋은 시절에 태어났더라면 아름다운 사랑의 노래만 지금의 몇 배쯤 더 남겨놓고 갔을, 타고난 시인인데도……

프랑스혁명이 일어나기 전해 12월에 독일 뒤셀도르프에서 유대인 사업가의 아들로 태어난 하이네는 지극히 낭만적인 성향을 가진 시인이면서도 시대 현실을 등진 낭만주의를 극렬히 비판했고, 프랑스혁명 후의 반동·복고적인 체제와 문제적인 사회 현실을 비판하며 독일 참여문학의 선구가 되었으며, 반이와 위트가 뒤섞인 독특한 글로 새로운 문체의 효시가 되었다. 그러나 그 개인은 사업에는 능력이 없었으나 사업가 수련도 받고, 법학박사 학위를 받고, 기독교로 개종까지 했어도—개종을 그 자신은 '유럽 문화에의 입장권'이라 불렀다—끝내 독일 시민사회에 받아들여지지 않았다. 그래서 스물세 살이던 1831년 자의 반 타의 반, 진보적 인사에 대해 비교적 관용적이던 파리로 가서 죽을 때까지 그곳에서 살게 된다. 파리에 살게 된 이후 독일에는 어머니의 죽음과 출판 때문에 두 차례 잠시 다녀갔을 뿐이다. 신랄하고 아름다운 연작 기행시 『독일, 겨울 동화 Deutschland, Ein Wintermärchen』(1843)는 십이 년 만에 처음으로 독일로 가던 여정에서 쓴 것이다.

파리 시절에 정치적인 글도 많이 써냈지만, 끝내 자신을 받아들여주지 않았던 '조국' 독일에 대한 향수와, 병석에 묻혔던 말년까지도 그침 없었던 열정, 그리고 잃지 않은 위트 속에도 여전히 스며 있는 깊은 고독이 작품에 담뿍 배어나온다.

나도 한때 아름다운 조국이 있었지
그곳에서는 참나무가
드높이 자랐고, 제비꽃은
다소곳이 고개 숙였지.

그건 꿈이었어.

제비꽃은 내게 독일식으로 입맞추었고 독일어로 말했네

(얼마나 믿을 수 없이

아름답게 울렸는지) '이히 리베 디히'라는 그 말

그건 꿈이었어.

—「낯선 곳에서3」 부분

우람한 참나무 아래 소박한 제비꽃이 어울려 있는 한 장의 소박한 풍경화 속에, 사랑한다는 말만 독일어가 아니라 입맞춤도 독일식인 꽃 한 송이의 움직임을 그려넣으면서 풍경은 돌연 한 장의 강렬한 동화動畵가 된다. 그러나 그것이 꿈이었노라고 재차 되풀이됨으로써 그림 같은 장면과 현실 간의 거리가 강조되어 시인이 느끼는 안타까움과 그리움이 그만큼 절실하게, 거의 애절하게 다가온다. 참나무가 나라나무인 독일, 무정한 조국에 대한 착잡한 향수를 하이네는 이렇게 소박한 한 장의 그림에 담아낼 줄 알던 시인이다. 좀더 직설적인 표현들도 많다. "밤에 독일을 생각하면/ 나는 잠을 이룰 수 없다/ 나는 더이상 눈을 감을 수 없고/ 뜨거운 눈물이 흘러내린다"(「밤 생각Nachtgedanken」), 또는 "아, 독일이여, 내 먼 곳에 있는 사랑이여/ 너를 생각하면 눈물이 날 것 같다/ 유쾌한 프랑스는 혼탁하게 보이고/ 경박한 국민들은 내게 부담이 된다"(「1839년Anno 1839」) 등 어느 것에나 가득한 시인다운 열정으로부터 차츰 냉정한 현실 인식이 개입되고, 그것은 때로는 반어와 위트로 점철된다. 역시 그런 식으로 요약된, 두 세계 사이에서 처한 자신의 생애는 이랬다.

잃어버린 아이

해방 전쟁에서 잃어버린 초소,
나는 삼십 년 동안 충직하게 버텨내었다.
승리한다는 희망도 없이 나는 싸웠다
결코 몸 성히 집으로 돌아가지 못할 줄 진작 알았다.

나는 밤낮으로 깨어 있었다—잠잘 수 없었다
야전의 텐트 속에의 다른 전우들처럼—
(이 용감한 친구들의 요란한 코 고는 소리가,
내가 잠깐 눈이라도 붙일라치면, 나를 깨우기도 했다.)

그런 밤들이면 자주 지루함이 나를 사로잡았다
또 공포도—(바보들만이 공포를 모르는 법)—
그것들을 쫓으려 나는 휘파람 불었다
풍자의 시의 무례한 운율들을.

그래, 나는 깨어 있었다, 총을 들고서.
누구든 수상한 녀석이 접근하면
나는 정확히 쏘아서 한 방 따끈
따끈한 총알을 그 녀석 배에다 박아주었지.

물론 이따금씩은 이런 일도 벌어졌지

그 형편없는 녀석도 나처럼 총을 아주 정확히
쏠 줄 아는 일이 말이야—아, 나는 그것을 부인할 수 없다—
상처가 입을 벌리고—거기서 내 피가 콸콸 흐르지.

초소 하나가 비었다!—상처가 입을 벌리고 있다—
하나가 쓰러지면, 다른 이들이 그 자리를 메운다.
하지만 나는 쓰러지나 패하지는 않았다, 나의 무기도
부서지지 않았다—부서진 건 내 마음뿐.

제목 "잃어버린 아이enfant perdu"는 처음에는 "잃어버린 초소"였다. "투사"가 돌아본 자신의 생애는 영웅적인 전투의 "보고"도 한 명의 척후병에 대한 회고도 아니다. 시인답게 다소 좌충우돌, 그러나 꿋꿋하게 자신의 길을 간 사람의 이력으로, 이곳저곳 위트와 유머가 배어 있다. 시인다운 여린 마음의 상처도 드러난다. 이 시는 환멸을 불러온 7월혁명 이후의 혼란상이 파리를 지배하고, 마르크스가 파리에서 쫓겨나고, 그 자신은 여러 해 "이불 무덤Matratzengruft"에 파묻혀 쓴 시편 「나자로에게로Zum Lazarus」중의 한 편이다. "가엾은 병골에게"쯤으로 번역해야 진지함에 특유의 농담까지 어려 있는 단어의 뜻이 다 드러날 것 같다.

시인이 무엇에 대하여 어떻게 싸웠던가. 혁명 후 소용돌이치던 사회 상황 속에서 그들에게는 논객의 역할이 주어질 수밖에 없었으나, 이를 통해 남은 것은 물론 작품이다. 프랑스혁명의 기운이 유럽으로 퍼질까 두려워하던 유럽 각국의 반동·복고적 사회 분위기 속에서 하이네를 비롯한 젊은이들에게는 '청년 독일파'라는 관제 작명이 붙여졌으나, 그런 파당은 실재하지 않았고 사회 상황에 눈을 돌릴 수밖에 없는 각양각색의 청년들이 있었을 뿐이다. 현실적 관심에 상응하여 그때까지 아무도 시의 대상이라고 생각지 않았던 사회와 정치라는 '비非시적인' 영역이 그들의 시 안으로 들어왔다.

참여적 작품 중에서도 기념비적인 작품 「슐레지엔의 직조공Die Schlesischen Weber」(1844)은 같은 해 슐레지엔 지방에서 있었던 직조공들의 봉기를 소재로 하고 있다. 직조공들, 요즘 말로 하면 섬유 분야 근로자들은 산업화 초기의 주동력이자 열악한 근로 조건 속에 가장 먼저 허덕이고 시달리던 노동자 군상이었다.

침침한 눈에는 눈물도 없다
그들은 베틀에 앉아 이를 간다
독일이여, 우리는 너의 수의를 짠다
우리는 짜넣는다 세 겹의 저주를—
우리는 짠다, 우리는 짠다!

하나의 저주는 신에게, 우리가
겨울 추위와 배고픔의 괴로움 가운데서 기도했던 신에게
우리는 헛되이 희망하고 고대하였다
그는 우리를 조롱하고 우롱하고 희롱했다—
우리는 짠다, 우리는 짠다!

"그렇군, 이 사람, 나네!" 빌헬름 헨젤이 그린 이 초상화 밑에다 하이네가 적었다.

하나의 저주는 국왕에게, 부자들의 왕에게,
우리의 비참이 그 마음을 누그러뜨리지 못한 왕
우리들에게서 마지막 동전을 강탈해가고
우리를 개처럼 쏘아 죽이게 하는 왕—
우리는 짠다, 우리는 짠다!

하나의 저주는 그릇된 조국에게,
수치와 치욕만 번성하는 곳
꽃이란 꽃은 일찍이 분질러지는 곳
부패와 곰팡이만 버러지의 원기를 돋우는 곳—
우리는 짠다, 우리는 짠다!

북이 난다, 베틀이 삐걱댄다,
우리는 부지런히 밤낮으로 짠다—
낡은 독일이여, 우리는 짠다 너의 수의를
우리는 짜넣는다 세 겹의 저주를
우리는 짠다, 우리는 짠다!

투쟁가나 선동가만은 아니고, 단순한 분노의 노래도 아니다. 말없이 베를 짜지만, 그 베에 "저주를 짜넣는" 사람들의 나지막한 집단적 목소리다. 이 나지막한 목소리는, 노동자들의 마음속에 쌓여가는 것이 무엇인지를 섬뜩하리만치 전달해낸다. 단순한 어휘들의 반복 가운데 그들의 마음에 소리 없이 쌓여가는 분노가 전달된다.

신에게, 권력자에게, 그릇된 조국에게, 노동자들의 저주는 겨누어져 있다(다만 조국에만은 "그릇된 조국" "낡은 독일"로 제한적 형용사가 붙어 '바른' 조국, '새' 독일에 대해 미약하게 남아 있는 희망을 읽어낼 수도 있을 것이다). '노동자 봉기'라는 폭발에 이르게 했던 문제적인 상황이 무엇이었는지가 그렇게 선명해진다. 이 시를 한 번이라도 읽은 사람은 끊임없이 되풀이되는 "우리는 짠다"라는 말을 잊을 수 없다. 무엇보다 그러한 목소리가, 끝없는 직조기의 작동처럼 나직이 되풀이될 뿐 결코 높아지지 않는다. 다시다시 읽어보아도 시어의 절제미에 놀라게 된다. 불의에 대하여 분노하다보면 저절로 목청이 돋우어지고 마는 참여문학의 일반적인 상황을 돌아보게 한다.

다시금 문학의 수명이라는 문제를 생각해보게 된다. 단순해 보이는 이 시가 가진 고도의 미학적 완성도는 시에 일종의 긴 생명을 부여했다. 이 시 이전에는 이런 시가 없을뿐더러, 이후에도 이 시처럼 오래도록 남은 노동문학 작품은—적어도 독일어권에서는—찾아보기 어렵다. 많은 노동문학 작품이 있었다. 하지만 노동문학은 독일에서, 특히 동독의 주도적인 문학이었고, 서독에서는 1960년대를 풍미했지만 매우 수명이 짧았다. 한 시절 당대를 풍미했어도 폭발적인 사회적 관심의 반영이었을 뿐, 문학성이 결여되었던 대부분의 작품들은 거의 언제나 한시적으로 단명한 현상에 그치곤 했다. 하이네의 시들과 노래들은 남아 있다.

노래는 남았어도 시인의 삶 자체는 내내 불안정했다. 특히 마지막 팔 년은 매우 고통스러운 것이었다. 모르핀으로 가까스로 잠깐씩 고통을 다스리며 척수 결핵을 앓았다. 자신의 말마따나 살아서도 이미 오래 "이불 무덤"에 파묻혀 있었다. 매트리스를 여섯 장쯤 겹쳐놓은 그 공간, 시인이 지상에서 마지막 누웠던 자리는 마티뇽 길 3번지로, 104개의 계단 위로 높다랗게 위치한 그 집 발코니에서는 멀지 않은 샹젤리제 거리가 내려다보였다고 한다. 굳이 찾아보지는 않았다. 그 번화가 근처에 설령 아직까지 무슨 흔적이 남아 있다 한들 무슨 뜻이 있겠는가. 시인의 마지막 자리는 다만 고통스러운 병상이었는데.

오히려 금방 파리에 도착했던 청년 하이네가 매혹되어 오르내렸던 몽마르트르 거리를, 죽어서도 묻히고 싶어했던 그 거리를 한번 더 천천히 걸었다. 이 거리에서 그를 매혹했던 군상들이 그의 시 여기저기에 남아 있다. 이쯤에서 마틸데도 만났겠지. 시인 하이네는 어쩌다 그런 여성을 사랑하게 되었을까. 앵무새를 사랑하고 쇼핑을 좋아하는 변덕스럽고 교양 없어 보이는 어린아이 같은 여성을. 그 앵무새를 질투한 나머지 죽이기까지 한 시인 역시 어떤 면으로 보자면 영락없는 어린아이였다. "이불 무덤" 속에서 사신死神이 다가오는 것을 보면서 그가 떨치지 못한 것은 마틸데 걱정이었다.

저건 사악한 타나토스.
흙빛 말을 타고 오고 있다
말발굽 소리 들린다, 빠른 내달림 소리 들린다
검은 그 기사가 날 데리러 온다—
그가 날 잡아채면, 나 마틸데를 두고 가야 한다.
오, 그 생각에 내 마음 견잡을 수 없다!

그녀는 내 아내이자 아이였다.
내가 저승으로 가고 나면
그녀는 과부이자 고아가 된다!
이 세상에 홀로 두고 내가 가야 한다
그녀를, 나의 용기를 믿으며
아무 근심 없이 내 가슴에만 기대온 아내이자 아이인 그녀를.

하늘 높은 곳에 있는 너희 천사들아,
나의 흐느낌과 애원 소리 듣거든
지켜다오, 나 적막한 무덤에 들었을 때,
내가 사랑했던 그녀를.
방패요 후견인이 되어다오, 너희와 모습이 꼭 닮은 그녀에게,
지켜다오, 보호해다오, 나의 가엾은 아이 마틸데를.

—「천사들에게」 부분

이런 소박하고 절절한 기도는 시인의 모습을 가림 없이 더욱 가깝게 다가오게 한다. 하이네의 말년 시들에서는 그에게서 처음부터, 또 마지막까지 그침 없었던 것들이 두드러져 드러난다.

사람이 죽으면, 오랫동안
무덤 속에 누워 있어야 한다. 나는 두렵다,
그래 나는 두렵다, 부활이

그렇게 빨리는 이루어지지 않는다니.

한번 더, 내 생명의 불꽃이
꺼지기 전에, 내 심장이 부서지기 전에—
한번 더, 나 죽기 전에
축복받아 여인을 사랑을 구하고 싶다.

달빛처럼 부드러운 눈빛을 가진—
금발 여인이어야겠다.
거친 갈색 여인들의 태양에 그을린 화상은
이제 난 소화가 안 된다.

생명력 가득한 젊은이들이야
격정의 혼돈을 원하지만
그건 미쳐 날뛰고, 맹세하고, 쿵쾅거리고
그리고 서로 영혼을 고문하는 일!

이제 나 이렇게
젊지도 않고 아주 건강하지도 않지만,
한번 더 사랑하고, 사랑을 꿈꾸고,
행복하고 싶다—하지만 소란스럽지는 않게.

—「식어버린 자」 부분

그런 그의 앞에 나타난 여성 "무슈Mouche". 죽기 반년 남짓, 마지막 석양빛처럼 시인의 병상을 지킨 그녀 역시 드라마틱한 이력의 인물이지만, "수난꽃Passionsblume"이라 했던 비유답게—'시계꽃' 이라는 우리 이름이 있기는 하지만 이 꽃 이름은 직역이 되어야 할 것이다. 이 꽃이 자주 그리스도의 상처에 비유되어 붙은 이름이기 때문이다—짧게 화사했던 그녀의 존재는 그럼으로써 오히려 애상을 남긴다. 시인의 열정은 그침이 없었다. 세상의 지리멸렬함에 대한 분노와 역사에 대한 성찰도 여전히 그침이 없었듯.

시인이란 아마도, 끝까지 사랑하는 사람인 것 같다. 사람과 세상을.

하이네의 묘지에 바쳐진 꽃송이들.

로렐라이 언덕의 전경.
라인 강은 이 부근에서 물살이 가장 세다. 근년에도 가끔씩 사고가 발생한다.

노래 속에 지은 집

하이네의 로렐라이 언덕

하이네는, 몸에 노래가 가득 든 사람이었던 듯하다. 노래 지으러 태어난 사람처럼 노래 같은 시를 썼고—하이네를 세상에 알린 첫 시집의 제목도 『노래의 책Buch der Lieder』(1827)이었다—많은 이들이 그의 시를 노래로 만들어왔다.

「노래의 날개 위에」「참 아름다운 5월에」「그대는 한 송이 꽃과도 같이」 등은 우리에게도 노래로 더 친숙하다.

하이네의 시에 붙여진 곡은 총 만여 개라는 통계가 오래전에 있었다. 지금은 더 늘어났을 것이다.

그대는 한 송이 꽃과도 같이

그대는 한 송이 꽃과도 같이
그토록 아리땁고 곱고 맑아라
그대를 바라보고 있노라면, 아픔이
마음속으로 스며든다

두 손을 그대 머리에
올려야 할 것만 같다 그대
그리 간직해달라 신에게 기도하며
그토록 맑고 곱고 아리땁게

이 소박한 노래 속의 무엇이 그토록 사람들의 마음을 끄는 것일까. 아마도 그 안에 담긴 한 송이 꽃같이 "그토록 아리땁고 곱고 맑은so hold und schön und rein" 사람의 모습 때문일 것이다. 보는 사람의 마음에 아픔이 스며들 만큼 고운 사람, 신에게도 지켜달라고 간절히 다짐할 만큼 아껴주고 싶은 사람이 누군들 없었으랴, 누군들 있고 싶지 않으랴. 마지막 행은, 이미 했던 말을 끝 단어에서부터 또박또박 다짐하듯 거꾸로 되짚는다. "그토록 맑고 곱고 아리땁게"라고. 이 구절은 다른 노래들에서도 자주 되풀이되면서, 언제까지나 그리 있게 해달라고 말하는 듯 강한 여운을 남긴다.

시에 이리 애틋한 마음이 담기고, 곡이 그에 한 켜를 더 얹어 한 편의 노래가 된 시는 더욱 세찬 힘으로 온 세상을 떠돈다. 아니 시는 절반은 이미 노래일 것이다. 노래의 힘은 어찌하여 그렇게 큰 것일까. 다시 생각하다가 집을 나와 겨울 저녁 어두운 들길로 나선다. 한참 걸어서 아무도 없는 시골 찻집에 들어선다. 주인조차 없는데 오페라 〈아이다〉의 선율이 고요한 실내를 채우며 울리고 있다. 저 청아한 아리아가, 정말로 그지없이 청아하게 울려퍼지던 어느 여름날 저녁의 먼 언덕이 떠오른다. 타는 듯 붉던 여름의 석양이 언덕 서쪽 가장자리에 닿을 듯 기울고 동쪽 가장자리로부터는 거짓말처럼 커다란 보름달의 원구가 떠오르고 있었다. 황량하고 드넓은 언덕 위, 그러나 자연이 그토록 장엄하게 연출을 도운 야외무대에서 오페라 〈아이다〉의 공연이 이루어지고 있었다. 우리의 것이 아니라 언제나 조금씩은 낯설게 느껴졌던 장르, 텍스트도 알아들을 수 없는 낯선 언어의 오페라에 흠뻑 빨려 잠겨들고 있었다. 지는 해를 따라 조금씩 내려앉아 서린 어둠, 그 속에 조금씩 밝아오는 달빛 속에서 홀로 조명된 무대가 뿜는 마력이었다. 어느 여름날, 로렐라이 언덕에서 있었던 일이다.

로렐라이 언덕은 딱히 볼 것 없이 광활하기만 하여, 관광객들을 실망시키곤 한다. 그 언덕을 휘감고 도는 라인 강의 물살은 바로 그 밑에서 가장 급하다고 한다. 요즘도 가끔씩, 라인 강을 오르내리는 많은 화물선 중에서 어떤 배가 좌초하곤 한다. 그러나 강가 언덕이며 물살 급한 강굽이가 그곳뿐이겠는가. 그 황량한 언덕이 명소가 된 것은, 오로지 노래에 실린 이 시 한 편 때문일 것이다.

로렐라이

무슨 뜻인지 모르겠네
내가 이렇게 슬픈 것이
옛 시절의 동화 하나
내 마음을 떠나지 않네.

공기는 서늘하고 날은 어두워지고
고요히 라인 강은 흐르네
산정이 섬광을 발하네
저녁 햇살 속에서.

더없이 아름다운 처녀가 앉아 있네
거기 높은 곳에 놀랍게
그 황금 장신구가 번득이네
그녀 금발머리를 빗네.

황금 빗으로 빗네
그러면서 노래를 부르네
그 노래 기이하고도
강렬한 선율을 지녔네.

작은 배를 탄 사공의 마음이

격렬한 고통에 사로잡히네
그는 험한 암벽을 못 보네
거기 높은 곳만 올려다보네.

내 생각으로, 파도가 결국
사공과 배를 삼켰네
그리고 그건 그녀의 노래로써
로렐라이가 한 일.

노래에서는 기운 석양빛을 받으며 언덕 위에 앉아 있는 여인의 모습이 그려진다. 천지는 이미 깔려오는 어스름에 잠기고, 언덕 위에만 석양빛이 남아 있다. 동화 속 요정 같은 매혹적인 여인이 그 빛을 홀로 받으며 유혹적으로 머리를 빗고 노래를 부른다. 그녀의 황금 장신구며 황금 빗, 황금빛 머리카락은 남은 석양빛을 모아 섬광을 되뿜고 있다. 그리스 신화의 세이렌의 모습이 독일의 중세적 무대로 옮겨져 낭만적·동화적 색채가 더해졌다. 이 시가 많은 작곡가를 끌어당긴 것은 로렐라이의 매혹적인 노래를 재현하고 싶은 마음에서 비롯했을까. 이 시에도 집계로만 서른아홉 곡이 붙여졌다지만, 그중에서도 우리에게도 익숙한 질허Silcher의 곡 덕분에 더욱 알려졌다. 하이네의 작품 전체가 금지당했던 나치 시대도 이 작품만은 "작가 미상"으로 보존되었다.

그런데 이 환상적인 모습이 마치 액자에 담긴 그림처럼 거리를 두고 그려져 있다. 언덕 위의 로렐라이는 드리워지는 어둠 속에 떠 있을 뿐만 아니라, 로렐라이의 이야기를 들려주는 화자는 그 풍경으로부터 여러 걸음 떨어져 있다. 첫마디부터 "무슨 뜻인지 모르겠"다고 산문적 거리를 두고 시작하고 있다. "내가 이렇게 슬픈 것이"로 이어지며, 자신의 감정으로부터도 거리를 두며 분석하려 하는 것이 드러난다. 그러면서도 "마음을 떠나지 않"는 이야기 하나를 들려주기 시작한다. 로렐라이는 이야기의 내용으로, 그녀의 모습 자체는 한껏 환상적으로 부각되어 있다. 하지만 마지막 연에서는 다시 "내 생각으로"라며 산문적인 거리를 두고서는, 파도가 결국 사공과 배를 삼켰다는 파국적 사실을 전달한다. 그건 로렐라이가 노래로 한 짓이라고. 다시금 거리를 두며 추측의 형식처럼 이루어진 마지막 두 행은, 오히려 사실 확인에 비중을 둔다는 의지를 천명하는 것처럼 단호하게 들린다. 이런 야무진 마감선은 그려진 그림을 더욱 또렷하게 두드러져 보이게 한다.

낭만주의적인 그림이 그려지고 있지만, 이 거리는 리얼리즘적인 현실 인식을 보여주고 있다. 환상은 남아 있어도 그것에 대해 분명한 거리를 두고 그 환상이 환상임을 직시한다. 이야기의 내용은 결국 환상에 매혹된 치명적인 위험으로 이어진다. 강조된 겹겹의 액자는 거리이고 간격이고 현실 인식이다. 이런 현실 인식은 놀랍다. 가볍게 가닿지만, 예리한 칼끝 자국 같다. 이 시에 대해서는 수많은 다양한 해석이 있지만, 무엇보다도 낭만주의에서 출발하였으나 첨예한 현실 인식을 바탕으로 독일 참여문학의 효시가 되는 장본인인 하이네 자신의 위치를 잘 보여주는 시이기도 한 것이다.

하이네 자신의 문학사적 위치는 그 스스로 쓴 한 그루 나무에 관한 짧은 시에 아마도 가장 잘 담아놓고 있다.

전나무 한 그루 외롭게
북방의 황량한 고원에 서 있다
전나무는 졸린다. 흰 이불처럼
얼음과 눈이 그를 덮어준다.

전나무는 종려나무를 꿈꾼다
그 종려 먼 동방의 나라
불타는 암벽 위에서,
외롭게 말없이 슬퍼하고 있다.

침엽수인 전나무는 대표적인 북방의 나무로, 눈이 얹혀 있는 전나무는 전형적인 크리스마스카드의 풍경이기도 하다. "외롭게" "북방의 황량한 고원" "얼음과 눈"이 그의 환경이다. 그런 음울한 북방의 잿빛 풍경 속에서는 하늘 푸르고, 햇빛 화사한 남국에 대한 꿈을 꾸게 되는 것은 나무만이 아니다. 남국에 대한 북방인, 특히 독일인의 동경은 예로부터 뿌리깊은 것이고, 특히 괴테의 「미뇽의 노래」 같은 수많은 동경의 시들에 선명하게 반영되어 있다. "그대는 아는가 레몬꽃 피는 나라/ 짙푸른 잎새 속에 황금빛 오렌지가 빛나고/ 푸른 하늘로부터는 미풍이 불어오는 곳/ 월계수 드높이 치자꽃 고요히 서 있는 곳/ 그곳으로/ 그곳으로/ 그대와 함께— 가고 싶어요."

하이네의 전나무도 전형적인 남국의 종려나무의 꿈을 꾼다. 남국보다 광활한 동방, 오리엔트를 배경으로. 그러나 하이네의 동경은 꿈속의 나무를 꿈속의 나무로 꿈같이 그려놓는 것으로 그치지 않는다. 그 꿈속의 나무의 혹독한 삶의 조건을 함께 본다. "불타는 암벽 위에서,/ 외롭게 말없이 슬퍼하고" 있음을 그린다. 거기쯤이다. 하이네 자신의 개인적 입지와 문학사, 역사에서의 위치도.

유럽과 오리엔트, 좀더 정확하게 독일과 이스라엘 사이였고, 문학사적으로 낭만주의와 리얼리즘의 사이다. 하이네가 거기서 출발했고 또 비판했던 낭만주의 역시 물론 멋스러운 '낭만'이나 구가하는 사조가 아니었다. 특히 독일에서는 프랑스혁명 이후 여전히, 아니 더욱 복고적인 사회 현실 속에서 좌절한 젊은이들이 예술로, 철학으로, 민족사의 탐구로, 또 종교로 한없이 대안을 찾아가던, 다만 깊은 감성에 뿌리를 두던 흐름의 요약이다. 예술의 본원에 뿌리를 두고자 했지만, 아직 직접적인 현실의 반영은 아니었다. 현실 자체는 사실주의에서부터 직접 문학 안으로 비집고 들어오게 된다. 하이네는 그때까지도 시적으로 여겨지지 않던 '현실'을 독일에서 시에 담아내기 시작한 첫 사람이다.

그러한 발걸음은 무엇보다 예리한 아이러니로 시작했다. 아이러니는 낭만주의자들이 현실과 이상의 간극을 표현하기 위해 사용했던 것인데, 하이네는 바로 낭만주의를 비판하는 데 쓴다.

그들은 탁자에 앉아 차를 마시며
사랑 이야기를 많이도 했네.

신사분들, 그분들은 미학적이고
숙녀분들, 다감하였네.
“사랑이란 플라토닉해야 해요.”
비쩍 마른 궁정 참사관님이 말했네.
그 아내 가시 돋친 미소지으며
그래도 한숨을 쉬었네, “아!”

추기경 보좌관님 입을 한껏 벌리시네
“사랑이란 너무 거칠면 안 돼요,
그러면 건강을 해치니까.”
규수가 나직이 묻네, “어째서 그런가요?”

백작 부인이 괴로워하며 말하네
“사랑은 수난이에요!”
그러면서 그녀 너그럽게 건네주네
찻잔을 남작님께.

다탁에는 작은 자리 하나 아직 비었구나
내 사랑아, 네가 거기 없구나
네가 있었더라면, 사랑아, 무척이나 사랑스럽게
네 사랑 이야기를 들려주었을 것을.

다탁에 둘러앉아 사랑을 논하고 있는 이 한결같이 수상쩍은 사람들—"미학적"인 신사분들, "다감"한 숙녀분들, 사랑은 플라토닉해야 한다는 고관, 그 말에 가시 돋친 미소를 짓는 아내, 사랑은 "너무 거칠면 안"된다고 입에 거품을 무는 성직자, 새침을 떨면서도 왜 그러냐고 굳이 묻는 지체 높은 처녀, 사랑은 수난이라고 하면서도 찻잔은 남편이 아니라 외간 남자에게 건네는 백작 부인 등은 낭만주의자들의 패러디에 다름아니다. 다탁도 자주 등장하지만, 사랑(그리고 죽음)에 대한 담론은 전형적인 낭만주의의 주제였다. 원문에서는 고답한 단어와 어처구니없는 단어들의 운이 정교하게 맞추어져 있어 결렬 효과가 더욱 크다.

이 위선적인 무리들을 나열한 후, 마지막에서 시인은 그 자리에 없는 자신의 사랑을 부른다. "네가 있었더라면, 사랑아, 무척이나 사랑스럽게/ 네 사랑 이야기를 들려주었을 것을." 시인이 사랑에 대한 또다른 정의를 더하지 않은 채로, 낡은 사랑의 이야기는 이제 끝내야 함을, 또 사랑의 이야기에는 진정성이 있어야 함을 주장한다. "내 사랑"을 다탁에 앉히지도 않은 채로, 부재不在 그대로 시에 등장시키는 이러한 야무진 마무리는 하이네의 장기다.

하이네의 시들의 결말에서 실리는 무게는 그가 창조한 새로운 유형의 시, 새로운 언어의 대표적 특징이다. 민요처럼 소박한 언어, 또는 낭만적 정조로 시작했던 시의 흐름이 거의 언제나 마지막 일침으로 인하여 획 돌아서 아주 새로운 것이 된다. 흔한 소재가 시인 하이네의 손을 거치면 어떤 모습이 되는지 보자. 독일판, 아니 하이네판 갑돌이와 갑순이의 사연은 언제 떠올려보아도 웃음을 머금게 한다.

한 총각이 한 처녀를 사랑했다네
그 처녀는 다른 남자를 택했는데
그 다른 남자는 또다른 여자가 더 좋아
그 여자와 혼인해버렸네.

처녀는 화가 나서
그냥 결혼해버렸다네
오다가다 만난 아무 남자하고
총각은 기가 막혔네.

이건 낡은 이야기
그런데도 언제나 새롭네
방금 그런 일을 당하고 있는 사람은
가슴이 깨어지네, 두 쪽으로.

사연이 우리나라 갑돌이 갑순이보다는 조금 더 복잡하다. 갑순이가 부모님 뜻에 따라 마지못해 시집을 간 것이 아니라 갑순이가 다른 남자를 좋아했고, 그 다른 남자는 또다른 여자와 결혼을 해버렸으니 이제 남은 갑순이와 갑돌이가 맺어진다면 바람직하고 당연해 보이는 결말이겠지만, 세상사가 늘 그렇게만 돌아가지는 않는다. 화가 난 갑순이가 엉뚱한 남자와 결혼을 해버리는 바람에 갑돌이는 기가 막힌다. 막상 그런 일을 당하는 사람에게는 "가슴이 깨어지"는 일이지만, 듣는 이에게는 흔하디흔한 이야기다. 남의 눈에는 분명

진부한, 이런 사연을 겪는 사람은 자신의 고통을 어떻게 표현할 수 있을까.

하이네는 이런 딱한 상황을 소박하지만 적절한 높낮이의 언어를 교차하며 표현한다. "총각" 혹은 "혼인" 같은 단어는 당시 독일어로도 우리말 번역에서처럼 좀 고풍스러운 언어를 썼다. 그러나 "기가 막혔네"는 아마도 '열받았다'거나 '빡돌았다'는 정도의, 당시로서는 첨단 유행어여서 코믹하다.

그러나 그렇게 코믹하게 사연을 전해놓고는 "이건 낡은 이야기"라고 딱 부러지게 못을 박으면서 '하이네'가 시작된다. 우선 이런 '정리'는 대상에 대한 선명한 리얼리즘적 간격에서 가능하다. 그러나 하이네가 정작 하려는 말은, 그다음 구절 "방금 그런 일을 당하고 있는 사람은/ 가슴이 깨어지네, 두 쪽으로"인 것 같다(이 시를 쓰던 무렵 하이네 자신의 상황이기도 했다).

그리고 마지막 결말의 무게는 "두 쪽으로"에 놓인다. 가슴이 깨어진다는 것은 직역이고 독일어 'Das Herz bricht'를 영어로 번역하자면 그저 'heart breaks'다. 얼마나 진부한 표현인가. 그저 '상심'일 뿐이다. 너무 많이 쓰여서 닳을 대로 닳아버린 이런 단어를 들으면 심장이 깨어지거나 심장이 갈라진다는 원래의 뜻은 누구도 생각하지 않는다. 그런데 그 낡은 단어에다가 하이네는 "두 쪽으로entzwei"라는 단어 하나를 덧붙임으로써 낡아버린 단어의 원래 의미를 감각적으로, 눈에 보이게 되살려놓는다. 듣는 사람의 감각에 두 쪽으로 깨어지는 심장이 그려진다. 하이네의 시적 어휘력의 대표적인 한 예이다. 하이네의 산문 역시 시에서 엿보이는 쉬우면서도 번득이는 어휘력을 바탕으로 간결하고 사실적인 문체로 신랄하면서도 위트와 유머가 배어 있는 주제를 전한다. 산문에서 보여준 날카로움은 하이네가 현대의 소위 '신문문예란 문체Feuilletonstil'의 효시가 되게도 하였다.

말은 낡아간다. 유행가처럼. 함부로 쓰는 말은 더더욱. 그러나 이처럼 되살아나는 말도 있다. 그런 말의 힘은 눈부시다. 시인이란 무엇보다 말을 아껴 쓰는 사람이다. 한 권의 책이 될 사연들도 때로는 정제된 몇 행에, 몇 단어에 담는다. 시구가 읽는 사람의 마음속에서 다시 큰 파장으로 증폭되고, 오래 여운으로 남는 것도 그 때문이리라.

하이네는 타고난 시인이었다. 그것도 성향에 있어서 매우 '낭만적'인 시인이다. 그런 사람이 개인적으로 현실과 크게 충돌했고, 그런 시대의 현실을 피해가기 어려웠다.

하인리히 하이네는 뒤셀도르프에서 유대인 사업가의 아들로 태어났다. 부모는 아들도 사업가가 되기를 바랐고, 사업가인 삼촌 밑에서 사업을 익히게끔 하였으나 아들의 무능으로 실패했다. 사업은 못 배우고 사촌 여동생이나 사랑하다가 실의에 빠져 라인 강을 오르락내리락하며 마음을 달랬고, 그때 『노래의 책』의 아름다운 시들을 썼다. 그러나 독일의 시민사회로 받아들여지고자 본인 나름대로 여러모로 노력했다. 본Bonn 대학에서 법학을 공부, 법학박사학위까지 받고 또 기독교로 개종까지 했으나 소용없었다. 문학적 입지를 생각하며 큰 기대를 품고 찾아갔던 존경하던 대문호 괴테와의 만남도 실망으로 끝났다.

프랑스혁명의 불똥이 튈까 두려워하던 주변국들에서는 체제가 더욱 반동 복고적으로 굳어지던 시대였다. 독일은 소위 3월혁명 전기Vormärz(1815~1848), 반동 복고 세력이 극도로 고조되었던 시기였다. 개혁적인 젊은 문인들을 실제로 있지도 않았던 '청년 독일파Junges Deutschland'라는 관제 작명으로 분류하여 억압했다. 결국 하이네는 진보 세력에게 보다 열려 있던 파리로 가게 되었고 그곳에서 죽었다.

생전에도 그러했지만 죽어서도 하이네는 많은 굴곡을 겪었다. 독일을 대표하는 대시인이지만, 유대인이었던 탓이다. 반유대 정서의 출몰과 하이네의 인생은 대체로 비례하였다. 사후 반세기쯤이 지나 세기가 바뀔 무렵 하이네 르네상스가 있기도 했으나, 나치가 등장하면서 다시 묻혀졌다. 1935년에는 그의 전 작품이 독일에서 금지당했다. 그러다 제2차 세계대전 이후 하이네에 대한 연구는 매우 활발해졌고, 본격적인 역사비평본 전집도 출간되었다. 그러나 그의 고향 도시 뒤셀도르프 시는 그 도시 출신 인사 중 가장 유명한 하이네의 동상을 세우는 것을 1981년까지 온당한 일로 보지 않았다. 그래도 뒤셀도르프 대학은 하인리히 하이네 대학이 되었지만, 그건 모두 1988년에야 있었던 일이다. 구시가 생가도 기념관으로 꾸며졌다.

그러나 내가 그곳에 들른 여름날, 기념관은 한적했고 천장에서는 빗물이 떨어지고 있었다. 양동이를 받쳐놓은 모습을 보고 경악했다. 황량한 로렐라이 언덕도 이따금 마음을 스쳐간다. 비록 몇 번쯤 오페라가 공연되는 놀라운 일이 있다 해도 그 많은 관광객이 오

뒤셀도르프 대학 도서관 앞의 하이네 동상.
뒤셀도르프 대학은 1988년 그 공식 명칭이 '하인리히 하이네 대학'이 되었다.

가는데 덩그러니 식당 하나뿐, 그 집 화단에 키치인 로렐라이 조각이 하나 놓여 있을 뿐, 아무것도 없는 그 언덕에서의 느낌은 온갖 꽃들이며 사랑의 표지들로 가득한 파리의 묘지에서와는 좀 많이 다르다. 아직도 어딘가 한구석, 어쩐지 소홀히 여겨진다는 느낌은 바라보는 나의 편견 탓일까. 아니면 시인이 사후에나마 세상에서 '누리는' 것의 한계일까. 그러나 그의 시들이 시로, 노래로 온 세계인들의 마음에 남아 있다. 하이네의 집은 그의 쓸쓸한 고향 뒤셀도르프에 있는 것도 영원한 타향 파리에 있는 것도 아니고, 오직 그의 많은 불멸의 노래들 속에 있을 것 같다.

베르톨트 브레히트

Bertolt Brecht(1898~1956)

참여문학의 선봉인 극작가이자 시인. 독일 아우크스부르크 직물공장주의 아들로 출생하여 뮌헨 대학에서 의학을 공부했다. 베를린으로 이주하여 『서푼짜리 오페라』를 초연했다. 1933년 나치가 집권할 조짐이 보이자 곧바로 덴마크로 망명했다. 스웨덴, 핀란드, 소련을 거쳐 미국 할리우드에 이르기까지 십오 년간 망명생활을 하고 1948년 동베를린으로 귀환하여 동독 시단의 대부적 존재가 되었다. 아내 헬레네 바이겔과 베를린 앙상블을 창단하여 『사천의 선인』『억척어멈과 그 자식들』『코카사스의 백묵원』 등을 상연했다. 이 희곡들은 그의 서사극 이론을 바탕에 깐 작품들로 사회의 변혁을 요구하며 당대를 풍미했고, 아직도 변혁에의 요구가 큰 곳에서는 어디서나 읽힌다.

베를린 앙상블.
그의 아내인 배우 헬레네 바이겔의 활약으로 브레히트의 명성이 세계로 퍼져나간 곳이다.

세상을 바꾸어보려 한 문인

브레히트의 베를린

1. 나의 베를린 지도

베를린 프리드리히 슈트라세 역을 나와 왼편으로 슈프레 강을 건너 (그 다리 위에 잠깐 섰다가) 그 강둑의 베를린 앙상블 극장 앞을 지나고 도로테엔 묘원 곁 브레히트 하우스까지의 길. 눈을 감고도 그 한 모퉁이 한 모퉁이의 모습이 환한 길이다. 1989년 베를린장벽이 무너지고 동베를린이 열린 그해 이후 스무 해 넘게 헤아릴 수 없이 가게 된 베를린에서의 나의 체류는, 단 하루든 한 주일이든 예외없이, 언제나 그 길을 걷는 것으로 시작되었다. 역을 나와 슈프레 강 위의 바이덴담 다리 위, 무쇠장식 독수리 곁에 잠깐 서고 베를린 앙상블 앞에 그 자신의 '말씀의 기둥'에 둘러싸여 변함없이 앉아 있는

베를린 앙상블을 이끌던 시절의 브레히트와 헬레네 바이겔.

브레히트 앞에 잠깐 섰다가는 도로테엔 묘원까지 바로 걷고, 거기 잠깐 들르기도 하고 아니기도 하고 나서 쇼세 슈트라세 125번지 브레히트 하우스 입구에 있는 책방에 들어가 신간들을 살펴보고 책을 몇 권 산다. 아주 작은 서점이지만 안목 높은 문학 전문 서점이라 펴 놓인 책들의 선별에 신뢰가 갔다.

그러고는 다시 프리드리히 슈트라세 역으로 가서 잠깐 지하철을 타고 포츠담 광장으로 가 거기서부터 브란덴부르크 문까지, 견고한 장벽을 따라, 다음에는 차츰 무너지는 장벽을 따라, 또 그다음에는 사라진 장벽의 자취를 따라 걷다가 브란덴부르크 문 옆, 옮겨온 국회의사당 곁 다시 조금 전에 잠깐 섰던 그 슈프레 강의 조금 아래쪽에 조금 서 있는 일이 변함없는 그다음 루트다. 그러고는 구서베를린의 화려한 중심가 쿠담으로 간다. 쿠담에 볼 일이 있는 건 아니고, 쿠담에 있는 아주 오래된 카페 크란츨러를 빗겨 맞은편 쯤 왼편으로 난 골목으로 접어들면—그 파자넨 슈트라세에는 명품가게들도 즐비하지만—바로 거기 '문학의 집'이 있고 그 옆집은 케테 콜비츠 박물관이기 때문이다. 케테 콜비츠의 강렬한 사회의식이 담긴 판화들도 거듭 다시 보게 되지만, 무엇보다 '문학의 집'에서는 언제나 무언가가 열리고 있고, 그 건물 반지하에 있는 아주 예쁜, 작은 서점 역시 문학서적에 대한 작품선이 좋아서 마지막 목적지로 들르게 된다. 물론 이 동서베를린 극점의 두 서점 사이에는 체류시간에 따라, 머무는 기간과 장소에 따라 달라지는 대학 도서관이 있다. 어느 도서관이든 알파벳 G자 뒤가 내 자리다. 훔볼트 대학에서 출발하여 운터 덴 린덴 대로를 조금 더 걸어 '박물관 섬'을 지나 이제는

BRECHTHAUS
BRECHTHAUS
Brechthaus

헐린 옛 궁전터에 들어섰던 '인민궁전' 앞에 조금 앉았다가 그 뒤로 휘도는 슈프레 강을 지나 작은 니콜라이 교회 구역쯤에서 마감되기도 한다. 훔볼트 대학 앞은 그냥 지나지 않고 잠깐 들어가 그 화려한 계단에 새겨진 마르크스의 글귀도 늘 새롭게 다시 한번 보곤 한다. "철학자들은 세계를 다양하게 해석한다. 중요한 것은 세계를 바꾸는 일이다." 문제는 "세계를 바꾸는 일"이었다. 동베를린, 몰락한 구동독이라는 체제 전체를 요약하는 문제였다. 세계가 바꾸어지느냐의 문제가 바로 따라옴으로써 더욱 다급해지는 문제다. 문제의 몰락에 이르기까지.

2. 브레히트?

그 눈감고도 환한 길을, 우정 밤새 기차를 타고 가서 다시 한번 걷는다. 브레히트 하우스의 집주인을 끝까지 모른 척하고 다닐 수는 없다는 생각 때문이다. 극작가 브레히트라면 몰라도 시인 브레히트를 내가 지나쳐갈 수는 없다. 그러나 지금껏 한 줄도 브레히트에 대해 글을 쓴 적이 없다. 두 가지 이유에서였다. 무엇보다 예전의 어떤 시절에는, 또 지금도 얼마만큼은 브레히트에 대해서라면 전문가도, 언성 높여 할말 많은 사람도 충분히 있는 것 같았다. 둘째는 목청 높인 예술의 윤리와 당사자의 삶의 그것 사이의 잦은 어긋남에 대한 나 자신의 태도에 정리가 필요했고, 스스로의 그침 없는 자기비판과 반성에도 정리가 필요했다. 아주 쉽게 말해서 참여문학의 사회적 공로를 높이 평가하면서도 나 자신이 그 대열에 서지는 못했고, 목청 높은 사람들이 남에게 요구하는 것과 스스로의 행함에서 보이

브레히트가 이 거리를 오갈 때도 있었던 카바레(풍자물을 주로 다루는 소극장).
베르톨트 브레히트 광장 1번지에 있다.

는 큰 간극을 너그럽게만 보기도 어려웠다. 정치적 참여의식은 극악한 현실을 개선하는 큰 공로가 있지만, 또한 어디서든 현실이 숨돌릴 만해지면 재빠르게 영악한 실리 추구로 돌아서기도 하곤 해 언제나 한 걸음 떨어져 바라보는 사람들을 착잡하게도 한다.

세상을 바꾸어야 한다는, 그래서 함께 울고 웃고 후련해져서 극장을 나오게 하는 연극이 아니라, 관객에게 이것이 연극임을 계속 가르치며 거리를 두고 바라보게 하고, 환상을 갖지 않게 하며 세상을 바꿀 궁리를 하게 해야 한다는 그의 서사극 이론은 마르크스주의자다운 극작가 브레히트의 치열한 이론과 실천이라 존중하게 된다. 수많은 망명지를 "신발보다도 더 자주 나라를 바꾸"며 십오 년간 떠돌면서도—스위스, 덴마크, 스칸디나비아, 러시아, 블라디보스토크를 거쳐 태평양을 건너 산티아고에 정착한다—굳건하게 이념을 지키고 본업에 몰두한 연극쟁이 브레히트도 존중할 수밖에 없다. 그러나 또한 극우 집권의 조짐이 보인 제국의회 방화사건이 있자 바로 그 다음날로 독일을 떠났고, 메카시즘의 선풍이 인 미국에서 반미책동의 혐의를 받아 청문회에 출석하게 되자, 영어를 하나도 못 알아듣는 척하여 모면하고—각별한 동료 한스 아이슬러는 감옥으로 갔다—그 다음날로 유럽으로 날아가는 그의 대단한 기민성은 시대상과 맞물려 있는 줄 알면서도 어쩐지 석연찮은 구석이 있다. 연극을 위해서, 또 자신을 위해서 주변에 사람들을 모으고 또 가차 없이 이용할 줄도 알았던 그의 대단한 능력도 꼭 바람직해 보이지만은 않는다. 젊어서부터 동시에 여기저기에 둔 여성들, 자식들 역시 그렇다. "우선은 처먹기, 도덕은 그다음"이라는 그의 대담하고 신선한 모토 또한, 그의 삶에는 꼭 생계 수준의 선이 아닌, 그것을 훨씬 상회하는 사치도 포함되어 있어서 그 역시 석연치만은 않다.

브레히트는 스물다섯에 이미 "내가 고전이 되기 시작하는 것"을 관찰했노라고 떠벌렸다. 정말 현대의 고전이 되기도 한 것 같다. 적어도 물량 면에서. 오십팔 세에 죽으면서 그가 남긴 오십여 편의 완성 희곡을 전부 공연하자면 저녁 공연 분량으로 48일이 필요하다. 셰익스피어 작품을 다 공연하는 데, 필요하다는 37일보다 많다. 미완성 오십여 편 중에서도 열 편 정도는 공연이 가능한 것으로 평가된다. 극작이 본령이지만 시도 이천삼백 편 이상 썼다. 양이 많다보니 좋은 시도 많다. 이론적인 글은 물론, 일기, 편지도 부지런히 써서 현재 나와 있는 역사비평본 전집 서른여섯 권 중 해설을 제외한 브레히트 자신의 저작만 헤아려도 인쇄면으로 총 만 팔천 쪽, 브레히트 문서실에 남아 있는 수기원고로는 이십만 장에 달한다. 글만 쓴 것이 아니고 노상 연극을 무대에 올리는 작업의 일과가 있고 저녁에는 몰려온 손님으로 집이 북적였다 한다. 대화와 토론은 생활이고 또 중요한 자극이었다. 그런데도 남긴 글이 그리 많다.

3. 브레히트!

시인 브레히트의 변명은 이렇다. "이 무슨 시대란 말인가/ 나무에 대한 대화가 거의 범죄이니,/ 그 많은 범죄에 대한 침묵을 포함하기에".

우리가 잠겨버린 밀물로부터
떠올라오게 될 너희들은
우리의 허약함을 이야기할 때
너희들이 겪지 않은
이 암울한 시대를
생각해다오.
신발보다도 더 자주 나라를 바꾸면서
불의만 있고 분노가 없을 때는 절망하면서
계급의 전쟁을 뚫고 우리는 살아오지 않았느냐.

그러면서 우리는 알게 되었단다.
비천함에 대한 증오도
표정을 일그러뜨린다는 것을.
불의에 대한 분노도
목소리를 쉬게 한다는 것을. 아, 우리는
친절한 우애를 위한 터전을 마련하고자 했지만
우리 스스로가 친절하지 못했단다.

그러나 너희들은, 인간이 인간을 도와주는
그런 정도까지 되거든
관용하는 마음으로 우리를 생각해다오.

—「후손들에게」 부분, 김광규 옮김(1934/38년)

자신보다는 형편이 조금만 낫거든, "인간이 인간을" 돕는 자가 되는 시대만 되거든, "우애를 위한 터전을 마련하고자 했"던 자기들 스스로가 우애롭지 못했음을, "불의에 대한 분노도" "표정을 일그러뜨"리고 "목소리를 쉬게" 했음을 이해하고, 자신의 세대를 "관용하는 마음으로" 보아주기를 당부한다. "우애" '예의', 이 정도의 사회주의 이상을 찾아 두리번거렸던—그의 두리번거리던 시선에는 중국까지 잡혔다—브레히트가 기대한 사회주의의 최소한의 실현은 "인간이 인간을 도와주는" 자, 그만큼만 된 시대로 요약되어 있다.

너그럽게 생각할 수밖에 없다. 이 시는 제2차 세계대전 막바지에 쓰였다. 시대를 함께 생각하지 않을 수 없다. 잘 알려진 시 한 편으로 브레히트는 더할 나위 없이 명료하게 시를 쓰는 자신의 입지를 밝힌다. 「서정시를 쓰기 어려운 시대Schlechte Zeit für die Lyrik」는 참여문학의 출사표 같은 시이다.

나도 알고 있다, 행복한 사람만
사랑받는다는 것을. 그의 목소리를
사람들은 듣기 좋아하고 그의 얼굴은 아름답다.

뜰의 뒤틀린 나무는
나쁜 토양을 가리킨다, 그러나
지나가는 사람들은 그 나무를 병신이라 욕한다
그 말도 맞다.

해협의 초록 보트와 흥겨운 돛들을
나는 보지 않는다. 무엇보다
내가 보는 것은 오직 어부의 찢어진 그물.
마흔 살 행상 아낙이 허리 굽어 걸어가는 것
왜 그 이야기만 나는 하는 걸까?
처녀들의 가슴은
예나 다름없이 따뜻한데.

내 노래에서 운을 맞추는 것은
거의 오만처럼 느껴진다.

내 마음속에서 다투고 있다
꽃피는 사과나무에 대한 감격과
칠장이의 연설에 대한 경악이.
그러나 두번째 것만이
나를 책상으로 몰아간다.

"꽃피는 사과"나무에 대한 외면—여기에서 오랜 서정시의 전통이 선언적으로 끊기고 있다. 전통적인 서정시를 쓸 수 없었던, 무엇보다 음풍농월이나 할 수 없었던 절박한 시대의 고뇌와 시대 문제를 정면 대결해나가겠다는 시인의 결의가 시대와 지역을 넘어서서 독자에게 성큼 다가온다. 행복하지 못했고, 표정은 일그러지고, 목소리는 쉬었고, "해협의 초록 보트와 흥겨운 돛"을 외면했고 "꽃피는 사과나무에 대한 감격"을 애써 억눌렀던 세대의 변이다.

전통적 서정시의 대상인 아름다운 것들을 모르는 바 아니지만, "꽃피는 사과나무에 대한 감격"이 있지만, 오로지 그것만이 자신으로 하여금 글 쓰게 만든다는 "칠장이의 연설에 대한 경악". 여기서 "칠장이"는 히틀러를 가리킨다. 히틀러는 미대에 가려고 했으나 비엔나 미대에 낙방한 전력이 있어 그렇게 지칭되었다(비엔나 미대에서 그때 히틀러를 붙여주었더라면…… 얼마나 좋았을까. 부질없는 역사의 가설이다). 히틀러는 "칠장이"에 머물렀지만 히틀러가 온 세계에서 가져온 그림들은 그러나 뮌헨의 '예술의 집'을 채우고 있고, 오늘날에도 아름다운 그리스식 건물들과 더불어 뮌헨 쾨니그스 플라츠를 채우고 있는 사각형 히틀러의 본부 건물 두 채 중 오른편 건물은 미술대학이고, 왼편 건물은 음악대학이 되어 있다. 히틀러의 본거지가 된 뮌헨은 청년 브레히트가 젊은 시절을 보낸 곳이다. 토마스 만, 릴케 등 헤아릴 수 없이 많은 예술가들의 자취가 어린 곳이기도 하다. 역사의 아이러니가 그래서 더 두드러지는 곳이기도 하다. 선명하다. 시대와 함께 왜 자신이 글을 쓰는지가. 참여시의 고전이다. 절박한 시대의 문제에 답하고 있다.

그러나 브레히트가 산 그 시대만 유효했던 것은 아니다.

하룻밤 잠자리

내가 듣기로, 뉴욕 26번가와 브로드웨이 사이 길모퉁이에

겨울 몇 달 저녁이면 어떤 남자가 서서
지나가는 사람들에게 청하여, 모여든
노숙자들을 위한 하룻밤 잠자리를 마련해준다고 한다.

그렇게 해서 세상이 달라지지는 않는다
인간들 사이의 관계가 좋아지지는 않는다
착취의 시대가 그렇게 하여 짧아지지는 않는다
그러나 몇몇 사람이 하룻밤 거처를 얻고
바람은 하룻밤 동안 딴 데서 불고
그들에게 내리려던 눈은 길거리로 내린다.

읽던 책을 내려놓지 마라, 사람아.

몇몇 사람이 잠자리를 얻는다
바람은 하룻밤 동안 딴 데서 불고
그들에게 내리려던 눈은 길거리로 내린다
그러나 그렇게 해서 세상이 개선되지는 않는다
착취의 시대가 그렇게 해서 짧아지지는 않는다.

세계가 미국발 경제공황의 여파에 신음하던 1931년에 쓰인 시이다. 뉴욕의 26번가 같은 지명을 읽을 수도 있지만, 노숙자가 있는 곳 어디에서든 유효하다. 입장도 선명하다. 기독교적인 작은 선善으로는 어림없고 개선을 위한 총체적 투쟁이 필요하다는 것이다. 이런 '선전포고'는 힘의 지배가 있는 곳에서는 어디에서든 권력자에게는 위험스럽게 비칠 수 있고, 그에 상응하여 브레히트 수용은 어디서든 굴곡이 심하다. 이념대립이 있는 곳 한편에서는 금지되든가 하면, 또 한편에서는, 또는 뒤이어, 격렬한 수용이 있고 그러다 금방 '브레히트 피로'가 뒤따른다. 교육적이고 언성 높인 말은 누구든, 절박하지 않으면, 자꾸 듣고 싶지 않다. 한국에서도 같은 굴곡을 그렸다. 더욱 짙고 가파르게 그렸다. 냉전시대인 1988년까지만해도 사회주의국가였던 동독의 작가 브레히트는 금기였다. 1989년에 물꼬가 트인 후 참 많이 읽혔다. 그전에도, 암울했던 1980년대에 암암리에, 그러나 열광적으로 읽혔다. 그다음에는 보통으로 읽히다가 점점 덜 읽히다가 1990년대에는 거의 안 읽히는 것 같더니 이제 다시 조금씩 읽히는 것 같다.

선명한 이념에 복무하는 문학. 사회주의국가에서 그것은 문학의 기본이었고 소위 '사회주의 리얼리즘'의 궁극적 목표였다. 그런 신생 사회주의국가 동독에서, 긴 망명생활을 마감하고 귀국한 브레히트는, 영웅이었다. 그곳 문학에서 거의 국부적인 존재였다. 그와 더불어 망명생활을 함께한 명배우 헬레네 바이겔과 더불어 베를린 앙상블 곁에 집을 얻고 눌러앉아 극단을 키우고 자신의 기반을 닦았다. 이 베를린 앙상블로부터 그의 명성은 동독에 그치지 않고 세계적으로 퍼져나갔다. 그의 아내인 헬레네 바이겔의 열연과 극단 운영으로 더더욱. 특히 헬레네 바이겔이 주인공을 맡았던 〈억척어멈과 그 자식들〉은 전설이 되었다. 『갈릴레이의 생애』 『코카서스의 백묵원』 『사천의 선인』 등 그의 대표작들이 무대에 올려졌다.

4. 베를린 앙상블, '말씀의 기둥'들 그리고 집

슈프레 강둑의 그 베를린 앙상블에서는 여전히 브레히트의 작품들이 꾸준히 무대에 오른다. 오늘 공연은 〈소시민의 결혼〉이다. 현수막이 크게 걸려 있다. 여러 해 전에 학생들과 함께 무대에 올린 추억이 있는 작품이라 더욱 반갑다.

그 베를린 앙상블 앞 공터 한가운데 놓인 등받이 없는 벤치에 브레히트가 언제나 앉아 있다. 동銅으로 만든 실물 크기의 사실주의 조각이다. 조각 주위에는 브레히트의 글귀가 새겨진 큰 기둥 세 개가 둘러 서 있다. 베를린에 오면 언제나 한참을 마주보게 된다.

그 '말씀의 기둥'들에서 자자구구 다시 새겨지는 그의 선명하고 강한 주장들. 머지않아 어둠이 내릴 듯한 오후. 기둥 하나의 한두 구절만 다시 읽는다. "모든 예술은 예술 중의 예술, 삶의 기술에 기여한다. 예술가는 사회에 대해 책임만 있는 것이 아니다. 그는 사회를 책임으로 이끌어가야 한다." 굳이 대리석 기둥에다 새겨넣지 않아도, 그 자체로 다 '말씀의 기둥' 같은 이야기들이다.

조금 더 엉거주춤 서 있다가 걸음을 옮긴다. 동상을 떠나가던 길로 나와 내처 걷다가 신호등 하나만 건너면 금방 브레히트 하우스다. 쇼세 슈트라세 125번지. 건물이 수리중이다. 그래도 집은 열려 있다. 다행히 입장시간이 맞아 안으로 들어선다. 자주 와도 안까지 들어가는 것은 여러 해 만이다.

이층이 브레히트의 공간이다. 아래층의 식당만 공유했을 뿐 아내 헬레네 바이겔은 삼층을 쓰며, 방문을 원할 때면 문 밑으로 쪽지를 넣어 청했다고 한다. 브레히트 자신의 공간은 동향인 서재, 그것과

베를린의 브레히트의 집. 긴 망명에서 돌아온 후 브레히트는 여기서 살았고 이 집과 담 하나를 사이에 둔 도로테엔 묘원에 묻혔다. 지척에 있는 베를린 앙상블이 그의 활동무대였고, 이 집은 연주인들, 친구들의 아지트이기도 했다.

붙은 큰 작업실 겸 응접실, 그리고 그에 달린 조그만 북향 침실이다. 동향인 서재는 바로 도로테엔 묘원을 향하고 있어, 헤겔, 피히테 등이 그야말로 이웃이고, 동쪽을 바라보는 벽면이 책으로 차고 그 앞에 안락의자들이 있으며 동쪽 면에는 창문 외에 공자의 초상과 모택동의 글이 걸려 있다. 다른 한 벽에는 어디든 들고 다녔다는 일본 가부키의 가면이 몇 개 걸려 있고, 생시에 이미 떠놓고 흡족하게 바라보았다는 자신의 얼굴 석고상도 있다. 방이 동향이라 아침 일찍 글을 썼다고 한다. 이어지는 작업실 겸 응접실에는 타자기가 놓인 책상, 응접탁자에서부터 서서 쓰는 책상에 탁자가 일곱 개나 있다. 일곱 개의 탁자를 옮겨다니며 갖가지 글을 쓰는 데 대한 기록이 있다. 그 방에만 일곱 개이지 브레히트 자신만의 공간의 탁자들을 다 헤아려보면 열세 개였다. 베를린 장벽이 열리고 바로, 처음으로 이 집에 왔을 때 그 탁자 수에 얼마나 압도당했었는지…… 또다시 세금 매기듯 헤아려보지는 않는다. 오히려 저녁 공연이 끝나고 나면 이 큰 방에서 "까마귀떼처럼" 북적였다는 손님들, 열띤 토론을 떠올리고 브레히트가 열심히 읽었다는, 서가 하나를 온통 메운 탐정소설들(드라마를 쓰는 데는 도움이 되었을 것이다), 또 한 칸을 메운 펭귄북 시리즈를 본다. 독일어 외에 영어, 라틴어를 읽었고 나머지는 번역으로 보았다 한다. 응접실 한 벽을 다시 메우고 있는 공자의 초상을 본다.

중국에 대한 브레히트의 관심—그것이 무엇이었는지는 담시 한 편이 잘 보여준다. 「노자가 『도덕경』을 써주고 떠나게 된 전설」. 제법 긴 이 시는 『도덕경』의 내용 전달이 아니다. 노자가 망명길에 어느 어스름녘, 한 공손한 세리의 청으로 그 집에 머무르며 『도덕경』을 기록하게 되는 장면만을 담고 있다. 보잘 것 없는 세리의 예의가 현자로부터 지혜를 얻어내게 된 사연이다. 이런 '공손함', 인간적 예의, 우의는 브레히트가 중국에서 굳이 본 것이다. 그것이 바로 자신의 사회주의적 이상이기 때문이다. 시 「후손들에게」에서는 "우리는 우의의 터전을 만들고 싶었지만/ 우리 자신은 그렇지 못했다"고 변명하지만 말이다.

임종했던 작은 침실에는 말아올리는 족자로 또하나의 중국 그림이 있다. 〈회의懷疑하는 자〉라는 그림이다. 계단으로 이어지는 출입문에는 모자와 지팡이가 걸려 있다. 그 침실은 거실에서 들여다만 본다.

큰 거실을 나오면 계단이 있고 거기서 모자와 지팡이 걸린 침실 쪽 문이 있고, 계단을 내려가면 출입문이 있다. 손님들이 드나들던 문이다. 브레히트 자신의 문은 처음 서재 쪽에 또 있다. 필요하면 손님들을 따돌리고 드나들 수도 있었다.

아래층에는 작은 부엌이 있고, 식당이었다가 브레히트 사후 헬레네 바이겔의 침실이 된 방이 있고, 식당은 정원에다 '겨울정원'으로 유리창을 많이 달아 지었다. 비엔나식의 멋진 방이다. 손님들이 스물댓 명씩은 왔다고 한다. 비엔나식으로 잘 해먹이기도 했다 한다.

지금은 정문, 그러나 예전에는 브레히트가 손님을 따돌리고 혼자 드나들던 그 문을 다시 지나 집을 나온다.

베를린 브레히트의 집과 담 하나를 사이에 둔 도로테엔 묘원 한구석에 나란히 누워 있는
브레히트와 헬레네 바이겔.

5. 묘지

그의 옆집 도로테엔 묘지에 들린다. 물론 헬레네 바이겔과 나란히 묻혀 있다. 나누어질 수 없게 한 흙에 덮혀(아니면 저 흙속에서도 칸막이가 있을까). 헤겔, 피히테, 하인리히 만…… 기라성 같은 정신의 거장들을 이웃하고 당당한 한 주인으로. 여전히. 야심도 유전도 갈등도 많았던 인생, 삶 너머에서는 그들의 빛나는 '동업'만이—논박의 여지없이, 이의 없이—기념비가 되어 남았구나.

늘 그렇게만 바라보던 묘지에 오늘은 특별한 것이 눈에 뜨인다. 그 당당한 묘지에 몇 사람이 작은 사랑의 표시를 남겨두었다. 낙엽, 꽃 등. 얼마 되지 않지만, 전에는 없던 일이라 눈길을 끈다. 온갖 꽃이 수북한 하이네의 묘지나 간절한 사연이 가득 적혀 쌓인 카프카의 묘지와는 달리, 도로테엔 묘지는 그 기라성 같은 죽은 자들의 면면 자체로 인하여 위압감이 먼저 오는 곳이었다. 이제 '감히' 거기 놓인 그 몇 개 안 되는 작은 사랑의 표지들은 참으로 눈길을 끈다. 그렇다. 이념의 시대가 지났구나. 모든 갈등 너머, 이제 서서히 그의 글에 대한 사랑만이 남는구나.

그러나 브레히트를 사랑하는 사람들의 그 남은 사랑마저도 '브레히트'답다. 이파리 하나를 작은 조약돌로 눌러두는 건 어느 묘원에서나 있는 일. 하지만 또 누군가는 휴지로 열심히 꽃을 접어 눌러두었다. 가진 것 없는 이의 순연한 사랑이다. 그 옆에는 또 누군가가 매우 이례적으로 작은 향수병을 두고 갔다. 아직 향수香水가 절반쯤 담긴 채로이다. 아르마니 코드. 가진 것 많은 이의 멋부림이다. 어려웠던 한 시절이 까마득해진 사람의 그 시절에 대한 향수鄕愁일까.

볼프 비어만

Wolf Biermann(1936~)

정치의식이 두드러진 시를 거침없이 스스로 쓰고, 작곡하고, 기타 치며 노래 부르는 가수시인. 함부르크의 유대인 노동자 가정 출신으로, 아버지는 아우슈비츠에서 죽었으며 어머니는 열성적인 공산당원이었다. 17세에 서독에서 동독으로 넘어갔는데, 등단 직후부터 비판적인 시로 물의를 일으켰으며 그러는 와중에도 동독을 떠나려 하지 않았다. 1976년 재입국 허가를 받고 서독 쾰른으로 가서 연 콘서트가 끝난 뒤 동독 당국에서 곧바로 국적 박탈을 통고해와 서독에 주저앉게 되었고, 그후 그를 위한 연대 서명의 회오리 속에서 많은 동독 작가들이 서독으로 넘어왔다. 서독에 머물면서도 높은 비판의 목소리를 낮추지 않았다. 악보가 많이 첨부된 『철사줄 하프』 『마르크스와 엥겔스의 혀로』, 『프로이센의 이카루스』 『거꾸로 돈 세상—나 그것 보기 즐겁네』 『고향』 등 다수의 시집이 있다.

오늘의 바이덴담 다리 아래 슈프레 강. 동독인이 강물로 뛰어들면 총이 자동발사되던 곳에 유람선이 즐겁게 오가고 있다. 독수리 문양 옆엔 사랑을 맹세하는 열쇠들이 매달렸다.

분단 독일의 가수시인

비어만의 베를린

비어만에 대해 써야 할까, 오래 망설였다. 그러나 한 장은 비워두었다. 비워둔 장이 오래, 마지막까지 빈 채로 있었다. 어쩌면 브레히트도 생전에 만났으면 그랬을지 모르겠지만, 요란하기 그지없고, 무슨 일에든 서슴이 없고, 자기현시에도 서슴이 없고, 말 가리는 일이라고는 없고 온통 좌충우돌인, 알게 된 지 오랜 세월이 흘렀건만 여전히 낯선 이 인물을 어떻게 보아야 할까. 그랬던 것 같다. 너무도 다른 유형이기 때문에 하나의 도전이기도 했다. 다른 사람들에게도 어느 정도는 그랬을 것 같고, 결국 그것이 그 사람의 역할이었을 것 같다.

프리드리히 슈트라세 역. 분단 시절 동베를린이었던 이 역은, 서베를린을 오가는 많은 전철들 역시 통과해야 하는 가장 중요한 환승역이었다. 곁에는 슈프레 강이 흐르고 그 위에 바이덴담 교가 걸려 있고, 다리를 지나면 베를린 앙상블이 있고, 내처 가면 브레히트 하우스가 있는데, 그 길 한중간에 비어만이 살던 집(쇼세 슈트라세 132번지)도 자리하고 있다.

1. 프리드리히 슈트라세 역

프리드리히 슈트라세 역을 나와 브레히트 하우스로 가는 나의 길에 늘 모습이 겹쳐 있는 또 한 시인이 볼프 비어만이다. 그 길이 나에게서 아주 각별한 베를린 첫 길이 된 이유이기도 하다.

프리드리히 슈트라세 역은 베를린의 온갖 지하철, 전철노선이 다 모였다가 다시 흩어져 가는 중심점이다. 독일 분단 이전은 물론이고 사십오 년간의 분단 시절에도 동베를린 노선들뿐만 아니라 사방으로 내달리는 서베를린 지하철, 전철 노선들 역시 여전히 서베를린 어딘가에서 출발하여 동베를린인 그 프리드리히 슈트라세 역을 들려서 다시 서베를린 어딘가를 향해서 달려가곤 했다. 지금도 물론 그렇다.

분단 시절에는 장벽을 낮추려는 꾸준한 노력(서독은 명분을 사고, 동독은 실리를 얻었다)으로 동서베를린의 왕래가 가능했지만, 그것은 거의 서독인에게 국한된 일이었고 서독인들도 서베를린에서 동베를린으로 가려면 그 역에서 내려 역사 안에서 삼엄한 국경 통과 절차를 거쳤다. 동베를린이나 동독을 다녀와 다시 서독으로 오자면 다시 이 역사에서 통과절차를 거쳤다. 동베를린이나 동독으로 가는 여행객은 하루에 이십오 마르크 이상을 쓰고 와야 하는 의무가 있었기 때문에 물가 낮고 물자 적은 동독에서 그 돈을 다 쓰기 어려워 대개는 이 프리드리히 슈트라세 역 앞에 있는 서점과 음반가게에서 값싼 동독책과 음반들을 잔뜩 사가지고 서쪽으로 돌아갔다. 그 역 건물에 들어 있는 서점과 음반가게는 그래서 성업이었다(통일이 된 직후 이 서점들에는 관광안내서, 포르노에 가까운 잡지들이 가득차더니

시집 『철사줄 하프』의 표지삽화.

프리드리히 슈트라세 역이 그려져 있고 비어만이 든 기타 끝은 기관총 총구처럼 그려져 있다.

이내 사라졌고, 이제는 그 맞은편에 대형서점 체인 후겐두벨이 들어서 있다).

아무려나 그 역을 왼편으로 나서면 바로 슈프레 강이 흐르고 역 건물 곁만 지나면 분단 시절 그 강의 바로 맞은편 둑이 서베를린이었다. 폭이 얼마 안 되는 강이다. 도로 차선 두 개 정도. 깊지도 않아 누구든 헤엄을 쳐서도 금방 건널 수 있다. 그러나 이제는 아득해진 분단 시절에는 동독을 벗어나보겠다고 그 강물에 뛰어들었던 사람들은 즉시 사살당했다. 역 주변에는 강물 속에도 체제를 벗어나려는 사람들이 도저히 넘어설 수 없는 갖가지 시설이 있었다.

2. 독일 분단과 비어만

역 건물을 나와서 바로 그 강 위에 걸려 있는 다리가 바이덴담 교인데 그 다리의 주물로 된 난간 한가운데 '작은' 독수리 한 마리의 조각이 있다. 그런데 분단 시절 동독 시인 볼프 비어만은 이 새 한 마리에게 시 한 편, 「프로이센의 이카루스」로 막중한 분단의 무게를 온통 실었다.

1

거기, 프리드리히가 얕게
물위로 걸음을 내딛는 곳,
    거기 슈프레 강 위에 걸려 있는
바이덴담 교. 거기 멋진 프로이센 독수리의 모습 그대 볼 수 있다
    내가 난간에 서면

그럴 때면 거기 프로이센의 이카루스가 서 있다
쇳물 부어 만든 잿빛 날개를 달고
　두 팔이 하도 아파
그는 날아오르지 못한다—그는 추락하지도 않고
바람을 일으키지도 않고—녹아버리지도 않는다
　슈프레 강 위 난간에서는

2

철조망이 서서히 자라 파고든다
살갗 속으로, 가슴과 뼈 속으로
　뇌 속으로, 잿빛 세포들 속으로 깊숙이
철조망 붕대로 허리가 감겨
우리들의 나라는 섬나라
　납의 파도가 사방에서 부서지고 있구나

거기 프로이센의 이카루스가 서 있다
쇳물 부어 만든 잿빛 날개를 달고
　두 팔이 하도 아파
그는 날아오르지 못한다—그는 추락하지도 않고
바람을 일으키지도 않고—녹아버리지도 않는다
　슈프레 강 위 난간에서는

3

한데 그대 떠나려 한다면, 그대는 가야겠지
  우리의 반쪽 나라를 벗어나
벌써 많은 사람이 넘어가는 것을 나는 보았지
하지만 나는 나를 이곳에 붙박으련다, 차갑게 나를
이 미운 새가 발톱으로 집어
  가장자리 밖으로 질질 끌어내 갈 때까지

그럴 때면 거기 프로이센의 이카루스가 서 있다
  쇳물 부어 만든 잿빛 날개를 달고
    두 팔이 하도 아파
  그는 날아오르지 못한다—그는 추락하지도 않고
  바람을 일으키지도 않고—녹아버리지도 않는다
    슈프레 강 위 난간에서는

시인—이카루스. 이 전통의 모티프에다 분단의 철조망이 붕대처럼 감겨 날아오르지 못하는 이카루스가 동독 시인의 모습으로 겹쳐 있다. "노동자 농민의 국가" 동독이 시인을 군국주의 프로이센처럼 압박하고 있다. 게다가 이렇게 비판을 그치지 않으면서도 나라에 대한 사랑으로 하여 아무리 쫓아내려 해도 떠나지조차 않으려는 비어만 시인은 국가의 눈에는 참으로 난처한 "가시" 같은 존재이다. 이 특이한 입지. 나는 예전에 그의 시를 번역한 시집(『가수의 등장연설』, 1992)을 내면서 "독일 분단의 징검돌"이라고 그를 일컬었다.

시집 『프로이센의 이카루스』 표지 사진. 바이덴담 교 난간 한중간의 독수리 문양을 확대하여
마치 비어만 자신이 주물 날개를 단 듯하게 합성하였다.

볼프 비어만은 서독 함부르크에서 태어났다. 유대인 가정으로 선박 노조에서 일하던 아버지는 아우슈비츠에서 죽었고 어머니는 열렬한 공산주의자였다. 비어만은 일찍이 열일곱 살에 스스로 동독을 택하여 동독으로 넘어갔다. 독일 분단사는 동독 탈출을 중심으로 기록되지만 이런 역방향도 있다. 그렇게 가서 작은 영웅 대접을 받으며 잠잠히 지냈으면 좋으련만 온갖 도발적인 비판의 시를 짓고 작곡하여 스스로 기타를 치며 노래 불렀다(이런 좋은 출신 성분은 그가 한없이 과감할 수 있었던 한 요인이기도 했다). 1962년의 첫 등장에서부터 파문이 크게 일었고 그의 주변은 파문이 그칠 사이가 없었다. 당국에서 몰아내려 해도 동독을 떠나지도 않았다. 1976년에는 서독 금속산업연합IG Metal에서 비어만을 초청했다. 비어만은 일단 동독을 떠나면 재입국이 안 될까봐 걱정이 되어 재입국을 보증하는 출국 허가를 받고야 서독으로 갔다. 서독 쾰른에서 열린 대형 콘서트에서 열창하였다. 얌전히 노래 부르지 않고, 라이너 쿤체의 산문집 『참 아름다운 날들』에 실린 억압의 현실들이 사실이라고 공언하는가 하면, 위의 「프로이센의 이카루스」 같은 노래를 서슴없이 열창하였다. 현장에서 생중계된 콘서트였다. 콘서트가 끝나자마자 동독당국이 시민권 박탈을 통보해왔다. 시민권 박탈이란 더이상 동독 국민이 아니라는 뜻이다. 즉 재입국은 당연히 불가했다.

국가가 이렇게 약속을 어긴 것에 비어만뿐만이 아니라 동독 문인, 지식인 전체가 분노했다. 비어만 구명 탄원서에 수많은 문인이 서명을 했고, 이들은 그 이후 줄줄이 동독을 떠났다. 소위 '비어만 시민권 박탈' 사건이다. 이는 동서독 문단을 결정적으로 근접시킨

일이기기도 했다. 이때(1976년 11월) 동독을 떠나 서독으로 온 많은 문인들은 궁극적으로 서독의 문단을 풍부하게 했다. 이렇게 하여 자신의 의사와는 달리 서독에 눌러앉게 된 비어만은 여전히 비판의 독설을 멈추지 않았고 그것은 대개 서독의 현실에 대한 것이었다.

가스로 죽이기 1

1980년 7월 몇몇 집시들이, 그 살림차를 끌고 슈투트가르트 칸슈타트 베젠에서 감히 캠핑을 하려 했다. 중무장을 한 경찰이 그들을 내몰자 한 집시가 경찰들의 전선으로 나서서 외쳤다. 아우슈비츠와 다를 게 뭐냐?!
경찰 공무원 하나가 그에게 대답했다
오늘날엔 너희들이 가스 종류를 골라도 되지.

서독에 있게 된 비어만이 한 번, 특별한 허가를 받아 동독을 다녀온 적이 있다. 동독의 반체제 지식인의 거두 하베만이 암으로 투병하다가 임종이 가까워졌을 때의 병문안을 위해서였다. 하베만은 동독시절에는 반체제 지식인이었지만, 나치 시절에는 후의 동독의 실권자 울브리히트와 감옥생활을 함께 했던 사이이다. 그래서 이 특별허가가 난 것이었다. 물론 조건이 있었다. 하베만과 동독 현실에 대해서 아무것도 쓰지 않겠다는 것. 비어만은 이렇게 했다. 고목나무에 대한 이야기인 「그륀 하이데. 말없음」이라는 시를 썼다. 현실적인 것은 한마디도 언급하지 않았다. 그 대신 「비어만 동베를린에

가다—하베만 댁에」라는 신문 기사를 나란히 실었다.

신문 기사 하나와 나무에 대한 시 한 편—참으로 많은 것이 담긴 '침묵'이다. 자신이 사랑했던 사회주의국가 동독, 그러나 자신을 그토록 핍박한 동독 당국에 대한 그의 비판들이 사실은 사랑스럽기까지 한, 유쾌하고 무례한, 재기 번득이는 노래들이었다.

어느 남자에 대한 발라드

옛날에 어떤 남자가 있었는데
그 사람은 발로
맨발로
똥무더기를 밟았다네

그는 몹시 구역질을 했다네
자기 한 발 앞에다
그는 이 발로는
조금도 더 걷고 싶지 않았네

그런데 거기 그 발
씻을 물이 없어
그 한쪽 발 씻을
물조차 없어
그래서 그 남자는 도끼를 들어

그 발을 잘랐다네

그 발을 잘랐다네

황급히 도끼로 잘라버렸다네

너무 서둘다가

그 사람은 그만 깨끗한 발을

그러니까 틀린 발을

황급히 잘라버렸다네

그러자 홧김에

그 사람은 결심을 해버렸네

다른 발도 마저

도끼로 자르겠다고

두 발이 거기 놓여 있었네

싸늘해진 발 두 개

그 앞에 백지장처럼 창백해진 그 남자가

주저앉아 있었네

엉덩이를 붙이고

당黨은 잘랐다

그렇게 많은 발을

그렇게 많은 좋은 발을

당은 잘라내버렸다

그래도 위에 말한 저 남자와는 달라
당에서는 이따금씩
새 발이 다시 돋아나기도 한다

많은 사연들이 얽혀 있는 바이덴담 교 다리 위의 주물 독수리를 한참 보다가 다리를 건너고 그 강둑의 베를린 앙상블 극장 앞에 사시사철 앉아 있는 브레히트와 잠깐 눈인사를 나누고 다시 가던 길 쇼세 슈트라세로 올라와 조금만 걸으면 비어만이 살았던 집이 있다. 쇼세 슈트라세 132번지. 그러니까 브레히트 하우스와 지척이다. 한 시절 젊은 동독 문인들의 아지트였다.

1989년 베를린장벽이 무너졌을 때, 비어만은 가장 많이 조명받은 사람 중 하나였다. 그에 관한 어마어마한 분량의 정보부 자료가 회람되면서, 정보부와의 각종 얽힘과 그에 대한 공방이 오고가며 더욱 그러했다. 장벽이 무너진 직후, 비어만이 동독을 떠난 후 처음 열린 동독 공연이 있었다. 마침 그날 독일에 도착하여 생중계를 볼 수 있었다. 세 시간 반이 넘는 단독 콘서트. 객석에서는 냉기로 입김이 하얗게 서리는 것이 카메라에 잡히는데 비어만은 땀을 철철 흘리며 쉬지 않고 노래 불렀다. 텔레비전 중계이지만, 평생 경험하기 쉽지 않은 체험이었다.

3. 서울에 온 비어만

내가 굳이 그를 찾아가지 않았다. 그가 서울에 다녀갔기 때문이기도 하다. 다시 세월이 흐른 것이다. 2005년 대산재단이 주최하는 세계작가 포럼의 초청에 응해서였다. 비어만은 그때 곧 일흔 살이었다. 다른 작가들처럼 길게 강연을 하지 않았다. 단상에서 이야기를 하다 말고 벌떡 일어나 김민기의 〈아침이슬〉을 기타를 치며 열창하는 것으로 노래를 시작했다. 객석의 놀라움과 환호가 대단했다. 한 차례 더 콘서트가 있었다.

그에 앞서 비어만이 도착한 날 저녁, 그가 묵은 호텔에서 열린 리셉션 장에서 처음 만났다. 그 자리에서 이야기를 제법 나누었건만, 자리를 뜨면서 비어만은 줄 것이 있으니 같이 방으로 좀 올라가자고 했다. CD를 한아름 주었다(자신의 노래를 담은 CD만으로 가득 채운 트렁크를 하나 따로 들고 왔다). 그러더니 이야기를 시작하고, 이야기는 금방 기타 연주와 노래로 넘어갔다. 머나먼 길을 와서 금방 낯선 서울에 닿은 사람이, 나이 일흔을 바라보는 사람이, 나 한 사람을 앉혀 놓고, 네 시간 반을 쉬지도 않고 노래를 하는 것이었다. 비어만은 그런 열정적인 사람이다. 아마도 상당 부분 나의 번역 덕분에 김민기 등과의 좋은 인연들이 그에게 생긴 줄은 안다. 그러나 내게 평생 그런 영광이 있었겠는가.

그날 늦은 밤에 집으로 돌아오며 시 한 편을 썼었다.

Besuch

—für W. B.

Ein kleiner Wolf
kam zu Besuch

Drei Augen hat er, die sich niemals schließen:
Das Auge des Sechseinhalbjährigen
das im Krieg fünfzigtausend Menschen verbrennen sah
Das Auge eines Hundertzwanzigjährigen,
womit ihm die Leute ein hohes Alter wünschen
Das dritte Auge ist das Auge seines Alters

Meine Augen, sprach der Wolf,
sind Augen des Dichters

방문객

—W. B.를 위하여

작은 이리 한 마리
나를 찾아 왔다

눈이, 감기는 법 없는 눈이, 셋이었다

여섯 살 아이의 눈,
전쟁 때 오만 명 사람이 불타는 것을 본 눈.
백이십 살 난 사람의 눈,
그때까지 살라고 사람들이 빌어준다는 나이의 눈.
셋째 눈은 그의 본 나이의 눈.

내 눈들은, 이리가 말했다,
시인의 눈이지.

비어만의 이름 '볼프'는 이리라는 뜻이다. 여섯 살이던 제2차 세계대전 말, 오만여 명이 타죽는 것을 보았다고 했다. 어찌 자신이 투사가 되지 않을 수 있었겠느냐는 이야기였다. 그는 온 동독사를 처음부터 그 몰락까지 지켜보았다. 그렇게 온몸으로 역사를 살아온 사람—그런 노래들의 열창을 들으며 내내 그 감기지 않는 눈 세 개를 생각하지 않을 수 없었다. 내가 쓰는 시들이 제아무리 절실함에서 쓰였다 하여도 아직, 언제까지고 아직, 시가 될 수 없지 않을까 생각했다. 너무도 큰 부끄러움에 압도되었다. 그 어떤 개인적 괴로움이 있다 해도 궁극적으로, 어떻게든 살아남아야 했고 증언하고 세상을 뜯어고쳐야겠다고 생각할 수밖에 없었던 사람들 앞에서 느낄 수밖에 없는, 결국은 등 따습고 배부른 자의 부끄러움일 것이다. 그 부끄러움까지 시의 행간에 적어넣을 수는 없었다. 그냥 한 가지 사실만 기록했다. 그렇다 해도 전하기까지 할 수는 없었다. 앞으로도 본인에게 전하는 일은 없을 것이다.

고트프리트 벤

Gottfried Benn(1886~1956)

1912년, 세기말의 가치 붕괴와 극단적인 허무주의가 반영된 얇은 팸플릿 시집 『시체공시소 외』를 펴내 독일시사에 한 획을 그으며 등장했다. 나치 시대에 역사의 회오리에 휘말렸으나, 그럼에도 전후 독일 서독 시단의 가장 큰 기둥이 된 인물이었다. 만스펠트의 목사 가정에서 태어나 마부르크, 베를린 등지에서 공부하고, 세계대전중에는 브뤼셀에서 군의관으로 종군하였으며, 전후 베를린에서 개업하여 살다가 죽은 피부비뇨기과 의사다. 허무/무와 그것의 시적 형상화 및 예술을 통한 극복은 그의 필생의 주제이자 시예술의 근본 동력이었다. '명사구조' '절대시' '기예' 같은 시학의 원칙들이 그 바탕을 이룬다. 시집 『정시靜詩』 외에도 『지식인의 행로』 『이중생활』 등 많은 산문집이 있다.

벤이 근무했던 베를린의 샤리테 병원.

극렬했던 모더니즘

벤의 마부르크

가끔씩은 시구 하나가 마음에 새겨져, 시인 하나를, 세계 하나를 우리 곁으로 불러온다.

나에게 벤의 시는, 난해하기로 유명할 만큼 응축된 세계여서, 하나의 세계, 아니, 거의 하나의 우주라 할 양감量感으로 다가왔었다. 휘말렸던 역사의 소용돌이와 그가 겪은 개인사의 무게가 막중하게 실려 있으면서도 벤은 그 모든 것 너머에다가 유례없을 만치 치열하게 홀로, 시의, 미美의 제국을 터 닦은 사람이기 때문이다.

그가 휘말렸던 역사와 정신사의 소용돌이를 일일이 기록할 수는 없지만 몇 개의 단어의 나열로 암시는 해볼 수 있을 것이다. 바닥까지 체험하는 세기말의 가치관의 전복에 대한 치열한 시적 대응, 그의 시의 전복적인 현대성은 아마도 그런 배경에서야 이해될 것이기 때문이다. 제1차 세계대전과 제2차 세계대전 당시 해부학도로서, 야전병원 군의관으로서, 사형참관의로서, 사창가 피부비뇨기과의로서 속속들이 겪은 인간의 수렁, 상실로 얼룩진 가족사, 나치 초기의 일 년 반 동안의 협력, 그 직후의 결별과 나치의 핍박, 나치 시대에서 패전 후까지 이어지는 저술 금지, 짧은 나치 전력으로 인한 기나긴 사회적 응징, 그럼에도 인정. 사랑할 수밖에 없는 한 권의 시집 덕택에, 아니 극렬하리만치 도저한 시업詩業 전체를 통해서, 1945년 이후 독일 문단의 가장 큰 정신적 지주가 되는 거목. 아마 그쯤으로 한 시인의 생애의 굴곡이 암시나마 될 수 있을지 모르겠다.

그런 압도적인 윤곽의 현대시인이 내 마음으로 다가온 것은 참으로 평범한 시구 하나였다. "더 외로운 적은 없어라, 8월보다 Einsamer nie als im August". 이 번역으로는 전달이 안 된다. 무엇보다 8월의 이미지가 우리와 너무 다르기 때문이다. 우리의 감각에 맞추어 번역하자면 "눈부신 봄날보다 더 외로운 적은 없어라"쯤이 될 것 같다. 태양이 눈부신 여름날은, 노상 비가 오락가락하는 독일, 특히 북부 독일에서는 행복의 표상과도 같기 때문이다. 그러나 "눈부신 봄날"은 어쩐지 조금 상투적이다. 신록이 깨어나는 "5월 쯤" 정도로 번역해 보아야 할까. 그도 아니다. 5월의 이미지도 우리에게는 합의적이고 평화롭기만 한 것은 아니어서 이러한 번역 역시 적합하지 않아 보인다. 벤의 "8월" 뒤에는 그 모든 빛나는 것이 담긴 시간이 있다. 그러나 그 시간에조차, 그것마저 남들의 것이어서, 거기에 속할 수 없는 시인의 '대립 기획Gegenentwurf'이 시 전문이다.

더 외로운 적은 없어라

더 외로운 적은 없어라, 8월보다
충족의 시간-산녘에는
붉은 불길, 금빛 불길
하지만 네 뜰의 환희는 어디에 있는가?

맑은 호수들, 부드러운 하늘,
깨끗하고 아련히 빛나는 밭들
하지만 네가 대표했던 제국의
승리와 승리의 증거들은 어디에 있는가?

온갖 것이 행복을 통해 스스로를 증명하는 곳
포도주 향기 속에서, 사물들의 도취 속에서
눈길을 나누고 반지를 나누는 곳—
거기서 너는 반反 행복, 정신을 섬기고 있구나.

"온갖 것이 행복을 통해 스스로를 증명하는 곳"에서 시인이 "대표"했던 "제국", 시인이 기획하는, 그 세속적 행복과는 정반대인 제국은 "정신"이다. 세기말, 가치의 전면적 몰락의 체감은 한 시인을 극단의 니힐리스트로 만들었지만, 그 '허무'며 '무' 가운데서 벤은 바로 그것에 형식을 주고 예술을 만들어감으로써, 예술을 통한 '창조적 초월'로써 허무를 극복하려 했다. 그리하여 예술은 그에게서 가열한 정신의 불로 벼려지는 것이었고, 시는 '만들어지는' 것이었으며, 한 단어 한 단어에 엄청난 무게가 실렸다. 이런 주장을 담은 1951년 마부르크 대학에서 한 연설 「서정시의 문제들Probleme der Lyrik」에서 그는 좀더 구체적으로, 이제는 아름답고 듣기 좋은 언어는 그만 써야 하고 '처럼'과 같은 말도 쓰지 말아야 한다고 주장하며, 비유로 에두르지 않는 언어, 단어 하나하나가 뚜렷한 자리값을 갖는 언어, 심지어 동사마저 한껏 회피하는 '명사 구조'의 시를 주장했다. 과전압이 될 만큼 많은 의미를 장전하여 명사들의 부딪침에서 생겨나는 스파크 현상과도 같은 '매혹'이 그에게서는 시의 효과였다. 그리하여 지향하는 바는 "아무에게로도 향하고 있지 않은 시"였다. 그의 시론은 고독한 절대시에의 믿음의 고백이고, 독백의 시학이다.

이런 바탕에서 시인이 빚은 「한 단어」는 이렇다.

한 단어, 한 문장—암호들에서 솟아난다
인식된 삶, 격렬한 의미가.
태양은 떠 있고, 천체는 침묵하고
모든 것이 그 한 단어에 응결된다.

한 단어—하나의 광휘, 하나의 비상, 하나의 불
불꽃의 투척, 별들의 획—
그러고는 다시, 엄청난, 어둠
세계와 나를 둘러싼 텅 빈 공간에.

시의 한 단어에 실릴 수 있는 실존적 무게, 한 단어가 뿜는 섬광이 발할 수 있는 우주적 광채가 짧은 시에 명사의 나열만으로, 마치 화면 몇 장으로 연속성을 이루어내는 동영상처럼 담겨 있다. 한 단어에 뭉치는 우주적 의미와 짧은 섬광이 그려져 있고, 이어 그런 한 순간 뒤에 다시 어둠과 절체절명의 고독 속에 응집한 자아가 선명하다. 그러면서도 시가 무엇일 수 있겠는가를, 시를 쓰는 자아는 무엇인가를 보여준다. 벤에게 자아는 '근대적 자아', '상실된 자아'일 뿐만 아니라, 창살처럼 갇혀 있는 '창살-자아'이고, 그러나 섬모충과도 같이 원초적인 감각을 갖춘 '섬모-자아'이다. 섬들과도 같은 '군도-자아'이다. 이런 절체절명의 고독 속의 시인의 자아는, 현실의 역학Dynamik에 대비되는 정학Statistik을 기획하고 절대시absolute Poesie를, "매혹적으로 짜맞추는 말로 된 시"를 생각하며 형식예술과 그 공작성Artistik에 유의한다. 예술이라는 형식은, 전면적인 내용 상실의 시대에, 혼돈의 시대에 대응하는 인위적 질서체계로 비친 것이다. 공작적 형식예술은 모든 가치가 전도된 허무주의 시대의 '새로운 초월', 즉 무無가 지닌 가능성이다. 왜 이렇게까지 절대적으로 추구하였을까. 인간의 수렁을 바닥까지 보아버린 이후의 현상이다. 오랜 전통적 서정시의 표상인 꽃이 벤에게서는 이랬다.

작은 과꽃

익사한 술배달꾼이 수술대 위에 놓여 있다
누군가 진보라 연보라빛 과꽃 한 송이

그 이빨 사이에 물려놓았다.
내가 가슴으로부터
피부 밑으로 길다란 매스로
혀와 구개를 도려낼 때
그 꽃을 건드렸나보다. 꽃이 미끄러져
옆에 놓였던 뇌수 속으로 떨어졌으니
시신을 꿰맬 때
대팻밥과 함께
나는 꽃을 그 흉곽 속에 꾸려넣었다.
마음껏 마시거라, 네 꽃병 안에서!
고이 잠들라,
작은 과꽃이여!

과꽃은 들국화쯤으로 번역하는 것이 우리 심상에 맞을 것이다. "대팻밥"은 요즘이라면 스티로폼쯤으로 번역해야 할 것 같다. 대팻밥이란 여기서, 해부를 끝내고 장기도 다 꺼낸 시신에게 최소한의 모양새를 갖추어주기 위하여 다시 대충 꿰맬 때 빼낸 장기가 있던 자리를 채워 부피감을 주는 물질이다.

진하고 연한 보랏빛 꽃의 음영을 눈여겨보고, "고이 잠들라!"라는 전통의 별사別辭는 꽃을 향해 있다. 인간에게는 그것조차 없다. 대충 수습했어도, "꽃병" 정도가 되어 버린 사체에, 인간의 품위는 남아 있지 않다. 또 꽃 같은, 아니 꽃보다 아름다워야 할 청춘은 이렇다.

아름다운 청춘

오래도록 갈대밭에 누워 있던 소녀의 입
갉아먹힌 듯 보이더니.
가슴을 열자 식도에 온통 구멍이 숭숭했다.
횡격막 밑의 한쪽 허파에서 결국
어린 쥐새끼들의 둥지를 발견했다
어린 누이쥐 한 마리 죽어 있었다.
다른 쥐들은 간과 신장을 파먹으며 살고 있었다.
차가운 피 마시며
여기서 아름다운 청춘을 누렸다.
그런데 그들의 죽음 또한 아름답게 선뜻 찾아왔으니
그것들을 통째로 물에 던졌다.
아, 그 작은 주둥이들이 찍찍거리는 소리라니!

듣기만 해도 가슴이 뛰어야 할 "아름다운 청춘"은 아름다운 소녀의 것이 아니고 그 간과 신장을 파먹고 산 생쥐들의 짧은 청춘이다. 이제 더 갈 곳은 없을 것 같다. 인간으로서의 의미와 정체성은 송두리째 제거되어, 허물어진 지방덩이, 해체된 물질성으로 환원되어 있을 뿐. "만물의 영장-돼지, 인간—/ 다른 동물들과 사귀고 있구나!/ 열일곱 살이면 사면발이,/ 더러운 주둥이들 사이를 오락가락/ 위장벽과 급식/ 계집들과 섬모충/ 마흔이면 오줌보가 줄줄 새기 시작한다./ 너희 생각하느냐, 이런 더러운 인간 때문에 지구

가 태양에서 달까지 뻗었다고? 뭣하러 아가리는 벌리는 게야?// 너희는 영혼 이야기를 하는데—너희의 영혼이란 게 무어지?/ 노파는 밤이면 밤마다 이부자리에 싸 뭉개고/ 영감은 흐물흐물 허벅지에다 똥칠갑을 한다./ 한데 너희는 처먹을 걸 건네주는구나, 창자에다 쑤셔넣으라고……/ 너희 생각하느냐, 별이 행복에 겨워 흩뿌려졌다고……?/ 퉤! 식어가는 창자에서/ 지구가 다른 구멍들에서 불을 뿜듯/ 한 주둥이가 피를 토해낸다—/ 그것이 비틀거리며/ 굽은 내리막길을 가고 있다/ 독선에 젖어 그림자 속으로."(「의사2」)

이 극렬한 허무가 고트프리트 벤의 출발점이다. 해부학도인 청년 벤이 1912년 하룻밤에 쓴 여덟 편에 한 편을 더한 아홉 편의 시. 이 충격적인 시편들을 담아 오백 부를 팸플릿처럼 찍은 작은 시집 『시체공시장 외外』는 독일 시사의 한 획이다. 이 극렬한 허무는 '매혹'이기도 했다. 그러나 왜 이렇게 수렁이었는가. 훗날 쓴 산문의 한 구절이 일차적 해명을 준다.

> "뢰네, 그는 해부 경험이 많은 젊은 의사로, 남독일을 거쳐 북독으로 갔다. 마지막달에는 아무 일도 하지 않고 시간을 보냈다. 그는 병리학 교실에서 이 년간 근무했는데 그것은 그의 손을 거쳐 아무 생각 없이 대략 이천 구의 시체가 처리되었음을 뜻한다. 또 대단한, 설명할 수 없는 방법으로 그의 심신이 마모되었음을 뜻한다. 이제 그는 구석에 앉아 그의 행로를 바라본다. 포도 산지가 스쳐지나간다. 양귀비꽃 내음 나는 평원, 진홍색 들판……"
>
> —「두뇌Gehirne」 부분

벤은 베를린의 군의관 양성학교를 다녔고, 당시의 폭발하듯 팽창하는 현대적 대도시 베를린에서 오래 살았다. 학비를 못 낸 대신 군복무로 대신했기 때문에, 무엇보다 전쟁 때문에, 앞서 말했듯 여러 곳에서 군복무를 해야 했다. 나치 시대 초기에는 동조하는 연설과 (예술원에서의 직책으로 인하여서도) 충성서명을 했다가, 금방 저술 금지를 당하고(이름 벤Benn이 유대인들에 흔한 이름 벤Ben과 유사하다고) "유대인"이니 "돼지"니 하는 욕설을 공개적으로 들었으며, 저술 금지는 나치가 패망하고 점령군이 들어와서도 이어졌다. 형제 넷을 잃었고 소련군에 쫓기던 그의 아내는 강간과 살해가 두려워 자살하였다. 삶의 수렁을 바닥까지 보았던 것이다. 나중에는 예술에 매달렸다. 시구, 시어에서, 그가 무엇을 보았는지 엿보인다.

"언어와 소리로 된 불멸성"(「시」), "신비롭게 언어를 통해 불타는 사물들" "세계사의 자갈 더미의 한 해,/ 하늘의 잡동사니, 권력의 잡동사니의 한 해./ 그런데 이제 그 시간, 당신의 시간: 시 속에서는/ 고통과 밤의 혼잣말이 있지."(「시들」)라고도. 또 "전대미문의 쓸쓸한 길" "고통만이 그대의 것"(「동반자」) "광휘와 눈물로써 키스를 퍼부었던 얼굴" "고적한 시간, 마지막 시간—,/ 그 사랑스러운 얼굴 전부는 이웃고 밤 속에 잠기고 마네."(「이웃고」)

삶(현실 또는 역사)과 예술, 자아와 사회는 언제나 대립 명제로 있었고, 벤은—쉽게는 아니었지만—늘 예술의 편에 있었다.

*

고트프리트 벤이, 원하던 의학 공부는 아직 시작도 못한 채, 목사

마부르크 대학 강당.

인 아버지의 뜻에 따라 나름대로 신학 공부를 해보겠다고 대학 시절(1903~1904)을 시작했던 곳, 나중에(1951) 그 가열한 시학 「서정시의 문제들」을 연설했던 곳, 마부르크 대학의 강당을 오래 쳐다본다. 벤의 자취를 찾을 곳은 그가 오래 산 베를린이 아니라, 야전병원이 있던 브뤼셀이 아니라 여기 마부르크여야 할 것 같다.

벤의 자취뿐만 아니라, 비슷한 역사적 과오에 휘말렸던 큰 정신 하이데거도 재직했던 곳, 하이데거와 그의 수제자 해나 아렌트와의 멋진 연애담도 남아 있는 오랜 대학도시 마부르크는 이상하게도 이층같이 생긴 도시다. 윗동네가 떠 있다. 윗동네와 아랫동네 사이가 이층처럼 나누어져 있고 그 사이를 잇는 계단이 몹시 가팔라서, 아래위 골목 둘을 잇게끔 공용 엘리베이터가 옥외에 덜렁 설치되어 있다. 처음 보는 시설이다. 벤이 강의를 들었고, 하이데거가 강의를 했던 멋진 대강당은 물론 윗동네에 있다. 몸담은 낮은 곳과 늘 쳐다보이는 또하나의 세계는 어쩌면, 벤이 구축한 두 개의 세계들, 이를테면 세속적 '행복'과 '대립 행복'의 아주 구체적 모델이 되었을 것 같다.

아름다운 윗동네 강당에서, 구동독 출신의 저명한 현대소설가 모니카 마론이 큰 상을 받고 낭독을 하는 행사를 보고 내려왔다. 내려와서 윗동네를 다시 쳐다보았다. 낮은 곳에서, 벽에라도 기댄 듯, 숙소 창가에 서서 바라보는 곳— 어둠 속에서, 시인의 마음에 마지막까지 남아있던 꽃 한 송이가 새롭게 떠올랐다. 숙소인 대학 게스트하우스가, 식물원 자리에 있어서 더더욱 그런 것 같다.

아네모네

뒤흔드는 자—아네모네,
대지는 차갑다, 무無이다.
거기서 네 화관이 웅얼거리고 있다
믿음의, 빛의 말 한마디를.

너그러움 없는 대지
그곳엔 오로지 힘만 있는데
네 나직한 꽃이
이렇듯 말없이 씨 뿌려져 있구나.

뒤흔드는 자—아네모네,
너는 믿음을, 빛을 지니고 있구나
언젠가 여름이 커다란 꽃들로
엮어 왕관으로 만든 믿음.

"뒤흔드는 자—아네모네"는 "마음을 뒤흔드는 꽃 아네모네"쯤으로 번역하면 매끄럽고 좋으련만, 그냥 "뒤흔드는 자"로 직역했다. 그게 벤의 뜻에 맞을 것 같아서이다. 아네모네는 코스모스에 가까운 꽃으로, 잎은 코스모스보다는 오히려 국화에 가깝지만 꽃은 거의 코스모스다. 이름의 뜻도 '바람꽃'이다. 시적 표상으로서는 거의 우리의 코스모스인 것이다. 이 연약한 꽃에다 벤이 얹어놓은 무게가 무겁다.

그 무게만큼 깊게 이 한 송이 아네모네가 그때 허공의 어둠에 피어 있는 것 같았다. 그것은 아직도 마음을 뒤흔드는 꽃으로 가슴에 찍혀 있다.

*

원하는 사진 한 장이 안 담겨 세번째로 마부르크로 가본다. 그 기이한 이층 구조의 도시가, 고집스러울 뿐, 사진을 모르는 내 카메라 렌즈 안으로 이제라고 들어와서 한 장의 사진으로 잡혀줄 리 없다. 두 층 사이의 중간에 있는 대강당의 모습을 겨우 잡는다. 또다시 달려온 길들은 아득히 멀고, 허공에 떠 있던, 시의 은유 같던, 꽃의 환영만 여전히 선명하다.

베를린으로 가본다. 기차로만 열 시간, 그래도 어둠이 내리기 전에 벤의 첫 베를린 집에 닿는다. 메링담 35번지, 큰 도로 메링담과 요르크 길이 만나는 모퉁이 집. 작은 창문들도 건물 자체도 그저 네모일 뿐인 낡은 집. 허름한 비뇨기과가 그 안 어느 한구석에 들어 있었을 만하다. 집 모퉁이에는 약국이 있고 붙어 있는 옆 건물은 일층이 간이매점이다. 약국과 간이매점 사이에 끼인 현관 오른쪽에 고트프리트 벤이 1917년부터 1935년까지 여기서 개업하며 시를 썼다는 표지가 붙어 있다. 얼굴 스케치 아래 한 구절이 적혀 있다. “예전에 가인들은 즐겨 종달새를 노래했지만, 이제 시인은 폭파자, 두뇌 원칙을 도구로, 시간 전체 속에서 시의 꿈이 되라며 자신의 본질을 짜넣는다, 드물게 그리고 천천히 무無 안으로”라고. 그 난해하고 치

▲벤이 1917년부터 1935년까지 병원을 하던 건물. 약국과 간이매점 사이 작은 표지판이 하나 있다. "예전에 가인들은 즐겨 종달새를 노래했지만, 이제 시인은 폭파자이다."
▼1937년부터 벤이 죽을 때까지 살던 보젠 길의 집 내부.

열한 구절 바로 곁에, 옆집 간이매점에서 내건, 빌트 지의 간판만 선명하다. 빌트 지는 가장 많은 판매부수를 올리는, 격조 없는 신문이다. 이제나저제나 천박한 것들이 시야를 가리는 시대다.

벤이 살았다는 표지가 붙은 현관 반대편에 의사 집 간판이 지금도 둘이나 있다. 하나는 치과의사이고, 또하나는 산부인과의사이다. 피부비뇨기과는 아니지만 어쩐지 그 허름한 건물의 산부인과 쪽이 벤의 병원을 이어받고 있는 집일 것 같다.

휑하고 어수선한 동네를 떠나 베를린 집, 다음번 집을 찾아가 본다. 1937년부터 1956년 죽을 때까지 살았던 집이다. 바이에른 구역 보젠 길 20번지. 첫 집이 있는 휑한 동네에 비해 아주 아늑하다. 기품 있는 예술가들 동네 같다. 건물 자체도 첫 집이 있던 건물과는 비교할 수 없이 품위가 있다. 지금은 변호사가 개업하고 있다. 어둠살이 내리기 시작하는 아름다운 동네, 한 걸음 떨어져 집을 한참 바라보다가 문득 곁을 보니 건물 앞 작은 화단에 기이한 꽃이 피어있다. 무릎 높이로 나직이 다듬어진 작은 장미 한 그루인데, 한 줄기가 땅에서 혼자 이 미터도 넘게 치솟았고, 그 외줄기 가지 끝에 붉은 장미가 딱 한 송이 피어 있다. 지금은 한겨울, 믿기지 않아 날짜를 확인해본다. 2월 17일. 허공에 뜬 꽃을 한참 쳐다본다. 마부르크에서 허공에 어리던 꽃이 여기서는 현실로 피어 있는 것 같다.

어둠살이 내리기 시작해서야 그 아름다운 거리를 나서는데 기이하게도 바이올린 하나만 그려진 표지판이 세워져 있다. 뒤를 보니 "유대인 음악가의 직업활동 금지"라고 적혀 있다. 1931년 3월 31일 날짜가 적혀 있다. 새로 세웠거나, 보수를 한 것이겠지만, 1931

년 일이로구나. 정말로 예술가 동네였구나. 히틀러가 집권하기도 전에 벌써 이랬구나…… 이 아름다운 동네에도 강타했던 역사가 다시 스쳐간다.

보젠 길을 나오는데 도로명 표지판을 보고 놀란다. 기역자로 꺾인 도로가 그루네발트 길이다. 카프카가 말년에 잠시 있었던 곳, 인형 편지가 적혔던 거리이다. 자기가 이사 오기 얼마 전에 카프카가 이렇듯 가까이 살았던 것을 벤은 알았을까. 몰랐을 것이다. 그때만 해도 카프카는 독일에 아직 '없었'을 테니. 시인으로서의 벤 자신은 있다가 없다가 다시 있다가…… 그런 굴곡 속에, 특유의 표정 없이 굳은 얼굴로 진료를 하고 있었을 것이다. 그렇게만 감당할 수 있는 시대의 강타를 시인은 견뎌갔을 것이다.

프리드리히 횔덜린

Friedrich Hölderlin(1770~1843)

후반생을 광인으로 살았음에도 가끔씩 써놓은 시편들에서 인생의 철리를 꿰뚫는 혜안이 비쳐나오는 태생적인 시인. 사후 오래도록 망각되었다가 뒤늦게 발굴되었다. 네카 강변의 작은 마을 라우펜에서 태어나 튀빙엔 신학교에서 헤겔, 셸링 등과 교유하며 공부했다. 프랑크푸르트 은행가 집안의 가정교사를 지냈고, 그곳에서 경험한 불행한 사랑을 떠나 프랑스 보르도 지방으로 갔다가 광인이 되어 돌아왔다. 튀빙엔 강변의 한 목수의 집 꼭대기 방에서 정신이 혼미한 채 살며 가끔씩 시를 썼다. 생전에 시집을 낸 일은 없지만, 혜안이 번득이는 많은 시편들 외에도 서간체 장편소설 『휘페리온』, 희곡 『엠페도클레스의 죽음』 등 뛰어난 작품들을 남겼다.

네카 강물에 어린 휠덜린 탑.

맨머리로 뇌우 속에 섰던 시인

횔덜린의 네카 강변

누군가가 재어보았다. "문 하나, 서쪽으로 여섯 발자국, 그다음에 남쪽으로 두 발자국, 창문 하나, 두 발자국 창문 하나, 두 발자국 창문 하나, 그다음은 다시 그 문! 삼십육 년 동안. 1807년부터 1843년까지." 손바닥처럼 환한 곳인데 그 걸음 수가 맞는지 재어보겠다는 핑계로 먼길을 또 달려온다. 나도 내 걸음으로 다시 재어본다. 내 보폭이 좁아 숫자가 약간 올라가는 것도 같지만, 그렇다. 이 방 하나가 삼십육 년간 한 사람의 세계였다. 오늘날 '횔덜린 탑'으로 불리는 이 집의 꼭대기층 작은 방에서, 광인이 된 시인 횔덜린은 세상에서 잊힌 채 홀로 긴 후반생을 살았다. 어느 선량한 목수에게 의탁하여 목숨을 부지하면서. 가끔 광기의 혼미에서 빠져나와 정신이 들 때면 주옥같은 시를 썼다. 그렇게 광기의 어둠 속에서 후반생을 살다가, 죽은 후에는 더욱 짙은 망각의 어둠에 묻혔다.

광기에 빠져들기 직전, 삼십육 세의 횔덜린은 생을 다 살고 되돌아보는 듯한 짧은 시 한 편을 쓴다. 그의 생애는 반으로 가른 듯 둘로 나누어진다. 열정으로 가득했던 생의 전반기가 끝나고 후반 삼십육 년을 덮은 어둠이 몰려오기 직전, 생애의 꼭 가운데 지점에서였다.

생의 절반

누런 배들과 함께
야생 장미로 가득차
땅은 호수로 드리워 있다
너희 아리따운 백조여
입맞춤에 취해
머리를 담그는구나
성스러이 맑은 물속으로.

아아, 어디서, 내가 구할까, 겨울이
되면, 꽃을, 또 어디서
햇살을,
땅 그림자를?
장벽들이 서 있다

말없이 차갑게, 바람 속에
깃발들이 쇳소리를 내고 있다.

반생半生, 혹은 생의 절반. 무거운 제목과 달리 짧은 시에는, 거창한 인생의 이야기 대신 그저 막바지 가을의 풍요가 담긴 작은 풍경화(1연)와 두려운 마음으로 그려보는 스산한 겨울의 상상(2연)이 압축되어 제시되어 있다.

1연에서 가을의 풍요는 누렇게 익어 주렁주렁 매달려 호수 위로 드리워진 배梨에서 한껏 드러나고, 키스에 취한 백조에서 절정을 이룬다. 그러나 백조는 서늘한 물에 고개를 담근다. 좋은 시절, 여름날의 입맞춤의 도취에서 깨어난다. 백조를 깨어나게 하는 물에는 형용사 하나—heilignüchtern—가 칼끝처럼 꽂혀 있다. 아마도 이제 날이 조금씩 추워져서 서늘해진 물이겠지만, 이를테면 '차가운' 물이 아니고, 직역을 하면 '성스러이 도취에서 깨어난' 물이다. 마치 여름날의 물이 술처럼 '도취케 하는' 물이었다는 듯, 그리고 그 깨어남이 성스럽다 할 어떤 깨달음, 어떤 인식의 높이를 담는 것이라는 듯. 풍요로운 날은 그렇게 마감된다.

2연에는 다급한 물음이 있다. 얼마 안 되는 말 마디마디가 끊어지고 온통 쉼표다. 한마디를 내뱉기도 어려운, 차가운 시절의 상상—겨울을, 혹한 같은 시절을 앞둔 황망한 마음이 그렇게 표현되어 있다. 차가운 장벽이 시인을 가로막는다. 깃발들의 모습을 형용하는 동사 klirren은 원어에서 금속성의 울림을 담은 의성어이다. 차갑고 말없는 장벽 앞에서, 깃발조차 파열하듯 금속성으로 울린다.

한 목수의 집, 뾰족 지붕 밑의 작은 방에서 광인 횔덜린이 그의 후반생 삼십육 년을 보냈다.
가끔씩 정신이 맑아질 때 그가 써놓은 시편들은, 인생의 핵을 꿰뚫어보는 절창이다.

이런 짧은 시구로 자신의 생애를 요약한다. 무서우리만큼 조탁된 언어들을 통해서. 짚어가며 읽다보면, 그의 시는 결코 잊을 수 없다. 그런 이상한 힘이 횔덜린의 시 한 편 한 편에 들어 있다. 시구에다 그런 기이한 힘을 부여하는 것은, 무엇일까.

그런 그의 시편들은 오랫동안 어둠에 묻혀 있다가, 시인의 사후 한 세기 반이 넘은 뒤, 헬링그라트라는 젊은 청년 독문학자가 박사학위 논문을 쓰면서 다시 발굴해낸다. 흔히 유럽의 전통에서는 시인의 유형을 두 가지로 이야기한다. 포에타 독투스poeta doctus 즉 학식이 많은 시인과, 포에타 파테스poeta vates 인생의 철리哲理를 꿰뚫어보는 혜안의 시인이 그것이다. 횔덜린은 아마도 후자의 대표적인 예일 것이다. 그 난해한 시를, 많은 사람들이 두고두고 아낀다. 타고난, 천생의 시인을 꼽아보라면 서슴없이 드는 시인이기도 하다.

그렇다 하여도, 제아무리 사후의 명성을 누린다 하여도, 여기 이 좁은 방에 고였던 삼십육 년의 생애는 그에게 무엇이었을까. 갇혔던 시인처럼 방안을 서성여본다. 방이 둥그스름해서, 바로 걸어보려 해도 그대로 맴돌음이 된다. 다시 또다시 돌아오게 되는 곳, 창가에 멈추어 선다. 시인이 영겁 같은 시간에 무수히 서 있었을 창가에 나도 다시금 서서 발밑을 흘러가는 푸른 강물을 내려다본다. 삶은 무엇인가. 시인 횔덜린은 이렇다고 한다.

인생행로

보다 큰 것을 너 또한 뜻하였다, 그러나 사랑이

우리 모두를 꺾어내리고, 고통이 더욱 세차게 굽혀놓는다
그렇지만 우리의 화살은 헛되이
온 곳으로 되돌아가지 않는다.

위로 가든 아래로 가든! 성스러운 밤에,
말없는 자연이 이루어지는 낮을 생각하는 그때
지배하지 않는가, 가장 가파른 명부에서도
한 가닥 바름이, 옳음이 아직도 지배하지 않는가?

그것을 나는 경험하였다. 그럴 것이, 인간 스승처럼
그대들 천상의 힘이여, 그대들 만물을 유지하는 이들이여
그대들은 내가 알기로, 조심스럽게
평탄한 길로 인도하는 법이 결코 없었다.

모든 것을 시험해보라, 천상의 이들은 말한다,
실하게 자양분을 얻어서, 모든 것에 대한 감사를 배우라
그리고 자유를 이해하라
불쑥 떠나는 자유를, 어디로든 원하는 곳으로.

조심스레 직역해본다. 헤아릴 수 없는 정의가 있을 인생이라는 것에 대해, 횔덜린은 이렇게 시작한다. '그대 또한 보다 더 큰 것을 원했었노라'고. 현재의 자신의 처지만큼만 자신을 소망했던 사람이 누가 있겠는가. 누구든 보다 큰 것을 원했지만, 하늘로 치솟는 화살

처럼, 솟구쳐오르는 새처럼 드높이 날아가고 싶었지만, 지금 이만큼이다. 그런데 무엇이 나를 지금 이만큼이게 했는가. 세상이었다고 하지 않는다. 치솟던 나의 꿈의 행로에 첫 시련을 가한 것은 '사랑'이었다고 한다. 그리고 그 솟구치던 힘을 여지없이 꺾어 포물선으로 휘어내리게 한 것이 '고통'이었다고 한다.

우리는 누구든 이렇게 휘어진 포물선 위 어느 지점엔가 있다는, 그런 그림 하나를 시인이 그려놓는다. 그래서 인생행로가 그리는 선은 좌표상 출발점과 같은 0점의 가로선으로 돌아온다. 하지만 빈손으로 와서 다시 빈손이 되는 인생의 결산이 그저 0이기만 한가. 언뜻 동양적인가 싶던 생각은 또다른 통찰을 지나며 반전한다. 그런 괴로운 인생에서 우리는 모든 것에 대한 감사를 배운다고 말한다. 그렇다. 손이 비어보지 않은 사람은 진정으로 감사할 줄 모른다는 이 성찰, 노년의 괴테도 그의 시에 담았다. "감사함을 모른다면/ 네가 나쁜 사람이고/ 감사함을 안다면/ 네 형편이 나쁜 것이다." 시인들의 말에 담긴 빛나는 혜안들이다.

그렇다면, 고통에서 감사를 배우는 기독교 정신의 깨달음인가. 아니다. 시는 나아가 자유를 이해하라고 한다. 또 한번의 힘찬 반전이 시적 이미지에 담긴다. 위로 치솟으려다 억지로 휘어내려진 대나무처럼, 팽팽히 당겨진 시위 속의 화살처럼, 어느 날 문득 떠나는 자유를 이해하라고 한다. 경험한 모든 고통이 문득 떠나 치솟아 날아갈 수 있는 힘을 축척한다니.

인생이 이렇게 한 장의 그림에 요약된다. 선명하면서도 기이하게 위로를 주는 이 포물선의 이미지는, 한번 이 시를 읽은 사람에게는

한 걸음 떨어져서 바라본 횔덜린 탑.
이 집 뒤편 언덕에 있는 튀빙엔 신학교(현재 튀빙엔 대학)를
횔덜린은 헤겔, 쉘링과 함께 다녔다.

결코 잊히지 않는다. 아마도 세상에서 가장 불행한 사람 중 하나였을 시인 횔덜린이 꿰뚫어본 인생이다.

어떤 삶을 살았건, 결국 되돌아가는 좌표상의 0점. 궁극적으로는 무덤이겠지만, 횔덜린의 무덤에는 가보지 않는다. 오래전, 튀빙엔에 한동안 살았을 때도 가보지 않았다. 그의 거처이자 무덤은 이 뾰족지붕 밑 꼭대기층 방안이었을 것이므로. 시인의 육신이 사라진지 아주 오랜 후에야, 그의 시편들은 그야말로 치솟아 하늘을 날고 있다. 그것을 적은 활자들은, 서가마다 빠짐없이 있다.

묘지 대신 도서관에 들른다. 횔덜린이 앉아 있었을 튀빙엔 신학대학교 도서실은 아니지만, 그 신학교를 전신으로 커진 대학이 튀빙엔 대학이니, 횔덜린도 지금이라면 거기 앉아 있었을 것이다. 유서 깊은 대학 도시 튀빙엔은 작은 도시이지만, 수많은 지성을 배출해냈다. 지금도 인구 칠만여 명 중 대학생이 이만 명이 넘는 명실상부한 대학도시이다. 예전에 내가 처음으로 찾아간 독일 대학도시이고 얼마간 산 곳이기도 하다. 독일이 책 속에나 존재하는 나라였던 시절, 내가 굳이 튀빙엔을 찾아간 것은, 횔덜린 때문이었다.

그 시절 나는 늘 이 도서관에 앉아 있었다. 강의 시간 외에는 거의 모든 시간에 이곳 서가 옆에 앉아 있었다. 한 권 구하기도 어렵던 책들이 그렇게 많이 있어 놀라며, 이 책 저 책을 허겁지겁 뒤지며, 이따금 횔덜린이나 파울 첼란의 시집을 읽으며 도서관이 닫힐 때까지 자리를 뜨지 못하곤 했다. 그 누구와 말 한마디 나눌 여유조차 없었다. 밤늦게 기숙사 빈방으로 돌아가면 저절로 혼잣말이 나오기도 했다. 사반세기도 더 전의 일이다.

자크 데리다는 그때 어디쯤 앉아 있었을까. 언젠가 우연히 그의 연보를 보다가 내가 튀빙엔에 있었을 때쯤 그도 거기 있었던 것을 알고 놀란 적이 있다. 언젠가 장 보드리야르와 이야기를 나눌 기회가 있었을 때, 보드리야르도 내가 있을 때쯤 튀빙엔에 있었노라고 했다. 그래서 그런지 개인적으로는 초면인 그의 모습이 눈에 낯설지 않았다. 그때 본 듯도 하다. 내내 철학부 도서관에 앉아 있었으니 도서관을 자주 드나드는 사람들끼리는 웬만하면 낯이 익을 수밖에 없었다. 그때, 대형 계단강의실이 가득 메워졌던 분베르크 교수의 '인지미학' 강의를 듣던 때, 보드리야르도 있었을 것이다. 그때, 시뮬라시옹이며 시뮬라크르의 착상이 떠올랐을 수도 있다. 데리다도 하이데거에게 매달려 있었으니 철학부 도서관인 거기 어디 한구석에 있었을 것이다. 호프만 교수의 파울 첼란 세미나를 함께 들었을 수도 있다. 그러지 않고 첼란의 시 「시볼렛」에 대해 그리 아름다운 해설을 쓸 수 있었을까. 그때 그 시를 가까스로 따라 읽던 나는 사반세기가 지나서야 겨우 데리다의 「시볼렛」을 가지고 대학원 강의를 했다. 튀빙엔 시절 이후로 나는 파울 첼란의 시만 들여다보며 십 년을 더 보냈고, 첼란에 관한 책 한 권을 써놓고 나서 십 년을 첼란을 읽지 않다가, 데리다를 통해서 다시 첼란에게로 돌아갈 수 있었다. 나는 데리다가 쓴 문학에 관한 글들을 좋아한다. 철학자인 그의 외도가, 아니 외도가 아니라, 그렇게 넓혀지는 그의 세계가 아름답기에.

이야기를 나눌 수 있었더라면 어떠했을까. 보드리야르는 프랑스 사람치고는 놀랍게 잘한다 할 수 있겠지만 그래도 지금도 독일어가 서투니 혹 내 쪽에서 답답해지지는 않았을까. 닫힌 시절이었다. 개인적인 불행에 빠져 있었고, 그 누구와도 이야기하지 않았다. 그런 사람들과 대화를 나눌 수 있었더라면, 혹시 나도 조금은 더 세상 이치를 깨치고 필력도 조금은 더 예리해져서 세상에 미쳤을까, 조금은 더 쓸 만한 사람이 되어 있을까. 뒤늦게 가망 없는 시인이나 되지 않고…… 그럴 리 없을 텐데도, 돌아보는 길목 길목이 다 외로움과 서러움으로 가득해서, 그러지 않았더라면 하는 이런저런 가정을 괜히 해보게 된다. 못난 사람다운 일이다.

횔덜린은 청년 시절 유명한 튀빙엔 신학교—그의 마지막 집 바로 뒤편에 솟아 있는 건물이다—를 동갑인 헤겔과 오 년 아래인 쉘링과 같이 다녔다. 함께 학교를 다니며, 그 많은 이야기를 나눈 친구들이 어찌 그리 달랐을까. 머리 무거운 헤겔의 그 단호한 논리의 구조, 무수한 변증법의 삼각형들로 이루어진 철통같은 세계와, 재기 발랄한 쉘링의 자연에 얹어놓은 철학. 그 가운데서 꿈에 잠긴 횔덜린은 무엇이었을까.

사라진 고대 그리스 신들의 세계를 헤매던 청년 횔덜린에게 시인은 '사제'였다. 인간에게 하늘의 뜻을 매개하는 존재. '맨머리로 뇌우 속에서' 천기天氣를 고스란히 다 받는, 그러나 또한 그럼으로써 낙뢰의 위험에 그대로 내맡겨져 있는 존재였다. 횔덜린에게 시인이 그랬고, 어두운 시대, '궁핍한 시대의 시인' 횔덜린 자신이 바로 그런 존재였다.

시련은 사랑으로부터 왔다. 세상도 만만치 않았다. 열정적이고 가난했던 시인 횔덜린은, 당시의 가난한 재사들이 으레 그랬듯, 공부를 마치자 가정교사로 들어갔다. 프랑크푸르트의 은행가 곤타르트의 집에서 그는, 은행가의 아내 주제테와 지독한 사랑에 빠졌다. 이 사랑은 그에게 끝없는 고통이었다. 결국 그 집에서 쫓겨나게 되어 스위스 등지를 전전하다가 프랑스 남쪽 보르도 지방까지 갔다. 프랑스혁명을 전후해서 세상이 들끓던 시대였다. 보르도에서의 횔덜린의 행적은 가정교사를 했다는 것뿐, 수수께끼로 남아 있다. 급진파 자코뱅당과 연결되었다는 연구도 있다. 많은 사람들이 '정치적' 시인 횔덜린의 모습을 만들어보려는 연구를 했다.

그러나 모든 것은 추측일 뿐, 세상의 관심을 끌기 훨씬 전에 이미 보잘것없는 광인으로 죽은 그가 프랑스에서 무엇을 했는지 그 모든 행적은 어둠에 묻혀 있다. 보르도에서 독일까지의 먼먼 길을 걸어서 돌아온 사실밖에는. 그렇게 돌아온 횔덜린은 이미 "아폴로의 화살에 맞았노라"고 횡설수설하는 광인이었다.

그 불행했던 한 번의 사랑에, 또 자신의 생애에 횔덜린은 큰 기념비 하나를 남겼다. 그의 작품 『휘페리온』은 그리스 해방전쟁을 배경으로 한 매우 시적인 서간체 소설이다. 찬란한 문화의 역사를 어둠에 묻고 사백여 년 터키의 지배 아래 있었던 그리스를 해방시키려고 벌어졌던 그 전쟁은 유럽의 수많은 열혈 청년들의 관심을 모으고, 심지어 그리스로 달려가게 했다. 시인 바이런이 그랬듯이. 횔덜린이 그려낸 그리스 청년 휘페리온도 그런 인물이다. 조국을 생각하노라면 머리 위에서 "관 뚜껑이 닫히는" 것 같노라는 느낌을 이야기하는 것으로 『휘페리온』은 시작된다.

그러나 찬란한 문화의 고대 그리스를 되찾는다는 열정과 명분으로 시작된 전쟁도, 결국은 전쟁이었기 때문에 야만일 수밖에 없음을 실감한 휘페리온이 은자隱者가 되어 세상을 등진다는 줄거리를 겨우 찾을 수 있을 뿐, 온통 감성으로 넘치는 서간체 소설이다. 이 작품은 무엇보다 휘페리온의 연인 디오티마를 아로새겼고, 시구 하나를 불멸의 자리에 올렸다. 디오티마는 플라톤의 『향연』에 나오는 사랑의 여사제이지만, 횔덜린에게는 연인 주제테 곤타르트를 대신하는 이름이다. 그리고 남아 있는 불멸의 시구는 작품 중에 나오는 「휘페리온의 운명의 노래」 마지막 연이다.

「휘페리온의 운명의 노래」는 모두 3연으로 이루어진 시인데, 1연은 운명이 없는 신들의 세계를, 2연은 그 세계와 인간의 세계와의 간극을, 그리고 3연은 인간의 운명을 다룬다. 마지막 연인 이 3연은 3행부터 마지막 행까지는 단 한 문장으로 이루어졌다.

하지만 우리에겐
쉴 곳이 주어져 있지 않네.
떨어지네, 사라지네,
괴로워하는 사람들은
물이 암벽에서
암벽으로 내동댕이쳐지듯
하나의 시각에서 다음 시각으로
여러 해를 두고 불확실함 속으로.

Doch uns ist gegeben

Auf keine Stätte zu ruhen,

Es fallen, es schwinden

Die leidenden Menschen

Wie Wasser von Klippe

Zu Klippe geworfen

Von einer Stunde zur andern

Jahrlang ins Ungewisse hinab.

떨어져내리는 것처럼 행마저 비스듬히 그려진 이 한 연은 추락하고 소멸하는 인간의 삶의 속도를 이 암벽 저 암벽으로 부딪치며 떨어져내리는 폭포수의 속도로, 지금 이 한 시각에서 다음 시각, 예컨대 두시에서 세시로 떨어져내리는 급박한 속도로 재현하고 있다. 그렇게 여러 해를—원문에서 시의 급박한 호흡은 "여러해jahrlang"에 이르러 원래 있어야 할 음절 하나가 축약되어 오히려 매우 늘여 읽게 된다—떨어져내리는 귀착점이 "불확실함"이다. 마지막에는 하강하는 움직임의 종착을 나타내는 단호한 부사 '힌압hinab'이 덧붙여져 있다. 망치로 치듯 마감이 단호하다.

그 모든 추락의 귀착점—"불확실함"은 압권이다. 무수히 인용되는 구절이다. 우리가 어디로 가는가. 삶이 어디에 이르는가. 무언가를 알겠다고, 무언가를 얻겠다고 아등바등하는 우리는 어디에 이르는가. 마침내 가닿는 곳은 어디인가. 다만 불확실함으로의 추락이라고 한다. 불확실함이란 또 지식의 폭발적 증가가 이루어진 우리

시대에, 오히려 얼마나 더 횡행하는 단어가 되었는가.

발밑을 흐르는, 수양버들 우거진 네카 강변을 내다본다. 이 푸른 물 어디에서 횔덜린은 그 폭포수를 보았을까. 스스로 한 방울 물로 이 암벽 저 암벽에 내동댕이쳐진 듯 부딪치며 떨어져내렸을까. 그런 비유 하나는 그 아픔을 몸으로 느꼈기에 가능했을 것이다. 소멸의 고통이 두렵게 째깍거리며 가는 시계의 초침으로, 시시각각 다가오는 두려운 진동으로 느껴졌기에 인간 존재를 '이 시각에서 다음 시각으로의 추락'으로 정의할 수 있었을 것이다.

삶의 핵이 꿰이고 있다. 시인이 왜 이렇게 눈 밝았는가. 광인이 어찌 이리 눈 밝았는가. 아니, 이렇게 눈 밝은 사람은 광인이 될 수밖에 없었는가. 삶의 가장 냉정한 철리는 어쩌면 오히려 그렇게 포착

횔덜린의 유일한 유품인 책상. 마바하 현대문학 박물관 소장.

되는 것 같기도 하다. 냉철한 철학의 논리를 통해서보다 더욱 선명하게 한 편 시구가 그려 보이는 그림으로.

그렇다 하여도 저 명징하고 목청 높은 논리들 앞에서 한 줄의 시구는 무엇이겠는가. 한 인간의 명命이 걸린 것이라 해도. 전 생애가 걸린 것이라 해도. 몇 걸음의 작은 방, 내가 창가에 붙박인 듯 서 있는 동안에도 네카 강은 무심히 흐른다. "순수한 발원發源은 수수께끼"라는 횔덜린의 시구가, 그가 라인 강을 두고 읊었던 시구 하나가 울려온다. 그렇게 발원한 언어는 오로지 운명이었을까. 섞여 들린다. "팔락쉬. 팔락쉬—"광인 횔덜린이 자주 했다는 말이다. 경우에 따라 "네"이기도 하고 "아니요"이기도 했다고 한다.

프리드리히 쉴러

Friedrich Schiler(1759~1805)

괴테와 더불어 쌍벽을 이루는 독일의 국민문인. 많은 시를 썼으나 근본적으로 드라마 작가이고, 미적 교육을 통해 국민의식을 제고하려 괴테와 함께 힘썼다. 슈투트가르트 부근의 마바하에서 하급군인의 아들로 태어나, 제후가 세운 사관학교 칼스슐레에 입학하여 의학 공부를 하였으며 그곳에서 쓴 『군도』로 명성을 얻게 되었으나 오래 불우한 시절을 보냈다. 역사 공부에 매진하여 후일 괴테의 추천으로 예나 대학 역사학 교수가 되었으며, 『네덜란드 독립사』 같은 논문 외에도 역사를 바탕으로 한 수많은 걸작드라마 작품들(『돈 카를로스』 『빌헬름 텔』 『마리아 슈투아르트』 『오를레앙의 처녀』 『메시나의 신부』 『데메테리우스』 『발렌슈타인』 3부작), 이상에의 지향이 두드러진 시작품들, 『미학편지』 등 문학과 예술에 대한 독보적인 성찰들을 남겼다.

네카 강변의 마바하. 이 집 일층에서 쉴러는 가난한 군인의 아들로 태어났다.

우정에 놓은 기념비, 환희의 송가 '기쁨에게'

쉴러의 마바하

횔덜린의 집 앞을 흐르던 초록빛 네카 강이 기차 속도로 한 시간 남짓 북쪽으로 흘러가서 거의 한 바퀴쯤 휘도는 곳에 '네카 강변의 마바하Marbach'가 있다. 오로지 쉴러가 그곳에서 태어났기에 알려진 조그만 마을이다. 작은 초록 강물 앞에 조금 솟아 있는 쉴러 언덕 위에 작지만 아름다운 쉴러 국립박물관이 있고 나란히 독일문학 문서실이 있다. 20세기 독문학 분야에서 최고의 장서량을 자랑하는 곳이다.

오래전부터 한번 가보고 싶던 곳이다. 워낙 시골이라 차편 연결이 좋지 않아 번번이 포기했었다. 이번에도 급한 일정에 쫓겼지만, 베를린에서 일을 마치고 망설이다가, 플랫폼에 가서까지 망설이다가 무리해서 늦은 기차에 몸을 싣는다. 자정이 넘어서야 그 조그만 마을 마바하에 닿는다. 밤이 늦어 숙소를 찾을 길이 없다. 추운 겨울밤, 달리 대책이 없어 택시를 타고 한참 떨어진 도시로 가서 가까스로 숙소를 구해서 옹색하게 하룻밤을 보낸다.

그렇게 잠깐 눈을 붙인 을씨년스러운 도시 루트비히스부르크 역시 쉴러의 자취가 많이 남아 있는 곳이다. 무엇보다 소년 쉴러가 이곳에서 학교에 다녔다. 이곳의 라틴어 학교도 다니고 조금 떨어진 곳의 학교도 다녔다. 뷔르템베르크 공국, 절대군주 칼 제후의 전횡이 두드러진 곳이었다. 이 작은 도시 근교, 여기서부터 실을 팽팽히 당겨놓은 듯 직선인 가로수길을 십오 킬로미터쯤 가면 '솔리튜드'라는 조그만 성이 있고 그 성에 영세민 자녀를 위해 그 제후가 세운 유년사관학교가 있었는데, 그것이 나중에 슈투트가르트로 옮겨 확장된 것으로 유명한 '칼스슐레'이다. 감수성 높은 청년 쉴러의 글로 그 억압이 널리 알려진 이 칼스슐레는 나중에 대학으로까지 커졌지만, 제2차 세계대전중의 폭격으로 흔적 없이 사라졌다. 그곳에서 의학을 공부하며 군의관으로 양성되고 있던 소년 쉴러는 이 답답한 군대 같은 학교의 창살 안에서 시를 읽고, 셰익스피어를 읽고, 루소를 읽고, 몰래 드라마를 써본다. 간계에 휘말려 성주가 되는 대신 도둑떼의 괴수가 되지만 운명의 비극 속에서도 고결함을 잃지 않는 열정적인 인간의 드라마 『군도Die Räuber』(1782)이다.

『군도』는 선풍적인 인기를 끌고 공연도 되었지만, 제후의 허가 없이 그 초연을 보러 갔다 온 쉴러는 구류 처분에다 저술 금지를 당한다(당시의 독일은 여러 개의 소국으로 나뉘어 있어 지척인 도시 만하임은 먼 외국이었다. 제후의 허락을 받지 않은 쉴러의 야간여행은 요즘으로 보면 불법 출국, 밀입국이다). 나중에 쉴러는 아주 만하임으로 가게 되지만 선풍적인 인기를 끈 작품 『군도』가 저자에게 기대했던 성공을 가져다주지는 못했다. 작가의 저작권이 보호받지 못했던 시대였다. 빚에 짓눌리고 병마에 시달리는 곤고한 세월이 기다리고 있을 뿐이었다. 잠깐씩 비쳐드는 햇살 같은 시절들이 있었지만, 쉴러의 생애는 대체로 고단했다. 불운했던, 그러나 결코 그 불운에 굴하지 않았던 정신의 출발점이 제각기 지척인 이 부근의 세 곳, 루트비히스부르크, 슈투트가르트, 마바하이다. 야심한 밤에 숙소를 찾아 헤매며 본 루트비히스부르크는 도시 전체가 성의 앞마당에 길게 도열하고 있는 군단 같은 기이한 형태이다. 열정적이고 올곧은 청년 쉴러가 견뎌야 했던 것의 가시적 흔적 같다. 그러나 루트비히스부르크는 또한 장년의 쉴러가 아이들을 낳아 길렀고, 소개장 하나를 들고 찾아온 횔덜린을 만나 가정교사 자리를 주선해주었던 곳이기도 하다. 겨우 밤을 보내고 아침에 다시 마바하로 간다. 어제 심야의 불빛 속에서 숙소를 찾아 헤맬 때는 동화 같은 중세 마을이 그래도 웬만해 보였는데 낮에 보니 중세의 티는 여전히 지녔지만 손바닥만하다. 그 끝자락에 지어진 도서관으로 먼저 간다. 작고 안정된 설계의 현대 건물이다. 아늑한 내부에는, 아주 조용하고 깊은 열기가 느껴진다. 주저앉고 싶다. 도서관 하나 외에는 아무것도 없는 이 작은 곳을 굳이 찾는 독일문학 연구자들이 그치지 않는 이유가 느껴진다. 곁에 고풍스러운 건물, 네카 강이 내려다보이는 언덕에 아름답게 지어진 쉴러 국립박물관에서는 쉴러 서거 이백 주년이었던 한 해 내내 큰 전시회가 열렸고 이제는 새 전시를 위해 잠시 수리중이다. 그러나 언덕 위에서는 멀리 루트비히스부르크의 탑들과 성의 뒷면이, 또 그 너머로는 솔리튜드의 잇닿은 언덕들이 보인다. 쉴러가 서거한 해(1805)에 조성된 언덕이다. 이 쉴러 언덕 위에 선 쉴러의 동상은 우람해 보인다. 저 아래 작은 마을 언저리의 작은 집에서, 보잘것없는 병사의 아들로 태어나 괴로운 생애를 뜻으로 개척해나갔고, 마침내 국민 시인으로 우뚝 선 쉴러의 입지에 여러모로 걸맞다(동상은 쉴러의 부음을 들은 마바하 사람들이 거둔 돈으로 세웠다. 작은 마을이 독일의 스트래퍼드—셰익스피어의 고향—를 꿈꾸었을 것이고 그럴 만도 했다).

온갖 역경 속에서도 자신을 세웠고, 예술을 통한 민족정신의 고양까지를 꿈꾸어본, 큰 뜻과 불굴의 정신의 소유자. 그러나 쉴러는 선뜻 마음으로 다가오는 시인이 아니다. 본령에서 극작가이기도 하다. 반도叛徒가 된 혁명적 청년의 이야기 『군도』에서 시작하여 비운의 여왕 『마리아 슈투아르트』, 비극적인 운명에 맞서 네덜란드 독립운동을 지원하는 왕자 『돈 카를로스』, 잔다르크 이야기 『오를레앙의 처녀』 등을 거쳐 스위스 독립운동의 영웅 『빌헬름 텔』, 난세(30년전쟁)의 간웅을 다룬 『발렌슈타인』 3부작으로 마감되기까지 그의 드라마들 역시 혹독한 운명에 맞서 오히려 고결하게 승화하는 강인한 인물들의 이야기가 주류를 이룬다. 불운했던 시절에 역사 공부를 했던 쉴러는 「네덜란드 독립사」 같은 논문을 써 나중에 예나 대학의 역사 교수로 초빙되었으며, 그 모든 것은 무엇보다 후일 큰 역사 드라마들로 집약된다.

쉴러는 '사상시Gedankenlyrik'들을 주로 썼다. 사상시는 무슨 이데올로기를 담은 것이 아니라, 감성보다는 생각이 우선되는 시를 가리키며, 누구보다 쉴러가 부각시킨 장르이다. '사유시'라는 번역이 조금 더 낫겠다. 구절구절이 좌우명으로 책상 앞에 붙여놓아도 좋을 그런 시들이다. 박물관 입구 매점에서도 쉴러의 시구가 적힌 엽서들이 유난히 눈에 뜨인다. "정신의 물방울을 부어넣는다/ 생명에 생명을 주는 것은 그것뿐" "잃어버린 순간 아쉬워라/ 인생은 놀랍게 빨리 흘러가버리는구나". 평범한 듯하면서도 언제나 정곡을 찌르는 힘이 실려 있다.

저 아래 마을의 다른 끝머리, 쉴러의 생가를 찾아 내려온다. 중세적인 탑의 문을 지나고 어젯밤 잠긴 문을 헛되이 두드렸던 여관 '쉴러 호프'가 중심이 되는 작은 광장에는, 마침 카니발 철이라 가장행렬이 이어지고 있다. 작은 골목길을 내려온다. 작은 마을. 바깥에서 사진을 찍으면 그럴듯한 생가 건물은 물론 새로 단장한 것이고,그 건물 일층에 있었다는 생가의 옛날 자취는 부엌자리에만 조금 남아 있다. 침실, 거실을 다 겸한 방 한 칸, 부엌, 그리고 외양간이었다는 공간은 다 합해도 얼마 되지 않는다. 가난한 군인과 두어 집 건너에서 태어난 마을 토박이 어머니 사이에서 쉴러는 태어났다.

추운 겨울날 이런 곳을 찾아오는 사람은 없어, 나 혼자서 이런저런 자료를 본다. 유일한 어린 시절 유품이라는 아기저고리는 이리저리 기운 자욱이 선명하다. 그 생애 또한 어느 정도는 저러했다. 불굴의 정신이 깃들지 않았더라면 누더기처럼 누추했을, 그냥 사라졌을 그 생애 속에서 한 시인이 이루어낸 것들을 다시 생각하게 된다.

슈투트가르트 부근의 작은 마을 마바하.
쉴러의 고향이어서, 지금은 문학 연구의 한 메카가 되었다.

바이마르의 쉴러 하우스. 쉴러는 온갖 역경을 겪었으나, 괴테의 도움으로 예나 대학 역사학과 교수가 되어 안정된 생활이 시작되자 많은 역사극을 썼다. 괴테와 더불어 바이마르를 독일의 정신적 중심지로 만들었지만 이 아름다운 집에서는 겨우 삼 년을 살다 죽었다.

자신의 생애를 서술한 글의 첫머리에서도 쉴러는 어떤 역경 속에서도 "작품은 영원을 위하여 쓴다"고 했다. 그런 말을 쉽게 할 수 있을까. 강인한 정신의 아름다움을 다시 이야기할 수밖에 없다.

고난에 처해 있던 젊은 쉴러를 쾨르너라는 사람이 라이프치히로 초청했다. 그 집에서 보낸 일 년 반은 그가 처음으로 맛본 평화였다. 이 우정에 대한 감격과 감사를 쉴러는 한 편의 시에 담았다. 친구 쾨르너는 이 베풂으로 인하여 독일문학사에 길이 남아 있다. 그 한 편의 시가 '환희의 송가'라고 우리나라에까지 널리 알려진 「기쁨에게 An die Freude」이다. 우정의 기념비인데다 베토벤의 작곡이 더해져 불멸의 노래가 되었다. 모두 아홉 파트로 된 이 긴 시를 다시 읽어본다. 한 편이라도 찬찬히 보아야 무거운 그의 시세계가 조금은 더 잘 보일 것 같다.

기쁨이여, 아름다운 신들의 불꽃이여,
　　낙원의 딸이여,
우리는 불에 취해 들어선다
　　천상의 기쁨이여, 그대의 성소로.
그대의 마력은 다시 묶는다
　　시류의 칼이 갈라놓은 것을.
그대의 부드러운 날개가 머무는 곳에서는
　　만인이 형제가 된다.
　　합창
얼싸안자꾸나, 만인이여!

이 입맞춤을 온 세상에!
형제들이여— 별 장막 위에
분명 사랑하는 아버지가 계신다.

한 친구의 친구가 되는
큰 투척이 이루어진 자
아리따운 여인을 얻은 자
그 환호를 섞어라!
실로— 땅덩이 위에서 단 **한** 영혼만이라도
자기 것이라고 일컬을 수 있는 자도!
그럴 수 없는 자, 울며 슬그머니
이 동아리에서 빠져나가거라!
합창
커다란 고리 속에서 살고 있는 것
공감에 경의를 표하라!
공감은 별들로 이끌어준다
알 수 없는 이가 왕좌에 앉은 곳으로.

모든 존재가 기쁨을 마신다,
자연의 가슴에서.
모든 선한 자, 모든 악한 자
기쁨의 장미 흔적을 따른다.
기쁨은 **우리에게** 입맞춤을 주고 **포도넝쿨**을 주고,

죽음의 시련을 견딘 친구를 준다
버러지에게는 쾌락이 주어지고
신 앞에는 천사가 서 있다.
합창
무릎 꿇는가, 만인이여—
창조주를 예감하는가, 세계여!
별 장막 위에서 그분을 찾으라
별들 위에 분명 그분은 계신다.

기쁨은 영원한 자연 속의
강력한 용수철
기쁨, 기쁨이 톱니바퀴를 돌린다
거대한 세계 시계 속에서.
기쁨은 싹에서 꽃을 끌어내고
창공에서 태양을 끌어낸다
천문학자의 망원경이 알지 못하는
공간 속에서 천구를 굴려가는 것도 기쁨이어라.
합창
그의 태양이 호화로운
하늘 평원을 날아가듯 즐겁게
그대들이 갈 길을, 형제들이여, 기쁘게 달려가라
영웅이 승리를 향해 달려가듯.

진리의 불 거울에서

　　기쁨이 추구하는 자에게 미소짓는다

미덕의 가파른 언덕으로

　　기쁨은 참는 자의 길을 이끄느니.

믿음의 태양 산 위에

　　기쁨의 깃발들이 펄럭이는 모습 보인다.

갈라진 관棺의 틈을 뚫고 나와

　　기쁨은 천사들의 합창대 속에 있다.

　　합창

용기 있게 참으라, 만인이여!

　　보다 나은 세계를 위하여 참으라!

　　저 위 별 장막 위에서

위대한 신이 보상하리니.

신들에게 복수할 수야 없지만

　　그들과 같이 되는 일 아름다워라.

원한과 빈곤은 나서거라

　　기쁜 이들과 더불어 기뻐하자

앙심과 복수는 잊어버리자

　　우리의 숙적은 용서하자

눈물이 그를 짓누르게 하지 말자

　　회한이 그를 좀먹게 하지 말자.

　　합창

우리의 죄罪 장부는 없애버리자!

온 세계가 화해하자!

형제들이여—별 장막 위에서는

신이 심판한다, 우리가 심판했듯이.

기쁨은 술잔에서 끓어온다

포도의 황금 혈액 속에서.

이 술을 마셔 식인종들은 온순해지고

절망은 영웅적 용기를 얻는다—

형제들이여, 가득한 잔이 돌거든

너희 자리에서 날듯이 일어나 받거라

거품일랑 하늘로 튀겨라

이 잔을 선한 영에게.

합창

별들의 소용돌이를 찬양하라

천사의 찬가를 칭송하라

저기 별 장막 위

***선한 영에게** 이 잔을!*

무거운 괴로움 가운데는 굳건한 용기를

죄 없는 자가 우는 곳에는 도움을,

서약한 맹세에는 영원을,

친구며 적에 맞서서도 진리를

왕좌 앞에서도 남자의 자긍을—
형제들이여, 재산과 생명이 걸려 있더라도,
공로에는 관冠을
거짓 족속에게는 멸망을!
합창
성스러운 동아리를 더 굳게 맺자
이 황금의 포도주를 걸고 맹세하라,
서약에 충실할 것을.
별들의 심판자 앞에서 맹세하라!

폭압의 사슬로부터 구원을
악당에게도 아량을,
임종의 침상에 희망을
교수대에 은총을!
죽은 자들도 살아나라!
형제들이여 마시고 동의하라,
모든 죄진 자들이 용서받으라
지옥도 더는 없어라.
합창
명랑한 작별의 시간!
수의 속에 감미로운 잠!
형제들이여—부드러운 판결이
저승 심판자의 입에서 나온다!

아홉 개의 연에다 세상에 있는 "기쁨"을 온통 다 담아본 시이다. 하나하나 기쁨을 담아가는 각각의 연에는 환호의 메아리처럼 합창(이탤릭체 표기 부분)이 덧붙여져 있다. 첫째 연은 기쁨을 신화적으로 정의하면서 기쁨의 장을 연다. 기쁨은 "아름다운 신들의 불꽃"이며 "낙원의 딸"이라 한다. "신들의 불꽃"이라는 웅장한 단어에서는 그리스·로마의 고전 세계에 대한 쉴러의 지향이 이미 엿보이며, 낙원의 "딸"인 것은 기쁨Freude이 독일어로 여성 명사이기 때문이다. "불에 취해" 우리가 들어서는 "성소"인 기쁨은, 우리를 도취케 하는 천상의 것이다. 이런 도취 속에서 기쁨의 마력은 "시류의 칼이 갈라놓은 것"을 다시 묶어준다. 모든 사람이 하나로 어우러지게 한다. 모든 신분의 장벽을 넘어서게 하는 것이다. 그 기쁨의 나래 아래서는 "만인이 형제가 된다". 온 세상 사람들이 형제가 된다는 구절은 훗날 나이든 쉴러의 교정이고, 젊은 쉴러가 쓴 초고에는 "거지가 제후의 형제가 된다"라고, 당시로서는 몹시 과격한 정치적 진보주의의 발언이 있다. 이어지는 합창은 "신"을 친근한 다른 이름들로 불러, 이 모든 발언의 보증으로 삼는다.

맨 먼저 손꼽히는 기쁨은 사랑과 우정의 기쁨이다.(2연) "한 친구의 친구가 되는/ 큰 투척이 이루어진 자/ 아리따운 여인을 얻은 자/ 그 환호를 섞어라"라고 한다. "땅덩이 위에서 단 한 영혼만이라도/ 자기 것이라고 일컬을" 수 없는 자, 이 동아리를 떠나라고까지 한다. 다음으로 기쁨은 모든 생명의 자양분이고 원천이다. 친구를 주는 것이다.(3연) 나아가 기쁨은 우주를 움직여가는 동력이다. 싹에서 꽃을 "끌어내고" 천체를 "굴려가는" 힘이다.(4연) 기쁨의 영역은 자연에 그치지 않는다. 인간이 갖춘 "미덕"의 기쁨은 죽음마저도 이겨낼 수 있는 힘이다.(5연) 그러므로 무엇보다 기쁨은 화해와 용서의 기쁨이다.(6연) 이런 넘치는 기쁨이 7연에서는 잠시 축배의 노래로 솟구쳤다가, 8연에 이르면 기쁨은 굳건한 용기와 진리와 자긍을 주는 것, "공로에는 관을, 거짓 족속에게는 멸망을" 주는 심판자로 상승된다. 그리하여 마지막 9연의 대미는 절정을 이룬 기쁨의 힘, 죽음마저도 넘어서는 기쁨의 위력으로 장식된다.

기쁨으로 아우른 세계와 우주의 유토피아—처음으로 맛본 우정에 감격한 역경의 청년 쉴러가 그 우정에 놓은 기념비이다. 이 시가 또 한 명의 불굴의 정신, 베토벤의 9번 교향곡에 얹어져 탄생된 노래 〈기쁨에게〉는 그 장엄함이 하늘에 닿을 듯하다. 〈기쁨에게〉는 독일 국민에겐 애국가를 압도하는 민족의 노래다. 독일 국민은 나치즘이라는 역사적 과거의 상처로 인해 민족주의적인 상징들을 없앴고, 국가를 잘 부르지 않는다(축구게임에 이겨도 너무 요란하지 않은 3절만 부른다). 그 빈자리를 이 기쁨의 노래가 채웠다.

이 노래가 불리는 감격적인 역사의 한 장면을 본 적이 있다. 베를린장벽이 무너진 해(1989) 마지막날 제야의 밤Silvester, 베를린에 모인 사람들은 약속이라도 한 듯 저마다 샴페인 한 병씩을 들고 저절로 브란덴부르크 문 앞 광장으로 모여들었다. 장벽이 무너지던 날(11월 9일)부터 끊이지 않고 모여든 사람들이 저마다 망치를 들고 두터운 장벽의 파편을 깨는 통에, 그 헤아릴 수 없는 수효의 망치질 소리가 형언할 수 없는 음악이 되어 하늘 높이 울렸다.

자정의 종이 울리자, 온 사방에서 저절로 나팔 소리가 울려퍼졌다. 〈기쁨에게〉였다. 샴페인만이 아니라 트럼펫을 들고 온 사람들도 있었던 것. 온 사방에서 한소리로 울려퍼지는 환희의 송가, 그리고 연이어 터지는 헤아릴 수 없는 샴페인의 폭발음 속에서 서로 껴안은 사람들의 얼굴 위에서는 웃음과 눈물이 동시에 번지고 있었다. 눈물을 흘리며 웃고 있던 그 많은 사람들의 모습은, 아직도 귓전을 울리는 망치 소리와 더불어 살면서 목격한 가장 아름다운 순간 중 하나로 남을 것 같다.

남의 나라 통일이 부러운 한국인들도 덩달아 몰려들어 그날 브란덴부르크 문 앞 광장에서는 한국인들도 제법 많이 보였다. 길거리에서라면 덤덤히 지나갔을 사람들이 오래 알던 사람인 양 서로를

바이마르의 괴테, 쉴러 아카이브.
두 사람과 주요 당대 문인들의 육필이 보관되어 있어 고전 연구의 중심지이다.

반겼다. 똑같은 부러움이 마음속을 오가고 있던 탓일 것이다.

그 다음날 나는 아직은 공식적으로 독일민주공화국DDR인 동독으로 떠났다. 한국 영사관에서 특별히 받은 공식 허가와 동독 당국이 내준 비자를 손에 쥐었건만, 공산주의 나라로 간다는 것은 여전히 위태롭고 감격스러운 일이던 때였다. 주 목적지는 바이마르였다. 무엇보다 대문호 괴테와 쉴러가 손을 잡음으로써 이루어낸 바이마르 고전기라는 문화의 꽃은 오래전부터 부러운 수수께끼였던 것이다. 예나 지금이나 인구 육천 정도의 작은 도시이지만 독일 민족의 자긍심이 배어 있는 곳이다.

그때 바이마르에서는 쉴러의 집에 들렀다. 괴테 하우스에서 나와 길모퉁이만 돌면 있는 집. 쉴러가 말년에야 장만해 겨우 삼 년을 살고 죽은 마지막 안식처이다. 쉴러의 빈 책상 앞에서 오래 서 있었다. 창밖에서 환희의 송가가 계속 울려오는 듯했다. 그 환청 속에서 생각했다. 예술에 그 많은 것을 걸었던 한 정신의 아름다움을, 예술에 명을 건다는 것의 여전히 숙연한 아름다움을.

베를린장벽이 무너진 직후 그렇게 결연히 찾아갔던 그 집 앞길을 그후 참 많이도 오갔다. 어느덧 내 집 앞길처럼 친근해졌다. 독일이 통일되고, 나도 바이마르에 자리잡았던 큰 '정신'들에 세차게 끌려갔기 때문이다.

요한 볼프강 괴테

Johann Wolfgang Goethe(1749~1832)

시인. 육십여 년을 쓴 대하드라마 『파우스트』의 저자. 문학의 모든 장르를 두루 망라하는 작가이자 바이마르 공국의 교육, 문공, 산업, 세무 네 부서를 담당한 정치인이며, 광학, 동물학, 식물학, 기상학 등 자연과학의 여러 분야를 아우른 과학자이고 미술, 음악, 연극 등 문화예술 전반에도 큰 기여를 했다. 많은 활동으로 이루어진 삶에서 문학은 그의 한 면에 불과했음에도 방대한 작품을 남겨 종이시대의 가장 생산적인 문인으로도 지칭된다. 언제나 자신에게 절실한 문제를 문학에 담았고 그럼으로써 자신의 한 시기를 넘어섰으며, 동시에 독일문학사의 한 시기를 만들었다. 그때까지 유럽에서 후진성을 면하지 못했던 독일문학을 세계문학의 반열에 올렸다. 긴 생애 동안 매일 새벽 다섯시 반부터 오후 한시경까지는 글을 쓰고 그다음에 다른 활동을 시작했다고 한다.

멀리서 바라본 바이마르의 괴테 하우스.

큰 시인의 집, 괴테 하우스

괴테의 바이마르

바이마르 중심로를 몇 걸음 걸어 오른쪽으로 돌면 작은 광장이 있고, 그 전면을 채우고 서 있는 것이 괴테 하우스이다. 괴테의 집이 작은 광장을 채우듯, 괴테의 존재는 지금도 바이마르를 가득 채우고 있다. 괴테와 쉴러를 중심으로 꽃피어난 문화로 인해, 이 작은 도시는 종종 독일 문화를 대표하는 도시로 여겨진다.

독일 통일 직후, 학회 초청으로 두 달 동안 바이마르 근교 벨베데레 성에서 머물렀던 적이 있다. 막 통일된 때라 구동독이던 이곳은 밤이면 그저 캄캄했다. 날마다 문이 닫힐 때까지 도서관에 앉았다가 허겁지겁 버스를 타고 캄캄한 들길을 걸어 그 벨베데레 성 숙소로 가곤 했다. 모든 것이 모험 같았고, 괴테도, 도시도, 통일 이후의 동독의 상황도 온통 놀라운 발견이어서, 숙소로 돌아온 밤이면 식탁에 앉아 간간이 한국괴테독회 회원들에게 보고서 대신 편지를 썼다. 보고 들은 것이 넘쳐서, 두 달 사이에 쓴 편지는 나중에 『괴테의 도시 바이마르에서 온 편지』라는 책으로 묶였다.

그렇게도 낯설던 곳이 어느덧 여러 차례 들른 곳이 되었고, 지난 여름에는 다시 한 달 동안이나 머무를 수 있었다. 이번에 독일괴테학회가 제공해준 숙소는 비툼스팔레(직역하면 '과부의 궁', 즉 창덕궁의 낙선재 같은 곳이다)의 게스트 하우스였다. 비툼스팔레는 괴테를 바이마르로 초청했던 안나 아말리아 모후가 섭정에서 물러나 머물렀던 아주 작은 궁이다. 수요일이면 모후와 괴테 등이 그 작은 궁 응접실에, 혹은 근교의 작은 궁정 방에 둘러앉아 작품을 낭독했고, 그 창밖으로 보이는 바이마르 국립극장에서는 괴테가 작품을 무대에 올렸다.

예전에 앉아 있던 안나 아말리아 도서관은 매우 안타깝게도 2004년 화재에 휩싸였다. 루터가 번역한 성서 초판본급의 장서 이만여 권이 불탔다. 루터 번역의 성서 초판본은 구출되었지만, 괴테가 빌려 보고 크로이터가 일일이 번호를 달아두었던 장서들도 불타버렸다. 어떻게든 복구를 해보려고 세계적으로 모금 운동이 벌어져 한국괴테학회까지 참여했다. 여러 해의 엄청난 노력으로, 젖었던 책들을 일부 되살리고 당대의 책들을 구해서 거의 복구되어 2010년 가을 재개관식을 했다. 그곳은 이제 일반 사용이 안 되어, 그곳 '초록성'이 내다보이는 신축 도서관 열람석에 여름 내내 앉아 있었다. 화재 훨씬 이전에 이미 기획되었던 신축 도서관은 매우 현대적이고 안락한 공간이다. 이따금씩 저녁 무렵 눈을 들면, 내부의 아름다운 로코코 홀은 그사이 불타고, 다시 꾸며지고 했어도 외부는 그대로인 '초록성'에서 괴테가 걸어나올 것만 같았다.

독일 통일 직후, 도서관에 내내 앉아 있다가 어두운 길을 돌아와서 편지를 쓰던, 그 낯설고 막막하던 시절과 지난여름의 체류는 참으로 달랐다. 괴테학회장, 바이마르 고전주의 재단 이사장들과 같은 명망 있는 인사들을 만났고, 독문학에 대한 조금은 서러운 일방적 애정이 보상을 받는다는 느낌이 들 만큼 환대를 받았다.

그 스무 해 가까운 세월은 무엇이었을까. 괴테라는 한 거장의 세계를 대충 조감이라도 하기 위해 모든 것을 쏟아넣은 세월이었다. 나는 그의 전기 『시와 진실』을 번역하게 되었고, 번역을 좀더 제대로 하기 위해 공부 차원에서 그의 많은 시편들부터 먼저 모조리 번역했다. 나머지 주요 작품들을 그 십 년에 걸쳐 읽었다. 공연 시간이 스물한 시간인 세기의 〈파우스트〉 공연을 보자고 두 번이나 비행기를 타고 독일로 달려갔던 열정의 시기이기도 했다. 『괴테 시 전집』을 완역하고, 별도의 단행본 『서·동 시집』을 완역하고, 『서·동 시집 연구』를 내고 독일에서도 연구서를 내었다.

괴테 읽기를 통하여 참 많은 사람도 만났다. 첫 바이마르 체류에서 괴테 공부 이외에 『괴테의 도시 바이마르에서 온 편지』를 썼듯, 그 열중의 시기에 나 자신을 둘러보는 글을 쓰게 되었다. 분량으로는 『시와 진실』에 가까운 긴 자서전이다. 모르겠다, 내가 죽고 나서야 출간될 수 있을지 어쩔지. 이런저런 책을 허겁지겁 읽다가 글마저 독일어로 쓰게 되어버렸으니 말이다. 어쩌다 그리 되었을까. 자

괴테의 주요 일터 바이마르 궁전. 현재 바이마르 고전주의 재단과 괴테학회가 그 안에 있다.

신이나, 출판, 문단에 대한 실망 등 개인적 사유가 없지 않으나 무엇보다 괴테가 그런 사람이다. 괴테는, 보잘것없는 번역자에게마저 그런 불가사의한 힘을 불어넣는 사람이다.

괴테는 그침 없이 일했다. 괴테 사후 얼마 안 되어 나온 바이마르 판 괴테 전집은 본문만 백사십삼 권이고, 탄생 이백오십 주년 즈음에 나온 프랑크푸르트 판 전집은 마흔여섯 권, 뮌헨 판은 서른세 권이다. 각 권의 분량이 종종 권당 천오백여 쪽에 육박한다. 괴테는 '종이 시대paper age의 가장 생산적인 작가'로 지칭된다.

1775년 11월 스물여섯 살의 괴테는 아우구스트 공의 초청으로 바이마르에 왔다. 잠깐 머물 작정이었다. 그때의 심경을 괴테는 다음처럼 표현하는 것으로 자서전 『시와 진실』을 마무리한다(청년기까지가 기록된 『시와 진실』은 청년 괴테가 바이마르를 향해 떠나는 것으로 끝난다).

> 자, 자! 멀지 않았다! 보이지 않는 영들의 채찍을 받은 듯 시간의 태양말들은 우리들 운명의 가벼운 수레를 끌고 질주한다. 하여 우리들에게 남은 것은, 용기 있게 마음 다잡고 채찍 굳게 쥐고, 왼편, 오른편에서, 여기 돌, 저기 낭떠러지에서 바퀴를 돌리는 일뿐. 어디로 가는지야 누군들 알랴? 어디서 왔는지도 잘 기억나지 않는데.

그렇게 온 곳에서 괴테는 1832년 여든두 살로 죽을 때까지 머문다. 바이마르는 예나 지금이나 작디작은 도시다. 궁전도 얼마나 작은지. 이 좁은 궁정 귀족들 틈바구니에서, 아직 신분사회이던 당대에 비교적 좋은 환경에서 태어났다지만 평민이었던 괴테는 얼마나 갑갑했을까. 거기서 십일 년을 보낸 후 1786년 9월 3일 새벽, 괴테는 문득 도망치듯 로마로 떠나 이 년을 머물기도 한다. 하지만 그런 갑갑함은 아마도 엄청난 창작의 한 동인이기도 했을 것이다. 정치가 괴테는 그 작은 곳의 산업을 발전시키려는 야심을 가지고 있었고, 나아가 예술가 괴테는 쉴러와 함께 문화를 통해 민족의 정신적 자부심을 '상승'시키고자 했다. 그리고 두 사람은 그것을 이루었다. 괴테 이전의 독일문학은 유럽에서 지방성을 면치 못했다. 식자들은 라틴어 대신 불어를 쓰기도 했다. 그러나 괴테 사후 독일문학은 세

괴테 하우스의 문지방. 그 앞에 선 손님의 발치에 적힌 글씨. '평안'.

계문학의 반열에 오르게 된다. 괴테는 언제나 한 시기의 자기 자신을 깨뜨리고 상승했으며 그로써 민족문학의 새로운 시기를 열었다. 그가 젊었던 시절의 독일문학은 '질풍노도기'였고, 이탈리아 여행 후 괴테가 고전에 경도하여 완미의 세계를 추구했을 때 독일문학은 '고전기'를 맞는다.

괴테가 이곳에 머문 것은 무엇보다 안나 아말리아 모후라는 똑똑하고 야무진 여성 덕분이다. 이 사람은 열여섯 살에 시집 와서 열여덟 살에 과부가 되었는데, 그사이 아들 둘을 두어 그들이 자랄 동안 섭정을 하다가 큰아들이 성년이 되자마자 자리를 비켜주고 본인은 비툼스팔레로 물러나 앉는다. 그녀는 아들들을 잘 키우고자 독일의 당대의 위대한 인물들을 바이마르로 불러모았다. 괴테, 쉴러, 헤르더, 빌란트 등 쟁쟁한 '정신'들이 그들이며, 이 작은 궁정, 작은 소공국 바이마르가 '문화'를 대변하게 된 것은 그 덕분이다.

괴테의 공식 직함 'Geheimer Rat'는 국왕 고문쯤으로 번역될 수 있는데, 이는 명예직에 그치는 것이 아니라 여러 중요 위원회의 임무를 맡는 직책이어서 재상이라고 번역해도 크게 무리는 없다. 그가 책임졌던 위원회는 요즘 우리나라 같으면 교육부, 문화공보부, 산업자원부, 재무부 같은 여러 부서이다. 그에 더해 괴테는 아마도 아말리아 모후의 바람대로, 막 성년이 되어 군주가 된 아들 아우구스트 공과 함께 공부도 하고, 정치도 하고, 말도 타고, 사냥도 하고, 장난도 치며 지낸다. 처음 괴테가 지내던 곳은 일름 강변에 있는 조그만 정원집이다. 육칠 년 그곳에 살다가 제후가 신분에 걸맞은 집을 임대해주었고, 그 집이 지금의 괴테 하우스이다.

괴테 하우스의 응접 공간의 방들.
보색 효과를 중시하는 괴테의 색채론의 기본 6색이 조화롭게 어울려 있다.

작년 괴테학회 때는 그 집이 전 세계에서 온 회원들에게 활짝 개방되었다. 백 명 정도가 뒤뜰에 앉아 저녁을 먹고 환담을 하며 활짝 열린 집안을 이리저리 거닐었다. 금방이라도 집주인이 직접 나와서 조금 늦어 미안하다며 쾌활하게 안내를 해줄 것만 같았다. 『괴테의 도시 바이마르에서 온 편지』에는 이 집에 대한 상세한 묘사가 담겨 있다. 바이마르에서 보낸 저 첫 겨울에 내가 이 집을 그토록 꼼꼼히 보았던 까닭은, 어우러져 있는 괴테 삶의 전체를 상징적으로 보여주는 가시적 공간으로 비쳤기 때문이다.

집은 왼쪽으로 밀어 가로눕힌 비읍자형이다. 작은 광장을 향해 있는 바깥 획은 정치가·문인·공인으로서의 괴테를 보여주는 응접 공간으로 이루어져 있고, 뒤뜰을 향한 안쪽 획은 아내와 아이들이 기거하고 뒤뜰로 나서는 생활공간으로 이루어져 있다. 비읍자를 바닥에서 막는 부분에는 서재, 침실 등 괴테 자신만의 공간이 있다. 응접 공간의 여러 방문은 첫 방에서 끝 방까지 전체를 관통하는 직선 위에 있다. 한끝에서 보면 열린 문 뒤로 또하나의 열린 문이, 그 뒤로는 또다른 열린 문이 마지막 방의 벽면이 보일 때까지 계속 이어진다. 빛깔까지 그의 색채론에 기반하여 배색되어 조화롭게 어우러져 있다. 활짝 트여서 밝고, 당당한 위엄이 느껴진다.

가장 흥미로운 곳은 괴테 자신만의 공간이다. 이 공간은 서재와 육천여 권의 책이 쌓인 장서실, 그리고 서재에 딸린 작은 침실로 이루어져 있다. 침실은 바로 곁의 하인방보다 작다. 짧은 휴식을 취했을 곳이고, 또한 마지막의 긴 휴식—임종을 맞은 곳이다. 예전이나 지금이나 가장 눈길을 끄는 것은 서재이다. 상상할 수 없는 엄청난 작업이 이루어진 그 방은 얼른 떠나기 어렵다. 가운데 넓은 책상이 놓여 있고, 오른편 벽 쪽에는 책상과 서류함이 늘어선 가운데 잠글 수 있는 작은 장이 달린 느릅나무 책상이 하나 더 놓여 있다. 괴테가 임종 전해(1831) 여름에 마지막으로 손질한 『파우스트』를 봉인하여 넣어둔 곳이다(1부는 출간되었지만, 난해한 2부는 당대에는 이해받을 길이 없다고 생각한 것이다). 그러나 괴테는 다음해 정월 그 장과 봉인을 열어 다시 한번 손질하였다.

스무 살 청년 시절부터 그렇게 임종 직전까지 육십여 년을 두고 쓰인 대작이 『파우스트』이다. 전래되던 파우스트 신화는 악마와 계약을 맺어 영혼을 팔아 이십사 년간 지상의 온갖 향락을 누리다 지옥에 떨어진다는 단순한 기독교적 권선징악의 줄거리로 이루어져 있었다. 그 단순한 신화를 괴테는 '노력하는 인간'의 거대한 드라마로 만들었다. 단지 향락의 대가로 영혼을 파는 것이 아니다. 파우스트는 영혼을 걸고서라도 붙들어두고 싶은 어느 만족의 순간을 향하여 "멈추어라, 너 참 아름답구나"라고 외치며 메피스토펠레스에게 영혼을 주어야 한다. 그 계약의 말, "멈추어라"가 나오기까지 파우스트가 섭렵하는 온 세계가 작품 『파우스트』의 내용을 이루고, 이는 바로 한없는 욕망의 추동을 받는 근대인의 드라마를 갈음한다. "무엇이 세계를 그 가장 핵심에서 지탱하고 있는지"를 알고자 하는 거대한 지식욕과, "하늘에서는 가장 밝은 별"을 "지상에서는 최고의 쾌락"을 원하는 끝없는 욕망을 가진 인간 파우스트라는 인물 설정은 놀랍다. 이 대작이, 비할 데 없이 정교한 운문으로 쓰였다. 만 이천백십일 행 전체가 운율의 보고로 불릴 만큼 다채로운 운문 형식으로 이루어져 있다.

괴테의 서재 책상 앞에 오래 서 있는다. 평생을 쏟은 그 큰 작품의 원고를, 희망 없이 봉인하여 저 책장에 넣던 괴테의 마음을 떠올려본다. 후에 『파우스트』 2부 역시 물론 출판되었지만, 전체 만 이천백십일 행이 한 글자도 가감 없이 공연된 완판본 공연은 사후 백육십칠 년이 지난 1999년에야 이루어졌다. 내가 두 번 비행기 타고 가서 본 스물한 시간의 마라톤 공연이었다.

가운데 책상에서는 주로 비서가 앉아 받아 적고 괴테는 방을 서성이며 구술했을 것이다. 그 긴 생애 동안 괴테는, 바쁘게 정사를 돌보는 와중에도 매일 아침 다섯시 반에 일어나 오후 한시경까지 그렇게 글을 썼다고 한다. 괴테를 상세히 아셨을 리 없건만 늘, 천재란 노력하는 능력에 다름아니라 하시던 내 아버지의 말씀이 다시 떠오르곤 한다.

창턱에는 '괴테 식물'이 놓여 있다. 괴테가 이탈리아의 팔레르모에서 들고 온 것이다. 이 식물은 괴테의 식물 연구에 단초를 주었다. 오래전 처음 바이마르에 두 달 머물렀다가 떠날 때, 이 괴테 하우스의 자연과학 분야 연구관이 한겨울인데도 이 식물 한 촉을 싸다가 내가 앉아 있는 도서관으로 들고 왔었다. 뜻밖의 선물이었다. 괴테의 식물학이며 동물학, 광학과 같은 생소한 분야에 눈을 크게 떠가며 그의 설명을 듣곤 했던 것을, 좋게 봐주었던 듯하다. 그 귀한 선물을, 그해 겨울 얼지나 않을까 노심초사하며 먼길을 내내 두 손으로 받쳐들고 집으로 돌아왔다.

한 켠의 서랍은 만 팔천여 종의 수집 광석 표본들로 가득차 있다.

괴테는 근처의 일메나우 광산을 돌보았고, 아들이 광석 수집을 도왔다. 괴테 역시 파우스트처럼 "무엇이 세계를 가장 핵심에서 지탱하고 있는지" 알고자 했던 것 같다. 그는 문학·동물학·식물학·광학·지질학·기상학 등 온갖 학문을 넘나들었다. 그러나 또한 삶을 즐길 줄 알았다. 그의 접견실에는 온 세계에서 온 사람들이 헤아릴 수 없이 드나들었다. 접견실 그랜드 피아노에는 어린 멘델스존이나 열정적인 여류 피아니스트 쉬마노프스카가 앉아 있는 것이 보일 듯하다. 호방한 친구 첼터의 터치도 끼어든다. 그러나 그 모든 것이—그 방대한 연구와 창작이—어떻게 가능했을까. 그가 평생 쓴 일기를 토대로, 그의 긴 생애의 일상사를 재구성하여 나열한 책 『괴테 생애의 하루하루』라는 저서는 한 뼘 가까운 두께의 백과사전 같은 큰 판으로 여섯 권이나 된다. 어떻게 그 모든 것이 가능했을까.

아마도 하나의 비밀을 찾을 수 있다면—'경탄'하는 능력일 것이다. 괴테에게는 어떤 나이에든 어떤 상황에서든 세상과 사람과 사물에 대해서 '전율'을 느낄 수 있는 힘이 있었던 것 같다. 그만큼 굳어지지 않은 채 세상과 사람을 바라보았고, 삶의 어느 시기에건 바로 자기 자신을 넘어섰고, 그럼으로써 문학사에도 새로운 한 시기가 열렸다.

그 모든 것을 가능하게 했던 것이 삶의 어느 시기에건 느꼈던 '전율'이라면, 그의 삶은 축복받은 순진무구함이었을까. 물론 아니다. 그의 삶을 나타낼 수 있는 시 한 편을 떠올리려 애써본다. 평생 쓴 헤아릴 수 없이 많은 시들이 눈앞을 스쳐간다. 그 많은 시들 중에서 너무도 유명한 작품들을 제쳐놓고 떠오르는 한 편의 시는 오히려,

전혀 알려지지 않는 작품 「희망」이다. 큰 시인 괴테의 희망은 대체 무엇이었을까.

이루어다오, 내 두 손이 해내는 하루의 일과여
내가 완성하는 드높은 행복을!
나를, 오 부디 지치게 하지 말아다오!
아니다, 빈 꿈이 아니다
지금은 줄기일 뿐이어도, 이 나무
언젠가 열매 맺고 그늘 드리우리

이 소박한 희망. 그러나 소박해서 오히려 강렬할 수밖에 없는 희망이다. 『파우스트』의 가장행렬 장면에서는 온갖 삶의 알레고리들이 등장하는데, 그 가장행렬의 중심에 "인간의 두 큰 적"이 사슬로 묶여 등장한다. 바로 두려움과 희망이다. 그토록 제어해야 할만치 집요한 것—희망.

또 희망처럼 집요하게 인간을 떠나지 않는 것—「근심」.

이렇게 원을 그리며
자꾸자꾸 돌아오지 말라!
오 내버려두어다오 나의 방식을 두어다오
오 다오 나의 행복을 다오!
날더러 도망치라고, 날더러 그걸 잡으라고?
이제, 절망은 충분하다

괴테의 서고. 육천 권쯤의 책이 있었다. 그 밖에도 괴테는 삼십팔 년간 안나 아말리아 대공비 도서관의 감독을 역임하며 늘 신간을 접하며 지냈다. 슈타인 부인에게 자신의 근황을 알리는 한 노년의 편지에서 자신의 생활을 이렇게 요약한 바 있다. "사랑하고, 괴로워하고, 배우노라"고.

나를 행복하게 놔두지 않겠거든
근심이여, 이제 나를 현명하게나 해다오

파우스트가 백 세가 되고 모든 것을 다 이루어, 그 무엇도, 그 어떤 악귀도 그 집에는 범접할 수 없을 때, 열쇠 구멍으로 스며들어온 것이 근심이었다. 근심은 파우스트에게, "평생 맹목적으로 살았으니" 이제 정말로 눈이 멀라면서 눈에 입김을 불어넣는다. 그러나 눈이 먼 파우스트에게는 심안心眼이 열린다. 그는 남녀노소가 그 위에서 어울려 사는 공동체적 삶의 유토피아를 그리게 된다. 이렇게 눈 먼 파우스트는, 메피스토펠레스가 제공하는 향락이 아니라 공동체적 유토피아를 그려보며 계약의 말 "멈추어라, 너 참 아름답구나"를 순간을 향하여 외침으로써 삶을 마감한다. 그리하여 현실적으로 온갖 악행을 저지른 파우스트에게 "구원"의 길이 열려 있다. 그러나 자기 무덤을 파는 소리를 해안 매립지를 메우는 소리로 착각하고 그 계약의 말을 외치는 설정이기에, 다시금 "구원"의 가능성의 선명함이 지워지며 해석의 다채로움이 열리는 문학적 폭이 더해져 있다.

괴테는 누구보다도 인간을, 삶을 꿰뚫어 보는 혜안을 지닌 이였다. 노년기의 짧은 시편들에서는 유독 그런 삶의 지혜들이 빛난다. 모두 짤막하고 힘있는 구절들이다.

"선善에 대하여 그대 보답을 받았던가"
나의 화살은 활을 떠났다오, 너무도 아름다운 깃털 달고,
온 하늘 열려 있었으니 어디엔가 맞았을 테지요.

보상심리의 폐해를 경계하는 도덕률은 세상에 얼마나 많은가. 예컨대 왼손이 한 일을 오른손이 모르게 하라와 같은 것들 말이다. 그러나 노시인은 그런 것을 아름다운 시적 이미지 하나를 시 안에 놓음으로써 강박 없고 아름다운 마음 다스림의 지혜로 승화시킨다. 시에는 가르침의 구속이 없다.

이 세상하고는 어떻게도 좋게 지낼 수가 없다
그대가 착하여도 소용없고, 유능하여도 소용없다
세상은 우리들이 길들어 있기를, 심지어 하찮기를 바라느니!

얼마나 시달렸을까, 괴테도, 누구나처럼. 그러지 않고야 잠깐인들 이런 결론이 나오겠는가. 그러나 비분강개에 머물지 않고, 그는 늘 어딘가에 몰두할 줄 알았다. 아름답게 몰두하여 큰 성취를 이루었다.

학문과 예술을 소유한 자
종교도 가진 것이다
예술도 학문도 없는 자
종교를 가지라.

종교에 닿도록 무엇인가에 매진하여 이루어본 사람에게서만 나올 수 있는 말이다. 혹은, 그런 사람에게서 나온 말이기에 아무런 시적 수사도 없는 이 단순한 말이 엄청난 힘을 가진다. 이런 구절에서 혹시 종교적으로 괴테의 오만을 읽는다면 다분히 근시안적인 읽기일 것이다. 그보다는 종교에 이르도록 추구해간 다채로운 예술과 학문의 높이를 읽어야 할 것이다(현실적으로 괴테는 예술가로서는 다신론자였고, 자연과학자로서는 범신론자였으며, 개인적으로는 일신론자였다). 그의 시는 그렇다고 무작정 높지만은 않다. 평범한 삶의 지혜들이 빛난다.

제아무리 진리나 우화가
수천 권의 책 속에서 그대에게 나타나도
그 모든 것은 바벨탑일 뿐이다
사랑이 결합시켜주지 않으면.

혹은

감사할 줄 모른다면 그대가 나쁜 사람이고
감사할 줄 안다면, 그대의 형편이 나쁜 것이다.

괴테를 좋은 가정에서 태어나 평생 무엇인가를 많이 누리기만 한 이로 보는 사람은, 괴테를 아주 조금밖에 보지 못한 것이다. 누구에게든 이미 누리는 것은 당연해 보이고, 뭔가 아직 없는 것이 있어 부당하게 느껴진다. 진정한 감사는 큰 결핍을 겪어본, 혹은 겪고 있는 이에게서 우러나온다. 이런 단순한 진리는 그저 누리기만 한 사람에게는 결코 주어지지 않을 것이다.

괴테는 인간의 조건들을 날카롭게 꿰뚫어 보면서도 인간에게 무

괴테는 기나긴 생애 동안 매일 다섯시 삼십분부터 오후 한시까지 글을 쓰고 그 이후 정치인으로서 활동했다. 오른편 책상 위의 장롱이 『파우스트』 2부를 봉인해서 넣어둔 곳. 임종 전해 여름에 완성한 후 봉인하여 넣었던 『파우스트』 2부의 원고를 괴테는 임종 전에 다시 꺼내어 손질했다.

한한 신뢰를 둔다. 그가 인간에게 실어준 큰 힘이 이런 한 구절에서 보인다.

우리의 눈이 빛 같지 않다면
눈이 결코 태양을 볼 수 없으리
우리들 안에 신神 자신의 힘이 들어 있지 않다면
어찌 신성神性이 우리를 황홀하게 하랴?

신 플라톤주의자 플로티노스에게서 비롯한 이 짧은 구절은 괴테가 사십여 년 매달린 색채론의 출발점이다. 그는 빛이 쪼개어져 색이 된다는 뉴턴의 이론을 용납할 수 없었다. 우리의 눈이 빛과 어둠을 섞어 색채로 본다는 것이다. 실제로 괴테 하우스 박물관의 광학 실험실에 가보면, 명암이 섞여 색이 되는 다채로운 현상에 대한 괴테의 실증적 연구를 확인해볼 수 있다. 자연과학적으로 뉴턴에게 패했을지 몰라도, 그가 인간의 능력에 보낸 큰 신뢰는 주목할 만하며, 더욱이 연구 가치도 있는 흥미로운 가설이다.

*

『파우스트』의 모든 메시지는 한 구절에 압축된다. "인간은 지향이 있는 한 방황한다." 이르려는 곳이 있기에, 마음의 솟구침이 있기에 방황한다는 이 큰 메시지는 많은 사람들에게 위로의 메시지가 된다. 왜 작가 스스로에게 방황이 없었으랴.

그대 나만큼 오래 떠돌았거든
나처럼 인생을 사랑해보라

혹은

나의 인생을 몽땅
가져가거라, 내가 살아온 그대로.
남들은 잠을 자서 그들의 취기를 깨우는데
나의 취기는 종이 위에 적혀 있다.

괴테가 처음 바이마르로 와서 육 년간 살았던 '정원집'.

어떤 때는 종이를 바로 놓을 틈조차 없어 비스듬히 놓은 채로 써 내려갔던 그의 시들. 그러나 그 또한 가져갈 수 있는 자에게는 보물이고, 그렇지 않으면 흩어진 구슬에 불과할 것이다. 이제 시는 어디서든 너무도 자주 그렇게 보인다. 문학—영롱한 정신의 쇄석들. 자주 버려져 흩어지는 저 구슬들이, 이 물질의 시대에 무엇일까. 소중한 것이 별로 없어 보이는 시대는 과연 스스로 소중해질 수 있는 것일까. 마감되는 듯 보이는 종이 시대의 끝머리, 큰 시인의 집 앞에 서서 그런 질문을 던져본다.

큰 시인을 빚어낸 곳

괴테의 프랑크푸르트

여름에 몇 가지 중요한 일정이 있었고 또 집중해서 쓸 원고도 있어 방학중에 잠시 뮌헨에 머물다 왔다. 문과대 도서관 책꽂이의 G자(즉 주로 Goethe) 뒤, 내 창가 자리에 다시 앉는 것만으로도 열려오는 하나의 세계가 있다. 온갖 의무에 매여 살다보니 점점 찾기 어려워지는 나 자신만의 소중한 시간이 그곳에서 쌓이기 때문이다. 그런 시간이 유난히 귀하던 참이었고, 좋은 청중들 앞에서 『파우스트』에 대한 강연까지 할 기회가 있어 무척 감사했던 체류였다. 돌아오는 날에는 좀 일찍 프랑크푸르트로 가서 공항에서 짐을 부쳐놓고 시내로 향했다. 받은 게 많으니 인사라도 하고 갈 사람이 있어서, 또 프랑크푸르트에서 지나쳐갈 수 없는 곳이 있어서이다. 많은 관광객

프랑크푸르트의 괴테 생가. 원래 두 채였던 집을 괴테의 어린 시절에 괴테 아버지가 개축하였으며, 제2차 세계대전 당시 프랑크푸르트 시가 폭격당하기 직전에 집기들을 피신시키고 집의 치수를 정확히 재어두어 전쟁이 끝난 후 폐허에서 복원하였다. 이 집에 있는 집기들은 그때 피신시켰던 진품들이다. 괴테는 자서전 『시와 진실』에서 자신의 어린 시절과 이 집을 상세히 묘사하였다.

이 스쳐가는 괴테 하우스는 나에게 각별한 곳이다. 여러 해 전 『시와 진실』의 번역이 끝났던 무렵 찾아와 이 집의 구석구석을 남다른 기분으로 바라보았다. 괴테 탄생 이백오십 주년이던 1999년에 프랑크푸르트 도서전에서 괴테 번역에 대한 단상 토론차 들렀던 곳이기도 하고, 그 인연으로 2005년에는 원장과 함께 도서전 주빈국인 한국의 문학 행사를 마련했던 곳이기도 하다. 2012년 『서·동 시집』과 『서·동 시집 연구』가 나온 기념으로 서울에서 '서·동 시집 전시회'가 열렸을 때는 그 원장이 테이프를 끊어주기도 했다.

건물 안으로 들어가기 전에 담쟁이 무성한 높은 담벼락 아래의 작은 샘물가에 앉아 숨을 돌린다. 좋아하는 자리다. 자그만 세면대 모양의, 그러나 고풍스러운 샘물 뒷벽에 『서·동 시집』의 시구 하나가 적혀 있다. "시인의 맑은 손이 길으면/ 물이 둥글게 뭉쳐지리." 『서·동 시집』에 수록된 시 「노래와 형상」의 한 구절이다.

그리스인들이야 그 진흙을
눌러 모습을 빚으라지
자신의 두 손이 빚은 형상에게서
그 황홀함을 높이라지

하지만 우리는 즐거이
유프라테스에 손 담그어
그 강물을 저어본다네
물결 따라 물결 거슬러.

그렇게 나, 영혼의 불길을 끄면
노래, 노래 울려퍼지리

시인의 맑은 손이 길으면
물이 둥글게 뭉쳐지리.

물 흐르는 대로 내맡겨본 것, 그러나 뜨거운 고통 이후에 오는 것. 울려퍼지는 노래는 그렇게 온다고 한다. 시인의 맑은 두 손 안에서 저절로 뭉쳐진 물덩이, 물의 구球는 압축된 시인의 꿈 같다. 물의 구라는 소재는 인도에서 왔지만, 괴테를 통하여 시적 은유로 승화되었다(같은 소재를 괴테는 노년기 발라데 「파리아」 연작에서도 찬연히 빛어놓았다). 이 빛나는 은유는 이곳이 시인의 집의 입구임을 아름답게 상기시킨다.

조금 숨을 돌리며 문 안으로 들어선다. 누구를 만나러 가더라도 입구를 지나는 터라 입장권을 사려는데, 매표원이 당신은 우리 손님이니 표를 사지 말라고 한다. 하루에도 수백 명의 관람객이 드나드는 창구에 앉은 사람이 일 년 전 하룻저녁 행사를 한 나를 기억하니 놀랍다. 잘 운영되는 곳이라는 생각이 든다. 이런 분위기를 조성해내는 관리자의 인품이 돋보인다. 젊고 유능한 괴테 연구가 안네 보넨캄프 교수는 괴테 하우스, 괴테 박물관이 소속된 큰 재단을 야무지게 운영해내고 있다. 마침 잠시 출타중이어서 기다리는 동안 생가를 둘러보기로 한다.

박물관 입구 전면에는 만화 스타일의 재미있는 그림들이 붙어 있다. 괴테가 축구를 하는 연작 그림이다. 축구의 해에 맞춘, 월드컵 개막식이 열린 고장에서 있을 법한 참신한 발상이다. 그 전해에는 같은 공간에서 '어린이를 위한 괴테' 전시회가 열리기도 했다. 아이들과 고전을 친숙하게 하려는 관리자들의 열린 태도를 읽을 수 있다. 월드컵 기간을 전후해서 연일 육백여 명의 한국인이 괴테 하우스를 관람했다는 놀라운 이야기를 전해 들었다. 특히 축구 팬이 동시에 괴테 하우스도 관람하는 예는 흔치 않아 다들 놀랐다고 한다. 한국은 여기 이 문화의 집에서 상당히 부각되어 있다. 괴테 하우스를 안내하는 다섯 개의 언어 중 하나가 한국어이며, 이곳의 가이드 기기도 한국 기업에서 만들었다. 프랑크푸르트 괴테 생가는 괴테가 태어나서부터—일 년여의 라이프치히 대학 생활과 이삼 년의 슈트라스부르크 대학 시절을 제외하고—이십육 세에 바이마르로 떠나기까지의 괴테의 삶이 담겨 있는 곳이다. 『시와 진실』은 이십육 세까지의 삶을 그린 자서전이자 예술가의 생애의 기초를 담은 작품으로, 괴테 자신과 시대에 대한 정밀한 묘사가 바탕을 이루었고, 이 집의 구석구석은 그 묘사의 중심 대상이다. 결국 시인은 자서전을 통하여 자신의 생애와 시대를 조명했을 뿐만 아니라 집 한 채도 불멸로 만들었다. 제2차 세계대전 말에 폭격으로 잿더미가 되었다가 전후의 어려움 속에서도 1949년 거의 완벽하게 복원되었다. 전쟁 말기 혼란의 와중에서도 폭격이 예상되자 중요한 집기와 자료 들을 대피시키고 집 구석구석을 정밀하게 측정하고 기록하여 유사시 재복원이 가능하게 대비했다고 한다. 따라서 놀랍게도 지금 생가 안의 물건들은 거의 다 진품들이다. 생가 복원은 전후의 어려운 시대에 이루어졌는데, 막대한 투자를 요했기에 독일 내에서 비판도 많았다. 그러나 폐허 속에서도 문화 혹은 민족적 자부심이라는 가치를 우선시한 태도는 돌아보아도 대단하다.

『시와 진실』은 그저 자신의 삶을 돌아보는 것이 아니라 개인의 삶과 맞물린 시대를 보여주겠다는 선명한 의도로, "절반은 역사적으로, 절반은 허구적으로" 쓰인 독특한 자서전이다. 제목 "시와 진실"은 과감하게 '문학과 사회' 혹은 '픽션과 사실'로 번역될 수도 있다. 허구의 편지로 시작되는 서문에서부터 픽션의 역할이 두드러져 보이며, 픽션은 사실 이상으로 진실을 밝혀주는 독특한 역할을 하고 있다. 어떻게 자신이 또 시대가 자신을 만들어갔는가를 흥미로운 이야기로 들려주면서 시대와 맞물린 한 생애의, 특히 예술가의 삶의 기초를 보여준다. 사라져간 한 시대 역시 선명하게 기록된다. 이 모두가 거대 담론이 아닌 이야기를 통해 이루어지고, 사이사이 섞여들어가는 노시인의 혜안이 빛난다. 작은 물건들을 바라보며, 노시인의 손에 이끌려 이야기를 듣듯이, 한 생애의 추억과 사연을 떠올려본다.

삼층 홀 왼편에는 사람 키보다 훨씬 큰 시계가 있다. 달과 별의 움직임까지 덧붙여진 천문학 시계이다. 한 시인의 생애의 시작은 "1749년 8월 28일 정오, 열두시가 칠 때" 태어났다고 기록되어 있다. 그다음에는 지금으로서는 다소 황당해 보이는 천문학적 기록이 이어진다. "달과 해가 일직선상에 있는 유성시"에는 달이 큰 영향을 끼치기에, 유성시가 지나기까지 태어날 수 없었노라고. 그리고 거의 사산아로 태어났다가 겨우 생명을 건진 탄생과 그것을 계기로 시장이던 외조부가 조산원 교육을 강화하게 되었다는 설명이 이어진다.

괴테는 1749년 8월 28일 점심때 태어났지만, 정확하게 열두시가 칠 때 태어나지는 않았다. 사산에 가까운 어려운 출산이 달의 영향이라는 것은 비과학적일 수도 있겠지만, 가까스로 생명을 구한 것은 사실이다. 외조부의 뜻에 따라 조산원 교육이 강화된 사회적 영향도 사실이다. 사실을 바탕으로 하는 이 탄생에 대한 픽션은, 결국 한 개인의 삶이 있게 되는 순간의 막중한 무게에 대하여, 어렵게 태어나는 하나하나의 존재에 대하여, 그 위에 작용하는 운명 같은 것에 대하여 성찰하게 한다. 개인의 삶이 갖는 사회적 의미도 생각하게 된다. 한편 우주적인 시야를 가지려 했던 과학적 사고가 태동하는 시대도 읽을 수 있다. 이 『시와 진실』의 시작 부분은 지금까지 많은 이들에게 깊은 인상을 주어, 여전히 자서전의 본보기가 되고 있다.

이층 홀 전면을 채우고 있는 장중한 장롱 둘도 한 시대의 풍속을 보여주는 구경거리다. 프랑크푸르트 장롱이라고 불리는 '장인 작품'이다. 중세의 장인 도제 체제에서, 도제는 이런 장롱을 하나 완성하면 도제가 드디어 장인이 되기 때문에 장인 작품이라고 부른다. 상당한 고가여서 아무나 들여놓을 수 없는 명품이면서, 권세가에서는 하나쯤은 있어야 하는 것이었다. 훌륭한 외관과는 달리 안에는 칸막이 하나 없는데, 이불 홑청, 침대 시트 등을 차곡차곡 쌓아두는 용도이기 때문이다. 괴테 가에는 이불 홑청 등이 백사십사 세트가 있었으며 일 년에 두 차례 이를 빨래하였다. "천이 제법 있다 gut betucht"라는 표현은 부자라는 뜻이었다. 천이 많으면 자주 빨래를 할 필요가 없기 때문에, 일 년에 빨래를 얼마나 조금 하느냐가 부자의 기준이 되기도 했다. 이층 어머니 방안에 놓여 있는 램프는 조명의 도구이자 신분의 상징이다. 커다란 사각 유리램프 안에 촛대 꽂는 곳이 둘 있다. 가로등이 없던 시대인 만큼 밤에 외출할 때 들고 다니던 등이다. 귀족은 초를 세 개 꽂을 수 있고, 평민 상류층은 두 개, 나머지 사람들은 한 개를 꽂아야 했다. 밤에 길에서 마주칠 때 촛불 수를 보고, 촛불 수가 적은 사람이 많은 사람을 위해 비켜서야 했기 때문이다. 한 시대의 신분 상징이라는 것들은 한 걸음 떨어져 보면 참 우습다. 기를 쓰고 분수 넘게 좋은 차를 타고, 명품을 사는 우리의 천민자본주의 시대가, 보다 '인간적인' 시대의 사람들 눈에는 어떻게 비칠까.

『시와 진실』에서 어린 시절의 기억으로 제일 먼저 등장하는 것이, 거리를 향해 새장처럼 돌출된 창살 있는 '게렘스'라는 테라스 공간에서 일어난 일화이다. 이 공간은 여름철이면 집안 여자들이 나가 앉아 나물도 다듬고 지나가는 사람들과 이야기도 나누는, 집과 거리가 만나는 곳이다. 심심해하던 어린 괴테는 이곳에서 장난감 사기그릇을 던져 깨뜨리며 재미있게 노는데 이웃 형들마저 부추기는 바람에 신이 나서 부엌의 도자기 접시들까지 죄다 하나씩 꺼내서 거리에 내던졌다 한다. 이 흥미로운 그릇 깨기 사건은 시인의 기억에 남은 첫 일화여서 많은 사람들이 주목했는데, 특히 프로이트는 이를 어린 동생을 본 어린 괴테의 심리로 분석하여 자신의 이론을 펴는 도구로 삼기도 했다. 프로이트는 전체적으로 괴테를 참 잘 읽은 독자이지만, 이 유명한 분석에서만은 오직 의사의 시선만 보여 작품 전체와의 연관을 도외시하는 한계를 보인다. 괴테 자신은,

그 사건의 당사자들이 어른이 되도록 내내 그 일을 재미있게 추억하던 일을 통해 '이야기'가 이야기되는, 성립되는 과정을 보여주고 있다.

그때 깨진 접시들은 잠시 길바닥에 깔렸다가 영원히 작품 속으로 들어갔고, 지금 부엌에는 당대의 그릇 몇 점이 가지런히 꽂혀 있다. 바라보는 사람의 눈에 두 가지의 접시가 겹쳐 보인다. 이야기의 힘을, 문학의 힘을 증언하는 깨어진 접시가 함께 보인다. 접시꽂이 옆 벽에는 당시로는 매우 첨단 시설이었던 옥내 펌프가 붙어 있다. 괴테의 할머니가 이 집을 구입한 이유 중 하나이기도 하다. 어린 시절 괴테의 '놀이터'이기도 했던 일층 식당 옆 할머니 방에는 지금 커다란 괴테의 초상화가 걸려 있다. 괴테가 바이마르로 간 지 그리 오래되지 않아, 안나 아말리아 모후가 아들을 그리워할 어머니를 위하여 그려 보내게 한 초상화다. 괴테가 어머니인 듯한 여성의 실루엣 그림을 손에 들고 바라보는 모습이다.

거리를 향한 들창문이라는 접점에서, 이야기는 밖으로 이어진다. 소년을 둘러싼 세계의 반경이 넓혀지는 것과 정비례하여. 소년이 자라나며 이야기는 근처의 시청 광장으로, 시장으로, 성벽으로, 마인 강변으로, 그 위의 다리로, 또 그 너머 작센하우젠으로 넓혀진다. 신성로마제국 직속 도시로서 역대 황제 대관식이 열리던 날의 성당과 시청 '뢰머'('로마인'이라는 뜻), 또 그 앞 광장이 상세하게 묘사된다. 대관식 날 시청 앞 광장에서 치러지던 잔치, 지금도 있는 분수의 두 수도꼭지에서 쏟아지던 붉은 포도주와 흰 포도주, 통째로 며칠간 구워져 나눠지던 소, 잔치의 소용돌이, 쇄도한 인파로 무너진 가

괴테 생가의 현관문. 금빛 아버지 이름의 이니셜이 있고 그 위에 문장이 있다.
문장에는 시인의 상징인 칠현금이 세 개 그려져 있어 이 집은 '세 개의 칠현금의 집'으로 불리기도 한다.

설 건물, 또 시장의 외손자인 덕분에 몰래 들어가 지켜보았던 황제홀의 만찬 등 온갖 행사들이 묘사되어 있다. 즐거운 이야기들이, 마침내 끝나서 사라져간 천년왕국의 역사이기도 함을 독자는 뒤늦게 깨닫는다.

그렇게 넓혀져간 한 세계를 생각하며, 다시 천천히 계단을 오른다. 난간의 당초무늬 무쇠 장식 가운데 눈에 뜨일 듯 말 듯 괴테 부모 이름의 이니셜이 보인다. 우리나라에서 예전에 집을 지으면 솟을대문을 덩그렇게 세우고 싶어했듯 여기서는 계단에 많은 공을 들였다. 괴테의 아버지가 원래 나란히 붙은 두 채이던 집을 한데 연결하여, 개축 형식이지만 실은 신축해 만들어 넣은 것이다. 집의 신축 과정이 『시와 진실』에는 상세히 묘사되어 있다. 괴테의 아버지는 견실하고 의지력 있는 인물로 법학박사 학위까지 받았으나 관직에 나가지는 않고(뜻대로 되지도 않았을 뿐만 아니라 시장의 사위가 된 후로는 일체의 공직을 가질 수 없었다), 평생 사인私人으로 지내며 물려받은 재산을 꼼꼼히 관리하고 자녀 교육에 전념한 사람이다. 괴테를 키우기 위해 있었던 인물 같기도 하다. 어머니는 당시에 자주 그랬듯 아버지와 연령 차이가 많이 났는데 명랑하고 낙천적인 성격으로, 그 집에는 아버지와 어린이 셋이 있었다는 느낌이 들 만큼 엄한 아버지에 맞서 아이들의 편을 들어주는 인물이었다. 괴테는 후일 자신이 "아버지로부터는 외모와 인생을 견실하게 꾸려가는 능력"을, 어머니로부터는 "낙천적 성격과 이야기를 지어내는 재주"를 물려받았노라고 쓴 바 있다. 대학에 갈 때까지 괴테는 누이동생 코르넬리아와 함께, 집수리를 하는 기간에만 잠깐 공립학교에 다녔을 뿐, 주로 아버지로부터 교육을 받았다. 또한 이런저런 집안일에도 그의 몫이 있었다.

그러나 괴테는 아버지의 '작품'이라기보다는 그 '자신의' 작품이라고 해야 할 것 같다. 한 인간이 어떻게 스스로를 빚어갔는지를 보여주는 것이 『시와 진실』의 가장 흥미로운 점이다. 세상을, 또 배움과 일을 자기만의 방식으로 자신의 것으로 만들어나가는 꼬마, 소년, 청년 괴테의 모습이 이 집 구석구석에 서려 있다. 이런저런 언어를 배워야 했던 시절, 어린 괴테는 문법에 머리를 싸매는 대신 소설을 쓴다. 다섯 형제의 집안으로, 맏형은 영국에서 사업을 하고, 둘째는 이탈리아에 가서 음악을 하고, 셋째는 프랑스에 머무는 등 각기 그 나라 언어로 그 나라에 대하여 집으로 편지를 써 보낸다는 이야기이다. 아직 집에 남아 있는 막내는 약이 올라 유대 독어(독일어와 아주 비슷하다)로, 그것도 읽기 어렵게 일부러 악필로 글을 써서 부모를 애먹인다는 스토리이다. 이런 창조적 종합 능력은, 어려서든 나이들어서든 괴테의 가장 큰 장기였던 것 같다.

열심히 기도를 하고 교회에 가야 하던 시절에는 자신도 나름의 예배를 드린다고 악보대 위에 광석 표본들을 쌓아 향초를 올리고, 거기에 떠오르는 첫 태양빛을 돋보기로 받아 점화시켜보기도 한다. 그러다 그만 귀중한 악보대를 태워 흉물로 만들지만. 계단을 올라 오른편 작은방 음악실에서 일어났던 일이다. 무엇이든 열정적으로, 그러나 유연하게 자신의 것으로 수용하는 태도는 어려서부터 두드러진다.

소년 괴테는 히브리어를 배울 때 훤히 아는 구약을 히브리어로 읽고, 구약의 복잡한 이야기들을 자신의 언어로 다시 정리한다. 그 경전을 얼마나 아름답고 선명하게 인간의 이야기로 다시 적었는지! 이 부분(제4장)은 노년기에 다시 쓴 재구성이기는 하지만 『시와 진실』의 빛나는 부분 중 하나이고, 개인적으로 내가 읽어본 성서에 대한 그 어떤 글보다 선명하게 구약을 전달해주는 글이라고 생각한다. 그 복잡하던 구약의 인물들이 읽는 사람의 마음으로 성큼 다가온다. 토마스 만의 방대한 4부작 장편 『요셉과 그 형제들』도 이 부분이 없었더라면 아마도 존재하지 않았을 것이다. 괴테가 짧은 이야기를 마무리하며 미진해한 부분에 토마스 만이 매달렸던 것이다. 복잡하고 방대한 세상사의 핵을 짚어내어 자신의 말로 전달하는 능력, 또한 사람의 마음을 오가는 무수한 움직임의 핵심적 가닥을 보아내는 능력, 이 역시 내내 괴테의 장기였다.

이층의 계단 왼편 방들은 접객 공간이다. 당대 유행이던 중국풍의 벽지가 발라져서 "베이징"이라는 별명이 붙은 응접실, 당시 프랑크푸르트 화가들의 그림을 모아놓은 회화실 등이 있다. 평소에는 잘 쓰지도 않고 아껴두던 공간들이다(삼층이 부모님의 생활공간, 사층에 괴테의 방이 있다). 그런데 이 귀한 이층을 통째로 프랑스군 장군에게 내주어야 하는 일이 있었다. 괴테가 일곱 살 때 벌어진 칠년전쟁의 와중에 프랑스군이 프랑크푸르트에 주둔하게 된 것이었다. 어른들이야 괴로웠겠지만, 특히 괴테 아버지의 심기는 몹시 불편했지만, 어린 괴테와 누이는 민정 담당인 프랑스 총독 덕에 집이 북적거리는 것이 즐겁고, 프랑스군을 위한 프랑스 극단의 연극을 매일 저녁 보러 갈 수 있어서 여간 신나던 게 아니었다. 집을 드나드는 프

괴테 아버지의 서재. 다양한 분야의 책이 이천 권쯤 있었다.

랑스군 덕에 프랑스어는 저절로 배운데다 연극 구경을 어찌나 열심히 다녔는지, 급기야는 무대에 올려지리라는 꿈을 품고 프랑스어로 대본을 쓰기까지 한다. 조금 더 나이 먹은 극단의 소년에게 무참한 비판을 당했지만, 분한 마음을 푸느라 어린 괴테는 라신, 몰리에르 등 온갖 프랑스 고전 극작품을 섭렵해버린다. 크고 작은 시련은 자긍심을 쌓아 극복해버리는 것 역시 괴테의 전형적인 면모이다.

회화실에는 아버지가 아끼던 당시 프랑크푸르트 현존 화가들의 그림이 걸려 있고 가장 작은 마지막 방에는 몇 점의 초상화와 꽃 그림 두 점이 정면에 있다. 다른 면에 걸린 초상화 중에는 당시 주둔했던 프랑스 장군 드 토랑 백작의 온화한 얼굴도 보인다. 꽃 그림은 통상적인 정물화와 좀 다른 점이 있다. 화병에 담긴 예쁜 꽃들 아래쪽에 도마뱀이 그려져 있기도 하고 작은 생쥐가 그려져 있기도 하다. 어린 괴테가 잡아왔던 것들이다. 드 토랑 백작은 자신의 프랑스 성으로 가져가기 위해 프랑크푸르트 화가들에게 그림을 그리게 했는데, 어린 괴테는 화가들의 심부름을 하며 친해져 작은 짐승들을 그려 넣게 하고 자신이 모델이 되기도 했다. 그러나 이 시절에 무엇보다 중요한 것은 드 토랑 백작이라는 인물이다. 어린 괴테에겐 답답하게 느껴지던 엄격한 아버지와는 달리, 드 토랑 백작은 지극히 긍정적인 아버지상이자 괴테의 첫 친구이기도 했다.

삼층의 살림집 공간에는 괴테가 태어난 침실과 함께 아버지의 서재가 있다. 아버지는 이천여 권의 장서가 있었다. 어린 괴테에게는 저 책들 외에도 또 중요한 책들이 있었다. 장터에 나가면 아이들 용돈으로도 살 수 있는 우리나라 '육전소설' 같은 값싼 동화책이 그것

괴테의 아버지가 여러 해 공을 들여 방화벽에 낸 창가.

이다. 이런 책들을 탐독하고 스스로 동화를 지어 친구들에게 들려주면서, 소년의 꿈은 서서히 "시인의 머리를 장식하는 월계관"의 모습으로 응집된다.

책들이 꽂힌 측면 벽에 조그만 창 하나가 나 있다. 다른 창들은 모두 거리 쪽으로 나 있는데 이 창문만 위치가 달라 눈길을 끈다. 벽을 낼 수 없는 방화벽 한 코너에 창을 뚫어 거리의 다른 면을 볼 수 있게 만든 창이다. 방화벽 한 구석에 창 하나를 합법적으로 뚫기 위해 아버지는 여러 해를 두고 공을 들였다. 어린 괴테는 그 창이 만들어지면서 생긴 장점들을 매일 눈으로 보면서 노력과 그 열매를 생각한다.

맨 위층인 사층에 소년 그리고 청년 괴테의 방이 있다. 프랑스군의 점령 시절, 화가들이 그림을 그렸던 방들이고, 어린 괴테와 누이가 동판화를 내걸어 말리는 동안 지켜야 했던 곳이기도 하다. 괴테 옆방에는 조그만 나무상자곽이 놓여 있다. 할머니가 어린 괴테에게 어느 크리스마스엔가 선물한 인형극 상자다. 사과 궤짝보다 조금 큰데, 전면에 약간의 그림이 그려져 있고 뒤에서 조작하는 인형이 드나드는 조그만 문도 있다. 저 보잘것없어 보이는 조그만 나무상자가 어린이들에게 얼마나 큰 기쁨을 선사했던가를 괴테는 상세히 기록한다. 처음에는 놀라서 인형극을 구경하고, 나중에는 인형의 옷을 직접 만들고 준비하여 이웃집 꼬마들을 불러다 놓고 공연을 하고, 시끄러운 꼬마들은 내보내기도 하고. 그런 기쁨의 기억들이 아마도 희곡 작가 괴테를 만든 한 요인일 것이다. 저 상자가 없었더라면 어쩌면 대작 『빌헬름 마이스터』가 없었을 것이고 『파우스트』도 없었을 것이다. 저 어린 날의 기쁨이 없었더라면, 파우스트도 들었던 독배를 내던지지 않았을지 모른다. 그 상자를, 이 집의 어느 물건보다도 오래 들여다본다.

그리하여 청년 괴테는 저 책상에서 글을 썼다. 예컨대 『젊은 베르테르의 슬픔』을. 유럽을 뒤흔들었던 이 작품을 쓴 기간은 불과 사 주 미만이었다. 그야말로 질풍노도처럼 써내려갔던 것이다. 주인공 베르테르는 자살했어도, 청년 괴테 자신의 불행한 열정은 그렇게 극복되었다. 당시에는 청년 베르테르의 옷차림을 온 유럽에 유행시키고, 모방 자살이 속출하게 한 전설 같은 책이었다. 이백사십여 년 전의 이 구식 사랑 이야기가 지금 독자들에게도 널리 읽히는 것이 신기하다. 바보같이 자살하는 웃기는 이야기로 생각하는 독자들과, 여전히 감동해서 읽는 독자들로 선명히 나뉘는데 자세히 들여다보면 그 분수령은 '경험'이다. '구식'임에도 이런 불행한 사랑을 어떤 식이든 나름으로 경험한 사람은 몰입해서 읽는다. 그 이야기가 우스운 사람은 아직 그런 경험이 없는 복 받은 사람이라고도 할 수 있을 것이다. 호소력이 강한 서간체에 담은 비극적 사랑의 테마에다, 놀라운 자연 묘사와 은연중에 포함된 신분사회에 대한 비판이 함께 직조되어 있다. 서간체의 깊은 감정적 토로와 결말의 냉정한 객관적 사실 묘사가 극적으로 맞물려 전체 작품은 더욱 큰 호소력을 가진다.

그 방을 돌아 나오며 '정원실'이라고 불리는 층마루의 창가에 잠깐 선다. 아득한 먼 곳에의 그리움이, 시인의 싹이, 이곳에서 싹텄을 것 같기 때문이다. 지금은 건물에 막혀버렸지만, 괴테 시절에는 이웃집

청년 괴테의 책상. 『젊은 베르테르의 슬픔』도 여기서 사 주 만에 쓰였다.

들의 정원을 지나 마인 강까지 전망이 트였던 곳이다. 그리움에 잠겨 멀리 내다보는 소년 속에 자라나는 '시인'의 모습이 얼핏 보인다.

『젊은 베르테르의 슬픔』 같은 작품이 쓰이기 훨씬 전, 라이프치히 대학으로 가기 위해 처음 이 집을 떠나던 무렵 열여섯 살 괴테의 마음속에 자리잡은 "시인의 머리를 장식하는 월계관"의 꿈은 그러나 라이프치히 대학 시절 당대의 시류에 무참하게 짓밟힌다. 그는 들고 간 모든 원고를 불태워버리고 각혈을 하는 사태에 이른다. 집으로 되돌아와 요양을 한 후 다시 슈트라스부르크 대학으로 가서 법학박사 학위를 받기까지, 문학·법학·의학 등 다양한 학문 세계를 접하고 다양한 성격의 많은 사람들을 만나며 다채로운 경험을 하고 사랑을 하고 다시 이 집으로 돌아오기까지, 또 인근 베츨라에서 변호사 실무 경험을 하고 다시 사랑을 하고 포기하고, 약혼을 하고 파혼을 하고 다시 이 집을 떠나기까지, 그 모든 것이 그의 문학적 자양분이 되었다. 이제부터 그가 그려갈 것은 자신만이 쓸 수 있는 절실한 글, 그만의 문학이었다. 언제든 자신에게 가장 절실한 것을 썼고, 그럼으로써 또한 한 시대를 만들었으며, 무엇보다 일생 가장 어려운 일(자신을 깨뜨리는 것)을 통하여 새로운 세계를 열어갔다. 앞글의 인용을 다시 적어본다. 스물여섯 살, 이 집을 영원히 떠나는 줄도 모르고 바이마르로 향하던 때의 심경이며, 앞서 인용했던 『시와 진실』을 끝맺는 부분이다.

자, 자! 멀지 않았다! 보이지 않는 영들의 채찍을 받은 듯 시간의 태양말들은 우리들 운명의 가벼운 수레를 끌고 질주한다. 하여 우리들에게 남은 것은, 용기 있게 마음 다잡고 채찍 굳게 쥐고, 왼편, 오른편에서, 여기 돌, 저기 낭떠러지에서 바퀴를 돌리는 일뿐. 어디로 가는지야 누군들 알랴? 어디서 왔는지도 잘 기억나지 않는데.

이렇듯 혼신의 힘으로 알 수 없는 자신의 운명에 몸을 내맡김으로써 열어갔던 세계, 바로 예술가이자 학자이자 정치가였던, 무엇보다 시인이었던 괴테의 생애이다. 프랑크푸르트 괴테 하우스는 내게 언제든 이런 인물이 스스로를 치열하게 빚어간 작업장처럼 보인다.

로마의 화가 티쉬바인이 그린 〈캄파니아의 괴테〉.

길 위의 집, 카사 디 괴테

괴테의 로마

로마 종착역까지 가는 기차는 밤 열한시 삼십칠분에 뮌헨에서 출발한다. 늦은 밤 뮌헨 중앙역의 많은 선로 중 맨 왼쪽 끝 11번 선로에 서는 그 기차가 늘 마음을 끌었다. 직접 들어보지도 못한 마차의 세찬 말발굽 소리가 귓가를 울리는 듯해서였으리라. 그 환청이, 늘 온갖 착잡함으로 몸을 싣게 되는 비행기의 소음만큼이나 익숙했다. 지난 여러 해 대양에 몸이라도 던진 양 놀라워하며 읽고 찾아내느라 괴테라는 큰 시인의 그 집들마저 내 집처럼 환해진 탓인지, 내게 아직 미지로 남겨진 또하나의 집이 그 기차가 닿는 곳에 있는 까닭일 것이다. 불과 몇 년 전 새롭게 괴테 박물관이 된 로마의 '괴테의 집'.

늘 숨이 턱에 닿도록 빠듯한 일정. 모레 아침에는 다시, 가까스로 몸을 빼온 곳으로 되돌아가야 하는 늦은 겨울밤, 잠시 머물었던 거처를 대충 정리해놓고 방안을 서성이다가 남은 단 하루를 로마의 '괴테의 집'을 위해 내기로 결심한다. 내일 아침이면 로마에 닿을 수 있고, 같은 날 마지막 밤기차를 타면 모레 아침이면 다시 뮌헨에 닿고, 그러면 집으로 돌아가는 비행기도 놓치지 않을 수 있을 것 같다. 집 한 채와 그 집 앞 길거리만 보고 올 생각이었다. 괴테가 로마에서 머물렀던 집의 주인 티쉬바인은 창밖을 내다보는 괴테의 뒷모습 초상을 그렸다. 자기 집에 묵는 손님의 모습을 그린 것이니 자신의 눈에 가장 익숙한 모습이 잡혔을 것이다. 시인이 그렇게 자주 고즈넉이 내려다보고 있었을, 그림에 그려지지 않은 창밖의 모습—그 보이지 않는 거리가 오래도록 기이하게도 마음을 끌었다.

을씨년스러운 밤기차 칸, 기차는 자정이 지나도 출발을 하지 않는다. 가방을 뒤적인다. 늘 들고 다니는 작은 보온병 하나와 『이탈리아 여행』과 지도, 짐은 그렇게 세 가지뿐이다. 많이 걷게 될 걸 알기에 가방을 가볍게 꾸렸다. 로마 시내 지도부터 살펴본다. 시간이 빠듯하므로 가서 헤맬 길을 미리 머리에 넣어둔다. 그러고는 천천히 『이탈리아 여행』을 펴든다. 지난 십여 년 괴테의 뭇 작품들을 읽기 바빠서 미처 펴들지 못했던 책이다. 손쉽게 대충 읽을 수도 있을 어느 번역본은 고상한 하드커버 장정도 아름다워 많이 팔렸지만 그 절반이 남의 번역을 도용한 것인 줄 아는지라 읽지 않았다. 절반이라도 옮겨 그럴 듯하게 책을 만든 것도 공로라고 해야 할까. 세상에 왜 그런 짓을 했을까. 왜 아무렇지도 않게 남의 글을 훔치는 것일까. 세상의 책들은 점점 포장만 그럴듯해지는 것 같다. 책까지도, 세상에. 이런 세상에서 무슨 글을 써야 죄책감 없이 종이를 버리며 살 수 있을까.

을씨년스러운 밤기차 칸에서 펼쳐든 이 책에 깊이 빠져들어간다. 흥미진진한 이야기가 들어 있는 것은 아니다. 무엇보다 불쑥 떠날 수밖에 없는 상황에 나 또한 익숙하기 때문일 것이다. 괴테는 불쑥 떠났다. 1786년 9월 3일 새벽 세시에 아무도 모르게. 작디작은 바이마르 궁정에서 십일 년을 보내고 나서. 괴테의 이탈리아 '여행'은, 여행이라지만 이 년이 걸렸다. 그가 탔던 마차의 평균 속도는 시속 일 마일도 되지 않았다. "무슨 온갖 것을 좌우 그대로 내버려두고 왔던가. 내 영혼 속에서 너무나도 오래되어버린 이 생각을 실행해 보겠다고." 이탈리아는 괴테에게 어려서부터 동경의 나라였다. 이탈리아에 대한 관심이 크던 괴테의 아버지는 아들에게 이탈리아에 대한 온갖 이야기를 들려주었다. 그래서 괴테는 이탈리아로 넘어가는 고개 앞에서 오래 앉아 있다가 그 고개 그림만 그리고는 일어선 적도 있고, 스물여섯 살 때는 이탈리아로 가려고 길을 떠난 적도 있다. 길을 떠났다가 결국 바이마르로 가게 되었지만 말이다.

홀로 불쑥 떠나던 괴테의 마차 속에는 비밀스러운 애인처럼 함께 가는 동반객이 있다. '이피게니에'이다. 아직은 원고 뭉치이다. 9월 3일에 칼스바트를 출발해서 6일에는 뮌헨에 닿았고 7일에는 미텐발트 숲을 지나고 있다. 내가 좋아하는 그곳의 드넓은 코헬 호수와 발헨 호수를 지나는 시인의 눈길은 언제나 식물, 돌, 소박한 사람들에게로 향한다. 햇볕에 따라 다른 과일의 당도, 단풍나무, 고산에서 점점 높이 뻗는 나뭇가지, 목 가늘어지는 풀꽃, 석회석 벼랑, 차

돌 같은 미세한 것들이 그에게 밀려든다. 바로 그가, 모든 것을 향해 열려 있다. "모든 것이 밀려들며 다가온다." 서른일곱. 아직도 젊다. "큰일들에 매진해보고 싶다, 배우고, 교육받고 싶다, 마흔 살이 되기 전에." 이탈리아라는 하나의 세계로 그를 떠민 것은 이러한 초조함이었을 것이다. 일국의 재상이, 기분 전환으로 관광을 떠난 것은 아니었다.

큰 강물의 발원이 아름답다고 시에 아로새기기도 했던 높은 고개 어름, 기차가 어둠 속에서 브레너 파스를 넘는다. 볼로냐에서 차를 갈아탈 때쯤 날이 밝아온다. 창밖으로는 어쩐지 흙냄새가 나는, 겨울임에도 불구하고 푸근하면서도 파릇한 이탈리아의 정겨운 풍경이 펼쳐진다. 저 건너 어디쯤 작은 도시 비첸차가 있을 것이다. 괴테가 경탄으로 바라보았던 팔라디오의 건축물이 있는 곳이다. 넉넉하면서도 꾸밈없이 단아한 그 건물은 사진으로만 보아도 매혹적이었다. 이 초록빛 풍경 앞에서 다시 그 하얀 건물은 참으로 생생하게 떠올려져서, 또 하나의 세계를 향하는 문이었을 듯도 하다. 그러나 나의 시선은 좀더 책에 머물러 있다.

페라라에서 기차가 멈추자, 건너다본다. 괴테는 이곳 즈음에서 아무도 모르는 타소의 감옥과 무덤을 찾아간다. 작은 이탈리아의 궁정에서 군주의 호의를 잃어 불운하게 삶을 마친 옛 천재 시인의 쓸쓸한 무덤으로 말이다. 괴테 자신이 신분의 경계를 넘는 열렬한 사랑에 빠진 모습으로 그려놓은 토르콰토 타소는, 젊은 날 괴테의 분신 같기도 하다.

기차가 천천히 피렌체 역으로 들어선다. 책에서 눈을 들어 풍경을 자세히 살핀다. 피렌체는 내가 유럽에서 가장 좋아하는 도시이다. 작은 도시가 보석함처럼 여러 문화유산을 가득히 담고 있다. 미켈란젤로 전기를 번역하면서, 이 도시가 광채를 흩뿌리던 한 시기의 묘사에 매료되었기 때문이기도 하다. 돔에서 내려다보면 이 매혹적인 도시가 파노라마처럼 펼쳐진다. 작은 골목길들 하나하나, 아르노 강 다리 위의 노점상들 하나하나가 눈앞을 채운다. 아직도 눈에 선한 그 풍경 대신 바깥 풍경을 눈에 담아본다. 스쳐가는 토스카나 지방 특유의 삼나무 한 그루 한 그루까지. 그런데 어떻게 괴테는 피렌체를 그냥 지나쳐갈 수 있었을까? 로마를 향하고 있었기 때문이었다. 이미 알프스를 넘다가 마주친 아름다운 가르다 호반에서 지체했고, 아름다운 베네치아에는 오래 붙들렸다. 한시바삐 로마를 보고 싶다는 초조감이 그로 하여금 피렌체를 스쳐지나가게 했다.

그리하여 출발한 지 두 달에서 이틀 모자라는 11월 1일, 괴테는 로마에 도착했다. 내가 탄 기차는 떠난 지 열 시간이 조금 넘은 열시 사십오분 종착역인 로마로 들어선다. 읽던 책도 주문이라도 한 듯 끝이 나서 책장을 덮는다. 괴테가 매료되었던 팔레르모의 아름다운 정원들, 또 괴테가 가까스로 목숨을 건진 시칠리아 앞바다의 소용돌이가 잔상으로 남는다. 일요일 아침이라 플랫폼이 한적하다. "로마에 온 날부터" 괴테는 "두번째로 태어난 것 같다, 새로 태어난 것 같다"고 했다. 괴테는 이탈리아 전역을 두루 여행했지만, 대부분의 시간을 로마에서 보냈다. 그 이 년은 자신의 인생을, 문학사를 바꾼 시기였다.

내가 타야 할 기차는 밤 아홉시 삼십칠분 출발이다. 내가 여기 머물 수 있는 시간은 열한 시간이 채 안 된다. 박물관 같은 곳은 대여섯 시면 닫을 테니 실제 시간은 훨씬 짧다. 욕심 부리지 않기로 다짐하며 천천히 역사를 나선다. 역사를 등지고 역전 거리다운 거리들을 지난다. 그리 많이 걷지 않았는데 벌써 원형경기장이 나오고, 이어서 '포룸 로마눔'이 보인다(이 압도적인 고대의 폐허를 지칭하기에는 현대 이탈리아어 '포로 로마노'는 어쩐지 어색한 느낌이다). 창살 울타리 너머로 페허를 들여다본다. 예전보다 조금 작아 보인다. 현대의 로마는 관광도시다. 이 폐허 언저리에도 신기한 분장을 한 포토 모델들이 관광객을 위해 여기저기 서 있다. 얼굴과 피부까지 온통 하얗게 칠을 하고 흰 옷에 곡식을 들고 있는 세레스 여신이 단연코 인기다. 관광객들이 줄곧 그 옆에서 사진을 찍는다. 로마 병정의 차림을 한 모델들은 그저 왔다갔다만 한다. 원형경기장도 포룸 로마눔도 그냥 지나쳤지만, 로마의 중심에 있는 카피톨 언덕을 그냥 지나칠 수는 없다. 모퉁이에 선 병정 옆을 지나 천천히 계단을 오른다. 아우구스투스 황제 동상이 있는 작은 광장에 선다. 오른편은 박물관이 있기에 들어가게 될까 두려워 보지 않는다. 계단 양끝에 우뚝 선 디오스쿠렌 쌍둥이 동상의 발치쯤에 서서 시내의 파노라마를 내려다본다. 이 언덕 바로 아래 작은 베네치아 광장이 있고, 시선이 테베르 강가에 가닿는 곳쯤 아득히 포폴로 광장이 있다. 그 포폴로 광장과 베네치아 광장을 일직선으로 잇는 길게 뻗은 길이 비아 델 코르소, 코르소 길이다.

언덕을 내려와 천천히 코르소 길 입구로 들어선다. 이번에는 왼편을 보지 않는다. 거기 국립박물관이 있고, 또 그 방향으로 내처 가

코르소 길. 로마의 카피톨 언덕과 포폴로 광장을 잇는 긴 거리.
괴테의 『로마의 카니발』에 상세히 그려져 있다. 포폴로 광장에서 가까운 18번지가 '카사 디 괴테'.

면 성 베드로 사원도 나오기 때문이다. 코르소 가를 조금 들어서니 오른편에는 콜로나 갤러리가 왼편에는 오벨리스크와 키지 가문의 궁전이 보인다. 콜로나 갤러리는 다행히 수리중이다. 권세가 키지의 궁은 겉보기로는 그저 단아하다. 코르소 가는 대로이건만 좌우에 거의 균일하게 사오층 높이의 건물들이 쏟아질 듯 빈틈없이 꽉 들어차 있어 거리가 비좁아 보인다. 일요일 오전인데도 여기만은 상점들이 다 열려 있고 사람도 많다. 터질 것 같은 활기가 느껴진다. 아주 길어 보이는 길을 가늠이라도 해보려고 큰 건물들의 번지수를 확인해본다. 오른편의 번지수가 200대, 왼편이 500대이다. 번호가 이상하지만, 카사 디 괴테는 18번지이니 아무려나 이 길 끝머리일 것이다. 갑자기 아프던 다리가 더 아파온다. 마침 맥도널드가 보여 좀 쉬어갈 생각으로 들어가본다. 맥도널드를 좋아하지 않지만, 아무렇게나 시킨 시금치 햄버거가 맛있다. 맥도널드조차도 이탈리아에서는 이렇게 되는구나 싶다. 요란스런 고명이 없건만 이상하게도 언제나 맛난 이곳의 스파게티, 길가에서 빈대떡처럼 허술하게 구워주는데도 맛있는 피자.

음식을 먹고 나니 기운이 난 탓인지, 코르소 가로 다시 씩씩하게 발걸음을 디디는데 뭐가 등뒤에서 끌어당기는 듯해서 돌아선다. 저 오벨리스크 뒤쪽 작은 골목들 안 어디쯤에 있던 어떤 장소가 기억이 난 탓이다. 판테온이다. 그냥 지나칠 수는 없다. 잠깐 길을 벗어나 오벨리스크 뒤쪽 작은 골목들로 들어선다. 좁은 골목길을 얼마 걷지 않아 금방 압도적인 판테온이 눈앞을 가로막는다. 포룸 로마눔이나 카피톨 언덕은 지금 보니 예전보다 작고 야트막해 보이는

데, 판테온은 반대로 더욱 웅장해 보인다.

가만히 안으로 들어서본다. 비교적 이른 일요일 아침이라 사람이 많지 않다. '판테온', 이 만신전萬神殿의 기운이 온몸으로 느껴진다. 창문이 없는 거대한 원형의 돔, 높은 천정 한가운데 뚫린 둥근 구멍으로만 햇살이 쏟아지고 있다. 저 구멍 하나로부터만 비춰지기에 이 드넓은 실내는 더욱 신비로워진다. 저 구멍으로 비도 내리겠지. 그런 비야말로 다나에를 잉태시킨, 황금비로 변한 제우스의 모습처럼 느껴질 것 같다. 이 신비로운 공간에는 장난꾸러기 아모르의 맑은 웃음소리도 어렸을 듯하다. 이런 빛줄기 아래 서면 변용을 경험할 수 있을 것만 같다. 집으로 돌아가는 길이면, 몇 걸음 떨어져 숨겨져 있는 이 막강한 사원이 괴테의 마음을 끌곤 했으리라. 『로마의 비가』 제6비가는 시인의 작업장을 판테온의 모습으로 유머 있게 그리고 있다.

그대들의 정결한 제단에, 오 우미의 여신들이여, 몇 장의 종이를
　　시인이 올린다, 장미꽃 송이들을 곁들여
마음놓고 그렇게 한다. 예술가는 자신의 작업장이
　　주위에서 늘 판테온 신전처럼 보이면 기뻐하는 법.
주피터는 신의 이마를 기웃이 드리우고, 주노는 쳐든다
　　태양신은 성큼성큼 걸어나와, 곱슬머리를 설레설레 흔든다
냉랭하게 미네르바는 내려다보고, 가벼운 헤르메스는
　　옆으로 눈길을 돌리는데, 교활하면서도 사랑스럽다.
하지만 부드러운, 꿈꾸는 비너스는 바커스를 향하여

달콤한 욕망의 눈길을 든다, 대리석인데도 축축해져서.
즐겁게 그의 포옹을 생각하며 묻고 있는 듯하다.
우리 멋진 아들*도 우리 곁에 서야 하는 것 아닐까요?

그러나 많은 신들 중 세차게 그의 마음을 끄는 것은 단연코 아모르이다. 첫 비가에서부터 단언했다.

하지만 머지않아 지나갈 것이다 그러면 한 작은 사원만 남으리
그대가 바쳐진 사람을 맞이하는 사원, 아모르의 사원만 남으리.
그대 하나의 세계이기는 하지만, 오 로마여, 하지만 사랑이 없이는
세계는 세계가 아니다, 로마 또한 로마가 아니다.

사랑 없이는 로마도 로마가 아니라는데 로마Roma와 아모르Amor는 같은 스펠링이 대칭을 이룬 단어이기까지 하다. 이 신들의 집에 놀라운 이물질이 하나 있다. 유명한 라파엘의 무덤 말이다. 1521년 그가 죽자 몸이 저절로 옮겨왔다는 이야기가 덧붙여져 있고, 19세기에는 파보기까지 했단다. 그 무렵 라파엘 숭배에서 비롯한 일이었을 것이다. 만신전에 보이지 않는 신들과 더불어 육신으로 누운 예술가의 무덤이라는 것은 압도적인 인상을 준다. 묘 위에는 입맞춤에 취한 새 두 마리가 조각되어 있다. 벰보가 쓴 묘비명의 시구도 놀랍다. "여기 라파엘이 누워 있다. 그가 살았을 적엔 자연

*바커스와 비너스 사이에서 태어난 아들 프리아포스는 온몸에 혹이 난 흉측한 몰골인데 생식기만 거대한 추남으로 농부들이 섬겼다고 한다.

이 그에게 질까 두려워했고, 그가 죽자 자연도 따라 죽고 싶어했던 사람"이라고 적어놓았다. 찾아보기 어려운 비명이다. 한 예술가가 신들 가운데에, 신처럼 드높여져 누워 있다. 괴테도 분명 눈여겨보았을 것이다. 로마에서 괴테는 무엇보다 자신의 소명을 인식했다. "날마다 분명해진다, 내가 원래 문학을 위해 태어났다는 것이." 누군가가 자신이 무엇을 위해 태어났는가를 알게 되는 순간은 남에게조차 경이롭다.

비아 델 코르소를 다시 걷는다. 일요일인데, 다른 모든 거리가 한산한데, 여기만 사람들이 가득하다. 인공적인 무대 같은 느낌마저 든다. 인파가 넘실거리는 좁은 직선의 거리는, 고층 건물들 사이로 겨우 나 있는 듯하던 좁고 바람 세찬 뉴욕 맨해튼 거리의 고대판 같다. 괴테가 여기 있던 시절에는, 또 로마 시절에는 얼마나 번화한 거리였을까.

그 긴 거리를 거의 다 걸어 바로 앞에 포폴로 광장이 보일 때쯤 오른편에 18번지가 보인다. 이 거리 길가에 연이어져 있는, 거의 똑같은 모습의 건물들 중의 하나이다. 문은 잠겨 있다. 방문객은 벨을 눌러야 한다. 초인종 소리 뒤에 자물쇠가 안에서 열리면 무거운 문을 밀고 들어선다. 삼층 건물, 여느 집과 다름없는 계단을 오른다. 엘리베이터가 있지만 목재 계단을 택한다. 삼층에 있는 문에는 아무 표지도 없다. 그냥 조금 열려 있는 문을 들어서니, 한 노인이 무료한 표정으로 매표석에 앉아 있다.

그러나 오른쪽에 앤디 워홀의 괴테 그림이 정신이 번쩍 들 만큼 큰 크기와 화려한 색채로 걸려 있다. 인쇄된 모습으로만 익숙하게

티쉬바인의 집(현재의 '카사 디 괴테')에서의 괴테. 이 역시 티쉬바인의 그림.

보아왔던 것이고, 워홀의 다른 작품들이 그러하듯, 남의 그림—여기서는 티쉬바인의 그림—에 장난처럼 덧칠한 것이어서 별로 인상에 남지 않았는데, 괴테의 집 입구에 압도적인 크기로 걸려 있는 원화는 참 이상하게도 매우 엄숙한 느낌으로 다가왔다.

그림 왼편으로 길게 복도가 나 있다. 오른쪽 전시실들로 가지 않고 곧바로 그 복도로 간다. 복도 끝에 익숙한 창문이 보여서이다. 괴테의 뒷모습이 없을 뿐. 창문 모습은 그대로이다. 그런데 창가 쪽을 보니, 그 옆에 나란히 또하나의 똑같은 창문이 있다. 어느 창문에 괴테가 섰을지 잠시 생각해본다. 알 수 있다. 복도 끝이 아니고 그 곁의 창문이 분명하다. 그 창문으로부터 보이는 풍경의 흡인력이 대단하기 때문이다. 큰길 비아 델 코르소가 보이고, 거기서 나눠지는 골목길 하나가 전면을 채우며 아득하게 뻗어져 나간다. 거의 물가인지 지평선인지 알 수 없는, 더는 인적이 없고 나무의 모습만 어렴풋한 그 끝에까지. 비아 델 코르소의 북적거림을 축소하여 밀집시킨 듯한 골목길이다. 몇 시간이고 내다볼 수 있을 것 같다. 그 작은 골목길에서는 내가 바라보고 있는 동안에도 끊임없이 무엇인가가 일어나고 있다. 빨래는 바람에 나부끼고, 사람들은 한가롭게 서서 이야기를 주고받고 있다. 누군가는 집에서 쓰레기통을 들고 나오고, 누군가는 무슨 수를 썼는지 그 비좁은 길에 주차를 해놓고는 자동차에 열쇠를 꽂고, 경찰관도 슬슬 돌아다닌다. 이 집 저 집에서 나온 사람들이 마주쳐 나누는 이야기는 잠깐이기도 하고, 한없이 길어지기도 한다. 삶이 끝없이 펼쳐진다. 눈길 떼기가 어렵도록 다채롭고 생기로 가득찬 삶의 풍경이다. 창문이 높은 터라, 몸을 좀더 숙이면 긴 코르소 길이 발밑에 다 펼쳐져 보인다. 오른쪽으로는 포폴로 광장, 왼쪽으로는 베네치아 광장까지 가물가물 이어진다. 긴 길이 코르소 거리의 길이와 폭을 한꺼번에 다 보여주고 있다. 끝없이 세상 극장이 펼쳐져간다. 마치 연극을 보는 것처럼 세상과 삶이 밀집되고 두드러진 장면으로 나타난다.

시인과 창문—아니 시인이 아니어도, 누구든 창문 앞에 설 때는, 세상과 자신을 짚어보게 마련이다. 바깥세상을 바라보고, 그 세상을 알고 싶은 욕구가 싹트고, 삶에의 또 먼 곳에의 그리움이 시작되는 곳이다. 세상과 만나는 선들이 펼쳐지는 초점 같은 곳이 아닐까.

나도 오래 그 창가에 서 있다. 창가에 한참 서 있다보니, 왠지 여기까지 나를 오게 한 일들 중 가장 중요한 일을 다하고 난 느낌이 든다. 다른 것들은 어쩐지 나머지 같다. 그래도 관심을 가지고 방방에 있는 진열장들을 살펴본다. 괴테가 이 집에 머물렀기에 남은 귀한 책들을 진열 상태로나마 볼 수 있어서 기쁘다. 『파우스트』 2부 초판본이라든지, 『파우스트 미완성본』이라든지, 괴테가 이곳에서 큰 영향을 받은 빙켈만의 막강한 책 『고대사』(1764)라든지, 괴테가 태어나기 구 년 전에 그의 아버지가 이탈리아어로 쓴 두꺼운 저서 『이탈리아 여행』(1740)이라든지, 괴테가 죽은 해 고타 서점에서 나온 『괴테 유고 작품』(1832)이라든지, 첫 전집이라든지. 온통 귀한 책들이다. 특히 빙켈만의 책은 괴테에게 길잡이가 되었다. 그의 열렬한 배움의 욕구가 식물이나 광물, 건축뿐만이 아니라 무엇보다도 예술을 향했기에.

그러다 다른 진열대에서 조그만 상자 하나를 본다. 작은 구멍에 눈을 대고 들여다볼 수 있게 만든 것이다. 온통 가장을 한 사람들로 가득찬 거리 장면의 모형, 바로 이 길에서 벌어진 로마의 카니발 모습이다! 이 창문 아래를 가득 채우며 벌어졌을 그 축제. 『로마의 카니발』에서 괴테가 그 모습을 샅샅이 그려놓았다. 정신없이 그걸 들여다보다가 문득 선명해진다. 『파우스트』 2부에서 길게 드리워지던 가장행렬 장면이 삶의 알레고리임은 알고 있었다. 그런데 문득 왜 그것이 그렇게 괴테의, 그리고 여러 사람의 마음을 끄는지가 선명해진다. 그건 우의적일 만큼 집약되어 보이는 삶이기 때문일 것이다. 한 걸음 떨어져서 구경거리처럼, 농도 짙어진 삶을 바라본다. 그리고 그걸 갖가지 형식의 글로 그려 보이는 것은, 문학일 터이다.

그 상자를 보니, 이제는 정말 다 본 것 같아서 나머지 방들은 그저 둘러만 본다. 오른편 벽에는 이 집 주인 티쉬바인이 고전적 이탈리아를 배경으로 그린 유명한, 아마도 가장 유명한 괴테 초상화가 있고, 앤디 워홀의 작품뿐만 아니라 괴테를 소재로 한 다양한 현대적 작품들이 있다.

괴테의 침실에는 커다란 주노 석고상이 있다. 이후 바이마르 괴테 하우스의 응접실에까지 갖다놓을 정도로 괴테를 매료시켰던 것이다. 일면 너무 커서 압도적이지만, '완전한 아름다움'을 구현해낸 작품인 만큼, 이탈리아에서 괴테가 찾던 것이 무엇인지를 알게 한다. 괴테의 습관이었다는, 의자 뒤쪽으로 힘주고 앉아 의자 앞다리 둘이 쳐들린 모습을 그린 장난스러운 스케치도 있다. 일상의 모습들이 선연해진다. 다른 그림은 일종의 회화인데, 만화의 동그라미 말풍선을 그려넣어야 할 것 같다. 괴테가 침대 위에 몸을 굽히고 있고 "둘째 베개는 싫어!"라고 적혀 있다. 원래 제목이 '에로티카 로마나'인 『로마의 비가』가 떠올려진다. 『로마의 비가』는 로마에서 독일로 돌아간 직후에 쓰였는데 이름과 전혀 달리 비가가 아니다. 비가는 시 형식의 명칭일 뿐이고 내용은 그 원래 제목처럼 그야말로 로마의 관능이다. 이 남국에서 그에게 열려온, 밀려온 세계는 모두 감각으로 오는 것이었다. 관능도 포함된다. 이곳에서 비로소, 이제 비로소 그에게 열려온 이 또 하나의 세계에도 그는 충실하고 철저했다.

V

이제 고전의 땅에서 기쁜 감격을 느낀다.
　　옛 세계와 오늘의 세계가 더 크게 더 매력적으로 말을 건다.
여기서 나는 충고를 따라, 고대인들의 작품을 넘긴다
　　바쁜 손길로, 날마다 새롭게 즐기며.
그러나 한동안은 내내 아모르가 다른 일에 나를 열중시킨다
　　절반만 배워도 나는 두 배로 즐겁다.
그리고 내가 스스로를 가르치지 않는가, 사랑스런 젖가슴의
　　형태를 엿보면서, 손을 허리로 쓸어내리면서?
그러며 대리석이 비로소 제대로 이해되니, 생각하며 비교한다
　　느끼는 눈으로 바라보고, 바라보는 손으로 느낀다.
내게서 낮의 몇 시간을 훔쳐낸다 하여도
　　사랑하는 여인은 밤의 시간들을 보상으로 준다.
그렇다고 늘 키스만 하는 것은 아니고, 이성적인 이야기도 한다.
　　잠이 그녀를 엄습하면, 나는 누워 많은 생각을 한다.

자주 나는 그녀의 품 안에서도 시를 지었다
육각운 운율 수를 나직이 손가락으로 그녀 등을 토닥이며
헤아렸다. 그녀는 사랑스런 잠에 빠져 숨쉬고
그녀의 숨결은 내 가슴 깊은 곳까지 속속들이 이글거리게 했다.
아모르가 그사이 등불을 돋우고 그 시절을 생각한다
세 사람의 시인들*에게 같은 봉사를 했던 그 시절을.

여자를 재워놓고 등에다 토닥토닥 강약으로 박자를 맞추며 써간 것이 '비가'란다, 시인 자신의 말로는. 능청스럽도록 비가의 운율을 충실히 따르고 있다. 삶이 그 모든 전체 모습으로 체험된 것 같다, 여기서.

카사 디 괴테를 나선다. 길 끝은 바로 포폴로 광장. 그 넉넉한 계단께에 좀 앉아 있을까 하다가 후딱 택시를 잡는다. 시간이 될까, 스쳐서라도 볼 수 있을까. 성 베드로 사원으로 달려가본다. 시스티나 카펠레는 방금 닫혔다. 천장화 〈천지창조〉는, 그걸 처음 보았을 때 목이 아파 바닥에 드러누워 보다가 수위가 오면 일어나고, 가면 다시 드러누우며 보던 그림이다. 유럽 전체가 온통 밥 먹을 시간과 돈을 아껴가며 그림을 보러 다니던 박물관들의 그물망이었던 한 시절의 추상이 떠올라 조금 가슴이 아프다.

그 바티칸의 뜰에서 시스티나 카펠레 쪽을 쳐다보며 한참 맥없이 앉았다가 다시 택시를 탄다. 피라미드로 가자고 한다. 운전사가 성

* 연시를 많이 쓴 로마시대의 세 시인. 카툴Catull, 티불Tibull, 프로페르츠Properz를 가리킴.

베드로 사원 좋았느냐고 해서 못 들어가고 오는 길이라고 했더니, 좀 안됐는지, 또 로마에서 피라미드를 찾아가는 사람이 흔치 않을 테니 신기해서인지, 피라미드 조금 못 미쳐서 작은 언덕에 차를 세워준다. 저기 저 작은 성당 열쇠구멍으로 성베드로 사원이 보이니 그렇게라도 한번 더 보고 걸어내려가라고. 피식 웃고 운전사의 권유대로 한 다음 천천히 낮은 언덕에 난 동네 길을 내려간다. 머지않아 피라미드가 나온다. 괴테가 열심히 그렸던 이 피라미드를 보고 싶었다. 왜 그렇게 그의 마음을 사로잡았을까.

여기서, 헤르메스가 나를 나중에 인도하리니
체스티우스의 피라미드를 지나, 가만히 죽음의 세계로.

피라미드 뒤에 있는 것은 신교도 묘지이다. 괴테는 이렇게 여기에 묻히고 싶어했지만 그러지 못했다. 대신 그 하나뿐인 아들 아우구스트가 로마에 왔다가 병사하는 바람에 여기 묻혀 노년의 괴테를 애통하게 했다. 너무 말이 앞선 것이었을까. 피라미드 뒤의 묘지도 이제는 닫혔다. 창살문이 있어 열심히 들여다본다. 한적한 곳인데 어떤 소녀가 역시 창살 너머로 열심히 스케치를 하고 있다. 그 모습이 어찌나 고운지 말을 걸어본다. 파키스탄에서 온 건축과 미술을 공부한다는 그 학생이 스케치북을 보여준다. 피라미드 스케치도 놀라운데, 그 스케치북을 가득 채운 판테온 그림들이 더욱 놀랍다. 왜 그렇게 반가웠을까. 스케치북에다 그녀의 연필을 빌려 서툰 영어로 시 한 편을 적어주었다. 우리를 사로잡은, 그 창살 너머에 '갇혀 있는 침묵'에 대하여. 소녀와 헤어지고 나서도 바로 피라미드를 떠나지 못하고, 피라미드가 보이는 카페에 앉아 오래도록 바라본다. 이번에는 글은 절대로 안 쓰겠다고 작심하고 일부러 만년필도 연필도 들고 오지 않았다. 카페에서 볼펜을 빌려 나도 피라미드를 그려본다. 이 로마의 '이물질'이 그리도 유혹적이다.

황량한 삼각형 위로 노을이 아름답게 지고 있어서 더더욱. 조금 전 언덕길을 내려오던 동네 담 너머로, 한겨울인데도 레몬과 오렌지가 주렁주렁 늘어져 있고, 커다란 미모사 나무들에는 노란 꽃들이 함빡 피어 있다. 음악회에서 연주를 들으면서도 저런 노을의 색채에 사로잡혔던 삼십대 후반의 괴테. 이 빛깔이 없었더라면, 이 빛깔에 대한 이런 감격이 없었더라면 그후 그가 사십여 년을 매진했던 색채론은 생각할 수 없었을 것이다. 괴테의 6원색에는 이 형언할 수 없는, 저녁노을이 스러진 직후의 노을빛 분홍이 선명하게 기본색으로 들어 있다. 저 빛은 무엇을 섞어도 나오지 않는 압도적인 '원색'이다. 이 느낌을 사십 년간 붙들고 있을 수 있다는 것이—괴테의 능력이었을 것이다. 빛이 쪼개져서 색이 된다는 뉴턴의 이론을 그는 용납할 수 없었다. 우리의 '능력 있는' 눈이 빛과 어둠을 섞어 색깔로 본다는 것이다. 바이마르 괴테 박물관의 색채론 실험실에 가서 그가 했던 실험들을 따라가노라면, 아무래도 괴테가 옳다는 생각이 들어버린다. 과학적으로야 옳든 그르든, 그 각고의 이론은 사람이 자신의 꿈과 '감격'에게 바치는 아름답고 경이로운 선물로 보인다.

괴테는 이 사랑했던 이탈리아에 대한 그리움을 대작 『빌헬름 마이스터』의 신비로운 인물 미뇽에 집약시켜놓았다. 미뇽이 부르는 절절한 그리움의 노래들은 시간을 건너서도 여전히 유효한 그리움의 집약이다.

그대 아시나요, 레몬꽃 피는 나라
짙은 잎새 속에서 황금빛 오렌지가 이글거리고
푸른 하늘에서 한가닥 미풍이 불어오는 곳
치자꽃 고요히, 드높이 월계수 서 있는 곳
그대 아시지요,
그곳으로! 그곳으로
그대와 함께, 오 나를 지켜주시는 이여, 가고 싶어요.

선연한 남국의 풍경을 듣는 사람의 눈앞에 조목조목 펼쳐놓으며, 아련한 그리움이 아니라 "그곳으로! 그곳으로" 가자는 절박한 재촉을 담는다.

이 남국이 한 시인의 마음에 부어넣은 것들은 오래오래, 그의 긴 나머지 생애를 두고 이런저런 모습으로 응결되었다. 그러한 많은 작품들은 시인이 바로 그런 꿈에다 부여한 형태일 것이다. 피라미드가 어둠에 아주 묻힐 때쯤 일어선다. 버스를 타고, 놓치지 않고 기차를 탄다. 어둠 속에서 다시 알프스를 넘는다. 내 집으로 가는 길만은, 아직 아득하다.

괴테가 로마에서 가져와 현재 바이마르의 집 응접실 한 코너에 있는 거대한 주노 상.
'완미完美'의 상징이다.

마리엔바트 온천장.

길 끝의 집, 노시인의 마지막 사랑

괴테의 마리엔바트

어디로 갈까. 무얼 쓸까. 오래 망설였다. 애초에 어려운 일인 탓인 듯하다, 길 끝에 선다는 것은. 어디든, 어떤 의미로든 마지막 길을 간다는 것은. 시인을, 아니 시를 찾아 헤매던 나의 길이 망설임 끝에 이른 곳, 또한 삶과 시를 살았던 노시인의 발길이 그 막바지에 어렵사리 닿은 곳은, 독일 국경에서 멀지 않은 아주 작은 체코 도시 마리안스케 라즈네, 독일어로 마리엔바트이다.

그 작은 도시의 이름이 널리 알려진 것은 한 편의 시, 「비가」와 그에 얽힌 일화 때문일 것이다. 이후 '열정의 3부작'으로 묶이게 되는 시 「마리엔바트의 비가」는 "인간이 고통 가운데서 말을 잃으면, 신은 내게 무얼 괴로워하는지 말하게 하였다"는 자신의 작품 『타소』의 시구를 인용하며 시작되는 조금 긴 시다. 그 「비가」는 삶의 끝에서 어둠으로의 문턱을 한순간 햇살처럼 밝혔던 환한 존재를, 마치 에우리디케를 오르페우스가 놓치듯, 놓쳐버리고 돌아서는 괴로움을 담고 있다. 시인은 사람으로서는 말을 잃고 마는 고통과, 그리고 그 고통으로 바뀌기 전까지의 찬란한 기쁨의 순간을 하나하나 되짚어가며 그려내고 있다. "쓰고도 달콤한 잔을…… 마지막까지 기울여…… 남김없이 마시"듯.

손에 잡힐 듯 '빛나는 영상' 하나를 잃고, 빈손으로 다시 빈집으로 되돌아오는 길, 흔들리는 빈 마차 안에서 달력 종이 빈 곳에다 정신없이 써내려간 시이다. 생명의 빛이 기우는 노년의 한순간에 찬란하게 비춰들었던 석양 같은 사랑, 글 또한 그렇다. 빈집으로 돌아와서는 곱게 청서淸書해놓은 뒤에, 시인은 병이 든다. 부드러운 가죽으로 장정을 하고 푸른 비단 끈으로 묶인 그 글을 소중히 두고 읽으며 시인은 상실의 고통과 병을 감내했다.

1823년 여름 마차를 타고 마리엔바트 온천장을 향하던 시인은 이미 가까운 사람들을 많이 잃고 한 차례 큰 병도 치른 일흔네 살의 노인이었다. 요양도 필요했지만, 지난여름 그곳에서 만났던 환한 존재에 이끌리고 있었다. 다시 만날 수 있을까, 하는 물음도 있었다.

마리엔바트는 괴테의 도시 바이마르에서 그리 먼 거리는 아니다. 자동차로 가면 한 시간 반 남짓이면 닿을 거리이다. 그러나 바로 가는 기차편이 없고 국경도 통과해야 한다. 이래저래 쉽사리 찾아갈 엄두가 안 나는 곳이다. 그러나 아홉 장의 「비가」를 한 장 한 장 다시 읽고 난 어느 새벽, 나는 역으로 달려가고 만다. 새벽 다섯시 일

분차로 바이마르를 떠난다. 독일에서도 체코에 들어서서도 사람이라고는 통 없는 첫새벽, 시골 역들을 서성이며 기차를 몇 번이나 갈아탄다. 아침이 밝아오고 초록빛 구릉이 잇대어 펼쳐진다. 그 시대의 야트막한 초록빛 구릉지대를 오르내리며 달려갔을 마차의 모습이 선연하다. 국경쯤에서 기차는 한 칸짜리 열차로 바뀌는데, 마을버스처럼 내릴 사람이 있어 벨을 누르면 서고, 아니면 조그만 정거장들을 그냥 지나쳐간다. 몇 번이나 갈아탄 탓에 열시 삼십분에야 마리엔바트에 닿는다. 마차로도 이만한 시간이면 얼추 닿았을 것 같다.

역 건물을 떠나 조금 걸으니 보이는 시내에 놀란다. 소박한 역 건물과는 전혀 다른, 아주 작지만 매우 화려한 로코코 풍의 사오층 건물들이 잇닿은 휴양도시가 펼쳐진다. 넓은 중앙 가로수길을 걸어가다가 오른편 옆 골목을 먼저 기웃거린다. 괴테의 자취를 찾아왔는데, 카프카의 흔적을 먼저 본다. 그가 만년에 밀레나와 만났다가 쓸쓸하게 헤어진 국경 역을 지나쳐 온 지 얼마 안 된 탓일 것이다. 사진을 통해 눈에 익은 건물이 보인다. 호텔 오스보르네 자리. 카프카가 두 번씩이나 약혼하고 파혼한 펠리체와 만나 1912년쯤 아주 잠깐 행복한 며칠을 보냈던 곳이다. 카프카는 프라하로부터, 펠리체는 베를린으로부터 왔다. 이곳에서 카프카가 펠리체에게서 처음으로 경험하는 '여성스러움의 깊이'를 감탄하던 평범한 행복—그 현장이 눈길을 끌어 책에서 본 사진이 눈에 와 박혔었다. 지금은 이상한 문화센터 같은 곳으로 변모했지만 건물 모습은 그대로이다. 두 사람은 어렵사리 만날 곳으로 왜 이곳을 정했을까. 꿈같은 곳으로

마리엔바트에서 괴테가 머물렀던 숙소.

비쳤었는지도 모르겠다. 그보다 한 세기쯤 전, 노시인조차 '꿈'을 좇아 왔던 곳이다. 꿈, 혹은 꿈이 모습을 드러낸 것 같은 존재가 등장할 수 있는 곳인지도 모르겠다.

조금 더 걸으니 길이 오른쪽으로 조금 휘어 올라가고 거기에 '온천'이 있다. 큰 규모다. 자기 컵을 맡겨두고 유황 약수를 받아 마시는 곳이 중심에 있고, 주변에는 정원에다 주랑이 늘어선 산책로가 있다. 그 오른편으로 조금 올라간 곳에 숙소 하나가 있다. 이 얕은 언덕길이로구나. "옥죄인 마음의 공허의 황량한 공간 안에/ 이제 희망이 어렴풋 밝아"오던 곳은. "부드러운 햇살의 밝음 속에서 그녀 자신이 나타나던" 곳은. 시인은 처음부터 물음을 던지고 있었다.

어찌 나 이제 재회를 희망하랴
이 날의 아직 닫혀 있는 꽃을?

낙원이, 지옥이 네 앞에 열려 있다
더는 어떤 회의도 없다! 그녀가 천국의 문으로 다가선다
두 팔로 그녀, 너를 안아올린다.

생각하면 '낙원'이기도 하고 동시에 '지옥'이기도 한 만남. 그러나 기대하던 모습이 보인 순간 모든 회의는 단숨에 사라진다. '그녀'는 '익히 아는 문턱'에서 나온 것이 아니다. '천국 문'이 두 팔로 너를 '들어올려'주었다고 한다. 주랑이 늘어선 바로 저 산책로에서, 바로

저 문전에서 한 존재가 그리도 환히 빛나며, 그리도 드높여진 모습으로 시인을 사로잡았던 것이었구나.

> 입맞춤, 마지막 입맞춤, 끔찍하고 감미롭게, 갈가리 베어내며
> 뒤얽힌 사랑의 찬란한 엮임.
> 이제 서둔다, 이제 멈춘다, 발걸음이 문턱을 피하며

서지도 가지도 못하며 헤매는 혼란이 전해진다. 사랑은 어떤 나이에든 이런 혼란이구나. 그러나 입맞춤이 "끔찍하게 감미롭고, 갈가리 베어내는" 것이라니—낙원처럼 체험한 사랑을 잃는 고통은 말 그대로 실낙원의 고통이어서 시인은 "마치 체루빔의 불꽃 검에 밀려난 듯" 가야 할 음산한 오솔길을 바라보고 있다. 자꾸 "뒤돌아본다, 천국 문은 잠겨 있다"고 적으며 시선은, 그 뒤로 환한 존재가 사라진 문전에 붙박인다. 문이란 것 자체도 압도적이었을 듯도 하다. 열려올 듯할 때는, 누군가 거기서 나올 것 같을 때는 천국의 문처럼 보일 수 있지만, 다시는 열리지 않을 듯할 때, 그렇게 다시 닿을 수 없는 누군가와 자신 사이에서 철컥 닫혔을 때 엄습하는 그 높은 문턱 말이다. 온갖 문턱이 어른거린다. 생각 없이 넘어버린 문턱, 힘겹게 넘어야 할 문턱, 결코 넘을 수 없는 문턱, 그리고 생사를 가르는 마지막 문턱까지. 그 천국 문 같던 문이 "이제 철컥 닫혀버렸다, 마치/ 이 가슴이 한 번도 열려본 적이 없듯이, 희열의 시간들이/ 하늘의 별 하나하나와 다투던 시간들이/ 그녀의 곁에서 빛을 내는 것을 느껴보지 못한 듯이" 그렇게 닫혀버린 문 앞에서, 그 안

으로 사라져버린 모습은 더욱 생생하게 눈앞에 그려진다.

"공기의 형상을" "다시 마음속으로!"라며 시인은 다급하게 외치기 시작한다. 한순간만이라도 그녀 대신 공기의 형상을 붙들려고 한다. 그 모습을 마음속에 되담고 싶다고 한다. 울리케의 기척만 들리면 달려나갔다던 노시인이 선연하다. 그러고는 "삶의 모습은 그렇게 맑게 움직이며 남아 있다/ 불꽃 문자로 충직한 가슴에 적혀서"라고 읊조린다. 가슴은 이제 이 '모습'을 담는 그릇이 되겠다고 한다. 이 모습 하나를 담아두기 위하여 굳은 성채가 되겠다고 한다.

마음에 적힌 채, 첨루 높은 장벽처럼 굳게
그녀가 간직한 또 그녀를 그 안에 간직한 가슴
그녀를 위해서 자신의 지속을 기뻐하고
그녀가 열어줄 때만 자신에 관해서 알 뿐인
그 사랑스러운 울타리 안에서 보다 자유롭게 느끼고
다만 모든 것에 대해서 그녀에게 감사하기 위해서 뛰는 가슴

젊은 날처럼 가슴이 뛴다. 시인에게 있어서 사랑에서 그런 한순간을 체험하는 것은 "우리들 가슴속의 깨끗함 가운데서 하나의 지향이, 보다 높고 보다 깨끗한, 미지의 것에 대한 지향이 물결치고" 있기에 가능한 것이다. 그러나 그런 고동을 거쳐 지나가고 남는, 환상이 사라진 자리는 참혹하다.

나를 여기 버려두어라, 함께 길 가던 이여!

일흔넷의 괴테가 정식으로 청혼했던 체코 귀족가문의 딸 울리케 폰 레베초브.
당시 열아홉 살이었다. 그녀는 후에 수녀원장이 되었다.

나를 여기 홀로 두어라 바윗가에, 늪과 이끼 속에

나는 우주를 잃었다, 내가 나 자신에게서 상실되었다
신들의 총아였던 내가.
그들은 나를 시험하여 판도라를 주었다
선물도 많이, 위험은 더 많이
그들은 주는 데서 희열을 느끼는 입술에게로 나를 밀어다놓더니
나를 다시 떼어놓았다, 멸망케 하였다.

정서된 것은 좀더 다듬어져 있지만, 덜 다듬어진 초고 쪽이 더 절실하다. 초고 쪽의 직설은, 참혹하기까지 하다.

죽음과 삶이 끔찍하게 서로를 퇴치하는 곳
육신의 고통은 그치게 하는 약초도 있겠지만
걷잡을 수 없는 그리움이 나를 이리저리 내몬다
이젠 어떤 방책도 남아 있지 않다, 한없는 눈물뿐.

형용할 말도 없다, 어떻게 그녀 없이 지내야 한단 말인가?

이 구절이 쓰인 달력장은 그 위에 줄이 북북 긋기고, 옆면은 찢겨져 있다. 삶과 죽음만 '난투'를 벌인 것이 아니라 시인이 벌인 난투의 흔적이 역력하다. 작은 수첩 달력의 빈틈이 이 마지막 면에 이르기까지 시로 가득 메워졌다. 다시 빈손으로, 빈집으로 돌아오는 마차 안에서.

1822년 여름 괴테는 사십 일쯤 울리케 곁에 있었다. 그녀를 다시 만날까 싶어 달려온 1823년 여름 괴테는 6월 말 바이마르를 떠나 모두 칠십오 일을 보헤미아 지방에서 보낸다. 마리엔바트에는 7월 2일 밤 여덟시에 도착하였고 7월 11일 온천의 샘가에서 폰 레베초브 부인과 딸들을 다시 만나게 된다. 늘 그는 '테라스에' '가족 가운데' 있었다. 이 무렵 괴테의 일기의 '가족'이란 폰 레베초브 부인과 그 딸들을 가리킨다. 7월 17일에는 국왕 칼 아우구스트 공이 괴테가 묵은 집에서 무도회를 열었다. 폰 레베초브 가의 딸 울리케와는 아침산책을 함께하였고, 그녀가 나오지 못하면 꽃을 보냈다. 괴테는 울리케에게 무얼 좀 가르쳐보려고 애쓰고, 공부 잘하라고 초콜릿도 선물하고 그런다. 손을 잡고 주랑이 있는 산책길을 거닐고 테라스에 기대며 사랑은 열정으로 바뀌어갔다. 정식으로 청혼을 했다. 국왕이 혼주로 나서서 청혼을 했다. 국왕이 나선다는 것은 만만찮은 조건들이 따라가는 것이다. 울리케의 어머니에게는 바이마르에서 살 집이, 울리케 자신에게는 바이마르 제1의 숙녀의 자리와 괴테 사후에도 매년 만 탈러의 연금이 약속된다. 그러나 폰 레베초브가 측에서 정중히 거절했다. 두 사람만의 문제가 아니었던 것이다. 괴테는 이제 칠십사 세, 장모가 될 울리케의 어머니는 삼십오 세, 괴테의 아들 아우구스트는 삼십사 세이고, 며느리 오틸리에도 이십칠 세였으며, 울리케 자신은 십구 세였다.

청혼을 거절한 후 폰 레베초브 부인은 딸들을 데리고 서둘러 마리엔바트를 떠나 멀지 않은 칼스바트로 갔다. '가족'이 떠나고 그 공허를 못 견딘 노시인 괴테는 8월 25일 칼스바트로 뒤쫓아간다. 엿새를 더 같이 지낸다. 그중에는 함께 소풍을 간 날이 있다. 괴테의 생일인 8월 28일이다. 아무것도 모르는 양하며 소풍을 가서 울리케의 어머니가 딸 셋의 이름이 새겨진 크리스털 잔 하나를 선물한다. 노시인은 그것을 성배인 양 간직한다. 그러고는 '지극히 우호적인 이별'이 있었고, 그후 다시는 만나지 못하였다. '아름다운 맑은 밤하늘을 스쳐간 별똥별' 같은 날들의 기록이 남았을 뿐.

나중에 구십 세가 된 수녀원장 울리케는, 괴테가 처음 찾아왔을 때 자신은 프랑스 기숙학교에 산 탓에 괴테가 누구인지 알지 못하던 터라 스스럼없이 그 노신사를 대했던 일을 회고하며, 스스로 "사랑은 아니었다"고 정리한다. 그후로도 울리케는 오 년을 더 살다 죽지만 그녀는 평생 독신이었고, 그녀의 성에는 괴테 방이 있었다. 괴테에게서 받은 선물들인, 사인이 된 『빌헬름 마이스터』 두 권, 책갈피에 누른 들꽃 같은 것들이 놓인 곳이었다 한다.

그러나 괴테에게 그 만남은 낙원이 눈앞에 어른거리는 것이었다. 마지막 사랑이었고, 마지막 큰 여행이었다. 이후로 괴테는 다시는 바이마르 인근을 떠나지 않았다.

마리엔바트에 다녀온 그 다음날 나는 바이마르에서 괴테 학회장 골츠 박사를 만났다. 마리엔바트에 다녀왔다는 이야기를 했더니 한번 사무실로 오란다. '괴테 쉴러 문서실' 건물의 한 방이 그의 집무실이다. 달려갔더니, 일반 열람이 되지 않는 모로코 가죽으로 곱게 묶은 「비가」의 원본을 가져오게 한다. 골츠 박사의 면전에서 정신없이 읽는다. 장장의 필사에서 배어나오는 아픔. 마지막 장에는 가로로, 양끝이 휘어올라간 긴 마감선이 그어져 있다. 그 곱게 그어진 긴 마감선이 글보다도 더 아프게 다가온다.

첫 메모가 기록된 달력도 어딘가에 아직 보관되어 있다는 이야기를 듣는다. 다음날 새벽 프랑크푸르트행 기차에 몸을 싣는다. 괴테 생가의 담당자를 찾아간다. 지하실로 안내하더니 육중한 보관시설이 된 문서고를 열어준다. 거기서 겹겹으로 감싸인 문서철이 하나 나온다.

그 달력, 마지막 장이 찢겨진 그 작은 가죽 장정의 달력이 그대로 있다! 영국의 고서적상에서 근년에야 우연히 발견해 사들였다고 한다. 울리케의 성, 괴테 방에 있던 괴테가 준 선물 『빌헬름 마이스터』 두 권도, 책갈피에 곱게 눌러둔 들꽃도 그대로 여기 와 있다! 시곗바늘이 매섭게 뒤로 돌아 멈추어 선다. 그것들이 마치 나 자신의 유품인 양, 받아들어 펼치는 내 손이 떨린다. 이백여 년 전, 이것을 적어나가던 손의 떨림이 전해오는 것 같아서일 것이다. 시시각각 덮쳐오는 듯한 어둠 앞에서, 도무지, 이런 글이 적힐 수 있을까. 무슨 고통의 대가로?

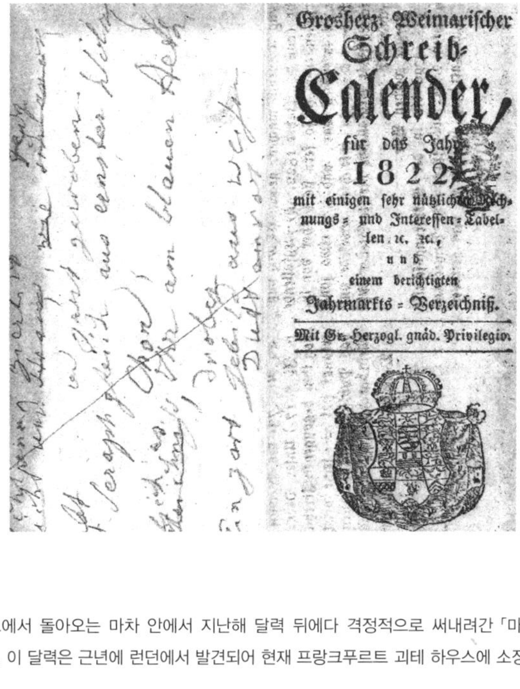

마리엔바트에서 돌아오는 마차 안에서 지난해 달력 뒤에다 격정적으로 써내려간 「마리엔바트의 비가」 초고. 이 달력은 근년에 런던에서 발견되어 현재 프랑크푸르트 괴테 하우스에 소장되어 있다.

에필로그

epilogue

에필로그:

여주시 강천면 걸은리

마침내 찾은 나의 거처

그렇다. 예컨대, 이런 손의 떨림을 둘 곳이 있어야 했다. 아직도 떨림이 남아 있는 이 손끝으로 돌아앉아 적어야 할 것이 내게도 있었다. 가끔은 식당의 냅킨에, 운전하다 손에 잡힌 휴지 쪽에 휘갈기듯 쓴 그것들을 둘 곳이 있어야 했다. 개집만한 집이라도 있었으면 했다. 드러눕지 못해도 괜찮으므로. 살다보니 참으로 놀랍게도, 어느새 더없이 번듯한 직장도 생겼지만, 세상에 공짜는 없어서 그 값은 혹독했고 나 자신을 위한 시간은 너무도 찾기 어려웠다. 공간은 더더욱. 내 글을 쓸 곳이 필요했다.

개집만해도 괜찮다는, 못 드러누워도 괜찮다는, 아마 이삼십 년은 족히 넘게 가끔씩 해온 그 말을 누군가가 귀담아들었다. 산을 좋아하는 그 친구는 산을 다니다 어떤 마을에서 폐옥 하나를 찾았다. 버려져 흉가가 될 판이라 누구든 들어와 살기만 해준다면 마을에서 반기는 집이었다.

그 집이 고마운 친구 덕에 황공하게도 내 집이 되었다. 내 시의 집이 되었다. 마을 가운데지만 마당 앞에 조그만 산이 있고 뒤쪽으로는 볕바른 논밭들이 펼쳐져 있다. 가끔씩 부엌문 앞에는 누군지 모를 이웃이 방금 거둔 고구마, 열무, 배추를 한 무더기 놓고 간다. 이즈음은 가을이라 그런 일이 매우 잦다. 햅쌀 한 양푼은 너무 귀한 것이기 때문에 문 앞에 둔다 한들 들고 가는 사람이야 없지만서도 직접 전해주고 간다. 역시 그렇게 온 햇콩도 검은 것, 흰 것 따로 내 집 부엌문 앞 볕바른 곳에서 마르고 있다.

학교 갔다 오다가 내가 있으면 꼭 들르는, 너무 지치면 고개도 못 돌리는 채로 그래도 "시인 아줌마 안녕하세요"라고 외치고 지나가는 꼬마 친구도 있다. 금년에 입학한 이 동네 유일의 꼬마이다. 이 친구에게는 늘 쭈그리고 앉아 무언가를 읽거나 쓰는 내가 처음 본 '희한한' 사람이어서 연구 대상이다. 이따금 '연구'의 요약 발표를 한다.

첫째, 시인 아줌마는 왜 텔레비전을 안 보고 책만 보는 것일까. 둘째, 아빠도 엄마도 주말에는 쉬고, 할머니는 좀 많이 쉬시고 자기도 쉬는데 왜 시인 아줌마는 쉬지를 않는가. 셋째, 어른이 왜 그렇게 작을까, 혹시 죽기 전에라도 조금 클 예정인가(죽기 전에라도 조금 키가 커질 수 있을까—지난번 단체 건강검진 때 보니 오히려 조금 줄었던데…… 내 안 어딘가에 아직 키 키울 수 있는 무엇이 남아 있을까).

건넛마을 화가 부부는 뭔가 별식을 하면 꼭 부른다. 도자기를 굽고 난 날 밤에도 부른다. 여열이 남은 작은 도자기 가마가 '사우나'가 되는 것이다. 별을 보며 그 '사우나'에 누워 있노라면 나도 한 개 도자기로 구워지고 있는 것 같다. 온갖 부질없는 생각들은 타버리는 것 같고 남은 고통조차도 그저 몸에 새겨지는 삶의 '무늬'일 것 같다. 아름다울 수도 있을 것 같다.

다만 몇 시간을 여기에 쪼그리고 앉아 있을 수 있기 위해, 조금이라도 틈이 나면 한밤중이든 꼭두새벽이든 나는 먼 거리를 달려온다. 여기 오면 숨이 쉬어진다. 숨을 고를 수 있다. 이 조그만 집 다락에 오그리고 있노라면 시들었다가 다시 물병에 담가둔 꽃처럼 내가 조금씩 되살아나는 것이 느껴진다.

책마저 이 집에는 잘 들이려 하지 않는다. 연구실을 천장까지 메운 것으로도 족하므로. 다만, 내가 써놓고도 돌보지 못해 더러는 사라지기도 한, 내 가엾은 책들, 내 원고들로만 차 있다. 이물질이라면 팩스 하나가 놓여 있다. 마치 조그만 집이 우체통인 양 그 팩스에서는 가끔씩 글이 나온다. 좋아하는 시인의 글이다. 어렵사리 집 한 채를 찾았듯, 아니 집보다 훨씬 더 오래, 더 목마르게, 평생을 찾아온 스승을 한 분 만났다. 시를 쓰기 위해 태어난 사람, 시인이 무엇이고 시가 무엇인지를 몸으로 삶으로 보여주는 고요하고, 섬세하고, 따뜻하지만 더없이 곧고 바른 분이다. 내가 혼자 우그리고 앉아 쓴 시를 팩스에 넣으면, 지구 반 바퀴 너머에서 어김없이 곧바로 답이 온다.

어쩌다 친구들과 전화를 하는 일도 있다. 어제저녁에 반갑게 전화를 받은 사람은 느닷없이 안경 좀 벗으라고 한다. 왜 그러냐고 그랬더니 눈 위에다 입맞춤을 해주려고 그런단다. 그렇게 하는 것이 자기네 나라 터키에서는 좋은 인사란다. 소년같이 해맑은 노시인이다. 가끔씩은 아끼는 제자들도 찾아온다. 한번 온 사람들에게는 열쇠 두는 곳을 알려주는 만큼, 가끔씩, 내가 없을 때 다녀가는 사람도 있다.

덮쳐오는 어둠 앞에서 작은 등불처럼 서 있는 집. 그런 집의 주인이라는 황감한 행복을 내가 이즈음 누리고 있다. 온 세상을 헐떡이며 달려온 길 끝에서. 세상살이의 아픔이야 그 어디에선들 사라질 리 없이 글에 배지만.

이런 사치를 하늘이 내게 준 것은, 내게 써야 할 것이 있는 것 같아서일 것 같다. 무언지는 모르겠지만, 시장에 들고 나갈 만한 것은 아닐 것이다. 문학 시장이란, 저도 모르게 낯선 언어로 도피할 수밖에 없었을 만큼 나로서는 범접할 수 없는 곳이었으므로. 그 너머에도, 쓰일 것이 무언가가 있을 것 같다. 세상과의 부대낌이야 사라질 리 없지만, 그래도 쓰일 수 있는 무언가 정갈한 것이 있는 것 같다. 언어의 경계마저 넘어서서 정갈하게 기록될 수 있는 삶의 핵. 그리고 또 낯설고도 따뜻한 자잘한 것들을, 어쩌면 우리 동네며 내 꼬마 친구의 이야기를 적어둘 시간이 있었으면 좋겠다. 부질없이 온 세상을 휘돌아다녔지만 그래도 그랬기에 만나게 된 온 세상의 내 친구들 이야기를 쓸 수도 있을 것 같다. 도자기 가마 사우나의 온기, 손으로 아틀리에를 짓다가 시멘트가 모자라 나뭇가지를 넣고 진흙을 바른 그 집 벽 틈새, 싹이 돋을 것 같은 그 나뭇가지. 그러나 소박한 집 안에서 그려진 붉은 지평선을 가득 채운, 타는 듯 붉은, 빈 밥그릇.

내 꼬마 친구의 물음에 대해 어쩌면 내려질 수 있는 답, 만 킬로미터를 건너오는 입맞춤—이를테면 그런 것이 적힐 수 있을 것 같다.

시인의 집

1판 1쇄 2015년 7월 29일
1판 9쇄 2024년 11월 1일

지은이 전영애

책임편집 이경록 | 편집 임혜지
디자인 김이정
마케팅 정민호 서지화 한민아 이민경 왕지경 정경주 김수인 김혜원 김하연 김예진
브랜딩 함유지 함근아 박민재 김희숙 박다솔 조다현 배진성 이서진
저작권 박지영 형소진 최은진 오서영
제작 강신은 김동욱 이순호 | 제작처 영신사

펴낸곳 (주)문학동네 | 펴낸이 김소영
출판등록 1993년 10월 22일 제2003-000045호
주소 10881 경기도 파주시 회동길 210
전자우편 editor@munhak.com | 대표전화 031) 955-8888 | 팩스 031) 955-8855
문의전화 031) 955-3576(마케팅), 031) 955-3572(편집)
문학동네카페 http://cafe.naver.com/mhdn
인스타그램 @munhakdongne | 트위터 @munhakdongne
북클럽문학동네 http://bookclubmunhak.com

ISBN 978-89-546-3712-1 03810

* 잘못된 책은 구입하신 서점에서 교환해드립니다.
기타 교환 문의: 031) 955-2661, 3580

www.munhak.com